Elisabeth Plessen
Die Unerwünschte

Zu diesem Buch

Charlotte und Alma stammen aus verschiedenen Generationen und haben jede ihre eigene Perspektive auf die Welt, als sie sich in einem toskanischen Badeort treffen. Gemeinsam betrachten die betagte Chronistin und ihre selbstbewusste Großnichte über siebzig Jahre Familienvergangenheit. Mit dem Kriegsende 1945 hatte sich das Leben für die norddeutschen Gutsbesitzer grundlegend verändert: Söhne und Stammhalter gingen verloren, und in den herrschaftlichen Häusern der weitläufigen Ländereien suchten Flüchtlinge ein neues Zuhause. Die Welt wurde schnell eine andere. Mehr und mehr mussten die Frauen Verantwortung übernehmen: Stefanie, Ingrid und ihre vielen Töchter und Enkelinnen.
Eine bewegende Generationen- und Emanzipationsgeschichte über den Widerstreit von Tradition und Aufbruch, Konvention und Befreiung – der facettenreiche Blick auf eine fast verschwundene Zeit. Vierzig Jahre nach ihrem Skandalbuch »Mitteilung an den Adel« und fünfzehn nach »Das Kavalierhaus« erzählt Elisabeth Plessen in ihrem großen Roman die ganze Geschichte einer norddeutschen Adelsfamilie.

Elisabeth Plessen, 1944 in Neustadt (Holst.) geboren, studierte in Paris und Berlin und promovierte bei Walter Höllerer zur »Zeitgenössischen Epik im Grenzgebiet von fiction und nonfiction«. Seit ihrem Debüt »Mitteilung an den Adel« (1976) veröffentlichte sie mehrere Romane, Erzähl- und Gedichtbände sowie die Memoiren ihres Lebens- und Arbeitsgefährten Peter Zadek. Bekannt wurde sie auch als Übersetzerin u.a. von Theaterstücken von Shakespeare, Ibsen und Sarah Kane. Für ihr Werk wurde sie mit dem Deutschen Kritikerpreis und dem Droste-Preis ausgezeichnet. Sie lebt in Berlin und der Toskana.

Elisabeth Plessen

Die Unerwünschte

Roman

Mehr über unsere Autorinnen, Autoren und Bücher:
www.piper.de

Wenn Ihnen dieser Roman gefallen hat, schreiben Sie uns unter Nennung des Titels »Die Unerwünschte« an *empfehlungen@piper.de*, und wir empfehlen Ihnen gerne vergleichbare Bücher.

Von Elisabeth Plessen liegen im Piper Verlag vor:
Ida
Kohlhaas
An den fernen Geliebten
Die Unerwünschte

Ungekürzte Taschenbuchausgabe
ISBN 978-3-492-31786-3
Juli 2021
© Piper Verlag GmbH, München 2021
© Berlin Verlag in der Piper Verlag GmbH, München 2019
Umschlaggestaltung: zero-media.net, München
Umschlagabbildung: FinePic®, München; GettyImages/ George Marks
Satz: psb, Berlin
Gesetzt aus der Sabon
Druck und Bindung: CPI books GmbH, Leck
Printed in the EU

I

1

Sie ritt weit über die Mähne vorgebeugt, der Hals des Pferdes triefte vor Schweiß. Er verklebte das mahagonifarbene Fell zu dunklen Placken. Sie stand in den Bügeln. Ein Hindernis nach dem anderen, hier, im Land ihres Vaters. Ihrer Vorfahren und Ahnen mit ihren Spuren oben in den Wolken. Wo sie jetzt selbst gern wäre.

Nie habe ich jemand anderen reiten sehen in Greiffensee, wenn ich Stefanie besuchte. Es war immer so. Vor dem Krieg, während des Krieges und danach. Wilde Mohnblumen, Feldlerchen, verschilfte Gräben. Im Sommer, im Winter. Dem Pferd war es egal. Wann immer ich an Stefanie denke, sagte Charlotte, kommt mir zuerst dieses Bild in den Sinn: Deine Großmutter im Galopp im Land ihres Vaters.

Aber war es nicht auch das Land ihrer Mutter?, fragte Carlo. Hatte er nicht gesagt: Was meins ist, meine Liebe, ist auch deins? Carlo dehnte das Wort *Liebe* in die Länge, um es besser zu schmecken. Er sah dabei aus wie Caruso mitten in einer Arie.

Nein, sagte jetzt Alma. Das Land gehörte meinem Urgroßvater. Frauen heirateten bloß ein. Sie sprachen nie darüber oder wenn, dann erst im Alter, als Witwen. Als Witwen dann ununterbrochen.

Abgesehen von Ausnahmen, ergänzte Charlotte, sie hielt nichts von Verallgemeinerungen.

Das Land des Vaters, des Großvaters, des Urgroßvaters.

Sie wirbelte das Leder rechter Hand von Sleipnirs Hals, sie peitschte nicht das Pferd, sie peitschte die Luft. Gipfel der Freiheit. Hörte die Luft. Odins wilde Jagd die alte Heerstraße entlang dort oben. Ein verschneites Feld vor sich bis in den Horizont, kaum auszumachen in der Ferne. Wenn Schnee fiel, fiel er ihr, ein weißer Vorhang, vor die Füße. Im Sommer ein betörend rotes Feld, wie der offene Mantel der Madonna. Bilder. Da und dort ein rosa Klatschmohn. Leicht schäumend färbte sich der Schweiß des Tieres aschgrau unter der Satteldecke. Sleipnirs geräuschlose Hufe. Erst unter dem Torhausbogen hallten sie auf dem Kopfsteinpflaster wider. Beide, Frau und Pferd, erschöpft und verschwitzt von durchstandenem Glück.

Das Pferd hieß tatsächlich Sleipnir, sagte Charlotte, Stefanie zeichnete es viele Male. Es war ein göttliches Pferd, nicht das sie ritt, sondern das sie zeichnete.

Mein Mund bekommt es einfach nicht hin, den Namen auszusprechen, sagte Carlo, die Zunge wehrt sich, ich verheddere mich, bitte sag es noch mal, Alma, langsam, Buchstabe für Buchstabe.

Sleipnir.

Schnell, Alma, los, lauf! Carlo ergriff ihre Hand, und sie lief, so schnell sie konnte, mit ihm, nicht wie eine Sportlerin, nicht in hohen Sprüngen wie ein Reh, wie früher Charlotte, eher wie eine *petite dame* aus der Großstadt im zu engen Rock. Sie warf die Waden rechts und links. Kleine Trommelwirbel. Trommelnde Keulen ihre Waden. Die Arme ausgestreckt, stürzten sich beide bäuchlings ins Wasser. Charlotte, auf dem großen blauen Tuch im Schatten der Pinie, sah sie durch die Brandung tauchen. Sie selbst war eine tollkühne Schwimmerin gewesen, damals, als sie so alt war wie Alma jetzt, sie war in den Horizont geschwommen, ihre Leute am

Ufer sorgten sich, dass sie, kurzsichtig, wie sie war, nicht zurückfinden würde. Nicht zurückfinden, weiter in den lichten Horizont hinein, dieser Sog. Bloß nicht zurück. Ihr Mann hatte wild gestikuliert. John. Dein selbstmörderischer Trotz, Liebling, deine Waghalsigkeit, ja, Dummheit mit deinem Horizont, versetzt mich jedes Mal in Panik, tu das nicht, bitte, verstehst du, mir zuliebe. Sie hatte es nicht verstanden. Jetzt drehten sich die zwei da draußen um und schwammen nebeneinanderher zum Ufer zurück. Rannten den Strand herauf und ließen sich neben sie auf das Tuch fallen. Carlos Rippen wogten wie ein Blasebalg. Alma atmete ruhiger.

Und weshalb fragten die Frauen nichts, Charlotte?

Weiß ich's? Das Gefälle war zu steil. Gespräche in der Familie führten die Männer. Deine Großmutter übernahm das Muster und sprach nicht mit mir. Ich war ein Mädchen. Weshalb sie ihre Aufmerksamkeit ganz und gar Ludwig widmete, meinem Bruder, zumal er der Erbe war und später den Herrn von Ahlefeld markieren sollte. Dein Onkel. Mädchen wurden übersehen wie durchziehender Wind.

Eines Tages war aber Charlotte plötzlich da, kein lauer Wind mehr, eine Böe, stürmisch, die Familie bis in den Himmel hinauf entehrend, sie habe den altehrwürdigen Namen beschmutzt, besudelt, hieß es. Sie hatte einen Artikel publiziert, dann noch einen, eine ganze Serie, die beschwiegenen Dinge einer Familie beschrieben, die nicht mal nur die eigene war, polemisch, impertinent. Ihr späteres Buch erwies sich landes- und auch ein bisschen weltweit ebenfalls als explosiv. Stefanie war empört. Nestbeschmutzung! Charlotte, ein Wiedehopf, der in sein eigenes Nest schiss.

Deine Großmutter, Alma, nahm mich auf einmal wahr, doch weder ernst noch wahr, was ich geschrieben hatte. Ich sollte also bis in alle Ewigkeit das kleine Mädchen bleiben, so wie mein Vater sie zu behandeln verstand, biegsam, ich sollte sie genauso bewundern und zu ihr hinaufschauen wie Hugo, wenn sie auf ihrem großen Pferd über den Hof angeritten kam. Eine Frau ohne Kopf. Ein gestauchter Körper.

Alma kraulte Carlos Nacken.

Das Klima im Land war aufgeheizt, es war politisch zerrissen, rechtes Lager, linkes Lager, Bemühungen um Aufklärung über Nazideutschland und die Folgen waren verpönt. Als herrschte wieder die alte Duellsituation wie vor dem Ersten Krieg, mit Sekundanten im Nebel morgens um halb sechs. Stefanie gehörte zur abgewirtschafteten Fraktion, im Nebel in aller Herrgottsfrühe.

Eine einsame schrullige alte Frau, von allem abgeschottet, so habe ich sie erlebt, sagte Alma.

Vergiss nicht, sagte Carlo, die schrullige einsame Frau hast du erst viele Jahre später im Torhaus erlebt. Man kann nicht einfach eine ganze Generation überspringen. Überspring nicht ihr *Leben*. Weißt du noch, wie komisch sie in Rom gewesen sein soll?

Wenn Stefanie unter dem Bogen des Torhauses hindurchritt, klang der Hall von Sleipnirs Hufen anders als auf dem Kopfsteinpflaster der auf das Tor zuführenden Allee und des weitläufigen Hofgeländes, das sie vom Stall her zu überqueren hatte. Der Klang auf dem Stein war dumpf, weil der Torbogen trotz des hohen Gewölbes ihn nicht frei aufsteigen ließ. Erst draußen im Freien, entlang der neu gekappten Linden, gab sie dem Pferd die Zügel frei, ließ die braunen, auf der einen Seite glatten, auf der anderen aufgerauhten Lederriemen an den Schultern des Tieres schleifen und klopfte seinen Hals. Ihre Stiefel glänzten. Der Diener hatte sie sorgfältig geputzt, blanker ging's nicht, jeden Morgen in der Früh, wenn Stefanie noch schlief. Ein anderer Hausdiener von viel früher, aus ihrer Jugendzeit, den sie Willem genannt hatte, hatte die Stiefel ebenfalls jeden Morgen frisch gewienert in der Garderobe aufgereiht und geprüft, ob sie ausgerichtet waren wie beim Kommis. Ihre, Hugos, Kais und Willos Stiefel, so war die Abfolge. Allein Kais Stiefel, Größe 44, tanzten zu seiner Betrübnis aus der Reihe.

Nestbeschmutzung? Wiedehopf? Carlo hatte nicht verstanden.

In deiner Sprache heißt er Upupa, sagte Alma. Sie studierte Ornithologie und arbeitete über diese Vögel. Und würde nächstes Jahr ihr Praktikum machen, bei einem Winzer am Wagram in Niederösterreich.

L'upupa ma dai, sagte Carlo und versuchte, den Ruf des Vogels zur Paarungszeit nachzumachen. Tiefkehlig sanft lockend wie eine Rohrflöte. Ich liebe diese schönen Vögel.

Ich liebe sie auch, sagte Charlotte, diese Flaneure, die mit dem Kopf wippend durchs Gras schreiten, so als tanzten sie ihr Liebes-Menuett in einer Gavotte.

Lauter Nestbeschmutzer, jedenfalls in unserer Mythologie, sagte Alma.

Un che sputo nel piatto in cui si mangia? Verstehe ich richtig?

Tust du. Und ich bin so froh, dass durch die Initiative von ein paar Leuten die Wiedehopfe zurückkehren. Sie sterben bei uns aus.

Bei uns ist es noch nicht so weit. War deine Großmutter keine Nestbeschmutzerin?

Eher das Gegenteil, denke ich.

Und das wäre? *Una persona che parla male del proprio paese*, hieße das bei uns. Jemand, der kritische Köpfe diffamiert.

Klar, das ist wohl in allen Sprachen so. Man bricht mit dem, der Tabus bricht.

Unweit des Dorfes zum Beispiel, wo sie aufwuchs, wurde die Außenstelle eines Konzentrationslagers errichtet, ein Jahr vor Kriegsende. Hier wurden Häftlinge für den Ausbau eines Militärflughafens eingesetzt. Zur Erinnerung sollte ich vielleicht festhalten, sagte Charlotte, wer alles Häftlinge waren, lauter unbescholtene Menschen von überall aus Europa, die x-beliebige deutsche Nazis zu Häftlingen erklärten. Mehr als siebenhundert starben bei diesem Gewaltstreich. Endkampf. Vernichtung durch Arbeit. Solche Außenstellen gab es Abertausende, quer durchs Land verteilt. Es ist kein Geheimnis, und auch damals war es das nicht, die meisten wussten davon. Nach dem Krieg herrschte darüber Stillschweigen, bis ein Mann aus dem Dorf, selber Häftling gewesen, den bleiernen Deckel über den mörderischen Geschehnissen hob, und zwar buchstäblich: Er war beim Durchstreifen des Waldes über eine Betonplatte gestolpert, dicht unter dem Laub versteckt, die zur Küche der Nordbaracke gehört hatte. Der Mann begann zu graben. Fortan sah er sich Feinden gegenüber. Anstelle des Lagers vor Kurzem noch war eine blühende Gartenstadt entstanden, deren Bewohner sich nach dem totalen Krieg dem totalen Vergessen verschrieben hatten. Doch mit der Zeit änderte sich auch der Zeitgeist. Aus dem Nestbeschmutzer, wie man ihn in der Umgebung diffamiert hatte, wurde ein hochgeachteter Mann, um ihn versammelten sich Mitstreiter in wachsender Zahl, fest entschlossen, die Verbrechen minutiös aufzudecken. Heute gibt es eine Gedenkstätte im Dorf mit Ausstellungen, Tagungen, Lesungen. Das war kein Einzelfall, bei Weitem nicht. Noch Jahrzehnte nach dem Krieg hing all jenen, die sich gegen die Nazis engagiert hatten – Willy Brandt, Marlene Dietrich, Thomas Mann und so weiter –, der Ruf an, Vaterlandsverräter, Nestbeschmutzer zu sein.

Sie sind so schöne, stolze, elegante Vögel, sagte Carlo.

Wiedehopfe. Und ihr beschwert ihre Flügel mit dem Schlamm eurer Geschichte. Ich sehe ihnen gern beim Schreiten zu, wie sie ihre kämpferische Krone im Rhythmus wiegen. Werden sie schlechtgemacht, weil sie so schön sind? In der mediterranen Mythologie findet sich kein Bild für sie als Nestkacker.

Man nennt sie auch Holzhüpfer. Auch ein schönes Wort, nicht wahr? Nicht so lautmalerisch wie Upupa, sondern szenisch. Hüpft im Holz. Bei euch gibt es eine ganze Fraktion Upupisti, nach deren Theorie die noch nicht flüggen Jungen ins Nest scheißen. Ihre Nester haben ja ein großes Einschlupfloch, und wenn Füchse oder Schlangen es auf sie absehen, setzen sie sich mit ihrer Bürzeldrüse zur Wehr. Wenn also der Fuchs ihnen auflauert, drehen sie ihm ihren Hintern zu und spritzen ihm kräftig eine Mischung aus Kot und einem scharfen Sekret ins Gesicht. Bis zu zwei Meter weit soll es die Drüse schaffen. Wenn sie dann fliegen können, bilde sie sich zurück, heißt es, aber das kann man nicht nachweisen, weil sie nie mehr ins Nest zurückkehren, sondern sich anderswo ein neues bauen oder gleich nach Indien oder Afrika fliegen. In der Brutzeit aber bildet das Weibchen die Drüse wieder aus, es wäre sonst schutzlos, und kann sich verteidigen wie die Jungen. Ist das nicht wunderbar?

Charlotte sah aufs Meer hinaus. Eine Jacht steuerte an der Insel vorbei Richtung Hafen. Die Insel war klein, kaum mehr als ein aufragender Fels. Früher war sie häufig zu dem Steinhaufen geschwommen, so wie Alma und Carlo jetzt. Wollte sie wirklich in die Abgründe der Familiengeschichte zurück? So viel Familie, zum Ersticken. Das eigene Leben leben. Nicht das ihrer Tante Stefanie. War aufs Meer schauen, seine Linie am Horizont nachzeichnen oder die weißen Hörner seiner Wellen vor dem Horizont und die schattige Hitze genießen nicht viel angenehmer? Sich endlich einmal wieder gehen lassen. Und darauf hoffen, dass die Krake Berlusconi in ihren letzten Zuckungen verendete. Und die Welt sie wie die Hexe im Märchen umtanzte. Alma und Carlo hatten die Insel fast erreicht.

Ich trockne in der Sonne? An der Sonne? Wie sagt man es richtig?

Beides geht, sagte Alma. Sie beobachtete die Wassertropfen auf Carlos Rücken, die allmählich verschwanden. Sie wartete auf den letzten, eine kleine nasse Blase, die sie ungeduldig wegküsste. Bald würde Charlotte ins Haus zurückkehren. Selbst im Schatten unter der Pinie machte die Hitze sie müde.

Ich kann also beides sagen?, fragte Carlo erstaunt. Und auch ein Drittes dazuerfinden?

Ja, alles. – Schade, dass sie schon so alt ist, flüsterte Alma in Carlos Ohr.

Charlotte hörte es und dachte, schade, dass sie es nicht laut sagt. Es wäre lustiger.

Warum hast du eigentlich nicht wieder geheiratet?, fragte Alma sie jetzt und probierte dabei Charlottes breiten grünen Strohhut mit dem Kirschbukett auf.

Es gab keinen nach John.

Aber Männer gibt es wie Sand am Meer, sagte Carlo. Von Asien bis Europa, von Australien bis Amerika.

Ich wünschte, es wäre so.

Aber?

Ein Sandkorn ist nicht wie ein anderes Sandkorn im Ozean der Sandkörner. Ein Körper im Ozean der Körper, das schon, da hast du vielleicht recht. Aber ein Ozean der Seelen?

Und?

Nichts. Die Stelle war besetzt. Bei keinem, der sich erbot, sprang ein Funke über. Zu viel Wille ist hinderlich, und zu wenig Wille langweilig. Ich blieb lieber allein. Und schloss Freundschaften enger.

Da fehlt dir viel.

Mag sein.

Auch Stefanie hat nicht wieder geheiratet, und deine Mutter, Ingrid, ebenfalls nicht, sagte Alma. Das verbindet euch drei, bei allen Unterschieden.

Darüber habe ich noch nie nachgedacht, sagte Charlotte. Was für eine Verbindung wäre das?, fragte sie sich.

Und weshalb Stefanie und Ingrid nicht?, fragte Carlo. Wegen der gesellschaftlichen Stellung, die sie verloren hätten?

Ich kann für sie nicht sprechen. Ich selbst hatte nichts zu verlieren.

2

Stefanie war eine gute Partie. Freunde der Eltern musterten das Mädchen und dachten an die eigenen Söhne. Einer von ihnen, wäre er erst in dem Alter, könnte sie *heimführen*. Die Blicke tasteten den noch mageren Körper ab. Auf dem Kopf des Kindes loderten widerspenstige rotblonde Locken, die die große Schleife in der Mitte kaum bändigte. Glühte es im Schamhaar etwa auch? Woher ein solches Feuer, in dieser Familie? Manche schöpften stillen Verdacht, der sich nur mit Geschwätz untermauern ließ.

Sie sollte nicht so mir nichts, dir nichts weggehen. Nein. Meine einzige Tochter, meine kleine Hexe, meinte Ernst August, der Vater. Da werde Namenspolitik gemacht. Aber nachdem zwei ihrer Brüder gefallen waren, der Lieblingsbruder mit der Schuhgröße 44, und Willo, der jüngste, änderte sich die Lage. Die Partie verbesserte sich ins Unvordenkliche und ins Entschiedene, denn es waren nun nicht nur Kai und Willo tot, sondern auch unzählige andere Söhne und junge Heiratskandidaten nicht mehr in Reichweite. Die verheerende Lage im Land hatte dafür gesorgt, dass der Korb leer war.

Wenn nicht das eine, dann das andere, eventuell. Ernst August hatte den *Großen Krieg* mitgemacht und vorausschauend für das Mögliche optiert, selbst wenn er dabei seit Odins Himmelsscharen nur dem Brauch für weibliche Familienmitglieder in christlicher Zeit gefolgt war, indem er Stefanie im Alter von vier in einem Stift für unverheiratete adlige Damen protestantischen Glaubens eingeschrieben hatte. *If she is going to become a spinster*, wie er einem englischen Hausgast zuwisperte, als Stefanie schon in dem Alter war, in dem sie so viel Englisch verstand, dass der Vater ins Chinesische hätte ausweichen müssen, hätte er nicht getuschelt. Hinter den kurzen Fingern war die Zukunft der Tochter deutlich beschrieben. Stefanie würde bei den *Tanten* einrücken. Die *Tanten* traten als Schulfräulein in das Stift ein, rückten in den Rang der Konventualin auf – zwölf an der Zahl –, wenn ältere *oben* wegstarben, und hatten Anrecht auf Viktualien aus der Landwirtschaft des ehemaligen Klostergutes.

Möweneier, vierzig Stück, Fasane, zwei Stück, einen Hasen, monatliches Taschengeld, rief Alma, davon hat sie mal erzählt.

Und am welken Hals trugen sie eine Gemme, nicht etwa mit pompejanischer Hetäre oder leicht gewandeter Tambourschlägerin in Pink, sondern eine züchtige Kamee in Weiß mit christlichem Kreuz als Schlussstein am hochgeschlossenen Kleid.

Manch eine *Tante* schaffte es auch bis zur Vorsteherin, ihrer aller Oberin. Die Fräulein beschäftigten sich mit Handarbeit, schrieben Briefe und füllten den Lauf der Tage mit selbst auferlegten Ritualen: genau festgelegten Essenszeiten, *five o'clock tea* am niedrigen Tisch im Salon, sie holten einander zum sonntäglichen Kirchgang ab, zu dem es nicht sonderlich weit war, da das alte Gotteshaus auf dem umfriedeten Klostergelände lag, angrenzend an die hohe Mauer aus ebenfalls altem, rostrotem Backstein. Hinter der Kirche wohnten die Fräulein, ein jedes im eigenen Haus. Und durch ein Torhaus auch aus altem, rostrotem Backstein – ähnlich dem in Greiffensee, durch das Stefanie auf Sleipnir ritt – fuhr man zu ihnen ein und aus. Es lag nahe, sie als eine bizarre Spezies von Vögeln anzusehen, Vögel der aussterbenden Art, selbst wenn sie morgens nach dem Zähneputzen und dem wieder eingelegten râtelier in der Kapelle zu Gottes Ehre die schönsten Lieder krähten, so laut sie konnten.

Stefanies Lieblingsbruder, nach seinem Patenonkel Willo genannt, ein Kauz und Spötter, der gern sang und pfiff, was er im Elternhaus nicht durfte, sang jeweils aus vollem Hals, sobald er mit ihr durch das Torhaus des Stifts zu den *Tanten* fuhr, um die eine oder andere zu besuchen und ihnen als Mitbringsel der Mama ein Glas hofeigenen Rapshonig zu überreichen. *Der Vogelfänger bin ich ja*, sang er fröhlich, *ein Netz für Mädchen möchte ich ... dann sperrte ich sie bei mir ein, und alle Mädchen wären mein* und so weiter. Nein, keine von denen, zu denen wir jetzt fahren, sagte er. Glaub das nicht, Stefanie. Und du landest hier auch nicht. Ich werde dich davor bewahren.

Stefanie war gekränkt, als sie mit *sweet seventeen* hörte, dass ihr Vater ihr eine solche Existenz schon als Vierjährige zugedacht hatte, offenbar ohne Einspruch der Mutter. Hinter ihrem Rücken. Geradewegs aus dem Nest ins Kloster. Falls sie nicht heiraten sollte. Es kränkte sie, die unter Hugo, Kai und Willo auch ein Junge war, der jüngste. Selbst wenn in der Garderobe der gute Willem, um Stefanies Weiblichkeit hervorzuheben, die von ihm im Morgengrauen geputzte Reihe der Kinderstiefel mit Stefanies Reitstiefeln anführte. Es kränkte sie, die schwärmerische Sätze von sich gab wie: *Auf deinem Pferd bist du frei, ein Vogel, der sich in die Lüfte schwingt.* Nein. Sie ritt und blieb Brunhilde. Und Brunhilde überflog auf Grane alle Mauern. Doch Stefanie kannte auch ihren späteren Satz, mit dem sie sich beim Vater wieder einzuschmeicheln suchte: *War es so schändlich, was ich verbrach?*

Als junges Mädchen hatte sie sich für Florence Nightingale begeistert. Ja, auch die habe gedient, habe sich opfern wollen, sagte Stefanie später noch oft, *für das Vaterland, das arme, blutende, hingerichtete, zerschossene Vaterland, die armen blutjungen Schweine, so junge, unschuldige Kerle!*, notierte sie im Tagebuch. *Die Zerballerten*, wird Charlottes Hauslehrer sagen, der sich freiwillig zur SS in den Krieg gemeldet hatte.

Sein Bild traf im Gegensatz zum *fallen* in Stefanies Bildern womöglich ins Zentrum des Mordens, sagte Charlotte. Ich wollte mich in meine Sprache vortasten. War *im Feld fallen* nicht ein Bild aus vorindustriellen Zeiten? Als in großer Zahl über dem Acker noch die Feldlerchen sangen, Pferde und Ochsen den Pflug zogen und Begriffe wie *Materialschlacht* oder *Menschenmaterial* nicht erfunden waren.

Unter dem Hakenkreuz kümmerte sich Stefanie anfangs als Hilfskrankenschwester um die zum Genesungsurlaub heimgeschickten Soldaten im Kirchspiel, und danach arbeitete sie als voll ausgebildete Pflegekraft in einem Lazarett in P., versorgte notdürftig Soldaten, die von der Ostfront hereinkamen. Eingeliefert aus der Gegend vor oder um Berlin, unter ihnen halbwüchsige Jungs, die als Letzte gegen die Panzer der Roten Armee vorgeschickt worden waren.

Der diensthabende Lazarettarzt, Dr. Wolfram, flickte sie kaum mehr zusammen, die Mittel waren ausgegangen, Blutkonserven, Insulin, sogar Verbandsstoff. Er behandelte die Angelieferten so gut oder eben schlecht und unzureichend, wie es gerade ging bei der wachsenden Knappheit an allem, auch der Betten. Überbelegung. Verwundete hätten unversorgt auf dem Gang gelegen, sagte Stefanie, und seien da gestorben. Sie habe Dr. Wolfram assistiert. Florence Nightingale. Über die gemeinsame Arbeit, die sie inmitten des

Elends befeuerte und wie eine davon nicht überschwemmte, kleine, exklusive Insel im blauen Meer des Glücks umgab, verliebte Stefanie sich in den Arzt. Er erwiderte die Zuneigung. Neben diesem überarbeiteten Mann hatte sie zum ersten Mal das Gefühl, ihr Leben habe Richtung und Sinn, sie werde gebraucht, ihr Können, das sie, bereit zu helfen, sich in der Kriegszeit angeeignet hatte.

Und wenn es keinen Krieg gegeben hätte?, fragte Alma. Zum Heiraten im Krieg war ja wohl keine Zeit?
 Doch schon. Wer heimkam, heiratete oder zeugte während des Fronturlaubs ein Kind. So wie mein Vater Hugo, sagte Charlotte. Also war es nicht der Krieg, der Stefanies Heirat verhinderte. Wen aber hätte sie heiraten sollen? Auch ihre Brüder hatten den Fronteinsatz mit dem Leben bezahlt, Willo in Ostpreußen, auf dem Weg, Leningrad auszuhungern, Kai gleich zu Beginn in Polen. Zur Erinnerung, dass sie einmal Fleisch und Blut und nicht nur eine Idee gewesen waren und Stefanie unendlich viel bedeutet hatten, standen ihre Fotos auf ihrem Schreibtisch. Zwei schlanke, groß gewachsene blonde junge Männer in ihren Nazi-Uniformen: Kai, ein Fähnrich zu Pferd, das Tier in Breitseite festgehalten, er im Profil, und Willo, der Vogelfänger-bin-ich-ja-Draufgänger, frontal auf dem Krad in voller Montur in die Kamera lachend in einer Reihe mit anderen Kameraden. Um Hugo aus dem Kreis ihrer Geliebten nicht auszuschließen, hatte Stefanie auch ihn in Uniform dazugestellt. Ein Foto, im Studio aufgenommen, als Hintergrund nur eine helle Wand. Er schwieg sich dazu aus. Er hatte zu Anfang des Krieges geheiratet und in Amtsstuben gearbeitet. Als Kai und Willo weg waren, unterließ Ernst August jede weitere Ausschau nach einem passenden Schwiegersohn. Weshalb das Töchterchen noch mehr quälen, falls auch der in petto *fiele*. Ein

Kloster würde nicht fallen. Das Kloster würde Stefanie erhalten bleiben, auch nach seinem eigenen Tod.

Neben der Pritsche des Doktors lag ein zerfleddertes Reclam-Heft. Hin und wieder saßen sie auf dem Feldbett und tranken eine Tasse auf dem Petroleumkocher gebrühten Ersatzkaffees. Die Insel, 3 × 3 Quadratmeter. Dr. Wolfram mit den deutschen Balladen. *Christen sind ein göttlich Volck / Aus dem Geist des Herrn gezeuget... Dunkel, Dunkel im Moor,* und *Er liegt so still im Morgenlicht / So friedlich, wie ein fromm Gewissen...* Er erzählte Stefanie von seinem Zuhause. Königsberg, eine so schöne Stadt, er holte tief Luft und setzte hinzu, war sie einmal, schön und stolz, nun wohl auch zerballert. Die Stadt, von der er nicht wusste, ob er sie je wiedersehen würde. Er würde sie sonst Stefanie zeigen, sein Königsberg, die Wohnung seiner Eltern, sein Fenster zur Straße, die Grundschule, das Gymnasium, in dem der Vater die Abiturklassen in Deutsch unterrichtete.

Daher die Balladen?
Daher die Balladen.
Von einer Frau war keine Rede.
Stefanie kaute an einem Problem. Ihr Zuhause war immerhin erreichbar. Mit diversen Verkehrsmitteln dauerte es einen Tag, dann war sie in Greiffensee. Die letzten Kilometer in der Kutsche, die Ernst August ihr an den Bahnhof entgegenschickte. Sollte sie den Doktor einmal dorthin mitnehmen, ihm Greiffensee und ihre Kindheitsgegend zeigen?, fragte sie sich im Stillen. Was würden wohl die Eltern sagen, wenn sie ihn zur Taufe des ersten Enkelkindes, Hugos Sohn, mitbrächte als den Mann an ihrer Seite, ihren Tischherrn bei der Feierlichkeit? Immerhin war ja der Stammhalter geboren. Der Etikette wegen dürfte der Doktor jedoch nicht an ihrer

Seite sitzen. So blieb es beim Wunsch, und sie unterließ es, den Vater zu fragen.

Sie bat um Sonderurlaub und fuhr allein zur Tauffeier. Sie war zerrissen. Sie stand im Zug am Gangfenster, zu unruhig, um zu sitzen, und zu fahrig für ein Gespräch mit den Nachbarn im Abteil. Sie sah auf die flache Landschaft in ihrem jungen Grün hinaus, durch die der Zug rollte. Wen sollte sie fragen? Kai und Willo waren tot. Hugo? Der hatte nichts zu bestimmen, und außerdem *stand* er jetzt in Frankreich. Es war Ernst August, der in der Familie entschied. Er allein sprach die Einladungen aus, regelte das Placement und ganz allgemein ihrer aller Zukunft.

Dr. Wolfram hatte zwar die Stunden bis zum Wiedersehen gezählt, doch empfing er Stefanie, um seine Freude zu verbergen, trocken, was ihn selbst überraschte.

Da bist du ja wieder!

Worauf sie, nicht eben schlagfertig, auch nur Unverfängliches herausbrachte. Sei mir gegrüßt!

Er stieß sie gleich mit dem nächsten Satz barsch von sich, ein wenig spöttisch und ein wenig angewidert, und in die Realität zurück.

Wie heißt der junge Erdenbürger, dein Neffe, auf dessen Geburtsurkunde sein Leben lang wie ein Brandmal der Nazistempel prangen wird? Er schaute Stefanie ins Gesicht und sah ihr an, dass sie beim Wort *Brandmal* schon wieder ausbrach, auf Sleipnir saß, auf dem sie in diesen Urlaubstagen so gern geritten war, Odin und seine luftige Freiheit im Sinn. Wir zwei, fuhr Wolfram fort, Gott sei Dank, meine Liebe, um einiges älter als dieses neue Wurm, wurden wenigstens davor bewahrt.

Stefanie reichte ihm die von einem feinen Goldrand eingefasste Karte vom Tauftag. Sein Sarkasmus kränkte sie. Wollte er, dass sie sich für die Feierlichkeiten in ihrem Zuhause in Zeiten des Krieges schämte? Wo es, wie auf der Karte zu lesen war, Wildsuppe, Gänseleberpastete, Perlhuhn, Erbsen, Kompott und Vanilleeis gegeben hatte, dazu 1934er Hattenheimer Nußbrunnen Edelbeerenauslese, 1920er Château Léoville Barton und Moët Chandon zum Dessert.

Da oben kannst du den Namen lesen, sagte sie.

Über dem Menü prangte das Schwarz-Weiß-Foto, in einem hell ausgeschlagenen Kinderwagen schlafend der kleine Mensch, dem die ganze Veranstaltung galt. Und der Name: Ludwig Friedrich Ernst Ferdinand. Zurück in Dr. Wolframs Welt, die ja auf ungewisse Zeit die ihre war, wollten Stefanie die festen Zusammenkünfte festlichen Weitermachens bei Kerzenschein und geröteten Wangen nicht irreal, eher nur wie der aberwitzige Blick aus dem Zugfenster erscheinen, der fast im selben Moment einen Panzer, zehn tote Soldaten und einen Schwarm fliegender Tauben zeigte. Weshalb freiwillig auf Verwöhntsein und die geliebten Seiten des Luxus und der Tradition in dieser Zeit verzichten? Das Leben ging weiter. Pastor Vreede hatte in der Taufrede darauf hingewiesen. Man war und blieb sich der Dinge in ihrer versammelten Unordentlichkeit bewusst. Das genügte. Er, der Stefanie bei Tisch gegenübergesessen hatte, die geistliche Autorität dieses Tages, ein ungesund rotwangiges, unter hohem Blutdruck leidendes, gleichwohl robustes Tagesgespenst in Talar und weißem Beffchen, sprach das Problem in seinen zensierten Worten zwar nicht aus, umruderte es aber immerhin wie ein Boot einen gefährlich tiefen Strudel: *Freude erfüllt das Herz beim Gedanken an die Mutter, die durch alle Schwere hat hindurchgehen dürfen und es nun wieder bekennen kann:* In wie viel Not hat nicht der gnädige Gott über Dir Flügel gebreitet. *Freude erfüllt das Herz beim Aufschauen dieses Kindleins, das auch als Gruß des Leben schaffenden Gottes geschenkt worden ist. Doch bei allem Sonnenschein, der da ist, können wir die Wolken nicht übersehen, nicht verscheuchen, die auch diese Stunde überschatten. Der Ernst der Zeit lastet viel zu sehr auf uns allen, als dass wir ihn einfach abschütteln könnten. Vor allem fehlt der Vater des Kindes, der bei der Taufe seines Söhnleins in weiter Ferne weilt. So gehen unsere Gedanken einen weiten, weiten Weg ... Noch nie war wohl für die Entwicklung und Erziehung des Kindes das Elternhaus so entscheidend wie heute. Und in ihm ist es wieder die Mutter, die das Leben des Kindes entscheidend formt ...* – Bis zu dieser Stelle seiner Rede hatte Pastor Vreede die blauen Augen vor allem auf Ingrid, der Mutter des Kleinen, ruhen lassen, ihren Eltern, die aus Baden-Baden angereist waren, auf dem Hausherrn und Gastgeber Ernst August, dem Vater des fernen Hugo, und auf Hugos Mutter, die still und in sich gesunken am Tisch saß. Und hatte seine Augen, die im unvergesslichen Blau einer gerade aufblühenden Wegwarte leuchteten, mit ebender Kraft zur Farbe und Entfaltung, hin und wieder über die restliche Tischrunde schweifen lassen. Er legte jetzt eine geschickt abgezirkelte Pause ein, sich der Wirkung auf die Zuhörerschaft bewusst, währenddessen er sich mit dem Taschentuch den weißen Pipps in der Mundecke wegtupfte im Glauben, bislang habe niemand am Tisch diesen kleinen Makel am lang eingeübten Vortrag bemerkt. Doch er täuschte sich, Stefanie hatte ihn genau beobachtet, den Fleck mit ihrem Blick geradezu aufgesogen. Pastor Vreede fuhr fort: *Gerade hier aber versagen heute viele Elternhäuser, und wenn dann der Geist der Zeit über einen jungen Menschen hinwegstürmt, dann gibt es oft eine tiefe seelische Not.* Wieder machte er eine Pause, tupfte die andere Mundecke frei und sah danach unverwandt zu Stefanie hinüber, als wolle er an ihrem Gegenblick ablesen, welchen Anfeindungen sie in der blutigen Wolken-Welt *da draußen*, *out there* oder *vor dem Hoftor* bei ihrer Arbeit ausgesetzt sei. *Ich denke an jenen jungen Soldaten, der schwer verwundet im Lazarett lag. Der Pastor, der ihn besuchte und der nicht lange bei ihm verweilen konnte, ihm ein paar kurze kernige Worte bei der Bibel sagte, stieß auf eine aufgeregte Abwehr: Herr Pastor, verschonen Sie mich mit diesen Worten. – Ja, aber sie haben doch schon so manchem Menschen geholfen und ihn aufgerichtet. – Einerlei, wir Jungen von heute sind anders, wir können das einfach nicht mehr glauben. – Dann aber dreht sich dieser junge Mensch zur Wand, bricht in heißes Schluchzen aus und ruft: Verflucht, die uns den Glauben stahlen!*

Den Glauben stehlen. Hart schnitt der Gedanke an dieses Wort des Pastors seit der Tauffeier in Stefanie herum. Auf der Rückfahrt ins Lazarett, am Fenster stehend, während der Zug langsam über die Elbbrücke rollte und sie auf die stillen Auen zu beiden Seiten des Stromes hinausschaute, fand sie die Antwort für sich: Mir wird keiner den Glauben stehlen.

3

Der Krieg ließ Stefanie zu einer noch interessanteren Partie aufsteigen. Sie hätte den Arzt ohne den Krieg nicht kennengelernt und auch nicht das Gefühl der Eignung für bürgerliche Arbeit, der sie ihre *ganze Kraft widmen* konnte, worin die Tätigkeit einer Krankenschwester bestand. Ich glaube nicht, sagte Charlotte, dass sie den Lazarettdienst ausschließlich aus patriotischen Gründen absolviert hat, im *Dienst fürs liebe Vaterland*. Wieso hat sie diesen Weg dann nicht weiterverfolgt, als das Lazarett von der Roten Armee requiriert und sie wieder in Greiffensee war? Das Vaterland war immer noch da. Ein anderes zwar, wie soll man sagen, vom Geruch und von der Farbe her, es hinkte, war geteilt.

Kann man einem halben Vaterland dienen?, fragte Carlo.

Man kann. Das Vaterland überlebt auch in einem Koffer.

Dr. Wolfram hatte eine Frau. So hieß es in der Familienchronik. Er hatte nur keinen Kontakt mehr zu ihr. Er suchte sie nicht. Sie suchte ihn. Als sie ihn über den Suchdienst des Roten Kreuzes gefunden hatte, ließ er sich nicht scheiden. Im Gegenteil, er ließ sich wiederfinden. War die Karriere wichtiger und eine Frau, die sie garantierte? In Greiffensee hätte Dr. Wolfram auch als Superarzt in bundesrepublikanischer Zukunft immer mit dreckigen Fingernägeln bei Tisch gesessen.

Eine andere Version der Chronik spielte eine andere Karte. Willo, Ernst Augusts jüngster Bruder, brachte sie ins Spiel, indem er bei einem Familientreffen fragte, ob denn dieser Dr. Wolfram wirklich verheiratet war und die Geschichte mit einer Frau Dr. Wolfram nicht nur eine Lüge sei, als *cover-up* erfunden, um seine Nichte, immerhin sein Patenkind, nicht bloßzustellen und die übergeordnete Position des Männerrats in der Familie zu bewahren. Oder noch mehr herauszustellen. Jedenfalls war für Willo Stefanies Wahl ein *faux pas*, ein Griff ins bürgerliche Fach, so etwas dürfe, lässig heimlich oder gar nicht heimlich, allenfalls vor der Ehe stattfinden. So hatte eine spielerische Viertelstunde Gottes dieses Zauberkind oder Gespensterwesen geschaffen, das es in der Familie für immer blieb: Dr. Konrad Wolfram. Stefanies auswegloser Ausweg.

Ich kannte eine weitere Version, sagte Charlotte, mein Vater hat sie mir, kurz bevor er starb, gebeichtet. Er fühle sich am Ende seines Lebens verantwortlich, um nicht zu sagen schuldig am Leben seiner Schwester. Ich hatte geschluckt. Warum sagst du das erst jetzt? Und warum sagst du es mir und nicht ihr, Stefanie? Sie lebt doch, und nur auf ein paar Kilometer Entfernung von dir. Fahr hin!

Stefanie war aus einem Lebensentwurf, der ihre Zukunft hätte bedeuten sollen, in der alten Welt zurück. Wieder Sleipnir. Wieder Odin. Wieder die Fluren. Nicht rosa oder blaue Kornblumen, sondern dicht gedrängt in den frei geräumten Zimmern im Dorf die Habenichtse, Vertriebenen, Flüchtlinge, die sich unter den Einheimischen, die ihnen unwillig Platz und Arbeit gaben, ansiedeln wollten. Zwei oder drei Jahre später, sagte Charlotte, war auch Hugo aus der Gefangenschaft in Holland wieder da. Er zitierte Stefanie in die alte romanische Kirche im Nebendorf. Ein Vieraugengespräch. Es gab wohl überall zu viele Lauscher, ein Residuum noch aus der Nazizeit, nirgendwo den weiten freien Raum ohne Ohren, und jetzt zu viele Fremde.

Ich blende hier, *close-up,* die Szene ein:

Stefanie hatte sich vom Küster den Kirchenschlüssel geholt und sich in die Bank des Patronatsgestühls gesetzt, die Bank ihres Vaters. Dort wartete sie. Vierzehnjährig, in schwarzen Lackschühchen war sie in dieser Kirche eingesegnet worden. Ohne Kopfbedeckung damals, nur der Kamm in die roten Strähnen gesteckt. Sie hatte weiße, heruntergekrempelte Söckchen getragen wie all die anderen Mädchen auch. Jetzt trug sie einen mittelblauen, melonenartigen Filzhut, so als solle sie die Rittersponfarbe, die Lieblingsfarbe ihrer Mutter, vor der bevorstehenden Attacke des Bruders schützen. Elsa, ihre Mutter, hatte gern topfartige Hüte getragen, die etwas später das Modell der Zwanzigerjahre gebildet hatten, die Mode ihrer Jugendzeit als verliebte, jung verheiratete Frau. Sie standen ihrem runden, fast slawischen Gesicht mit den weit auseinanderstehenden Augen vorzüglich, verjüngten ihre Züge und lenkten von der Tatsache ab, dass ihre immer wiederkehrenden Gliederschmerzen bereits damals begonnen hatten. Mit dem Hut, den ein Strauß brauner und schwarz-weiß gepunkteter Federn an der rechten Seite schmückte, sah Stefanie elegant aus. Nur wollte der Hut zu den staubigen Schnürschuhen partout nicht passen. Die weibliche Person oben war eine andere unten, oben Städterin, chic, jung, auf dem Weg in die Eroberung ihres Lebens, unten Landfrau, Stroh und Hühnerdreck an der Sohle. Der Hühnerdreck war ihr egal. Und sie hoffte, dass er auch Gott egal war.

Hugo, der den Hut auf dem Kopf der Mutter kannte, stutzte, als er den Mittelgang heraufkam, er hatte die Schwester in Trauerkleidung erwartet, erst vor Kurzem hatten sie den Vater gemeinsam auf dem Hünengrab verlassen, ging aber auf die Anspielung nicht ein. Nicht einmal deuten wollte er sie sich. Er setzte sich links neben seine Schwester, obwohl ihm nun rechts von ihr der Platz des Vaters zustand.

Er ist verheiratet.
Das ist er nicht.
Er hat es dir verschwiegen.

Ich glaube dir nicht, Hugo. Konrad hat mir nie etwas verschwiegen.

Ich weiß die Wahrheit. Ich habe ihn überwachen lassen. Ich habe ihn sogar getroffen. Er schwieg, als er mir gegenüberstand. Ich redete. Später dann redete er, dann wieder ich. Nach zwanzig Minuten sah er auf die Uhr und sagte: Lieber Graf, mit Ihnen rede ich wie gegen eine Wand. Sie sind voreingenommen. Es tut mir leid, ich muss zurück auf den Zug. Auf Wiedersehen. Er salutierte fast. Nein. Kein Wiedersehen nach diesem Treffen. Mir wäre es lieb, fing ich noch einmal an, wir würden die Angelegenheit hier und jetzt und auf der Stelle und für immer beenden. Er ließ mich nicht ausreden. Ich liebe Ihre Schwester, fiel er mir ins Wort. Das wissen Sie. Ich wiederhole es noch einmal: Ich liebe sie. Trotz Ihrer Standesvorschriften. Stefanie, sagte Hugo in die leere Kirche hinein, er bellte fast: Ich verbiete es dir. Du heiratest ihn nicht! Keinen Bürgerlichen! Hörst du? Und seine Stimme hallte wider, als rauschte plötzlich die Orgel in dem hohen schönen Raum auf.

Stefanie schwieg.

Man kann sich scheiden lassen. Du hast mir gar nichts zu verbieten. Wieso waren ihr diese simplen Sätze nicht eingefallen? Wieso hatte sie nicht zurückgebellt und auch mit einem *Hörst du?* geendet.

Sie rückte nur den Hut zurecht. Die Welt der Verbote. Was hatte sie erwartet bei dem Rückfall in den Schoß der Familie. Geh, Hugo, sagte sie schließlich schroff und ohne ihn anzusehen, ihre ganze Gegenwehr, ich will noch allein hier sein. Ich bleibe. Geh. Ich habe den Schlüssel besorgt, ich trage ihn auch zurück.

Vor dem Krieg hatte die Kirche immer offen gestanden. Jetzt war sie von Angst beherrscht, Diebstahl, die vielen Fremden, der kalte Winter, der Mangel an Brennholz. Womöglich auch Mangel an Gott.

Hätte Ernst August sie unterstützt? Er war gestorben, als Stefanie noch fraglos und wild entschlossen gedacht hatte: Ich will diesen Mann, Konrad, und keinen anderen. In der Familie aber nahm selbst Ingrid, ihre Schwägerin und frühere Freundin, nicht ihre Partei ein. Stefanie kramte das Lieblingsfoto des Vaters aus der Handtasche, sie trug es immer bei sich, es war lädiert und eingeknickt, stellte es vor sich auf die alte geschnitzte Schräge, die von Holzwürmern durchlöcherte Ablage fürs Gesangbuch. Ernst August bei der Patrouille seines Husarenregiments in Kassel. Ein Foto aus der *Schule der Nation,* des Reiters Haltung, Gewissenhaftigkeit im Dienst. Ganz gewiss keine Pose. Ein schmucker Reiter. So weit her, so weit zurück. Sein Blick zeigt keine Unterwürfigkeit gegen höhere Instanzen. Eher dann doch die selbstbewusste Pose des adligen Kavallerieoffiziers, wie sie auch für das offizielle Bewusstsein des Volkes bestimmt war. Parolen mochte er lieber ausgeben als empfangen. Ein schlecht geputzter Knopf, das schief hängende Seitengewehr eines Rekruten, das nicht ausreichende Streichen der Koppel mit der Schlämmkreide und schon drohten, eine Ermessensfrage des Vorgesetzten, Strafe und Arrest. Das hatte er hinter sich beziehungsweise so dringlich gar nicht durchmachen müssen. Hinter sich hatte er aber nicht die alljährlichen Kaisermanöver, wo immer im Deutschen Reich wie in der Hymne von der Etsch bis an den Belt sie stattfanden. Von

Döberitz bis Altona, von Schleswig an die Werra, von Posen bis Elsass-Lothringen. Gigantisches Männertheater. Ernst August war ein leidenschaftlicher Husar gewesen und hatte Schulfreunde im Offiziersrang im Regiment. Sie hatten gemeinsam angemustert. Hatten im Feld zusammenstehen wollen. Sie ritten zusammen an. Wenige von ihnen überlebten den Krieg. Sein Freund, der Sohn des Kaisers, schwer verwundet, nahm sich nach dem Krieg das Leben. Mit dir wären zumindest echte Gespräche möglich gewesen, redete Stefanie das Foto an. Weshalb lebst du nicht mehr?

Zur Heirat hatte Ernst August nur Hugo gedrängt. Er wollte einen Enkel, den er in der Ferne des weitläufigen Greiffenseer Hauses schreien hören konnte und vor der Kinderschwester, die dessen Händchen an den Zeigefingern hielt, auf sich zuwackeln sehen, ehe er ganz erblindete und sich von dieser Welt verabschiedete in der Gewissheit, dass die Erbfolge auch durch Hugo gesichert wäre. Falls Stefanie heiratete, und nach ihrem Schwesterndienst nicht einfach als Stiftsfräulein die Tür hinter sich schlösse, wanderte der Name eh in eine andere Verbindung ab beziehungsweise in sie ein oder zu ihr aus und wäre von der neuen geschluckt, sodass der Vatername in den Initialen oder Lenden des anderen Mannes verloren gehen und das auf Anhieb erkennbar angestammte Eigene sich auflösen würde. Wie bei der Vermischung von Sand und Meer etwa, wo das Meer große Strukturen, im Orkan sogar ganze Küstenformationen in sich hineinfraß, und wie bei Flüssen, die im Aufeinandertreffen miteinander kämpften, der Amazonas mit dem Río Negro, der eine lössfarben, der andere schwarz. Im Strudel der Zusammenführung siegt der Stärkere, der Durchsetzungsmächtigere, der Frontale, nicht einmal Listigere, mit seiner elementaren Wucht. Und floss nach der Einverleibung und Verschlingung majestätisch als ein riesiger, einheitlicher Leib weiter. Das Meer. Der Fluss. Río Mar, der Amazonas. Der Nil. Die Wolga. Der Ganges. Im Falle der Frau, so wie die Welt bislang geregelt war, ging, wie der Río Negro im Río Mar, ruhig ihr Name unter. Die Linie starb aus. Ist das so schlimm? Alma bereits würde den Mädchennamen behalten und nicht einmal den Bindestrichanhang von Carlo dazusetzen. Sie würde ihr Geld unter diesem Namen verdienen. Sie und Carlo waren sich aber noch nicht einig. Alma hatte übrigens Ernst Augusts Züge, seine kleinen, eng beieinanderstehenden Augen und seine schmalen Hände. Zu ihrem Ärger schon als sehr junges Kind, vielleicht auch zu ihrem tiefsten Erschrecken. Charlotte stellte es sich zumindest so vor, als das innere Gesicht – *Ich bin ein Ich* – wie ein Blitzstrahl vom Himmel vor sie fuhr und sie darüber erschrak. Ich?

Ernst August hatte sich eine schwedische Schwiegertochter gewünscht: ein Wesen wie Sommerwind und gelbe Ährengarben, das ihn im fortgeschrittenen Alter zurückbrächte zu seinen glücklichsten Jugendzeiten in der Nähe von Drottningholm. Gewiss um eine Generation verjüngt, darin lag ja der Reiz solcher Altmännerfantasie, die ihre ewige Liebesfähigkeit oder Potenz verherrlichte. Hedda, Hilda, Hella von Rosen oder Rosenkrantz, Ueksküld. Das schöne Haus wäre noch immer das schöne Sommerhaus in Meereshöhe, das er einmal hatte durch Einheirat beziehen wollen. Die Kriegsumstände verhinderten das, der reale Kontakt ins eigene Vorleben wurde gekappt.

Mit seiner Sehnsucht nach Haus und Ort in Schweden hatte er Stefanie frühzeitig angesteckt. Wo möchtest du jetzt am liebsten sein? In Blindöholm. Wer hat aus seinen Fenstern den schönsten Ausblick im ganzen Land? Blindöholm. Wer die herrlichsten Bäume? Blindöholm. Wo kann man sich am besten verstecken? In Blindöholm. Wie viele Füchse sagen sich dort Gute Nacht? Alle. Zu übermächtig schwiegen die Wälder.

Ingrid war keine Schwedin, erfüllte jedoch alle äußerlichen Merkmale. Ernst August kannte sie als eine von Stefanies Internatsfreundinnen und noch mehr aus den töchterlichen Erzählungen. Nach Greiffensee lud Stefanie Ingrid nicht ein, aus Gründen der Rivalität, die sie ihr gegenüber verspürte. Es gab zu viele *Mannsbilder* im Elternhaus, mit deren Neugier und Sympathien sie die Freundin zu teilen hätte, einen immer noch flirtwilligen Vater und immerhin drei Brüder, und sie scheute sich, den Verdacht auf die Probe zu stellen, zwar befürchtete sie, Ingrid als Freundin zu verlieren, befürchtete aber auch, dass diese sich über das männliche Interesse in der Familie eben zu schnell ein anderes, breiteres Terrain sichern könnte.

Das Internat lag in der Stadt. Ingrid kam aus der Stadt. Sie verstand nichts von Landwirtschaft, Hühnerhaltung und Forst, noch weniger als Dr. Konrad Wolfram und später Frieder, sie war in der Metropole einer ehemaligen deutschen Kolonie in Ostafrika aufgewachsen. Nicht das Undeutsche, eher das Unprovinzielle, das zwischen Knicks und alten Eichen nichts zu suchen hatte, zog Ernst August bei ihr an, so wie das Städtische auch, was ihr eine gewisse Auftrittssicherheit verlieh, sodass es nichts gab, weshalb er sich ihretwegen oder wegen des Geschmacks seines Sohnes hätte schämen müssen. Und sie war schön. So schön, dass er sie Hugo neidete, wenn er ihre milchig pfirsichfarbene Gesichtshaut aus tolerierter Nähe bei seinem abnehmenden Augenlicht betrachtete. Kein Anflug von Akne, keine Unebenheit, ein kleiner Schönheitsfleck auf der linken Wange, der gepflegt und abends fürs Kerzenlicht schwarz betuscht herausgestellt wurde, all das umrahmt vom vollen blonden Haar, das sie keineswegs färbte, was den schönen Kopf nur entstellt hätte. Ingrid, die Enkelträgerin in spe. Das verband Schwiegervater und Schwiegertochter, zumal in Hugos Abwesenheit, der Ingrid frühzeitig aus Stadt und Bombenkrieg zu ihm nach Greiffensee geschickt hatte, um *das junge Leben zu schützen, das sie unter dem Herzen trägt, meinen Sohn*. Den ersehnten Ludwig, wie Ernst August sagte, dem weitere Enkel folgen sollten, sodass er sie auf die weitläufigen Besitztümer verteilen könnte.

Ingrid wächst zur Ersatztochter heran. Ernst August führt sie ins Landleben ein. Hugo ist an der Front. Stefanie arbeitet im Lazarett, versetzt von A nach B an Dr. Wolframs Seite. Hugo kommt selten auf Urlaub. Er und Ingrid schreiben sich Briefe. Ernst August öffnet der Schwiegertochter großzügig sein Haus – was Stefanie aus der Ferne noch schwerer erträgt und bei jeder Nachricht aus Greiffensee eifersüchtig werden lässt, schließlich war sie *Dad's beloved child and only daughter*.

Ernst August erzählt Ingrid aus seiner Jugendzeit, überhaupt aus seinem Leben, vergnügt nimmt er sie im offenen Kremser mit, wenn er zur Inspektion der Arbeit über die Ahlefelder und Greiffenseer Fluren fährt. Ein Kind zu Füßen einer Kaiserin. Vergraben in ihren Röcken. Hans, sein Lieblingsspielkamerad, der im See vor dem Haus ertrank. Die Schiffsreisen nach Schweden mit der Mama. Berlin, 1. August 1914, Unter den Linden. Da trat nachmittags kurz nach fünf ein Schutzmann aus dem Portal des Schlosses und teilte der dort harrenden Menge mit, die Mobilisierung sei beschlossen. Tief ergriffene Menschen stimmten unter den Klängen der Domglocken den Choral *Nun danket alle Gott!* an.

Geboren im Weimarer Nachkriegsdebakel, hatte Ingrid kein reales Bild von den kaiserlichen Vorkriegszeiten, weder von der Armut und den militärischen Zwängen noch vom

Glanz und Elend jener Zeit. Wie ein junges Ding heute vor dem Fernseher träumte sie von den Hofbällen, die ihre neuen, angeheirateten Tanten noch in der Hauptstadt oder im Potsdamer Schloss erlebt hatten, träumte von der Galanterie und den schmucken Uniformen der Offiziere. Eingeschlossen in ihre bunte hochgeschlossene Tracht, waren sie für sie die Schicklichkeit selbst. Linkische, handschwitzende Zudringlichkeit, täppische, unschickliche Werbung, hatte ihr der Vater erklärt, müsse sie abweisen. Sollten die jungen Männer dennoch Unzüchtiges versuchen, sei allemal er, der Vater, zur Stelle, um über sie zu wachen und die Virgo intacta, die Tochter, vor obszönen Übergriffen zu bewahren. Das hatte er ihr viele Male versichert, auch, dass der Pakt gelte, solange er sie nicht übergeben oder weggeben müsse, sie nicht verlobt und verheiratet war. Ihr schwärmerisches Gefühl für das Vergangene entstammte der Welt des Vaters, der das Deutsche Reich bis zu Anfang des Ersten Kriegs in Kamerun repräsentiert und dem kleinen Mädchen aus seinen exotischen Jahren vieles erzählt und ihm auch mitgegeben hatte, dass Menschen mit anderer Hautfarbe, wie Neger etwa, weil durch Klima- und Lebensverhältnisse faul und ungeschult, auch kaum schulbar, möglicherweise auch bildungsunfähig, der weißen Rasse jedenfalls unterlegen seien. Menschen zweiter Klasse eben, wie die Juden, mit Ausnahmen natürlich, die Welt bestehe ja vor allem aus Ausnahmen.

Ingrid bemühte sich, vom Schwiegervater so viel über das Leben auf dem Land zu lernen, wie sie konnte. Sie erfand sich als Landfrau. Sie war hochschwanger, und der Krieg fraß bislang nur ihre Verwandten in der Stadt, er fraß in allen Ländern Millionen Menschen von der Erde. Handkuss und langsamer Walzer waren ein exotischer Anachronismus. Der Gedanke an einen blauen Uniformrock mit roten Aufschlägen und Goldstickerei am Kragen, das Plastron, der

Salondegen an der Seite – eine Flucht. Nicht in eine Vergangenheit, wie sie genau wusste, sondern in eine andere, leichtere Gegenwart, die 1914 für immer verspielt worden war.

Stefanie sah, wenn sie sich einmal kurz in Greiffensee aufhielt, nur das, was sie sehen wollte, nämlich wie Ingrid sich in ihrem Zuhause einnistete, immerhin gleichaltrig mit ihr, immerhin ihre Freundin, bisher. Sie stellte Ingrid zur Rede. Die rechtfertigte sich. Nichts mache sie der Schwägerin in ihrem Elternhaus streitig, die Zuneigung, die Ernst August ihr entgegenbringe, sei eine völlig andere als die, die er der Tochter entgegenbringe und ihr zudem entgegenbrächte, wenn er wüsste, dass Stefanie mit einem Sohn schwanger wäre. Und ihr eigener Auftrag sei es nun einmal, einen Sohn in die Welt zu setzen, der den Vaternamen fortführte. Das stellte Stefanie überhaupt nicht in Abrede, und so verband und trennte das Wissen die beiden Frauen unwiderruflich. Es war etwas anderes, wenn Ingrid sagte, Stefanie sei ihre Schwägerin, als wenn Stefanie sagte, Ingrid sei ihre Schwägerin. Dahinter verbargen sich Zuordnungen, die in den essenziellen Punkten nicht unterschiedlicher sein konnten.

Mein Körper ist verbraucht, mein Verstand ebenfalls. So drückte sich Ernst August aus, ich habe mein Leben hinter mir. Jetzt seid ihr dran, du, Hugo, eure Kinder. Er war sechsundsiebzig Jahre alt, er hatte niemals gedarbt. Er litt an Bluthochdruck, den der Hausarzt, ihm viel zu sehr ergeben, als dass er ihn gerügt und streng kontrolliert hätte, unsachgemäß behandelte.

Ernst August bestellte sein Haus, wie er in demselben gottvertrauenden Sarkasmus mitteilte, indem er sein Erbe, das er als ihm geliehenes Gut betrachtete, an Stefanie und Hugo verteilte. Er hätte mit Ludwig gern noch ein paar Minuten länger geübt, der seine ersten Sätze ausprobierte, und Charlotte zugesehen, die erst krabbelte und sich auf der Wolldecke, die schon Ludwig gedient hatte, am Boden rollte. Stefanies Kinder, Pauline, Rosa, Cäcilie und Anna, lernte er nicht mehr kennen.

Er trat über die Schwelle und *ging heim*, wie es Pastor Vreede bei der Aussegnung formulierte. In Schweden hätte Ernst August wohl gewusst, wo er mit dem Blick über das Meer liegen wollte. Stefanie kannte den Ort, sie gab ihm recht. Die weite nördliche Küstengegend und davor die Insel, die sich im Herbst im Nebel verlor, wabernd wie bei der Entstehung der Welt, darin die eine Anhöhe, ein Platz, klein, überschaubar, umstanden von uralten Buchen, ringsum der Blick aufs Meer, als hätte hier immer wer hinausgeguckt, all das tat der nun einsamen und stummen Seele gut. Von dort konnte sie ausfliegen wie immer die Raben oder heute die Fledermäuse und wieder zurückkehren, wenn ihr danach war und sie ihre Neugier über den Zustand der Welt gestillt hatte. Sie war frei mit ihren weiten leichten Schwingen. Ernst August wollte nicht in die ummauerte, martialisch anmutende Familiengruft, in der es bei starkem Regen tropfte und durchgehend nach Moder und feuchter, stehender Luft roch. Mit Hauruck eins, zwei, drei von vier starken Männerarmen oben auf den Stapel seiner Vorfahren gehievt.

Da ihm einst das Paradies versperrt geblieben war, wählte er sich etwas anderes, einen erhöhten Platz auf dem eigenen Gelände, eichenumstanden, mit großen Findlingen besetzt und Blick auf die Ahlefelder Turmspitzen. Hohe Brombeerhecken umwucherten den Ort in wildem Durcheinander, bildeten aber auch einen schützenden Wall mit ergiebigem Futter für Vögel zu beiden Seiten des Wegs. Ein Forstarbeiter sollte die Pflege der Ruhestätte besorgen. Das bestimmte der Alte im Testament. Dorthin wollte er kommen. Hugo und

Stefanie erfüllten ihm den Wunsch. Und als der lange Trauerzug nach der Aussegnung mehrere Kilometer weit zum mächtigen Hünenhügel über Land unterwegs war und Stefanie auf Sleipnir hinter dem Sarg herritt, wurde es ihr blitzartig klar, wo *ihr* Ort dermaleinst wäre. Sie würde es dem Vater vormachen und sich nach Blindöholm absetzen. Zum Beweis, dass sie seine Tochter war, die Person, die seine Sehnsucht auslebte. Seine Brunhilde.

Carlo spielte in seiner neuen Sprache mit den Vokabeln hin und wieder wie mit Murmeln in Rom als Kind auf der Straße. *Stefanie fügte sich*, lautete der Satz, für den er ein Bild finden wollte: Setze deinen Fuß zurück, setze einen Schritt zurück, setze dein Passwort zurück, setze einen Menschen der Bewegung aus, setze ihn zurück. Alles dasselbe für *Stefanie fügte sich*? Nein. Carlo entschied sich für *setze den Menschen zurück*. So. Setz ihn zurück wie ein Passwort.

Machten Tiere es etwa anders, wenn sie nicht auf der Stelle totgestochen, totgeschossen oder totgebissen worden waren?, fragte Alma mit Blick auf ihre Tante. Ein Kater, der seinem Rivalen weichen muss, duckt sich grollend, um unsichtbar zu sein, ein Damhirsch, besiegt vom Platzhirsch, trollt sich ins Unterholz.

Solche Vergleiche hinken, sagte Charlotte. Stefanie vergaß Hugo die jämmerliche Szene in der Kirche nie. Nur war er ihr letzter Bruder, und sie wollte ihn nicht gänzlich an Ingrid verlieren.

4

Im väterlichen Testament ist Greiffensee Stefanie und das angrenzende Ahlefeld Hugo zugesprochen. Ingrid zieht mit *Sack und Pack* auf dem Leiterwagen und zwei Kindern sowie anderem beweglichen Gut ins Ahlefelder Herrenhaus. Die meisten Räume bewohnen Flüchtlinge. Stefanie bleibt erst einmal in ihrem Jungmädchenzimmer. Viele Fremde rund ums Haus. Vor dem Fenster, das nun kein Zugfenster mehr ist, steht im Sommer ein Esel, der den Krieg überlebt hat, wie eine weitere Statue unbeweglich im Park, das einzige Lebenszeichen der Schwanz, der nach den Fliegen schlägt. Hin und wieder ein klagendes Ia. Der Esel aus Stefanies Kindheit. Die Eselin hat den Krieg nicht überlebt. In der Eibe vor dem Fenster wohnen im Winter Blaumeisen. Unter der Schneelast biegen sich die alten Äste so sehr, dass sie da und dort den Boden berühren. Auf der verharschten weißen Rasenfläche ist die Fährte eines Hasen auszumachen, die sich mit einer zweiten Spur kreuzt. Ernst August hatte während Stefanies Lazarettzeit oft an dem Fenster gestanden und hinausgeschaut. Er hatte es Stefanie gesagt. So schaut sie, wenn sie dort steht, mit seinen Augen hinaus auf das, was da ist.

Stefanie hing weiterhin an Hugo, so als wäre nichts vorgefallen, als hätte es den Hieb gegen sie nicht gegeben, keine tiefe Verletzung, kein Attentat, es war, als müsse sie, den Gesetzen einer geheimen Verpflichtung treu ergeben, mit dem Bösen allzeit friedlich koexistieren, das Unerschütterliche in ihrem Wesen, ihr Sinn für Gradlinigkeit statteten sie mit einer Art Freiheit aus, der Freiheit, großzügig zu sein, großzügig auch der eigenen Blindheit gegenüber.

Ihre Ländereien grenzten aneinander, also hingen sie dort auch wie die Tücher oder Bettlaken aus verschiedenen Schlafzimmern auf der Wäscheleine zusammen, aneinandergeheftet, getrennt nur durch ein paar Klammern, den Knick, den Bach, einen Zaun, den Feldweg, eine öffentliche Straße. Untrennbar verbunden durch die Luft. Die Vögel überflogen jedwede Markierung. Spatzen, Schwalben, Bussarde, Störche, Enten, ihnen waren Katasterämter gleichgültig. Hätte man sie oben in der Luft zerschneiden sollen? Welches Bein, welchen Flügel oder welche Kralle zuerst abtrennen und wem die Entscheidung über hüben oder drüben überlassen? Der Himmel zerteilte sie nicht. Die Landesteilung hatte jetzt allein in der Nähe von Stefanies ehemaligem Lazarett stattgefunden, dem letzten an Elbe und Trave, den Grenzflüssen, und diese Grenze zog sich seitdem durch die Mitte mancher Seen im Lauenburgischen. Die Linie zog sich streng und scharf durch die Wasser, die Besatzungen der Patrouillenboote hatten ihren Verlauf auf Bildschirmen eingezeichnet, die Visiere kontrollierten sie, da es an der Demarkationslinie immer wieder zu Grenzverletzungen kam. Dass ein Reh oder Damhirsch die Markierung schwimmend überquerte, ließ man noch hingehen, aber nicht, wenn im Schutz der Nacht auch mal ein Mensch *übertrat* oder in den Westen zu schwimmen versuchte, es gab Tote, die ostdeutschen Grenzwächter, gedrillt und abgerichtet, hatten keine Skrupel, im Fall des Falles sofort scharf zu schießen.

Hugos Nein band Stefanie viel enger an den Bruder, als es dem lieb war. Er bat Ingrid, ihm weiterzuhelfen. Er wisse niemanden, doch sie kenne genug junge Leute auf der Suche nach einer Frau oder einem Mann. Bei ihrem Talent zur Kupplerin könne sie Stefanie bestimmt einen passenden Mann finden. So schön, wie sie selber sei, so gut, wie sie zu bezirzen wisse, ihn habe sie schließlich auch bezaubert. Ingrids Vetter war frisch verheiratet, und unter seinen Freunden gab es einen ledigen Regimentskameraden, den er in den *sicheren Hafen* lotsen könnte. Der Vetter wurde schnell aktiv und sagte Frieder rundheraus, dass in der Familie seiner Cousine Ingrid eine junge, recht hübsche, aufgeweckte, rothaarige Frau verheiratet werden solle, mangels eines Standesgemäßen – die entscheidende Bedingung, aber Frieder entspräche ihr ja – wisse man in dem Haus – Geld sei vorhanden – jedoch nicht so recht weiter. Es wurde ein zwangloses Treffen in Greiffensee arrangiert, dann noch eins und auch ein drittes und irgendwann eines nur zu zweit. Der Regimentskamerad stellte sich Stefanies Mutter vor, die, mittlerweile schwer krank, kaum fähig, den Kopf zu heben, den jungen Mann mit fragenden Augen musterte, wortlos, aber nicht unfreundlich. So kam Stefanie an Friedrich Erbgraf von und zu Bern und nach kurzer Brautschau *unter die Haube. An den Mann.*

5

Der Verträge bin ich nun Knecht. Stefanie verabschiedete sich von dem Notat, das sie sich links unten zwischen Scheibe und Rahmen ihres bauchigen Schminkspiegels im Ankleidezimmer geheftet hatte. Ein letzter Blick in den Spiegel, der Lippenstift musste nachgezogen werden, bevor sie, reisefertig im eng anliegenden Kostüm statt wie gewohnt im Reitdress, ihr Haus verließ. Bye-bye, Mama, bye-bye, Foto von Papa. Auf in die große Welt, auf in das Abenteuer des Glücks. Friedrich unterteilte die *wedding-tour* in *Etappen*, und die Hotelunterkünfte nannte er *Quartier*.

Stefanie überquerte die Alpen zum ersten Mal ganz. Bisher war sie nur bis Meran gekommen, als sie die Mutter für einen Kuraufenthalt begleitet hatte. Sie hatte noch nie eine so lange Zugreise gemacht wie jetzt mit ihrem Mann. Sie war mit dem Vater immer nur nordwärts gereist, per Auto und Schiff. Jetzt ging es ausgiebig in die entgegengesetzte Richtung, weil Friedrich, kurz Frieder, mit ihr so hatte reisen wollen. Süden. Die alte geografische, auch seelisch alte Verbindung zum Pol im Norden kappen. Die Erlebniswelt seiner Frau und seine eigene ausdehnen, mit Neuem füllen, breiter machen. Besetzte Plätze neu besetzen, Geister der Vergangenheit von den Sitzen und Rängen drängen, sie verdrängen oder zum Teufel schicken, gemeinsam. Frieder wollte Stefanie nichts verbieten, wie es andere Ehemänner taten, indem sie sie von viel Gewohntem und Liebgewonnenem kurzerhand abschnitten, als handle es sich beim Vorleben um eine welke Blume oder zu reife Frucht, die weggeworfen gehörte, weil die Fäule auch stank, oder ganz einfach um eine Krankheit.

Stefanie war von der Reise in den Süden begeistert, insgeheim sogar beschwipst, was Frieder nicht ahnte, da sie weder über innere noch äußere Gründe sprach. Fragte er, an was sie denke, wenn sie gelöst und glücklich aus dem Fenster schaute, als der Zug durch die Schweiz rollte, entlang an vielen für sie beide namenlosen Seen, hinter denen schroff und gewaltig und teils immer schneebedeckt die Berge aufstiegen, antwortete sie knapp und lässig: Lieber, ich bin glücklich. Ich bin mir selbst auf der Spur. Worauf der Zug schon in den nächsten Tunnel eintauchte.

Die erste Etappe führte sie nach Florenz. Sie pilgerten zu den Bauten und Kunstwerken, die sie aus Büchern und Berichten kannten. Dies müsst ihr sehen, das müsst ihr sehen und hier der Geheimtipp, sagten Freunde, sagten Verwandte, die die Rosskur schon absolviert hatten, genüsslich und säuberlich still geordnet in den Speicherungsvorrichtungen des Kopfes die einen, andere, wieder zu Hause, mit summendem Kopf: Wo war ich? Wo hing das Kruzifix und wo Pontormos Porträt von Cosimo I.? Standen wir auf der Ponte Santa Trinita oder der Ponte alla Carraia, als ein Wolkenbruch über die Stadt niederging und der Arno stieg und stieg? Wie hätte ich mich vor dem Diebstahl meiner Handtasche an der Biglietteria vor den Uffizien besser schützen können? Die Sonne brannte herab.

Solche Geschichten könnten heutige Überwachungskameras wohl auch nicht verhindern, sagte Carlo, junge Beine sind flink. Waren es damals florentinische Gassenbuben, sind es heute Gassenjungen und Gassenmädchen aus aller Herren Länder. Die Mädchen heute sind sogar noch cleverer.

Stefanies Kupferschopf leuchtete auf dem Bahnsteig oder an der Bushaltestelle in der wartenden Menge und zog die Blicke auf sich. Das schmeichelte ihr, und sie schmiegte sich enger an Frieder. Wieder zu Hause, würde ihr Ingrid über die Schwarzköpfe in Venedig erzählen, die sie inmitten ihrer Hutschachteln und Koffer wie die Schmeißfliegen in der Sonne umschwärmt hätten. Ihrer goldenen Strähnen wegen, der Schimmer eines Engels. Hugo habe sie kaum abschütteln können und ständig den Arm um sie gelegt.

Der Ekberg ist es später in Rom nicht anders ergangen. Nur gab es keinen in dem großen Film, der den Arm um sie legte, das gejagte blonde Wild, sagte Carlo.

Sie hätte auf dich warten sollen, neckte Alma ihn.

Frieder hatte die Reise bis in die Unteretappen genauestens vorgeplant mithilfe familiärer Kontakte und Weiterempfehlungen, hatte doch der Orden, dem er angehörte, über Generationen zurückreichende Spuren in seiner Familie hinterlassen. Kontakte zum Klerus, weitgehend. Er brachte Stefanie auch deshalb nach Italien, um ihr das Katholische seiner Welt, in der sie ein Fremdling war wie tagsüber der Mond, zumindest ein noch ungeschliffener Körper, und die *cattolicità* seines eigenen Wesens sozusagen durch die offen stehende Hintertür, naturgemäß das überwältigende und alles bestimmende Hauptportal in diesem Land, nahezubringen. Denn nun gehörte Stefanie, auch wenn ihr Gefühl damit noch nicht so gut zurechtkam und sich eher durch ein Vakuum tastete, zu den *Convertiti*. Frieder hatte sie über diese Schwelle gezogen. Mischehe nicht gestattet. Ich oder Nichtich. Ich oder Nichtwir. Und sie gab sich willig, gefügig, wenn sie das näher zueinanderbringen und ihre Seelen einiger werden lassen würde.

Neugierig wie Landratten aus der windigen, nördlichen

Weite zwischen den Meeren wollten Stefanie und Frieder sehen, wie ein südlicher Onkel in seinem Stadtpalast lebte. Beide waren über die Dunkelheit, nachgerade mittelalterliche Düsternis und Strenge erstaunt, darüber, wie weit, wie weit zurück in gedrängter Geschichte der Onkel lebte. Er führte sie freimütig durch die Stockwerke. Im Vergleich zum Leben in einem florentinischen Stadtkasten lebten sie in Greiffensee nachgerade im Grünen und Freien wie mit den Fröschen auf der Wiese, nirgends hohe Mauern ringsum und gefängnisartige Vergitterungen bis in den ersten Stock hinauf.

Frieders Latein reichte nicht aus, um sich in der Landessprache zu behelfen, zu viele Vokabeln aus den humanistischen Tagen auf der Jesuitenschule hatte er vergessen, und Deutsch war, ohne dass es der Erklärungen bedurfte, nicht ohne Einschränkung gern gehört, auch in dem Kreis, in dem sie verkehrten … Zu wund und unverdaut die noch nicht vergangene gemeinsame Vergangenheit oder vehemente Feindschaft gegenüber dem Teutonischen nach Badoglios einseitigem Friedensschluss mit den Alliierten und dem anschließenden Wüten und Morden deutscherseits, selbst wenn sich die zurückziehenden Truppen unter Kesselring nur der Partisanen erwehrt hatten, wie es hieß.

Sie spürten die Reserviertheit bei manchen Älteren, die die Kriegsjahre miterlebt hatten und denen die deutsche Nation als ein Volk von Deporteuren, Plünderern und Mördern galt, Ausnahmen zugestanden, sagte Charlotte – es fiel der Name des deutschen Konsuls von Florenz, des Retters der Stadt und seiner Kunstschätze, Dr. Gerhard Wolf, von dem nun aber Stefanie und Frieder nichts wussten. Da blieb die versöhnlerische Geste von italienischer Seite unerwidert oder unergriffen, die Hand in der Luft stehen. Die Jungvermählten fragten nicht: Wer war das, was hat er gemacht? So nahm man als *lingua franca* bei dem einen Empfang und dem anderen Abendessen zu Ehren des deutschen Paares im Englischen Zuflucht, durch das der Austausch über den üblichen Small Talk nicht hinausreichte.

Ich war es, die wissen wollte, ich, Charlotte, die peinliche Fragen stellte, nachhakte und die Form durch schiere Neugier störte, weltgierig ungeduldig intolerant und unzufrieden suchend, über den Rand hinaus auch schon im Schulheft, meine i-Punkte flogen auf den Seiten und landeten über Buchstaben, zu denen sie nicht gehörten, das machte mich nicht gerade gemein, dafür schwierig und verschaffte mir, da Stefanie mich nicht mochte, auch keine Freunde in ihren Kreisen, doch davon später.

Zugleich wollten beide allein sein, nehme ich an, sagte Alma. Die Zweisamkeit testen, wo sie, vor dem Priester gelobt, es nun ein ganzes Leben lang miteinander aushalten wollten. Sich voreinander auszuziehen. Zu zweit in einem Bett. Miteinander nackt. Magst du meinen Körper, mag ich deinen Körper. Sich kennenlernen. Die andere Haut. Stefanies Patentante Gusta hatte erst auf der Hochzeitsreise nach Jerusalem festgestellt, dass sie einem Mann angetraut war, der sich für Frauen nur oberflächlich, auf der Ebene des Handkusses, interessierte.

Sie wohnten, *Etappe Nr. 1*, im Excelsior an der Piazza Manin, *in schönster und wärmster Lage*, so stand es von Stefanies Mutter geschrieben im roten Reiseführer. *Im Sommer viele Mücken*, hatte die Mama gewarnt, und es war Sommer, die Stadt brütete in der Schwüle. Stefanie fragte sich, wie viel mehr Mücken wohl in dieser feuchten Hitze schlüpften als im heimischen Burggraben im brütenden Sommer. In Greiffensee gab es für eine vergleichbare Feuchte nur das Treibhaus mit Tomaten, blauen Feigen und gelbem Wein. Genauso hielt man es in Ahlefeld. Das war ihr Süden im Norden.

Charlotte erinnerte sich, wie es im Treibhaus in ihrer Kindheit geduftet hatte, ein wenig atemberaubend wegen der heißen, abgestandenen Luft, der feuchten Erde, intensiv im dunkelgrün wuchernden Winkel, ein Dschungel. Rausch. Das starke Parfüm strahlten die Blätter der Tomatenstauden aus.

Ich steuerte, sowie ich das Haus betrat, auf den Geruch los. Meine Nase führte mich hin. Übertroffen wurde die Wunderwelt der Gerüche nur noch von der großblütigen, nur mitternachts blühenden und nach Vanille duftenden *Selenicereus grandiflorus*, die der Gärtner ein paar Stunden, ehe sie ihre volle Pracht entfaltete, aus dem Gewächshaus in den Salon herüberbrachte, dass wir sie alle bewundern konnten. Der von allen ersehnte Süden. Diese Nacht ist in mein Gedächtnis eingegangen als die Nacht des doppelten Vollmonds, die es nur einmal jährlich gab, sodass ich nicht ins Bett fand.

Dr. Konrad Wolfram war kein Mann der langen Worte gewesen. Er hatte Stefanies Blick gedeutet. Sie mit einem *komm her* auf die Arme gehoben, sie wog ja nicht viel, zu seiner Pritsche getragen und in der Dunkelheit nach den losen Enden ihrer Schürze getastet.

Mach kein Licht, sagte sie jetzt zu Frieder, als der im Pyjama aus dem Badezimmer kam und sie seine schlanke, hohe Silhouette gegen das Laternenleuchten sah, das durch die beiden Fenster hereindrang.

Später gingen sie am Fluss spazieren, untergehakt, nicht Hand in Hand, nicht umarmt, ein frisch getrautes, noch nicht vertrautes Paar, öffentlich linkisch, verliebt, zugleich zögerlich, es sich anmerken zu lassen. Sie blieben nicht stehen, etwa um sich vor aller Augen zu küssen oder auf offener Straße zu streiten.

Im Gegensatz zu uns, sagte Carlo.

Sofort wandte sich Alma von ihm ab, spielte die Fremde, entfernte sich ein Stück. Carlo blickte zu Boden, mimte Nachdenken.

Gib mir wenigstens die Hand, sagte er nach einer Weile, ohne Melodie in der Stimme.

Nein.

Gib mir die Hand.

Nein.

Gib mir die Hand.

Ja. Aber nur, wenn es nicht für immer ist und keinesfalls für ewig.

Es ist für jetzt.

Na schön, hier, sagte Alma, setzte sich wieder zu ihm und legte den Kopf an seine Schulter.

Bleibt so, sagte Charlotte. Bleibt so bis Weihnachten. Sie lachten.

Stefanie machte sich los und blieb stehen. Sie sah von der Ponte alla Carraia ins schnell dahinfließende Wasser unter sich. Es war sehr braun, und sie dachte an Konrad an ihrer Seite. Er hätte ihr etwas vom Leben gezeigt, wie er es erlebt hatte, als er in Florenz Medizin und Italienisch studierte. Seine Winkel, die räudigen Katzen, ein, zwei verrauchte, lärmige Trattorien, in denen er mit den Kommilitonen für ein paar Lire gegessen hatte, sie hätten unten am Arno gesessen, direkt am Fluss, auch sie die Füße im Wasser wie er damals als junger Mann so oft allein, und Konrad hätte ihr vom Leichensezieren im kühlen Kellergeschoss der Fakultät erzählt, mit dem Blick ins ziehende Wasser wie jetzt sie, dass der Stein für Michelangelos David seinen Weg aus den Marmorbrüchen von Carrara einmal von der Flussmündung den Arno hinauf genommen habe, *gegen den Strom* sozusagen, ein beschwerlicher Weg, wie ihn auch die Lachse zum Laichen nehmen, von Pferden getreidelt. Dort unten ist der eisige weiße Block vorbeigekommen, siehst du? In Längslage wie der anästhesierte Körper auf dem Operationstisch vor meinem tief einschneidenden Eingriff. Dort unten einmal. Wusstest du das? Nein. Sie dachte an die Pferde, die den weißen Block den Fluss hinaufbefördert hatten, mit aller ihnen zur Verfügung stehenden Kraft. Sonst wurden sie gepeitscht.

Stefanie warf den Baedeker ins Wasser.

Was tust du?, fragte Frieder erschrocken.

Oh, antwortete sie ebenso erschrocken. Ich hole ihn zurück.

Sie fing an, die Böschung hinunterzuklettern. Frieder hielt sie zurück.

Dummchen, das Wasser fließt viel zu schnell, und was hätte ich von dir, wenn du ins Meer hinausgespült wirst wie dieser Ast da mit dem grauen Fetzen dran?

Sie sah dem Ast nach und sich in Frieders Bild schwimmen. Schön. Ins Meer hinaus. Das gefiel ihr.

Wir kaufen einen neuen Führer, es gibt hier eine deutsche Buchhandlung. Immer noch, trotz allem. Ich weiß wo, mein Onkel hat es mir gesagt.

Ich brauche keinen neuen Baedeker, wehrte sie ab, ich habe meine Augen.

Ein älteres Ehepaar aus England reiste mit ihnen im Erste-Klasse-Abteil nach Rom. Die Frau, die in ihrer Neugier auf die Fremden, die Deutsch miteinander sprachen, Stefanie ein wenig auszuhorchen begann, beglückwünschte sie zur Romreise als Zeichen ihrer frischen Verbindung.

Auf Lebenszeit geschlossen? Liebe auf den ersten Blick wie damals bei uns? Die Frau tastete nach der Hand ihres Mannes, der sie ihr überließ, nur zum Schein gerührt, um sie nicht bloßzustellen, den Druck aber nicht erwiderte, irritiert wegen der indiskreten Schaustellung der Gefühle diesen jungen Deutschen gegenüber. Das plumpe, vereinnahmende Wir. Er entzog bald die Hand seiner blassen, langgliedrigen Frau mit den dunklen Augen, straffte sich zum Zeichen, dass er alle Arten Schwatzhaftigkeit missbilligte, besonders die seiner Frau. Kurz nur musterte er Stefanie und Frieder, ein Gespräch kam nicht infrage. Man konnte also auch hier hinter den Zugfenstern schweigend sein Leben verbringen, ging es Stefanie durch den Kopf. Sie lächelte, unsicher plötzlich, blickte Frieder an, der sich ebenso wenig wie sein englisches Gegenüber in den Niederungen der Frauen äußern wollte, und dann an ihm vorbei aus dem Fenster. Herrliche weinbewachsene Anhöhen wechselten mit hohen Bergen ab, zogen an ihr vorbei, das war schön. Das war Bilderbuch. Das stand in allen Erzählungen ihrer älteren weiblichen Verwandten, die die Reise nach Rom gemacht hatten. Auch Konrad hatte es ihr so beschrieben: Nach Florenz und Siena beginnt ein anderes Italien. Sie wollte es sehen.

Auf Lebenszeit?, insistierte die Frau und beugte sich etwas vor.

Stefanie errötete. Auf Lebenszeit? Muss ich das wissen? Die grauhaarige Frau war vielleicht die fünfte Frau des steifen Herrn, aber hatte sie nicht gerade den Schlagersatz *Liebe auf den ersten Blick wie damals bei uns* gesagt? Was bedeutet *damals*? Nicht bloß ein schwammiges Zeitwort? Stefanie und Frieder stiegen in Rom aus. Das englische Paar reiste weiter nach Neapel und Amalfi. Amalfi, herrlich.

Sie kannte die Bucht nur von Postkarten.

Wir sind jetzt das dritte Mal dort, hatte ihr die Engländerin noch hinterhergerufen. Sie sollten es nicht versäumen.

Auf den Bahnsteig der Stazione Termini entlassen, in die Wärme und das noch hellere Licht als das florentinische, bedrängten sie wieder die sirrenden schwarzköpfigen Männer, die sich um ihre Koffer rissen. Stefanie hatte Angst, dass sie den Mann, dem sie schließlich ihre vielen Gepäckstücke anvertrauten, im Gedränge des Bahnhofs aus den Augen verlieren könnten, weil er so schnell vor ihnen herlief. Einem Hund konnte sie pfeifen, pfiff ihm auch, und wie, quer über den Hof. Arco! Lupo! Fricka!, und sie drehten auf der Stelle bei und kamen zurück. Diesem Mann, genauer seinem Hinterkopf, konnte sie nicht pfeifen. Und es war Pfingsten und heiß, sie in ihrem engen Kostüm einem Tempo, wie es der Dünne da vor ihnen anschlug, das sie zum Hecheln brachte, nicht gewachsen. In einem ihrer Reiseführer hatte sie von unverschämten Nachforderungen der Lohndiener gelesen, gerade die Gepäckträger seien eine besondere Spezies italienischen Ungeziefers, die wie die Stechmücken nach einem Aderlass des Fremden dürsteten, klärte der Reiseführer die Reisenden auf und warnte vor Taschendiebstählen kleiner Jungs im Gewimmel der Straßen und Plätze und vor betrügerischen Verkäufern. Je weiter man nach Süden käme, desto raffinierter, frecher, tückischer, unverfrorener werde es.

Was für ein Abenteuer, was für eine Arbeit, Strapaze die Hochzeitsreise auf geballt unbekanntem Terrain. War es die Welt, die wirkliche, nach dem Krieg?

Stefanie hatte am Zugfahren Gefallen gefunden und wäre am liebsten weitergereist, beneidete fast schon das englische Paar, das es wenigstens sicher und von Schaffnern behütet hinter den Fenstern bis Amalfi schaffte. Sie verspürte eben kein dringendes Bedürfnis, mit ihrem Frieder ins Bett zu kommen. Sie hatte befürchtet, dass er sie, nachdem es in Florenz zum ersten Mal geschehen war, zur Rede stellen würde. Es war dunkel im Zimmer gewesen, und sie war im seidenen Morgenmantel, ein Geschenk der Mama, schnell im Bad verschwunden. Und wieder im Zimmer zurück, hatte sie ihn mit Zärtlichkeiten überhäuft, sodass er kein Wort herausbringen konnte. Frieder hatte sie nicht wieder losgelassen.

Sie stiegen im Hotel Minerva ab. Das Zimmer, schon vor Monaten bestellt, diesmal jedoch nicht *mit Blick auf den Fluss*, wie Stefanie in ihrer Unkenntnis der römischen Topografie sich erhofft hatte, lag mit zwei hohen Fenstern zu einem Platz hinaus, und mitten darauf stand ein kleiner Elefant, der zu lächeln schien und einen Obelisken auf dem Rücken trug.

Stefanie öffnete das hohe Fenster im dritten Stock, lehnte sich hinaus, betrachtete eine Weile stumm das Tier zu ihren Füßen.

Oh, wie hinreißend, sagte sie dann, sieh mal, Frieder, wie schön. Und welche Überraschung. Du schenkst mir einen weißen Elefanten. Danke. Frieder, danke, danke, wandte sie sich zu ihm zurück, der auf dem Bett liegen geblieben war. Ich will ihm über den Rüssel streicheln. Sie lachte. Ich muss gleich hinunter. Hier steht er also. *In dem das Licht zu wohnen schien*. Je häufiger sie über diesen Satz nachdachte, desto durchsichtiger wurde das Licht, und durch das viele Nachdenken strahlte es nur noch Wärme aus. Gleich werde ich's tun, ich gehe hinunter und streichle ihm über den Rüssel. Unbedingt.

Warum das, Liebling?
Seit Langem wünsche ich mir das.
Wie das?
Nun, seitdem ich von einer Reise nach Rom träume.
Unserem Honeymoon?
Ja.

Und so münzte Frieder das Glück auf sich neben vielen anderen Dingen, die sie sich ansahen, die sie unternahmen.

Sie standen vor dem kleinen Elefanten, und Stefanie streichelte ihn sogar eine geraume Weile, bis sie das Gefühl hatte, dass sich der Marmor unter ihrer Hand erwärmte. Das Getue langweilte Frieder, diese kuhartige Überschwänglichkeit. Er begriff weder Sinn noch Geheimnis der Anziehung dieses weißen Steins. Was für ein Theater, verlorene Zeit auslaufender, ausgelaufener, immer blasser werdender Jungmädchenfantasie. Veilchen und Vergissmeinnicht. Was trieb sie eigentlich? Nicht einmal eine Möwe würde sich dem geschmückten Tier auf den Kopf setzen, um dort einen hellen Klacks zu hinterlassen. Er wartete. In Stefanie wollte das erhoffte Gefühl von vorhin oben am Fenster hier unten indes nicht aufkommen. Auch die Berührung erweckte es nicht. Wie denn auch, unter solchem Druck. Sie betrachtete Frieders feingewichste Schuhe, in denen sich der Himmel spiegelte. Es war nichts, sagte sie frei und wahrheitsgemäß. Verzeih. Ein Irrtum, eine Verirrung der Sinne. Verirrung in der Zeit. Gehen wir. Ich lass den Schmetterling fliegen. Sie hakte sich bei Frieder ein.

Nun wurde sie in Florenz und Rom begattet. Der Sohn, der Sohn, er, unser Sohn, ratterte es ihr im Kopf. Das Rattern, das Schwindelgefühl mochte noch von der langen Bahnfahrt herrühren, die, wenn man wieder auf den eigenen Beinen steht, einen auch unbalanciert zurücklässt, und das mindestens einen Tag lang. Ein sensibles, heikles Ding das eigene Gleichgewicht. In neun Monaten ... Sie jubelte nicht wie Ingrid, die in die Welt hinausposaunt hatte: Es ist ein Sohn! Und jedes Nächste sicher auch. Ich habe mir meine Eheberechtigung erboren.

Alle ihre Söhne wären Mädchen. Pauline, Rosa, Cäcilie, meine Mutter, und Anna, sagte Alma.

Sobald Stefanie eine Kirche betrat, bekreuzigte sie sich. Sie knickste gegen den Altar hin und murmelte drei, vier Wörter. *Santa Maria della Misericordia, Santa Maria della...* In dem ausladenden katholischen Pomp wollte ihr das strikte, strenge, so unabdingliche in der Lutherischen Rhetorik des *Du sollst* sich wiederholende, aber in den Geboten weitergleitende und Zwiesprache haltende *Vater unser, der du bist* nicht so recht von den Lippen kommen, abgesehen davon, dass es ihr auch nicht mehr von den Lippen kommen durfte, sie es an Frieders Seite vergessen sollte, gleichzeitig hatte sie zum Marienkult und dem der anderen vielen Heiligen der Chiesa Unica gar keinen Zugang, vom Verlangen, Frauen anzuflehen, ganz zu schweigen. Sie war vaterorientiert, und an Odin. Tatsächlich murmelte sie die Wörter ihrer neuen Gebete an die Gottesmutter vor sich hin, als wende sie Murmeln in ihrem Mund. Wie schön sie auch schillerten, sie trafen sich nicht, es kam zu keinem Pling, das mit ihrer Seele korrespondiert hätte. Wozu dann diese Wörter? Sie produzierten, da sie von ihnen nicht abließ und sich in ihrem Verlangen anderem zuwandte, schlechtes Gewissen. Und Wörter können sitzen. *Du heiratest ihn nicht!* Ein Leben lang.

Dabei hatten die hohen Frauen entsetzliche Leben hinter sich. Sie waren gepeinigt, aufgeschlitzt, enthauptet, gesteinigt, missbraucht worden. Doch ihr Martyrium brachte sie Stefanie nicht näher. Sie haderte mit sich. Die Seele ist keine öffentliche Institution. Wenn sie bloß fromm sein könnte. Wie sollte ihr eine männliche Stimme hinter einem Sprechgitter und einem dreckigen, alle paar Wochen, sicher nicht täglich neu hingehängten Tuch Vertrauen einflößen, eine Stimme, die sie gleich mit *meine Tochter* anredete, sagte Charlotte. Wozu die Komödie. Das Schlimmste, dass sie wieder beichten sollte – wie als Kind vor der Mutter, die sie doch nie dazu angehalten hatte. Dinge, die sie längst mit sich allein abmachte, dem Unbekannten hinter so einem speckigen Fetzchen Stoff bekannt geben. Einem ganzen Schwung, ganzen Stand solcher Stimmen sich überantworten. Ihr Stolz, ihr Selbstbewusstsein, ihr Ich-Gefühl stemmten sich dagegen. Sie war keinem Priester eine Beziehung, geschweige denn den Zugang zu ihrer Seele schuldig. Ihr Kontakt zu Gott ist die direkte Anrufung. Er und sie kommen darin vor, nur er und sie. *Ein Schaf in der Herde, meine Tochter.* Sie kannte Schafe. Hielt auf Greiffensee selber welche, ließ sie scheren und verkaufte deren Wolle und Fleisch. Sich konnte sie nicht einmal abschirren, keinen ihrer Züge, wie sie Sleipnir das Zaumzeug und den Sattel abnahm, um ihn mit einem Klaps auf die Weide oder in die Box zu entlassen.

Vielleicht nimmst du den Übertritt zu ernst.

Dann hätte ich es gar nicht erst zu tun brauchen, dann wäre er gar nicht nötig gewesen, brauste Stefanie gegen die so schwache Anteilnahme auf. Du hast mich gezwungen. Sie wurde pathetisch. Aus freien Stücken habe ich den Glauben meiner Väter nicht aufgegeben.

Und Hugo?

Er zwang mich nicht zum Übertritt.

Zu was dann?

Ach. Ich habe ihm geschworen, niemals darüber zu sprechen. Und solange er unseren Pakt nicht bricht, halte ich den Mund.

Sie getraute sich jetzt nicht, Frieder zu fragen, ob er sie sich auf diese Weise untertänig machen wolle, schließlich war sie es, die ihn in ihre Familie und deren fast schadlos erhalten gebliebenen Reichtum aufgenommen, wohingegen er durch Krieg, Flucht und so weiter beides verloren hatte. Wie all die anderen ehemals begüterten oder immer schon armen Schlucker auch, die mit dem Koffer in der Hand in Greiffensee aufgetaucht waren und um ein Dach über dem Kopf gebeten hatten. Buchholz musste von den Fotos her, die Frieder ihr gezeigt hatte, ein Paradies gewesen sein, eine großartige grüne Idylle, zudem um einiges größer noch als Greiffensee.

Es ist etwas anderes zu sagen *Die Frau an meiner Seite* als *Der Mann an meiner Seite*, selbst wenn das Gefälle mit *Gatte* und *Gattin* überspielt wurde und nur auf Einladungskarten geschrieben stand. Sie sagten nicht: Wir sind ein Paar.

Alma sagte es, obwohl sie mit Carlo nicht verheiratet war. Und wie Charlotte es für John und sich gesagt hatte. Selbst Ingrid hatte über Hugo schon mal freimütig als *mein Mann* gesprochen, mit unüberhörbarem Stolz in der Stimme.

Du redest in Rätseln, meine Liebe, drang Frieder in sie. Zu was hat Hugo dich gezwungen? Du lässt dich von ihm zwingen? Würde ich dich zwingen...

... wäre es etwas anderes, wolltest du das sagen?

Welch gigantische Modenschau, erzählte Charlotte, das Defilee der Hautfarben, der Augenformen von kugelrund bis tief geschlitzt, der Lippen, standhaft geschlossene und üppig aufgeworfene, als stehe ein Boxkampf bevor, Bantamgewicht, und blutlos schmale wie der noch ganz junge Mond. Die Hochzeitsreise war aufregend.

Das Straßenbild wurde von den Religiösen beherrscht. Eselskarren, Straßenhändler dazwischen, Autos, Carabinieri in ihren schicken Uniformen, alles friedlich, ließen ihnen den Vortritt. Kein Haar lugte aus den erfindungsreichen, umständlichen Kreationen der Kopfhauben hervor. Frauen. Nonnen. Manchmal kam ihr der alte Humor zurück, und Stefanie brach beim Anblick der Windmühlsegel, die sie auf dem Kopf balancierten, in helles Lachen aus. Was, wenn ein Sturm losgeht, Frieder, fliegen sie dann alle davon wie auf ihren Stecken die Sturmhexen in meiner Kindheit? Das Gesicht steif eingerahmt, als läge es zu Lebzeiten schon auf dem marmornen Grabstein.

Es war nicht immer so gewesen. Und allerorts in der Stadt war die alte, dem kurzen Leben zugewandte Frivolität zu spüren. Guck genau hin, hatte Konrad gesagt. Die lockeren, losen, durchsichtigen Gewänder der Nymphen und Göttinnen des vorchristlichen Himmels erzählen aus einer sinnesfreudigen Welt der Bewegung und der Nacktheit. Als Lazarettschwester hatte Stefanie auch eine Haube getragen, klein, am Hinterkopf aufgefaltet. Mit Klemmen befestigt, darunter leuchteten die roten Haare. Jetzt trug sie sie kurz. Konrad hatte Stefanies Schwesternkleid schön gefunden, sogar sexy, eine Maskerade. Der einzige Makel an der Tracht das Hakenkreuz auf der Brust.

Stefanie nahm ein Handtuch und band es sich vom Kinn her um das Gesicht zu einer Haube, um die Einkerkerung, das Eingebundensein nachzuempfinden. Und sah sich im Badezimmerspiegel. Gefalle ich dir so, mein kleiner Elefant?, rief sie zum offenen Fenster auf den Platz hinunter.

Diese kleinen Frauen, selten größer als eins fünfzig, die vor einem Heiligenbild eine Kerze anstecken und den Rosenkranz vor sich hin murmeln, waren nun ihre Schwestern. Ihr fiel es schwer, den Gedanken daran zu verinnerlichen. Sie hatte nie eine Schwester gehabt und sich auch nie nach einer gesehnt. Sie kannte nur Brüder. Und eine Schwägerin wie Ingrid war keine Schwester.

Wünschen sich Frauen einen Bruder, wenn sie keinen haben? Auch Ingrid hatte keinen, sagte Alma, und ich auch nicht.

Ich bin froh, dass ich eine Schwester habe, sagte Carlo. Was wäre mein Leben ohne Lavinia.

Ich habe einen Bruder, sagte Charlotte, nur haben wir uns im Lauf des Lebens verloren.

Ich will das nicht. Die da ungelenk und steif und hässlich vor mir herlaufen, in ihren ausgetretenen, flachen, ärmlichen Schuhen. Was habe ich mit ihnen zu schaffen? Sie gucken mich nicht einmal an. Ich will nicht knicksen und mich ständig bekreuzigen. Mir würde schon das Gefühl reichen, irgendwo zugehörig zu sein, zu einer Art Zuordnung. Die Ordensschwestern und Nonnen auf der Straße machen mir in ihrer Reinheit und Züchtigkeit ein schlechtes Gewissen. Vielleicht ist das arrogant, na und? Wir haben nie ein Wort miteinander gewechselt, meine Mitschwestern und ich. Jeden Tag auf dieser Reise begehe ich in Gedanken Ehebruch. Mildert die Wiederholung desselben diesen schändlichen Gedanken? Ist er überhaupt schändlich? Hebt Wiederholung die Schändlichkeit nicht auf?

Ich erinnere mich, sagte Alma, sie hat mir einmal von dem Zustand erzählt, in den sie nach dem Übertritt geraten und womit sie nicht klargekommen war.

Dem heimischen Priester, Pater Joseph, der nun auch ihr Beichtvater war, mochte sie diese Gedanken nicht mitteilen, erzählte Charlotte weiter. Er war ja nicht nur eine Institution, er war auch ein Mann aus Fleisch und Blut, durchaus mit Gedanken im Kopf. Wem kann ich mich überhaupt mitteilen?, dachte Stefanie. Frieder? Niemandem? Nur mir selber? Der alten Esche im Greiffenseer Park.

Es war nicht so, als habe sie nicht nach einem Ausweg gesucht. Sie fand sich einer nackten Baumkrone mehr verwandt als dem glatt und sorgfältig geschminkten Gesicht einer Römerin, an der sie auf dem Corso vorbeiging.

Frieder ging mit Stefanie zur Messe, seine Stärke lag in seinem Glauben. Sie nahmen an der Eucharistiefeier teil. Stefanie glaubte nicht, glaubte einfach nicht, dass bei der Wandlung sich Hostie und Wein buchstäblich in Christi Leib und Blut verwandelten. Sinnbild ja, mehr nicht. Frieder kniete neben ihr und betete das Ave-Maria. *Santa Maria prega per noi ... Santuario della divina presenza. Porta del cielo. Stella del mattino ...* Sie brachte die Worte nicht über die Lippen. Es waren Anrufungen, ohne die Verbindung zu tief empfundener, gläubiger Verehrung oder Fürbitte. *Regina degli angeli. Regina dei patriarchi. Regina degli apostoli. Regina dei vergini. Regina di tutti i santi prega per noi ... Regina della famiglia. Regina della pace prega per noi ...* Nicht, dass sie die eigene Mutter nicht so liebte. Sie pflegte sie, wozu sie sich hin und wieder auch das Schwesternhäubchen aus ihrer Lazarettzeit aufsetzte, mit einem Wunsch oder einer Frage hatte sie sich doch stets an den Vater gewandt. Heilige Maria, Mutter Gottes, mach mich demütig, mach mich gefügig, biegsam, mach mich gottesfürchtig, vertreibe die Hoffart aus mir.

Was für ein schönes Wort, Hoffart, sagte Charlotte, das geschlossene, durch die zwei F fast fahle O.

Wenn das Wort fiel, sah Stefanie die goldgelben, dann lachsfarbenen Blumen vor sich, die in einer üppigen Blätterkrause im Rondell vor dem Greiffenseer Pferdestall wuchsen. Im Volksmund hießen sie *Stinkende Hoffart.* Die kleinen Blumen stanken. Zum Himmel. Sie dachte an Gloria, die in Greiffensee auf ihre Rückkehr wartete, und freute sich auf den nächsten Ausritt. Wieder sah sie zu Frieder rüber. Versunken wie er im festen Glauben, könnte ich auch in einer Nussschale auf dem Ozean schwimmen, dachte sie, mich furchtlos den Elementen überlassen. Sie neidete ihm diese Sicherheit. Eine Sicherheit, die sie nicht hatte und die ihn von ihr trennte. Wenn ihr Vater noch lebte, wäre er ein Halt für sie. Ernst August wäre niemals auf die Idee gekommen, sie in eine solche Lage zu bringen. Er hätte den ältesten Sohn zur Räson gerufen, was brockst du ihr da ein?! Sie konvertiert nicht, Hugo! Stefanie behält den Glauben ihrer Väter, fertig. Lasst euch etwas anderes einfallen, du und Ingrid. Aber es war ja geschehen. Und sie hatte es geschehen lassen. Sie konnte es nur nicht einsehen.

Lässt sich Glaube überhaupt einsehen? Ich glaube nicht, sagte Carlo, er lässt sich genauso wenig einsehen wie abgeben.

Spring, rief Frieder, und argumentiere nicht zu viel. Das ewige Klären, in Zweifel ziehen, macht verdächtig wie rotes Haar. Das ewige Klärenwollen ist jüdisch, und Jüdisches ist zersetzend. Das hatten die Protestanten auch gesagt, und den Nazis wurde es dann zur Parole par excellence, zu ihrer Existenzgründung bis hin zur Existenzvernichtung. Also auch falsch oder wieder falsch oder ganz falsch und verachtenswert. Gott lässt sich nicht kaufen. Spring. Befreie dich.

Meine Tochter, sagte der Unsichtbare hinter dem Tuch. Stefanie kniete. Die Anrede, die Stimme, das Tuch hatten sie misstrauisch gemacht. Sein Tonfall drehte ihr den Magen um. Das Ganze hatte etwas Unappetitliches, saure, überhitzte, vor sich hin gärende Küchengerüche. Zwiebeln, die kein Mensch mehr anfasste mitten in ihrer Verwesung. Meine Tochter – der in der Kleinstadt, zu dem sie nun immer ginge, falls sie zu ihm ginge, würde es auch sagen. Ärzte konnte sie wechseln.

Der angestammte Platz in der Basilika war so schön gewesen. Sie hatte das gesamte Kirchenschiff durchquert, dann die drei, vier Stufen zur Altarhöhe erklommen und war den Eltern in die Patronatsbank gefolgt, in die lange Eichenbank mit den figuralen, wenn auch vom Holzwurm angefressenen Schnitzereien an den Enden, hierhin hatte Hugo sie zitiert, und neben den Eltern und Geschwistern auf dem für sie bereitgelegten roten Samtkissen Platz genommen, dem Pastor gegenüber, der allein in seiner Bank saß, die ebenso lang und schmal war wie ihre. Der ihnen zunickte, allen voran Ernst August, der ihn als ihren Hirten in den Gemeinderat gewählt hatte, eine Spur devot, gleichwohl ob seiner Position bewusst als ihr aller Hirte und somit als wortmächtiger Brückenbauer zu Gott. Und er hatte auf der Kanzel jedes Mal in seinen Schlussworten bei einem Schlenker in die Gegenwart *unserer Brüder und Schwestern drüben im Osten* gedacht. Stefanies Gedanken waren hinübergeschweift zu denen, die sie einmal verbunden und gepflegt hatte. Die Worte des Priesters enthielten keine solchen Gedanken, nichts davon rief in ihr Erinnerungen an früher wach. Der Pastor hatte jeden Sonntag mit der Gemeinde für die Verwandtschaft hinter dem blutrünstigen, unüberklimmbaren Zaun gebetet. Erst nach dem Gottesdienst, wenn alles durch das Schiff über den Mittelgang ins Freie steuerte und die Familie wartete, bis die Menge zumindest an den hohen Feiertagen hinausgefunden hatte, kam es zu einem Handschlag vor dem Altar. Stefanie war es egal, warum der Pastor hin und wieder die Kirchgänger nach dem Gottesdienst am Ausgang per Handschlag und mit dem gewohnten freundlichen, doch hier sprachlosen Nicken verabschiedete. Es war so. Ein Ritual. Schön. Pastor Vreede, ein Hüne, war der Größte von allen. Er würde nun vergeblich auf sie warten.

Oberhalb der Außentür starrte die Heilige Familie aus stahlblauen Augen herab, innen glich die Kirche einem Mehrzwecksaal. Katholische Diaspora. Nichts Anheimelndes, die Andachtsstätte war kein dunkler, hochgewölbter, durch die Führung seines Steines aufstrebender, in seinen obersten Wölbungen weiß ausgemalter, mit roten Ornamenten dekorierter Raum, wie Stefanie ihn kannte, es war ein flacher Bau, seine Fenster von einem schreienden Blauviolett, kein Kissen auf dem Reihenstuhl, der einem Büromöbel glich. Eine andere Welt, in der die geschnitzte Kirchenbank stand, die ihr Alter seit Generationen vorwies, verschont von Krieg und Nachkrieg. Das alte Gestühl wurde nicht zu Brennholz zerhackt, selbst in den härtesten Nachkriegswintern nicht. Ein dünnes Kreuz, eine Marmorplatte als Altar, Grünpflanzen in großen Kübeln an den Seiten, wie man sie auf Krankenhausfluren sieht. Bleiern erhob sich die Seele in dieser Atmosphäre nur, schwankend und vielleicht sogar ungern oder gar nicht zu Gott. Stefanie nahm ihm, diesem Gott, das nüchterne Haus übel, es würde ihr in ihrer Glaubenssehnsucht niemals Stütze sein. Sie nahm das Unfestliche seines Raumes auch Frieder übel, hier war andachtsvolle Hingabe partout nicht möglich. Eine Kirche wie in Rom, davor der weiße kleine Elefant... Auch die Musik fehlte, die Gott erhöhte, vielleicht sogar erst ermöglichte, Bach, die Choräle, die Orgel. Das *Jauchzet, frohlocket* der Stimmen. *Bereite dich, Zion, mit zärtlichen Trieben. Es begab sich aber, dass alle Welt...*, das Pastor Vreede von der Kanzel gesprochen hatte und nach ihm unter dem Weihnachtsbaum in Greiffensee ihr Vater. Durch die schrill bemalten Fenster eierten die Gedanken hinaus an die Sonne, zu den Vögeln, die sie in der Linde vor dem Haus singen hörte. Dann fiel ihr Blick auf das Blatt der Zimmerlinde und den schwarzen Punkt auf ihm, eine Fliege. Sie hockte auf dem Blatt, die vordersten ihrer sechs Beinchen zwirbelte sie oder focht mit ihnen wie im Streit. Als sie wieder hinsah, war das Blatt leer, die Fliege weggesirrt. Schade, Fliege, kleines Leben, komm wieder.

Von dieser Fliege hat sie mir erzählt, sagte Alma, als ich klein war und sie besuchte, da wanderte diese Mess-Fliege aber schon die ganze Zeit kopfüber unter dem großen Blatt herum und sirrte niemals weg, als seien die zwei irgendwie alle Sonntage verabredet. Und es war immer dieselbe.

Zwinge mich nicht. Ich bin kein kleines Mädchen mehr,

sagte Stefanie zu Frieder. Er kannte sie noch zu wenig. Der ganze Übertritt würde doch den Kindern zugutekommen. Das sei im Heiratskontrakt schriftlich festgelegt worden. Das kaum auffällige *doch* war sein Pfand, war sein Einsatz, erklärte Charlotte. Nach Hugos Ansicht war Stefanie bei Frieder gut untergekommen. In der Zeit, in der er sie nicht sah. In der sie nicht anrief. Nicht plötzlich vor seine Haustür geritten kam, nicht plötzlich vor seiner Haustür stand, unangemeldet, wann immer, allein oder mit Frieder. Und das meist sonntags nach der Messe in der Stadt. Stefanie wusste aus ihrem protestantischen Vorleben, wann in Langendorf die Kirche aus war und Hugo mit Ingrid nach Ahlefeld zurückgekehrt sein müsste, also fuhr sie zeitlich passend die Kastanienallee hinunter vor das Haus, dessen Tür nicht abgeschlossen war, ging hinein und rief ins Treppenhaus hinauf: Hugo!? Ging in den Grünen Salon und rief: Hugo!? Und falls keine Antwort kam, sich auch niemand vom Hauspersonal meldete, ging sie über den Vorplatz hinüber ins Küchengebäude und rief hinein: Hugo? Ingrid? Und ging zur Hintertür wieder hinaus, dort, wo die Abfalltonnen standen, als könnte sich ihr Bruder dort aufhalten, wo er als junger Mann an der Treppe, die in den Teich hinunterführte, auf schwimmende Ratten geschossen hatte. Hugo?! Ingrid?! Sie ging ins Haus zurück und rief am Fuß der Treppe, die in die drei Stockwerke hinaufführte, nochmals: Hugo? Inge? Und bekam keine Antwort. Spielten sie Kinderspiele wie früher, oder war er tatsächlich nicht da? War er vielleicht im obersten Stockwerk und schlief?

Es ist etwas Ungutes in diesem Haus, murmelte Stefanie, wenn sie unverrichteter Dinge zum wartenden Frieder ins Auto zurückstieg. Ingrid hat Hugo von mir abgewendet. Sie schiebt einen Keil zwischen uns. Dabei unterstützte ich sie, half ihr, ihn zu kriegen. Ich hielt sie für eine Freundin. Fahr los, Lieber! Ich bin traurig.

Bist du immer noch nicht erwachsen?, fragte ihr Mann. Weißt du noch immer nicht, wie Paare sich verhalten?

Doch, ich sage es ja gerade, Ingrid hat Hugo von mir abgewendet, sie hat ihn mir weggenommen.

Mein Liebes, zum Abwenden und Wegnehmen gehören zwei.

Sie ist nicht von hier. Sie weiß nichts über die fließenden Verhältnisse, die Gewohnheiten unserer Großfamilien auf dem Land.

6

Im Ahlefelder Torhaus wohnte seit eh und je ein Verwalter. Im Gutskontor arbeitete anfangs der Sekretär, danach die Sekretärin. Im Zustrom der vielen Fremden gab es junge Männer, sodass Stefanie nicht Not hatte, einen oder zwei als Eleven einzustellen. Außerdem lagerten zahllose Kriegsgefangene in Scheunen und Ställen oder biwakierten in ihren alten Wehrmachtszelten in den Buchenwäldern. Diejenigen, die von den Briten nach der Entnazifizierung freigelassen wurden, standen ebenfalls zur Verfügung, sofern sie landwirtschaftliche Kenntnisse besaßen. Und sie standen Stefanie in Ahlefeld und Hugo in Greiffensee und Willo in Buchholz und allen Großgrundbesitzern oder Bauern in der Gegend, die ihnen Arbeit geben wollten, zur Verfügung. Die Hilfskräfte, lauter junge Habenichtse, bekamen im Haus oder auf dem Hof ein Zimmer oder eine Kammer. Sie waren froh, ein provisorisches Auskommen gefunden zu haben, wobei kaum einer länger bleiben oder tatsächlich sesshaft werden wollte.

Und sie schirmte ihren Frieder ab. Sein Ehrgeiz war es, wenigstens in der Buchhaltung firm zu sein, um dem Verwalter auf die Finger schauen zu können. Als Hilfskraft auf dem Gut seiner Frau wollte er sich nicht versuchen. Das hätte das Gefüge zwischen ihnen leicht durcheinandergebracht, ihre alltäglichen privaten Probleme zur Schau gestellt. Stefanie neckte ihn, lerne du erst einmal, ein Weizenkorn von einem Roggenkorn zu unterscheiden, mein lieber hereingeschneiter Mann – so blieb das unter ihnen. Frieder vergaß ihre Sticheleien nicht: *Hereingeschneit* und *hergelaufen* lagen nur um Haaresbreite voneinander entfernt, sagte Charlotte, und Frieder hörte mehr das Hergelaufen heraus. Stefanie vergaß die Scherzerei sofort, niemals gesagte Sätze, geblasen in den Wind, die Spreu, den stürmischen Schnee ihrer jungen Ehe.

Er ist Katholik. Ein Fremdkörper. In der Nachbarschaft sah niemand so recht ein, warum sich Stefanie nicht in dieser Gegend einen Frieder *geangelt* hatte. Fremdkörperehen gab es nur andersherum. Junge katholische Frauen in protestantischer Sippschaft zu verdauen, erschien deutlich einfacher, das Heft in der Hand behielten ja die Männer. Es kann sein, dass Stefanie, die Halbnaive und Halbgebildete, wie Kai gesagt hatte, es nicht bedacht hatte und sich am Ende übernommen hat. Kai, ihr Lieblingsbruder, hätte, immer einen Rat parat habend, sicherlich gesagt, tu das nicht, hör nicht auf Hugo, denk an die Konsequenzen, erzählte Charlotte, falls dein kleines Köpfchen es überhaupt schafft. Die Verhältnisse hier im Norden, verstehst du, und ein solcher Schritt werden dir das Leben schwer machen, um nicht zu sagen, zerreißen. Du wirst ewig ein Kind bleiben, mein Kleines. Da haben die Eltern etwas unterlassen. Ohne Hilfe schaffst du es nicht. Kai, hellsichtig, wie er war, hatte dennoch Stefanies Trotz unterschätzt.

Frieder ist schön, ein südländischer Typ. Schon vom Äußeren her der Typ des Fremden für Stefanie. Tiefdunkle, tief liegende Augen, die, wenn sie sich zu sehr konzentrierten oder in einen Gedanken verloren, ins Silbrige wechseln, hageres, blasses, längliches Gesicht, nur zum Teil als Folge der eingeschränkten Ernährungslage der Kriegs- und Nachkriegsjahre. In ein paar Jahren würde er zusehends schlaffleibiger und trotz des persönlichen Trainers nicht fit werden, im Alter sein Körper regelrecht aus dem Leim gehen unter seinen hervorstehenden Wangenknochen, den großen sinnlichen Nasenlöchern. In einer Ritterrüstung wäre er der Held auf dem Turnierplatz, der Unverwundbare, der alle Rivalen unter dem Applaus der jungen Frauen, die aufgereiht wie Edelperlen ihm von des Schlosses Zinnen zuschauten und mit dem Seidentüchlein zuwinkten – Stefanie unter ihnen –, aus dem Feld schlüge.

Er war Messdiener gewesen, hatte den weißen langen in geklöppelten Spitzen auslaufenden Kittel über dem Rock, unter dem seine staubigen Schuhspitzen hervorlugten, gern getragen. Sich am Duft des Weihrauchs berauscht. Zu Palmsonntag und Fronleichnam war er vor dem Priester hergelaufen, stolz über den Neid in den Blicken der Spalier stehenden Gleichaltrigen im Dorf, und er hatte die barocke, fast heidnische Sinnlichkeit seiner Religion mit ihren vielen weiblichen und männlichen Märtyrern genossen, auf der Jesuitenschule sich auf die schrecklichen, dramatisch endenden Geschichten dieser Heiligen gestürzt. Sie interessierten ihn mehr als Winnetou und Old Shatterhand. Er hatte geschwankt, ob er Priester werden und wie sein Onkel in den Orden eintreten oder Jura studieren sollte. Das frugal Protestantische war ihm fremd, zugleich reizte ihn das an Stefanie und ihrem Clan. Das Quere. Querschädlige. Das Vierkante. Nördlich Kalte, auch Kaltblütige. Das Spröde. Der Trotz. Hätte er Stefanie sonst den Hof gemacht und erobern wollen? Das Protestantische an ihr unterstrich seine geistige Freiheit, seine kulturelle Überlegenheit, wie er fand, und das war für ihn männlich und sexy. Das hielt ihn wach, es machte ihn an, hatte so sein Vergnügen, für eine Weile zumindest.

Statt der großen, farbenprächtigen Prozession zu Pfingsten und Fronleichnam, wie er sie aus der schlesischen Heimat kannte, gab es auf dem platten Land, in dem er gelandet war, bei den Jugendlichen nur das Pfingststechen auf den väterlichen Gäulen auf der Wiese. Barfuß, grölend, derb und ohne Sattel ritten die Jungs auf das aus zwei Pfählen gebildete Tor zu, zwischen denen an einer Strippe in der Mitte ein Ring hing, den sie stechen mussten. Die spielerische, wiewohl plumpe sexuelle Anspielung war für alle, die da mit erhobener Hand auf ihren galoppierenden Holsteinern heranstürmten, wie auch die Zuschauer eine große Gaudi, auf die man sich das ganze Jahr über freute.

7

Stefanie wird dick. Kein noch so locker gefälteltes Kleid kann es mehr verbergen. Hugo tätschelt sie. Schwesterchen. So spricht er. Der Bauch wächst. Und Ingrid, die nach Ludwig mittlerweile Charlotte und Alexa zur Welt gebracht hat und auch wieder dick wird, wenn auch noch nicht sichtlich, macht einen Schritt auf die frühere Freundin zu: Auf deinen ersten Sohn!, ruft sie. Und auf meinen zweiten! Stefanie misstraut der Geste. Verwünscht sie mir das erste Kind? Ingrid hat von sich aus mit Stefanie nie darüber gesprochen, wie es ist, wenn sich der Bauch wölbt und wölbt, sich eine fremde Zukunft darin regt, strampelt und stößt.

Die Schwägerin lebt nun schon acht oder mehr Jahre in Ahlefeld. Stefanie will die Zeit nicht auf die Finger zählen. Und sie fordert die Schwägerin nicht zum gemeinsamen Foto auf, zwei dicke Bäuche nebeneinander, zwei Söhne in spe, geknipst auf der Außentreppe in Greiffensee oder Ahlefeld.

Dazu wäre Humor nötig gewesen, und den hätten erst Jahre später Alma und Laura, Alexas Tochter, lachende Schwangere, und der Betrachter des Fotos wüsste nicht, was er zuerst würdigen soll, die Bäuche oder das heitere Lachen heiterer Frauen. Und Laura würde noch einen Schritt weiter gehen und digitalisierte Aufnahmen ihres ersten Fötus weltquerein an Freunde verschicken. Das wöchentliche Bulletin über das Wachstum der Frucht von der Größe eines Pfirsichs,

13. Woche, bis zur Größe der prallen, grünen Wassermelone, 30. Woche, seht her, ihr Lieben!

Es ist Stefanie peinlich, monatelang wie eine trächtige Stute von der Belegschaft des Wirtschaftshofs taxiert zu werden, dem Kontoristen, dem Verwalter, den Landarbeitern, den Melkern. Bei jedem *Moin* oder *guten Morgen* gleiten die Blicke schnell zu der Wölbung, obgleich sie es sich nicht anmerken lassen wollen. So als sei der Blick bloß aus Versehen verrutscht, schamhaft nach unten gestürzt. Eine Niederkunft ist eine Niederkunft, sagt sich Stefanie. Eine Schwangerschaft nun einmal sichtbar. Ein Kind, das geboren wird, ist größer als ein Apfel. Und du presst es aus dir heraus. In Blut und *unter Schmerzen sollst du gebären*, wie die Bibel sagt. Damals im Lazarett hast du einer Frau bei der Geburt geholfen, erinnere dich, du warst keine Hebamme, hast dich aber nicht geziert, hast zugepackt, dich nur auf die Frau konzentriert, doch sie war so ausgezehrt, dass ihre Tochter schon am nächsten Morgen starb. Vielleicht ein Glück für beide, das arme, zu falscher Zeit geborene Wurm und die Mutter auf der Flucht.

Je näher der Zeitpunkt ihrer ersten Geburt heranrückt, desto häufiger tritt das Bild der schreienden Frau vor Stefanies Augen und mit ihrer Angst der Gedanke an Konrad. Könnte er mir nur beistehen, wenn es so weit ist! Könnte er nur neben mir stehen! Er hatte Stefanie jeden Tag auf ernüchternde Weise mit dem Tod bekannt gemacht. Nur hin und wieder einen Schnaps gekippt am Ende des Tages, am Ende der Kraft, wenn er die Verstümmelung eines neu eingelieferten Soldaten nicht mehr mit ansehen konnte. Stefanie hatte die *contenance* bei ihm gelernt.

Frieder würde bei der Geburt nicht neben ihr stehen, ihre Hand halten und ihr Mut zusprechen. Er würde auf den Anruf aus der Klinik warten. Frieder würde die Regel nicht durchbrechen. Frauen gebaren allein. Sie fuhren mit dickem Bauch allein hin und kamen, wenn alles gut gegangen war, zu zweit wieder, und der Mann wartete zu Hause auf sie oder auch nicht. War es ein Sohn, gab es Jubel, war es eine Tochter, die da im Arm lag, blieb die Freude eher zwiespältig, manchmal bis das Töchterchen siebzehn wurde, alt genug, dass sich der Vater in die junge Person verliebte, sich mit ihren Freunden messen konnte oder die jungen Herrschaften kraft der angestammten väterlichen Rechte oder Autorität vor die Tür setzte. Zeiten und Regeln ändern sich. Stefanie kam mit Pauline nach Hause. Darauf mit Rosa, mit Cäcilie und zuletzt mit Anna.

8

Ich lief in Rom auf heiligem Grund. Den Satz hatte Stefanie unzählige Male wiederholt, als sie Frieder ihrer weitläufigen Verwandtschaft vorstellte und das Paar sich im ländlichen Bekanntenkreis hatte herumreichen lassen. Ich laufe. Ich lief und bin gelaufen. Sie wiederholte es so lange, erzählte Charlotte, bis Stefanie den Satz selber glaubte. Wie gerinnende Milch, die immer dicker und fester wird. Am Ende so fest, dass du über sie gehen oder auf ihr herumtrampeln kannst. Frieder verdross die Rosskur. Warum bloß?, hatte er gefragt. Warum lassen wir das über uns ergehen? Diese sinnlosen Antrittsbesuche, Einladungen. All das Gequake. Nur, um sich zu beweisen, dass man niemanden übergeht, dass sich niemand zurückgesetzt fühlt?

War es auf Buchholz bei deinen Eltern nicht so?, konterte Stefanie. Davon hast du mir nicht erzählt.

Ja, schon. Aber vor meiner Zeit. Eine, zwei Generationen vor mir, meine Eltern, die Großeltern und so weiter.

Und in Florenz und Rom, war es nicht deine Initiative?

Ich frage dich noch mal, warum diese Heerschau?

Wir würden hier sonst in Isolation versinken. Willst du jeden Abend die Sterne zählen? Wir sind auf dem platten Land, nicht in der Stadt. Du hast in Bonn studiert, der Hauptstadt. Da war Leben. War da kein Leben? Kein Mensch würde uns je einladen, wenn wir uns nirgends zeigen. Gesellschaft muss sein.

Ihr Feingespür für falsche Töne, zurückgehaltene Blicke, die einen halben Meter vor ihr wie ein toter Spatz zu Boden fallen. Sie spürt die unsichtbare Mauer, das ebenfalls nicht sichtbare Gewebe der Befremdung. Sie stemmt sich dagegen. Will die Blicke nicht wahrnehmen. Sie will die falschen Töne, lieber die als gar keine, das ist weniger anstrengend. Jubelnd alles falsch haben. Und gab sich bei Geselligkeiten betont lustig, betont redefreudig, sagte ständig ihr Mantra auf – Ich ging in Rom auf heiligem Boden –, wünschte sich, dass Frieder von der Mauer nichts merke, wäre er doch noch zu sehr mit dem Behalten der neuen Namen und Gesichter beschäftigt. Sie täuschte sich. Frieder schwamm in der Menge wie der weiße Wal, jederzeit zu sichten, doch anders als das Ungeheuer auch jederzeit zu fangen, zu häuten, auseinanderzunehmen. Stefanie war klar, dass die Großtante aus Kemmen und der Großonkel aus Hinterniederhaus eigentlich nur wissen wollten, wann sie zusammen ins Bett gegangen waren, wo der böse Friedrich sie entjungfert, ob es ihr wehgetan hatte, ob sie überhaupt leidenschaftlich verliebt waren. Sie wagten aber so aushorchende Fragen nicht zu stellen, weil sich das auf einem Empfang nach einer Hochzeitsreise oder dem Tauftag eines ersten Kindes nicht schickte, sich im Übrigen auch sonst nicht schickte.

Frieder fiel eine geistreiche, temperamentvolle Brünette auf, schlank, langbeinig, im braunen, taillierten, ihre schöne Gestalt betonenden Kostüm, ein paar Jahre älter als Stefanie, aber nein, sie war jünger. Er hatte ihren Namen nicht behalten, ihre Stimme hatte eine süddeutsche Färbung, und sie lachte so gern, auch das fiel ihm auf, weil hier so wenig gelacht wurde.

Die mit den kamelhaarfarbenen Augen, wer war das?, fragte er Stefanie, als sie endlich wieder allein waren.

Kamelhaarfarbene Augen? Die restliche Personenbeschreibung, das etwas Fremdartige der Stimme, das Lachen, die schönen langen Beine, die sie selbst nicht besaß, traf auf Annalisa zu.

Annalisa war eine angeheiratete Verwandte, die mit ihrer Familie, umgeben von Schafen, ihrem Lebenserwerb, auf einem Landsitz in Elbnähe lebte. Weit und breit nur Himmel, Rücken oder Schlangen der Deiche und Grün. Sie hatte zwei kleine Söhne. Christian, ihr Mann, war nicht konvertiert. Sie hatten nach protestantischem Ritus geheiratet.

Frieder sah in Stefanies graue Augen. Bohrst du? Bohrst schon wieder? Höre ich da leise Kritik?, wollte er Stefanie fragen und sagte stattdessen: Mir gefiel sie.

Mir gefällt sie auch, sagte Stefanie. Sie hat mir immer schon gefallen, von Anfang an.

Mit Christian hatte Frieder an dem Abend nicht gesprochen, er sah nur, Christian unterhielt sich lange und angeregt mit Ingrid. Und er sah, dass Ingrid ihn anzog und Stefanie nicht.

Frieder wollte, wer ihm gefiel, für Stefanie und sich gewinnen, da sie nun unter diesen Leuten lebten und im Landkreis das junge, frischgebackene Paar waren. Frieder sprach die Einladung zu einem kleinen Sommerfest aus. Nicht alle der Geladenen kamen, aber alle antworteten artig mit *ja, komme/kommen* oder *nein, leider verhindert*. Hugo und Ingrid hatten den kürzesten Weg.

Stefanie begrüßte Ingrid auf der Freitreppe: Sei willkommen, Inge! Und wiederholte so, was sie Ingrid in einer Zeit, an die sie beide nicht ernsthaft zurückdenken wollten, zugerufen hatte, als sie neben Ernst August stehend die kränkliche Mutter vertreten und Ingrid zum ersten Mal den Fuß ins Haus der zukünftigen Schwiegereltern gesetzt hatte. Das Haus, das sie jetzt an Hugos Seite betrat, gehörte nun Stefanie. Frieder stand nun neben ihr.

Sei willkommen! Welch schöner und währender Eröffnungssatz.

Ingrid selber hatte Stefanie ihr Haus bislang so freizügig und selbstverständlich nicht geöffnet.

Annalisa besuchte Stefanie bald nach Paulines Geburt. Sie wiegte die Kleine im Arm, eine automatische Bewegung. Mein Puschelchen, Püppchen, mein Äffelchen, sie schnüffelte über Paulines Kopf und spürte ihren seidigen Scheitel an den Lippen. Zu deinem Beschluss, sagte sie unvermittelt, dir eine Tochter zu verschaffen, kann man nur gratulieren, sie sagte es so fest und überzeugt, als sei sie gerade in einer Vorstandssitzung gewesen, bei der alle ihre Bedingungen akzeptiert worden waren – den Laptop unter dem Arm, ganz heutig –, dass Stefanie die grauen Augen aufriss und sich am Korbstuhl neben der Wiege festhalten musste.

Nein.

Hör doch, liebste Freundin, wobei Annalisa das I von *liebste* endlos in die Länge zog und eine ihrer glucksenden Lachereien einsetzte, in dieser von Hirschen, Hengsten und Hähnen regierten Welt samt ihren Trophäen kann ich dir nur zu einer Tochter gratulieren.

Nein.

Stefanie! Begreife endlich.

Ich bin eine Tochter und wollte keine Tochter, jedenfalls nicht an erster Stelle.

Mein Liebes, wo steckt dein Realitätssinn? Einen Funken davon besaßest du doch, als du noch zu tun hattest, irre ich mich? Ich habe zwei Söhne. Auch Christian hätte gern eine Tochter. Mehr Kinder möchte ich aber nicht.

Meine Schwägerin hat einen Sohn.

Jetzt muss ich lachen über dich. Du hast das Pferd halt

von hinten aufgezäumt. Und du weißt, man kann auch von hinten aufspringen.

Annalisa wiegte Pauline weiter im Arm und ging mit dem schlafenden Bündel im Zimmer auf und ab. Die Kleine schlief friedlich. Stille. In sie hinein rief Stefanie mit gedämpfter Stimme nach der Kinderfrau. Und beendete die Audienz.

Da saßen sie nun in ihren Häusern, launische Menschen, die nur daran dachten, sich zu erhalten, und, voneinander abgegrenzt, lebten wie mit einer unheilbaren, in alle Zukunft fortdauernden Familienkrankheit, die sie aber doch alle miteinander verband. Ihr Blick war nach innen, auf die geliebte, gehasste Familienflut gerichtet, auf den brodelnden Topf in ihrer Mitte, in dem jeder von ihnen einzeln durchgekocht wurde, dann zerkaut, verlacht, für dumm verkauft. Willo, Ernst Augusts jüngster Bruder beispielsweise, ein Mann mit vielen Talenten, darunter dem des verhinderten Schriftstellers, war Meister darin, Meister in der Schmähung, Meister im Hochmut, Meister der Hoffart, Meister im verbalen *spitting*. Da dieser solitären Begabung niemand in der Familie Paroli bieten konnte, liefen all seine Wortkaskaden und Winkelzüge ohne Entgegnung, ohne Aufprallfläche ins Leere, wie die Boulekugel, die statt auf die anderen Kugeln im Feld zu treffen mit dem allergrößten Vergnügen in den Sand, ins große, trübe, aber sichere Abseits rollt.

Zum Schweigen erzogen, kam mein Blick wie von beiden Seiten des Spiegels, stieß auf seine Scheibe von innen und außen. Ich konnte im Haus auf dem Treppengeländer alle drei Etagen herunterrutschen, selbst um die Säulen auf den Etagen herum, an sie geklammert, stürzte nie ab. Nochmals von ganz oben anzufangen, Stufe neunzig, um es in einem Schwung äußerster Beschleunigung im Verbot, das Spiel war ja verboten, hinunter zu schaffen, durch die Salons rennen und bei Stufe eins am Ende der Kastanienallee stehen und auf das Haus gucken und von dort wie der Vollmond durchs Fenster in mein Zimmer einsteigen. *Young Ladies are to be seen and to be looked at, but never to be heard.* Das wurde mir von Hugo schon früh erklärt, sagte Charlotte. Ich hielt mich daran und verlegte mich in der Stille auf Augen und Ohren. Unschuldsfragen durfte man nicht stellen.

II

1

Stefanie ist die Konsequenz in Person. Was auf den Teller kommt, wird aufgegessen. Wer sich weigert, die vorgesehene Portion zu verzehren, wird bestraft. Auch Ingrids Kinder werden so erzogen. Ein großer Klacks Spinat und Grießbrei als Bedrohung auf dem Teller, wer revoltiert, kommt in die Besenkammer unter der Dachbodentreppe. Einmal. Zweimal. Dreimal. Ein Kabuff ohne Licht, ohne Klinke drinnen, unmöglich, aus eigenem Antrieb zurückzukehren. Die Angst vor der Finsternis bewirkt, dass Brei und Spinat, längst kalt geworden, doch aufgegessen werden. Sieg der Erziehung. Wenn Stefanie den Salon betritt, stehen Pauline, Rosa, Cäcilie und Anna auf. Ludwig, Charlotte und Alexa desgleichen, wenn Ingrid hereinschreitet. Hat sie Platz genommen, dürfen die Kinder sich auch setzen. Oder Gästen den Sitzplatz freimachen. Charlotte sitzt ohnehin lieber auf dem Fußboden, noch lieber auf dem Teppich im Nebenzimmer unter dem Flügel. Hier fühlt sie sich unbeobachtet. Auf dem Fußboden unter dem Flügel will sich zum Glück kein Gast dieses Hauses aufhalten. In der Ahlefelder Welt findet sich nie jemand, der sich zu Charlotte legen, mit ihr das Spiel in Augenhöhe spielen würde. Stefanie lässt sich von Pauline, Rosa, Cäcilie und Anna nicht die Hand küssen. Nur anderen Frauen küssen die vier die Hand. Ingrids Hand dürfen Ludwig und Charlotte erst ab ihrem zehnten Lebensjahr küssen. Das Wort *Frau* ist in Ahlefeld und Greiffensee verpönt. *Dame* ist die Losung. Es sind also nicht Frauen, deren Hand Pauline, Rosa, Cäcilie und Anna küssen. *Frau*, das ist die rotbackige Frau eines schlesischen Bauern. Trampelt nicht daher wie die rotbackige Frau eines schlesischen Bauern! Macht keine ausladenden Schritte wie Frau Schwarz. Geht mit Anmut. Und nuschelt nicht, gebt euch Mühe und sprecht artikuliert. Guckt dabei euer Gegenüber an. Nuscheln und Weggucken einem älteren Menschen gegenüber ist stillos, er hört vielleicht auch schlecht – hat in seinem Leben zu viel geschossen, denkt Charlotte –, weshalb er euch auf den Mund schaut. Womöglich irritiert euch das, sagt Ingrid, lasst es euch dann aber nicht anmerken. Nehmt Rücksicht auf die Älteren. Vermeidet Mundgeruch, putzt euch die Zähne und riecht unter den Achseln nicht nach Schweiß wie ein Bock, sagt Stefanie, oder ein Arbeiter, der sich den ganzen Tag draußen auf dem Feld bückt, erklärt Ingrid. Keines der Mädchen darf in Hosen zum Essen erscheinen. Nach dem Spiel draußen ziehen sie sich um.

Charlotte ist nicht die Einzige, die die Mutter auszutricksen versucht. Auch Pauline behält, um nach dem Essen schneller wieder im Ponystall zu sein, die Reithose an. Sie krempelt die Hosenbeine bis unter den Rockrand hoch. Wird die List entdeckt, wird sie zurückgeschickt. Umziehen, kommandiert Stefanie. Oft wird auch Charlotte zurückgeschickt. Der Rockrand hat sich zu auffällig über der Masse der Breeches gebauscht. Für Petticoats sind sie zu jung. Die Mädchen versuchen es dennoch immer wieder, die List, der stumme Widerstand, die Übertretung der Regel müssen halt besser kaschiert werden, besser funktionieren, man muss raffinierter werden, um eines Tages normal sein zu können.

Alma und Laura ziehen sich zu den Mahlzeiten nicht mehr um. Sie setzen sich in Hosen, in Leggings, im Sommer schon mal barfuß und im Badeanzug an den Tisch, nur trocken muss er sein. Die Haare nicht unbedingt, setzen Cäcilie und Alexa durch. Sie lassen sich ins Tuch wickeln, zu einem Turban, das sieht gut aus, man wird zum Inbild der deutschen Trümmerfrau oder der amerikanischen Hausfrau, die, ein Lied zwischen den weiß glänzenden Zähnen, das hellblaue Ding auf dem Kopf, den Besen – *be good ... but if you can't be good, call me* – in der Küche schwingt. Cäcilie lässt Alma gewähren. Stefanie entgeht nicht, dass in diesen Haushalten und Zeiten mit einem Mal andere Dinge, die sie nie zulassen wollte, zur Gewohnheit werden. Freizügigkeit tritt an die Stelle von Disziplin, beispielsweise laufen die Mädchen in Jeans herum mit abgewetzten, sich weiter aufdröselnden Stellen an Knien und Waden, Alma stelle sich *halb nackt* zur Schau und so weiter. Stefanies: Ja, aber!, und Cäcilies: Ach, Mama, wo lebst du eigentlich!, bedeuten schon das Ende der Diskussion, sie greift nicht mehr ein, lässt sie widerwillig gewähren. *Ich rede gegen die Wand. Ich rede auf taube Ohren ein,* schreibt sie in Briefen an ihre Freundinnen. Auf vom vielen Schießen taub gewordene Ohren.

Auch Alexa schickt inzwischen Laura nicht mehr zum Umziehen zurück, solange die Tochter nicht in *Gelumpe,* in schäbigen *Klamotten* und mit dreckigen Füßen am Tisch sitzt, wenn Ingrid zu Besuch kommt. Sonst darf Laura schon mal im Badeanzug hereinschneien. Ist er aber nass, hat sie ihn wenigstens zu wechseln, damit sie sich nicht erkältet. Nur am Meer auf Plastikmöbeln und Badetüchern und dem vielen Sand gelten andere Regeln, da darf Gelumpe sein. Die Sonne am Wasser sorgt schon für Ordnung.

Und nicht schlingen. Hunde schlingen. Katzen schlingen, fressen sich das Futter weg. Schweine schlingen. Sabbern, dass ihnen der Speichel in langen Fäden aus den Maulecken tropft. Denkt sich Charlotte in diese Zeit zurück, glaubt sie sich im Schulunterricht, bei ihrem Hauslehrer. Sie mochte ihn. Sie sieht ihn vor sich. Er fragt sie ab: schlingen. Sie antwortet wie die Puppe Olympia.

Devorare. Ich schlinge nicht: *Non devoro.* Wir schlingen nicht: *Non devoramus.*

Und jetzt das Verb im Imperfekt, im Perfekt, im Plusquamperfekt konjungiert.

Ich schlang nicht. Wir schlangen nicht. Wir hatten nicht geschlungen.

Wir Kinder von Ahlefeld und von Greiffensee schlangen nicht, fingen mit dem Essen erst an, wenn auch die Eltern mit am Tisch saßen und den Löffel hoben. Sonntagmittags. In diesem Sinn bin ich immer noch das Kind, das ich einmal war, sagt Charlotte, ich warte heute noch, bis allen anderen serviert ist, egal wem, egal wo. *Mund zu, wenn du isst. Nicht den Daumen, nimm den Schieber!* Für gewöhnlich speisten wir separat mit den Kindermädchen – Fanny in Greiffensee, Ama in Ahlefeld im Kindertrakt des Hauses. Das Messer wurde nicht abgeleckt und die Kartoffel damit nicht zerschnitten, obwohl das so verlockend war, weshalb ich es, seitdem ich über mich selbst verfüge, genüsslich tue. Der Schnitt in eine Kartoffel. Weshalb durfte die Köchin diesen glatten, so schön aussehenden Schnitt ausführen und ich nicht? Nur die Gabel hineinstechen und die formlosen Teile einen nach dem anderen aufpiken? Der glatte Schnitt durch die Kartoffel hindurch ist mit nichts vergleichbar, nicht mit dem Durchschneiden eines Apfels oder einer Melone. Ein Schnitt am Körper der Kartoffel, gezirkelt oder gerade, trifft auf Widerstand – selbst eine Kartoffel widersteht –, fühlt sich dennoch weich und nachgiebig an, sie fügt sich bereitwillig in ihre Teile.

Eine Gabel dreht man nicht zur Schaufel um, sagt Ingrid,

sagt Stefanie, sagen alle, auch wenn die Erbsen vom Hügel der fünf Zinken immer wieder herunterrollen. Eine Sisyphosarbeit, bis es nach endlosen Versuchen gelingt, einiger weniger der grünen Kügelchen habhaft zu werden, auch darf man die Gabel nicht hineinstechen, das wäre Barbarei, sondern soll sie fein auf der Gabel liegend und nur leicht rollend zum Mund hinaufbalancieren. Oft fallen sie auf der Luftbrücke wieder herunter. Ein Spiel, das die Erbse gern mitspielt, froh, nicht so ohne Weiteres beherrscht zu werden. Leistungssport für alle drei, Erbse, Gabel, Kind. In einem Stummfilm, *slow motion*, wäre das Drama klar zu erkennen. Der *échec* dieser Maßnahme, die verlangte Balancierung der grünen Kugeln auf der Gabel bis zum Mund, wenn sie denn unterwegs herunterfielen, was jedes Mal der Fall war, wenn Charlotte in Aktion trat, hatte bewiesen zu sein. Triebzähmung. Maßhalten. Das mahnende Beispiel war eine Anekdote über Stefanies Großtante. Als Kind liebte sie Erdbeeren, die es nur ein paar kurze Wochen im Sommer gab, und eines Tages die allerersten der Saison zum Nachtisch. Die Tante nahm sich davon – Kindern wurde immer zuletzt serviert – und reihte Beere an Beere am Tellerrand auf, betrachtete ihren Besitz voller Vorfreude auf den bevorstehenden Genuss, spielte mit ihnen, bis die für sie akzeptable Reihenfolge entstanden war, von den kleineren über die mittleren bis zu den ganz großen dunklen. Da langte die verwitwete Mama mit ihrer Gabel herüber und aß eine Beere nach der andern weg. Zuerst die ganz großen dunklen, zum Schluss die kleinste. Fassungslos über den Teller gebeugt, der sich vor seinen Augen leerte, schaute das Kind zu.

Halt dich gerade!

Das Terrain Kindererziehung überlässt Frieder Stefanie. Hugo Ingrid. Zu viel Liebe verwöhnt und verzärtelt. Ein alter, von Generation zu Generation wandernder Satz. Ein Zuviel an elterlicher Liebe hat Frieder nicht erlebt. Stefanie auch nicht. Erziehung ist Vorbereitung auf Späteres im Leben. Ist die Kindheit unverspielt, unverzärtelt und gefühlsarm, fällt es den Töchtern leichter, sich an die Disziplin in der Klosterschule zu gewöhnen. Pauline, Rosa, Cäcilie und Anna werden hinter den hohen Mauern die umhegende elterliche Liebe nicht vermissen, wenn sie jetzt nicht verhätschelt werden, obschon Frieder solch konsequente Strenge bei den Töchtern im Grunde gegen den Strich geht. Viel lieber würde er häufiger mit den Mädchen spielen, auf ihrer Kindertrommel trommeln und in Paulines Trompete stoßen.

Stefanie gibt weiter, was sie als Kind mitbekommen hatte, das Protestantische, die Strenge, sie war ja durch Ernst August, den ranghohen Offizier der preußischen Armee, an ein Leben in Uniform gewöhnt. Extreme Sauberkeit. Keines der Kinder sollte durch mangelnde Sorgfalt, hygienische Schlamperei krank werden. In Zeitungsartikeln wurde einiges von der angeblichen Hygiene in den Krankenhäusern berichtet, von zu lascher Ahndung, von den Verstößen, die sich auch nach ihrer Aufdeckung unverändert häuften. Stefanie ließ sich nicht beirren, die strenge Sorgfalt in puncto Sauberkeit hat sie doch schon bei Konrad gelernt.

Auch Ludwig und Charlotte werden im Internat keine Sehnsucht bekommen nach dem, was sie zu Hause schon nicht hatten. Schlaflieder singen, Märchen vorlesen, Spielzeug, liebevoll in den Arm genommen, herumgetragen werden, Naschen außerhalb der festgesetzten Zeiten, zur Mutter ins Bett kriechen, zum Vater unter die Bettdecke, sich vor dem Kinderfräulein verstecken, all das ist zwar nicht verboten, nur kommt es niemandem in den Sinn, schließlich würde all das bloß neurotisch machen und, das weiß Stefanie, zur Wiedererweckung narzisstischer Exzesse bei den

Eltern führen. Sie wies also die wechselnden katholischen Fräulein an, Schwesterntracht und -häubchen zu tragen, so wie sie selber damals im Lazarett. Und setzte durch, dass ihre eigene Fanny, die nicht katholisch war, im Haus blieb. Fannys Anwesenheit bürgte ihr für die Verbindung zu ihrem Vorleben. Wie auch ihr Diener sowie das Haus- und Küchenpersonal. Sie alle entstammten der Welt vor der Hochzeit. Wenigstens das, mit einem Bein noch verankert im Eigentlichen, im tiefen Innern, im Alten.

Der Diener servierte in weißen Zwirnhandschuhen. Er war nach dem Krieg aus Oberschlesien gekommen, wo er Landarbeiter gewesen war. In Greiffensee blieb er zufällig hängen. Er hatte keine Familie mehr. Die Zwirnhandschuhe brachte Stefanie ihm bei, wahrscheinlich erinnerten sie sie an die Zeiten ihres Vaters. Vielleicht ordnete sie es auch an, um seine großen, groben Hände, die besser einen Pflug durch schweren Boden geführt hätten, vor den Augen der Gäste zu verbergen.

2

Ernst August spielte mit Zinnsoldaten. In seinen heldischen Träumen von siegreichen Schlachten und schmerzhaften Niederlagen stellte er die Schlacht von Leuthen nach. In schräger Aufstellung defilieren die Soldaten vor dem bauschigen Rock der Kaiserin, der bis auf den Boden reicht und Ernst August als Panoplie dient, eine theatralische Kulisse für seine Reiter und die Fußsoldaten. Ernst August ist Friedrich der Große. Er gewinnt diese Schlacht gegen die Österreicher dank der ungewöhnlich hinterlistigen Strategie.

Hugo setzt das Spiel mit den Zinnsoldaten fort, deren Uniformen nunmehr ein wenig abgenutzt, deren Farben verblichen sind. Die blauen Röcke sind nicht mehr ganz blau, unter dem Weiß der Beinkleider schimmert das Zinn durch. Hugo schießt mit dem Holzgewehr. Peng. Peng. Tot. Tot. Da im Acker liegen sie endlich. Im Feld. Die Schlacht gegen den Erbfeind ist auch diesmal gewonnen. Oder verloren, das ist nicht ganz klar.

Stefanie muss sich entscheiden, ob sie Brunhilde oder Siegfried sein will. Ludwig, Charlotte und Alexa spielen, dass die Russen kommen. Schnell verstecken. Charlotte kann schnell rennen, so schnell wie die Jungs. Die Greiffenseer kommen. Man muss sich gut tarnen, sie in den Hinterhalt locken und unter donnernden Schlachtrufen überfallen. Ihre schönen, für die Messe herausgeputzten Sonntagskleider beschmutzen, in die Dornen zerren. Zerreißen. Die Russen ins Visier nehmen, angreifen und abstechen. Weglaufen. Pauline, Rosa, Cäcilie und Anna im Anmarsch! Abtauchen. Dass man sie nicht findet. Sich in Luft auflösen. Mit der Tarnkappe, als er sie endlich hatte, hatte es Siegfried einfacher, Brunhilde zu täuschen.

Als es darum ging, die häuslichen Spannungen mit den Greiffenseern in Kampfhandlung umzusetzen, sprangen die Ahlefelder hinter die Rhododendren, ehe das Auto mit Frieder, Stefanie, Pauline, Rosa, Cäcilie und Anna vors Haus gefahren war. Eine lange Ulmenallee führte darauf zu, sodass von den Eingangsstufen leicht auszumachen war, wer sich in rasendem Tempo dem Haus näherte. Sie kannten Frieders weißen Opel Kapitän. Die Mädchen schwärmten aus, um Ludwig und die Cousinen zu suchen. Die Rhododendren, lauter übermannshohe Bollwerke. Das ideale Versteck. Man musste da nur ganz still hocken, nicht husten, nicht lachen, geräuschlos atmen. Und als hätten sie einen Sieg über die Apachen errungen, tauchten Ludwig, Charlotte und Alexa unter Luftsprüngen und triumphierende Schreie ausstoßend erst wieder auf, als die Greiffenseer die Suche und alles Rufen aufgegeben hatten und mit Vater und Mutter nach Hause abzogen, zum Mittagessen um halb eins, zeitig vorbereitet von den Dienstboten, die ihren freien Nachmittag hatten, weil Frieder es für seine Pflicht hielt, ihn an diesem einen Tag der Woche zuzugestehen.

Eines Sonntags aber legten Stefanie und Pauline die Ahlefelder herein. Charlotte, Alexa und Ludwig waren schon wie die Sieger hinter den Rhododendren hervorgekrochen und tanzten auf dem Rasen, nachdem sie das Auto der Tante aus dem Torhaus hatten fahren sehen. Nun kam Stefanie mit Pauline aber plötzlich hinter der Hausecke hervor und stellte sie zur Rede.

Habt ihr mich nicht rufen hören? Sie sah sie einen nach dem anderen an.

Ludwig schwieg. Alexa legte den Kopf schief, blinzelte in die Sonne.

Doch, haben wir, sagte Charlotte.

Und du findest es richtig? Ihr habt keinen Respekt, sagte Stefanie. Ich werde es euren Eltern sagen, wenn ich sie mal zu Gesicht bekomme.

Wir haben nur weitergespielt, sagte Charlotte, du hast uns ja nicht gesucht.

Du hast uns verpetzt, schimpfte Ludwig, als Stefanie gegangen war.

Hab ich nicht, wehrte sich Charlotte. Sie hatte gesehen, dass Stefanie Alexa erkannt hatte, die nicht schnell genug hinter dem hohen Busch verschwunden war.

Musstest du es denn überhaupt zugeben?

Was immer ich gesagt hätte, sie mag mich nicht.

Gib doch nicht Charlotte die Schuld, nur, weil die uns entdeckt hat, sagte Alexa. Sie war doch nur ehrlich, das ist nicht schlimm. Das nächste Mal machen wir es anders. Vorsichtiger, geschickter, klüger, was weiß ich. Was meinst du?

Wenn Stefanie und Frieder mit Hugo und Ingrid verabredet sind, gibt es Tee. Im Sommer sitzen sie auf der Terrasse und betrachten den Park. Im Winter sitzen sie am Kamin mit seinem unterhaltsamen Flammenspiel im Blauen Salon. Der Diener trägt Sandwiches herein, Ludwig und Charlotte bedienen. Wurde etwas vergessen, das Silberkännchen Milch für den Tee etwa, schickt Ingrid die Kinder in die Pantry, es zu holen. Charlotte holt es.

Dein Scheitel ist schief, sagt Stefanie und richtet ihre stechenden kleinen Augen auf Charlotte, worauf sie das kleine Silbertablett mit dem Milchkännchen beinahe fallen lässt.

Guck nicht so! Bring mir jetzt lieber meine Handtasche, die liegt auf der Truhe im Eingang. Guck nicht so, du hast einen aufsässigen Blick. Steh nicht so da! Du hast deine Hände nicht gewaschen und servierst mir. Der Ton ist scharf.

Charlotte sieht auf ihre Hände, sie sind wirklich nicht sauber. Sie schwört sich, von nun an Stefanie aus dem Weg zu gehen.

Auf Annalisas Rat gehen die Greiffenseer auf ein Internat in Oberbayern. Eine katholische Schule hat Stefanie von innen noch nie gesehen. Es liegt fast tausend Kilometer von zu Hause entfernt. Hinter dem Ort steigen die Alpen majestätisch an, bei Föhn ein gestochenes Schauspiel, im Winter ein Anblick von klirrendem Weiß. Die Mädchen, am Meer aufgewachsen, fürchten sich vor diesem gigantisch aufragenden Gestein, das den Horizont verriegelt. Wenn sie in die Ferien fahren, durchqueren sie Deutschland im Zug, an den Alpen vorbei, an ihrer Front, die sich ihren Augen wie eine Bedrohung darbietet. Im Geografieunterricht beim Hauslehrer in Ahlefeld kopiert Charlotte die Deutschlandkarte in den Grenzen von 1937 in ihr Heft. Stefanie war, im Gegensatz zu ihren Brüdern, Fahrschülerin gewesen. Wenn sie den Zug verpasste, der in Greiffensee hielt, fuhr der Kutscher sie rasch in die Kreisstadt. Einen Schlaf- und Waschsaal, gemeinsame Andachten, Mittag- und Abendessen mit den Nonnen, die gemeinsame, tunlichst lautlose, störfreie Erledigung der Hausaufgaben zur festgesetzten Zeit unter Aufsicht, das ebenso stille Lesen und Nachschlagen in den Lexika und Atlanten im Gewölbe der ehemaligen Klosterbibliothek wie jetzt gestaffelt nacheinander gemäß dem Alter ihrer Töchter kannte Stefanie nicht, eine Tracht, eine Uniform hat sie auch erst als Rotkreuzschwester getragen. Spät war sie in die Gleichschaltungsmaßnahmen des Staates einbezogen worden. Ernst August schützte sie kraft der Privilegien des Standes. *Der Olle* hat die Fahne nicht gehisst. Den Arm nicht gestreckt und nicht *Heil Hitler* gesagt. – Dat macht man ihr, sagte er jovial zu den Arbeitern vom Hof, die nun in der Partei waren, ik bün tau alt datau, grüßte den Kreisleiter, der ihn mit stramm gestrecktem Arm zurückgrüßte, pfiff den beiden Münsterländern und ging mit ihnen seiner Wege. Sollten sie ihn doch! Stefanie hatte auch nicht die Hand gehoben. Wenn *der Olle* das kann, kann ich das auch.

Pauline ist künstlerisch begabt. Im Nu knetet sie Tiere und Gesichter, formt mit den Händen auf Stichwort Figuren, was man ihr zuruft. Hund. Reh. Katze. Krake. Buddha im Lotussitz. Ein Talent. Aber auch tauglich für einen Beruf? Nach der Pubertät schwächte das Talent ab. War denn die Landwirtschaft, wie Frieder sie betrieb, ein Brotberuf? Stefanie überhörte die Andeutungen des Verwalters, wenn bei Jahresende im Kontor bilanziert wurde, dass der Betrieb nicht eben rosig liefe. Ihr Ressort war die Hauswirtschaft, ihre Auslagen wurden aus den Hofeinnahmen alimentiert. Die Verantwortung für den Hof lag bei Frieder.

Stefanie interessierte sich nicht für Paulines Begabung. Ihre Gedanken drehten sich um das Erbe. In der Zwickmühle zwischen Tradition und eigener Entscheidung, die es ihr frei ließe, eine ihrer Töchter gemäß der Eignung, also ohne Rücksicht auf die Reihenfolge ihrer Geburt, als Nachfolgerin auf Greiffensee in ihrem Testament einzusetzen. Erbe, Herkunft, Tradition. Pauline war diese Fracht gleichgültig, diese Last, die andere tragen sollten. Sie dachte über ihr Leben, ihren Lebensentwurf nach, nicht aber, ob sie das Los treffen könnte. Rosa, Cäcilie, Pauline, Anna. Eine von ihnen wird Greiffensee schon erben. Oder auch nicht. Hängt von

Stefanie ab. Von der Zukunft, vom Leben, von der Politik, von der Laune. Jedenfalls nicht von Pauline.

Sie möchte, sobald sie die Klosterschule hinter sich hat, in die Stadt. Am liebsten an eine Kunsthochschule. Hört sich fast an wie Klosterschule. Würde wenigstens Frieder die Idee unterstützen? Oder würde er sich auch nur zu einem: Zu teuer, du wärest uns zu teuer, herablassen? Überleg doch, die anderen, deine Geschwister ... Kunst. Schön. Ein Leben ohne Auffangnetz. Ohne Fundament. Der direkte Weg ins Nirgendwo. Vielleicht würde er aber sagen: Ich bin dein Vater, und das sogar sehr gern, du kannst dich auf mich verlassen.

Manchmal spielen die Geschwister das Spiel durch, wohl wissend, dass das mütterliche Erbe eines Tages kein Spiel mehr ist, vielmehr eine schwere Hypothek, und sie sich dann blutig wie der Abendhimmel im August schlagen und sogar per Anwalt bekriegen könnten. Willst du, Pauline? Willst du nicht, Rosa? Weshalb, Cäcilie? Und weshalb nicht, Anna? Hahaha? Ich will Greiffensee nicht. Weshalb eigentlich nicht? Ich überleg's mir noch. Wo es dir doch in den Schoß fällt, Pauline? Ohne einen Finger zu rühren, Millionärin? Klingt nicht gut? Weil du taub bist. Müsstest nicht einmal einen Mann heiraten, der alles ist, nur nicht zum Lieben. Wieso ich, Rosa? Und wieso nicht ich?, fragt Cäcilie.

Kürzlich, als sie in der Pantry den Anruf ihrer Internatsfreundin Nicole erwartete, hatte Rosa eine heftige Auseinandersetzung der Eltern, geführt im Grünen Salon, zufällig mitbekommen. Frieder forderte Stefanie auf, wenigstens die Erbschaftsfrage so bald als möglich zu klären. Es in ihr Köpfchen einlassen, notariell festlegen und besiegeln, auch wenn sie, was er verstehe, ihr Testament – wer denkt schon gern so früh an den Tod, vor allem an den eigenen – noch nicht machen wolle. Im Übrigen könne sie es jederzeit widerrufen. Für die Testamentsfrage gebe es zwar nicht die mindeste Dringlichkeit, trotzdem. Er schlug ihr vor, als Erbin Pauline einzusetzen, nicht unbedingt, weil sie die Älteste sei, sondern weil er sie für die Geeignete halte – im Sinne einer Neutralisierung der töchterlichen Ansprüche und ihrer Verletzbarkeit oder etwaiger späterer Kriege untereinander – durch das Votum der Tradition.

Also doch, weil sie die Erstgeborene ist, entgegnete Stefanie sofort aufbrausend. Nicht die Geeignete, sondern wie es aus biblisch festgeschriebener Zeit sich gehört. Daraufhin entbrannte ein fürchterlicher Streit, und damit ihre kreischenden Stimmen an diesem warmen, lauen Nachmittag nicht nach draußen und auch nicht bis zu den Hausangestellten in die Küche drangen, schlossen sie die Fenster und die Tür zum Salon.

Der Streit, die Uneinigkeit ihrer Eltern hatte Rosa überrascht. War es das Eheleben? So voller Hass? Rosa wusste es nicht. Sie ging näher zur Tür und lauschte weiter.

Rosa möchte an die Scholle gebunden sein, um ein Klischee zu gebrauchen, hörte sie Frieder gegen Stefanies Einwände auffahren, Stefanie, bedenke das bitte auch, bitte, nimm es in deine Erwägungen auf, sie hat es mir gesagt, du kannst Rosa, nur, weil du dir in deinen Dickschädel gesetzt hast, sie sei zum Schreiben geboren – geboren!, was heißt das? –, nicht so unglücklich machen, indem du sie zwingst, in ihrem Leben zu tun, wozu sie keine Lust hat. Sie ist deine Lieblingstochter, ich weiß, nur, dass in diesem Punkt *deine* Liebe irrt und *ich* auf Rosas Seite stehe. Sie wird dich ein Leben lang hassen, wenn du sie zu diesem Schritt zwingst. Den sie im Übrigen nicht befolgen wird. Willst du es schriftlich? Geb ich dir. Unsere Töchter haben nicht das Zeug zum Künstlerischen, weder Pauline noch Rosa. Intellektuelle sind sie auch nicht. Sind wir es? Wir sind es nicht.

Rosa kann meinen Wunsch ja ausschlagen, gab Stefanie zurück. Aber Greiffensee bekommt sie nicht.

Heutzutage – noch so ein Klischee, sehr gern – verhalten sich, Liebling, die Dinge anders als damals, begreife es doch, wo dir das Gut in den Schoß fiel, weil deine Brüder nicht mehr da waren und Hugo Ahlefeld bekam und alles den alten angestammten, niemals hinterfragten Weg gegangen ist. Du kannst Rosa, wenn sie fünfundzwanzig ist oder, verzeih, es dich irgendwann nicht mehr gibt, per testamentarischer Verfügung Greiffensee nicht so mal hoppla in den Schoß fallen lassen, weil du es dir plötzlich anders überlegt hast. Heute brauchst du eine fachliche Ausbildung, um einen landwirtschaftlichen Betrieb überhaupt zu verstehen, geschweige führen zu können. Ich sehe es an mir, hier, sieh mich an, ich habe sie auch nicht. Die Konkurrenz ist zu groß, die staatlichen Auflagen sind enorm, die schiere Planwirtschaft in der Landwirtschaft, nur, keiner sagt es, weil das Wort verpönt ist, nur jenseits des Eisernen Vorhangs nicht. Das heißt, Rosa müsste Land- und Forst- und dazu Betriebswirtschaft studieren, nächstes Jahr damit anfangen, wenn sie die Schule hinter sich hat. Dann ein Praktikum machen, in den USA oder Kanada, was weiß ich, jedenfalls auf einer der großen Farmen, wo die Zukunft gelehrt und bearbeitet wird. Du müsstest ihr nur jetzt, jetzt!, die Richtung für ihr Leben, wenn schon nicht anweisen, so doch durch einen Wink zu erkennen geben, dass du sie für die Weiterführung vorsiehst, dein Hirngespinst fallen lässt, sie also als Person akzeptierst. So wie sie nun mal ist. Der schiere Wahnwitz, wenn beide Töchter, vielleicht sogar alle vier dasselbe Fach studieren würden, nur, weil du dich nicht entscheiden kannst, wen du als Erbin einsetzen sollst.

Stefanie bekam einen hysterischen Lachanfall. Die Tür zur Pantry blieb noch lange zu. Ihr Lachen hat mir eine wilde

Angst gemacht, sagte Rosa. Am liebsten wäre ich in den Grünen Salon gestürzt und hätte sie festgehalten.

Rosa war Stefanies Liebling. Wie gehe ich mit dem Geständnis um?, fragte sie sich seit der Lauscherei. Lasse ich mir anmerken, dass ihr so fremdes Lachen mir Angst machte? Besser nicht, besser verberge ich alles in mir wie einen Schatz. Verschlucke es wie eine Kapsel Gift.

Stefanie hatte keine Ahnung, wie man Schriftstellerin wird. Ihre eigenen Versuche waren gescheitert. Ihre Verse wollte keiner drucken. Ergüsse einer unzufriedenen Seele. Nicht einmal der Redakteur der Lokalzeitung war dazu bereit, ihm wäre es peinlich gewesen, Stefanies vollen Namen unter die Texte zu setzen, nachdem sie sich geweigert hatte, ein Pseudonym anzunehmen. Sie war sie! Doch Rosa, fand sie, hätte das Zeug, auszutragen, was in der Mutter, wie verquer auch immer, angelegt sei. Würde es in sich wachküssen, wie die Muse es wollte, und es zum Blühen bringen.

Mama, sagte Rosa, dabei schreibe ich Vieren und Vier-minusse in Deutsch. Du träumst. Ich bin nicht begabt dafür. Ich will auch nicht im Zimmer sitzen, bis mir der Rücken schmerzt. Ich will draußen sein. Ich mag es zu reiten, wie du.

Was sie der Mutter sagen wollte, nach dem Streit sich jedoch nicht mehr getraute, der Vater hatte vergeblich plädoyiert, war knapp und einfach: Ich würde gern deinen Hof weiterführen und eine Musterfarm daraus machen, Mama, neue Technologien einbeziehen. Ich habe Ideen. Jedes Mal, wenn sie zu den Ferien heimkam, hockte sie im Gutskontor, viel lieber als im Haus, und fragte Gutbrodt, den Verwalter, einen gestandenen Holsteiner, über die Geheimnisse einer erfolgreichen Gutsführung aus.

Rosa fühlte sich zu Charlotte in Ahlefeld hingezogen, obgleich sie Charlottes Freiheitsdrall, wie John später sagen würde, ihre radikale Haltung, aus allem rauszumüssen, den Wunsch, schleunigst auf den eignen Füßen zu stehen, nicht besaß. Sie war verträumter, fauler, lässiger, langsamer, weich und träger. Sollte es mit dem mütterlichen Hof nichts werden, könnte sie auch eine Gärtnerei bewirtschaften und Rosen züchten. Nicht schlecht. Sie würde weiterhin mit dem Land verbunden sein. Sie wollte partout nicht in der Großstadt leben, wie Pauline und Cäcilie es planten. Sie könnte auf einer Pferdefarm arbeiten, Reitlehrerin werden. In Australien oder den USA als Bereiterin arbeiten. So malte sie sich viele beschauliche Leben aus, die wie Fische im Aquarium in ihrem Kopf herumschwammen. Sie brauche auch keinen Mann, dachte sie noch, fürs Erste würde ein großer Hund reichen. Ein junger Bernhardiner zum Beispiel, der mit ihr gemeinsam wuchs. Als es dann aus war, durch den Unfall.

Cäcilie, gertenschlank wie ihr Vater, hatte auch seine nussbraunen, drogenanfälligen Augen und war Frieders Lieblingstochter. Oft fantasierte er darüber, wer sich wohl in sie verlieben würde, welcher Hornochs, Waldesel, Rüpel, Berserker, die Reihe war beliebig verlängerbar, sagte Charlotte, der nur das eine wollte und ihr wehtat in einem Moment, der unweigerlich käme und in dem er der Tochter nicht mehr beistehen könnte. Cäcilie hatte ihn ausgelacht und ihm scheu die Wange gestreichelt: Papa, ich komme schon alleine klar, mach dir keine Sorgen.

Sorgen werde ich mir immer machen. Mach mir keine Schande, hatte Frieder erwidert und den Tugendwächter herausgekehrt, um seine Eifersucht zu kaschieren. Ich habe dich im Bewusstsein der Sünde und des Anstands erzogen, euch alle vier, es zumindest versucht, vergiss das nicht.

Cäcilie fand die Antwort aufgebläht, eine Enttäuschung,

doch wagte sie nach ihrer ersten spontanen Regung nicht, ihm nochmals über die Wange zu streicheln und zu sagen: Was für ein Unsinn. Du bist für mich du, und ein anderer Mann ist ein anderer Mann. Sie sagte milde, aber auch ein wenig von oben herab, da sie den Vater durchschaute, ihm seinen Spruch, den sie lächerlich fand, vor die Füße zu schleudern sich nur nicht traute: Komm, Papa, lass es. Es sind müßige Worte. Und das müßigste von allen, dein ständig wiederholtes *Sünde*. Ich kann das Wort nicht mehr hören. Es hängt mir wie Sellerie zu den Ohren heraus. Spiel doch nicht den Tartuffe! Mama spricht nie von Sünde. Und Hildegard Knef singt so verführerisch: *Kann denn die Liebe Sünde sein?* Du magst das Lied, ich weiß es. Was denkst du, wenn du es hörst?

Mein Lieb, das sage ich dir nicht.

Siehst du. Und wenn ich eines schönen Tages abhaue – wegen der Sünde? Den Koffer nehme und gehe, um dir die Sünde zu beweisen?

Frieder nahm *das Kind* nicht ernst. Wohin sollte es schon abhauen wollen und mit wem, überhaupt warum? Trotzdem beunruhigte ihn Cäcilies Frage, löste Fantasien in ihm aus.

Er besprach sich mit Stefanie. Abhauen? Kopfschütteln.

Cäcilie kehrt doch von jedem Ausritt zurück, sagte Stefanie. Sie überspringt Zäune, Baumstämme und Gräben, sprengt über die Felder. Heute so, morgen so. Welt genug. Und dann ab in den Stall.

Sie selbst war doch auch von jeder Reise zurückgekehrt, ihr Gepäck wieder in der Dachkammer zwischen Koffer, Reisetaschen und Hutschachteln gelandet. Sie hatte nie vorgehabt, aus Greiffensee fortzugehen, bis auf das eine Mal, das sie durch Hugos Einspruch – *Einen Bürgerlichen nicht!* – mehr denn je ins Haus und in die Familie zurückgeholt hatte. Wieso also *das Kind*?

Und doch riss Cäcilie, *das Kind*, nach dem Abitur aus mit einem Freund, dessen Eltern in Südfrankreich, unweit von Toulon, ein Haus mit Grundstück hatten. Die jungen Leute waren zur vereinbarten Stunde am vereinbarten Tag nicht zurück. Zu viert standen die Eltern am Bahnsteig der Kleinstadt und warteten auf sie. Auch der nächste Zug kam ohne sie an. Stefanie, Frieder und das andere Ehepaar schalteten schließlich Interpol ein. Die Polizei fuhr zur Befragung und Einsicht in Fotos und anderes Aktenmaterial hinaus nach Greiffensee. Das Gerücht, eine Tochter aus Greiffensee sei mit dem Sohn des Zahnarztes getürmt, war im Umkreis schnell herum. Cäcilie wurde in Barcelona aufgegriffen, ehe sie und ihr Freund weiter nach Marokko entkommen konnten.

Gott sei Dank, sagte Annalisa.

Was wollten sie nur in Marokko? Drogen? Exotik? Untertauchen?

Unkenntlich sein, geschützt in der Ganzkörperkleidung, sagte Ingrid, die sich von der Dienerschaft neuerdings nicht mehr verleugnen ließ. Wie heißt noch mal so ein Kleid?

Dschellaba, sagte Annalisa. Die Exotik der Augenschlitze. Glaubst du wirklich, Stefanie, sie wollten nur untertauchen? Habt ihr Cäcilie nie Fragen gestellt? Habt ihr das Fragen vergessen?

Ingrid fragte nicht. Und Stefanie verstummte allmählich.

Diminuendo heißt es in der Musik, sagte Charlotte. Es war jedoch ein großes Crescendo, die Suchaktion ließ sich nicht verheimlichen und ging durch die Lokalpresse. Nur, dass sich der Journalist geirrt hat, indem er seinen Artikel besonders stark würzen wollte. Er hatte statt über Cäcilie über Anna geschrieben, die erst sechzehn war und noch in die Klosterschule ging.

Willst du den Mann nicht verklagen?, frage Cäcilie die jüngere Schwester. Immerhin hat er deinen Namen in die Öffentlichkeit getragen, noch dazu in solch einem Zusammenhang. Ich würde es tun. So kämst du zu deinem ersten selbständig verdienten Geld.

Anna aber unternahm nichts gegen das von ihr vervielfältigte falsche Bild. Damals dachte niemand an Algorithmen. Das Wort gab es längst, sein Gebrauch ein nicht gehobener Schatz. Anna war nicht die Abenteurerin, die es drauf ankommen ließ, was mit ihr in der nächsten Nacht geschah und wo sie unter welchem Baum oder welcher Brücke schlief, wie Cäcilie es hatte ausprobieren wollen. Hitchhiken. An der Straße stehen, Autos. Einsteigen samt Freund in einen Pkw, in einen Lkw. Sich fürs Trampen Geld verdienen. Es stellte sich ein geheimnisvolles Wesen Anna entgegen, sagte Charlotte, das ihre Partnerin hätte sein sollen und, wie ihr immer deutlicher wurde, es auch war. Im Mittelalter gab man ihr einen Namen und stellte sie auch als Frau dar. Die Frau hieß Angst und die andere Frau Welt. Frau Angst gegen Frau Welt. Ob die zwei einmal verschmelzen könnten? Wer wäre diese Person? Oder sind die beiden, fragte sich Anna, längst in mir verschmolzen, nur nicht mit sich im Gleichgewicht?

Stefanie hat den Töchtern aufgetragen, ihr wöchentlich zu schreiben, solange sie auf der Klosterschule sind, eine jede von ihnen, das Telefonieren sei zu teuer. Rosa und Cäcilie deuten in Briefen vage an, Anna sei in der Klosterschule lesbisch geworden, rücken jedoch im nächsten Brief von der Idee wieder ab, verspielen sie. Alles Lüge. Alles Fehlalarm, bloß erfunden. Katz-und-Maus-Spiel. Es ist sonst zu langweilig hier. Die Erzieherinnen würden es auch gar nicht zulassen. Sie kontrollieren uns auch im Klo.

Stefanie ist trotzdem bewegt. Meine Tochter? Anna? So

ein Irrweg in unserer Familie. Nein. Aufkommende Zweifel erstickt sie im Keim, und doch, ein Rest bleibt. Auf der männlichen Seite, konzediert sie, gab es allzeit Anzeichen, Neigungen, offen, nicht zu bestreiten, die Onkel kehrten von der Kavaliersreise nach Tasmanien oder Brasilien nicht wieder. Aber Anna *vom anderen Ufer*? Unmöglich. Ein kapitaler Irrtum.

Das Wort Homosexualität ist bekannt, doch tabu wie jeder Terminus, der dem Leben in Worten zu nahe kommt. Der Paragraf 175 gehört dazu. Auch Hugo und Ingrid nehmen das Wort nicht in den Mund. Dafür aber gern das Bild *vom anderen Ufer*.

Und du?, fragt Carlo, du bist so viel älter als Alma und ich.

Als ich zum ersten Mal *vom anderen Ufer* reden hörte, als junges Mädchen, spannte es meine Neugier fast zum Zerreißen. Was für ein schönes, romantisches Bild. Ich wollte nur über den Fluss, falls es sich um einen handelte, oder über den See oder das Meer und das fremde Ufer erkunden, die Männer, die dort lebten, kennenlernen. Ich wollte dorthin, ins Verheißungsvolle, Verbotene, wenn es das denn war und nicht nur das Geheimnisvolle, Nebelige oder unscharf Gestochene, das Neue jedenfalls, wo die Löwen wohnten. Ich sprach später aber nie *vom anderen Ufer*, es war bereits eine andere Zeit. Man sagte *schwul* und *gay* und *lesbisch*.

Rosa und Cäcilie verschleiern weiter, stellen infrage, behaupten wieder und nehmen es dann zurück im nächsten und übernächsten Brief, lassen keine Quelle erkennen und doch durchsickern, dass Anna sich in eine junge Nonne namens Xenia verliebt habe. Sie schützen ihre Schwester durch Vertuschung oder das Hin und Her, halten vor den Eltern zusammen. Anna ist sich, so jung, fast sicher, dass es nicht

Männer sind, die sie anziehen – wie hätte sie auch nach Marokko entfliehen wollen –, sondern Frauen sie locken. Immer. Soll sie es beichten? Muss sie es beichten? Sie überlegt es sich. Sie muss sich ja nicht gleich bekennen, wenn sie über Dinge noch in Zweifel ist, was sie indes nicht ist. Darf sie sich nicht trotzdem Zeit, ihre ganz eigene Zeit für die Dinge des Lebens nehmen? Oder wird sie auf Geheiß von irgendwelchen Leuten immer nur zu diesem und jenem gestoßen? Wer weiß, wann, wer weiß, wohin. Sie küsst eine Rose in der Auslage des Blumengeschäfts in der Hauptstraße. Dies zur Bestätigung, Xenia. Sie küsst eine zweite Rose, dunkelrot und duftend wie die erste in der Bahnhofshalle neben den Eimern mit den gelben und rosaroten Blüten. Xenia, für dich. Der tiefe Duft, für dich.

Annas junge Nonne, eine Spanierin, gibt Lateinunterricht. Sie müht sich ab, Anna und ihre Mitschülerinnen für die alte Sprache zu interessieren, die härter, mit anderer Färbung und vielen Abweichungen auch ihr Idiom ist. Da Xenia es mit Cäsars *De bello Gallico* nicht schafft, auch nicht mit Ciceros Redekunst, versucht sie es mit Publius Ovidius Nasos *Kunst des Liebens* in kurzen, ausgewählten Passagen. All das, was Ovids *Kunst* vorgibt, immerhin spröde und rhetorisch genug geschrieben. In gewisser Weise aus der falschen, der männlichen Verführerperspektive. Kein echter Funke für ein kindliches, träumendes Mädchengemüt aus den Familien der höheren Stände heute, die Xenia unterrichtet. Vom Feminismus vor den Schulmauern, ob in München, Frankfurt, Berlin, von antiparlamentarischen Aktionen der 68er wie der drei Studentinnen etwa in der Aula einer Universität, die sich vor dem Pult des renommierten, besonders junge adlige Frauen verehrenden Professors als Parzen *oben ohne* präsentieren – das Foto ging durch die Weltpresse –, sollen die Mädchen durch hohe Pforten und hoch aufgeschichtete, die Sicht versperrende Steine abgeschirmt bleiben. Und Xenia, zu Hause eingeschüchtert, ein Flüchtling, wäre die Letzte, die ihre Schülerinnen zu Aufrührerinnen erziehen will. Sie würde damit nur ihre eigene Zuflucht aufs Spiel setzen. So ist ihre Wahl, die männliche Verführerperspektive in den Vordergrund zu stellen, richtig getroffen. Die Mädchen sollen ja ihrerseits nicht nachstellen und provozieren. Sie haben sich noch vor so viel zu hüten. Da ist Ovids lüsterner Ton gerade recht zu aller Art von Ermahnung und Warnung vor der Männerwelt.

Durch die Lektüre tut sich für Anna ein weiteres Tor auf. Zu Xenia. Dass die Lehrerin so heißt und dieses Wort der totgeglaubten Sprache entstammt, begeistert sie nun. *Ars amandi*. Zwei Wörter. *Ich liebe*, in den Stand der Kunst erhoben. Xenia, du Fremde, Xenia, die Fremde.

Anna nahm sich nach langer Mutprobe vor dem Spiegel im Waschraum ein Herz, aber ihr Augenkontakt in letzter Zeit hatte sie bereits bestärkt, und so wandte sie sich an Xenia im Klassenraum, als sie, allein mit ihr, die Textpassagen auf die Tische verteilte.

Darf ich Sie was fragen, Schwester Xenia? Ich wüsste es so gern. Vielleicht sagen Sie gleich Nein und antworten nicht. Weshalb sind Sie hier? In einem Kaff wie Saalheim? Wie konnte ich Sie treffen, wo Sie von so weit her sind? Ich habe im Atlas nachgeschlagen. Huelva. Wer hat uns zusammengeführt, an einen Tisch, in ein und denselben Klassenraum?

Xenia errötete. Ich hatte ungehörige Gedanken. Ich liebte meinen Bruder, wenn du die Wahrheit wissen willst. Da schickte mein Beichtvater mich weit weg, und die Ursulinenoberin suchte mir ausgerechnet dieses Kaff aus.

Anna klatschte unwillkürlich in die Hände und versteckte sie sofort hinter dem Rücken, sie hatte sich verraten, wurde rot wie ihre Rosen in der Hauptstraße, in den Emaileimern in der Bahnhofshalle. Wie schön, sagte sie. So schön! Machte dann auf dem Absatz kehrt und rannte auf den Flur hinaus und ins Klo und schloss ab. Die Erregung bei dem so nahen Blick in Xenias tiefbraune Augen konnte sie nicht aushalten. Was für ein Geständnis. Ich habe leider keinen Bruder, dachte sie auf dem Klodeckel. Ludwig. Nein. Ein Cousin ist kein Bruder. Und der schon gar nicht. Der ist nicht einmal ein Cousin. Kalt, gefühllos, nimmt mich gar nicht wahr. Und doch wäre es das Einfachste. Seine Hand zu halten und sie um mich zu legen oder, wenn er sie um mich führte, im Rücken beim Tanzen. Ihn küssen.

Auf der Überlandstraße von Memmingen nach München am Rosenmontag donnerte ein Autofahrer in den VW von Rosas Freundin Nicole. Offenbar hatte der Mann in dem Moment das Gaspedal mit der Bremse verwechselt, als er den Wagen vor sich sah. Der Ford hatte den Käfer mit der Stoßstange buchstäblich auf die Hörner genommen und gegen einen Chausseebaum gedrückt. Es war eine Linde. Ihr dicker Fuß, von jungen Trieben wie von Barthaaren bewachsen, war das Letzte, das aller Wahrscheinlichkeit nach Rosa sah, ehe es schwarz um sie wurde. Sie schrie, sagte Nicole aus, sah den Stamm, die jungen Zweige auf sich zukommen im Scheinwerferlicht. Die Ambulanz fuhr die Mädchen ins Krankenhaus. Alkohol am Steuer, stellte sich bei der Obduktion des Fahrers heraus. Nicole genas. Das sekundenlange Einnicken des Mannes unter der Rauscheinwirkung hat Rosa nicht überlebt.

Anna stellte sich viele Fotos von Rosa, ihrer Lieblingsschwester, auf und nannte ihr Zimmer eine Zeit lang Rosas Zimmer. Wann immer sie im Haus stand oder herumging, sah sie Rosas Schatten. Er legte sich über alles und beschützte sie. Sie konnte in ihn hineinfliehen und sich darin verbergen.

Cäcilie dagegen stellte kein Foto auf. Sie strich Rosa nicht aus dem Gedächtnis. Sie bewegte sich in einem Vakuum und spürte die Leere überdeutlich, das lähmte sie, und die Spannung, die sie gerade zu dieser Schwester empfunden hatte, hatte kein lebendiges Ziel mehr für ihre Erinnerungen und weiteren Pläne. Rosas Tod hatte an den Baum gefahren, was sie, Cäcilie, immer nur hatte wegtreten wollen. In der verschwiegensten Tiefe, in einem Teil ihres Herzens, was sie nur sich eingestand und niemals einem Geistlichen beichtete, war sie froh, dass ihr die ältere Schwester vor der Nase weg und aus dem Weg war. Schon als Dreijährige hatte sie sie boxen und treten wollen. Wenn Fanny sie zusammen in die Badewanne setzte, weil im holzbefeuerten Ofen nicht genug heißes Wasser zur Verfügung stand, was meistens der Fall war, sodass kaum je ein Kind allein ein Bad nehmen konnte, und Fanny dann kaltes Wasser dazumischte, hatte Cäcilie aus Wettkampflust Rosa in den Unterleib getreten, wieder und wieder, heftig, brutal mit der strammen Hacke zugetreten, so als wollte sie Rosa in die Wannenwand zurückstoßen und dort einmauern, sie ein für alle Mal zurück in die Zeit, zurück in ihre Nichtgeburt befördern, sie für immer los sein, sie nie wieder im Blickfeld haben.

Später hatte es Cäcilie immer gewurmt, wie Rosa zu ihrer ältesten Cousine in Ahlefeld aufblickte, ihr nacheiferte, der Revoluzzerin, die, um sobald wie möglich unabhängig zu werden und von elterlicher Zuwendung freizukommen, neben dem Studium in einer Fernsehredaktion arbeitete und kleine Zeitungsartikel schrieb, und nicht sie mehr bewunderte, Cäcilie, die jüngere Schwester. Und dass Charlotte wie auch Ludwig kaum von Rosa Notiz nahmen, wenn sie sich an sie wandte.

Annalisa nimmt Stefanie nach Rosas Beerdigung, bei der, wer es so will, zum letzten Lebewohl in die Familiengruft hinuntersteigt, an die Hand und zieht sie auf eine der Alleen beiseite, die den Friedhof unterteilen. Es ist sicherlich nicht der passende Moment, doch will Annalisa der Freundin genau zu diesem Zeitpunkt, wo sie hautlos und ungepanzert ist, sagen: Du kannst deine Töchter nicht einfach in die Welt setzen und aufwachsen lassen wie das Unkraut auf dem Acker oder wie der Wind die Spreu bläst. Das sind Bibelbilder, ist aber für junge Menschen heute nicht mehr die Realität. Was wird aus ihnen? Hast du dir Gedanken über ihre Zukunft gemacht?

Rosa hatte zuletzt mit Nicole in einem Schwabinger Szenelokal gekellnert, weil sie nicht wusste, was sie nach der Schule tun sollte. Kinder hüten bei Freunden der Eltern, als Au-pair besser Englisch oder Französisch zu lernen? Und dann ins Hotelfach? Oder sich, attraktiv und neugierig auf die Welt, wie sie war, als Stewardess verdingen? Der Traum vom Rosengarten hatte sich verflüchtigt. Nicole wusste, dass es mit der Kellnerei bald vorbei sein würde, nach dem Sättigungsgrad, der bald erreicht wäre, das wusste sie ganz sicher. Wenn sie die Welt der Nonnen, die hinter ihr lag, ein wenig besser mit ihrem Leben amalgamiert haben, mehr von dem Leben kennen würde, das künstlich lang von ihr ferngehalten wurde, ein Leben ohne alltägliche Disziplin, Überwachung und Gängelung und Strafe. Rosa hatte sich Nicole angeschlossen, an sie gelehnt ohne ein eigenes Ziel. Sie war im Schlafsaal zur Freundin ins Bett geschlüpft. Das wurde bei einem zufälligen Kontrollgang der Nachtdienst habenden Nonne mit Gangstehen bestraft. Die beiden Mädchen hatten im Bett miteinander gesprochen. Auch das fiel unter Strafe.

Wildwuchs ist heutzutage nicht mehr gefragt, sagte Annalisa unter den hohen Bäumen, ist nicht *in*, wie es im

Jargon meiner Söhne heißt. Wildwuchs ist *out*. Leicht erschrocken sah sie, dass sie unter alten Linden auf und ab gingen. Ausgerechnet. Sie hakte Stefanie unter, die nichts von dem, was sie umgab, wahrnahm und nur auf die kleinen Kiesel blickte, die unter ihren Schritten knirschten, und die nächste Tränenwelle unterdrückte, um sehen zu können, wohin sie trat.

Nicht mal mehr auf den Wiesen und Feldern ist es, wie es einmal war, erweiterte Annalisa ihr Argument, als sie sah, dass die Freundin mit der *Contenance* kämpfte. Es gibt zum Beispiel immer weniger Schnepfen. Der Mensch vertreibt sie mit den Schutzmitteln seiner Monokulturen. Es steigen immer weniger Lerchen in den Himmel auf. Qualifikation. Können. Planung. Bewerbung. Wettbewerb. Effizienz. Versteh mich. Die Konkurrenz ist groß, sie ist hellwach, und sie wächst. Die Zeit deiner oder meiner Kindheit ist passé. Wo du noch an die Sterntaler glaubtest, die dir in den Schoß fielen. Du musstest nur den Rock aufhalten und nach oben schauen. Ich habe keine Töchter. Rosa sagte mir, sie wolle irgendetwas mit Tieren machen. Ich erinnere mich ans Rosenzüchten. Hatte sie konkretere Vorstellungen?

Ja. Sie liebte Tiere, sagte Stefanie schnell, als griffe sie damit zu einem Anker. Ja, irgendwas mit Tieren.

Aber, versteh, irgendetwas, das ist wie das Irgendwiesel, Stefanie.

Pauline soll nun Greiffensee übernehmen.

3

Die gemeinsamen Ausritte mit Frieder schränkt Stefanie ein. Verzichtet auf sie. Stattdessen unternimmt sie ausgiebige Spaziergänge, viele Stunden lang. Die flache Landschaft. Die Weite. Das hilft. Das hilft nicht. Sie weiß, was sie tut und was sie sucht. Ihre verlorenen Flügel wiederfinden.

Sie wendet sich an Hugo.

Drei Töchter bleiben dir doch noch.

Drei Töchter bleiben dir ...! Der wahre, schreckliche Satz dröhnt in ihren Ohren. Sie hätte ihren Bruder ohrfeigen können. Doch – noch. Wie eisenbeschlagene Räder, die auf dem Kopfsteinpflaster vor sich hin rattern. Doch – noch. Doch – noch. In diesem Rhythmus läuft sie zurück von Ahlefeld nach Greiffensee.

Ein Kind zu verlieren vor der Zeit und sich sagen zu müssen, dass das Leben weitergeht. Ohne Rosas Lachen oben auf der Galerie, ihre baumelnden Beine, ihr: *Mama, ich werfe mich gleich hinunter, ich werfe mich in deine Arme. Bleib stehen, fang mich auf!,* ohne ihre dunklen Augen, mit denen jetzt nur noch Frieder sie dunkel anblickt. Sie spürt Rosas Blicke im Rücken. Sie dreht sich um, aber da ist niemand. Sie fühlt sich infrage gestellt. Momente, in denen sie ihr Leben für diese Tochter hergeben will. Was alles hat sie mit diesem Kind unwiderruflich falsch gemacht? Was ist jetzt noch der Wunsch wert, dass Rosa werden sollte, was sie nicht war, wogegen sich zu wehren die Tochter nicht die

Kraft hatte? Überleben ist eine Schuldzuweisung. Das kann man nicht beichten. Wem sollte sie den Zufall bekennen?

Morgens setzt sie sich in den Sessel neben dem Jungmädchenbett, auf dem die blaue Leinenspreite liegt mit den Lieblingstieren am Kopfende. Ein Löwe, ziemlich lädiert, weil so oft belutscht und geknautscht, eine große Maus, der seit Langem der Schwanz fehlt. Sie starrt vor sich hin, weil sie für den Zufall keine Worte finden kann. Warum Rosa? Warum sie und nicht sie, die Mutter?

Ingrid hält sie für hysterisch. Sitz nicht herum, meine Liebe.

Darf sie das nicht?, fragt Charlotte, als sie mit Ingrid telefoniert. Weißt du, wie ein Mensch trauern soll?

Betäube dich, sagt Ingrid bei ihrem nächsten Besuch in Greiffensee, such dir eine Beschäftigung, sitz nicht nur herum. Das macht alles bloß schlimmer.

Ingrid mag sich nicht vorstellen, wie es wäre, wenn sie eins ihrer Kinder verlöre, am wenigsten Ludwig, auf dessen Existenz das gesamte Denkgebäude nicht nur des bisher vergangenen und gegenwärtigen Lebens, sondern auch alle Zukunftsträume aufbauen. Sie hält den Gedanken auf Distanz. Er könnte Angst machen. Trauer, wie Stefanie jetzt, hat sie noch nie erfahren. Keine Brücke zu ihr, keine Parallele.

Weil es ihrem Wesen fremd ist, kann sich Ingrid nicht vorstellen, dass sie eines Tages in weit vorangeschrittener Zeit, weit vorausliegender Zukunft sich an ihr eigenes Geburtsdatum, wie an so vieles andere aus ihrem Leben, nicht mehr erinnert, dass eines Tages sie es sein könnte, sein wird, die, nach ihren Töchtern Charlotte und Alexa befragt, aus dem Moment heraus antwortet: Ja, wenn Sie mich schon nach unseren Lebensdaten fragen, nun ja, meine Töchter sind beide schon über achtzig, aber ich, wie Sie sehen… Vor ihr sitzt Charlotte, sie ist es, die Ingrid befragt, ihre blauen Augen bei der Antwort aufblitzen sieht, das plötzliche Leuchten über ihr Gesicht... Also ich, wie Sie sehen, ich tummle mich noch. Mir gefällt das Leben. Mir geht es gut.

Und sie wird aufgucken aus der Sofaecke mit ihren strahlenden, zwei Mal am Star operierten kornblumenblauen Augen und ihrem Gegenüber mit einem Kopfnicken unterstreichen, dass es so sei, und ihre Hand wird dabei über den Stoff der Sofalehne fahren, ein bisschen daran herumzupfen, um so zu betonen, dass sie noch immer über das Leben triumphiert. Und sie noch immer das Heft in der Hand hat. Und es weiter bis zum letzten Atemzug nicht aus der Hand geben würde.

Was für Durchhaltekraft. Was für Durchhaltewille. So klar und sauber wie die perlweiße Reihe ihrer Zähne, denkt Charlotte und rechnet. Wäre ich schon über achtzig, hätte sie mich in einem sehr frühen, einem ganz und gar selbst von der Natur verbotenen Alter auf die Welt gebracht. Ihr wär's sicherlich nicht recht gewesen. Wie herrlich. Andererseits, das Alter sprengt alle Tabus. Selbst in ihr, der Greisin. Es triumphiert.

Auf Rosas Nachttisch lag ein Stein. Stefanie hat ihn auf ihren vielen, mitunter nostalgischen Kontrollgängen durch die Kinderzimmer in Abwesenheit der Töchter nie wahrgenommen. Seit wann lag er da? Bewachte er Rosas Zimmer? Vielleicht ein geschrumpfter Steinzeitmensch? Er war unbemalt. Wen oder was wollte Rosa mit ihm erschlagen? Sie nahm ihn in die Hand. Er war glatt geschliffen vom Meer, muschelhell, ein wenig bläulich, doch eher weiß. Ein versteinerter Seeigel oder der Abdruck einer Seeschnecke saß ihm nicht in der Seite. Der Stein war ein Ding. Ein reines, schönes, rätselhaftes Ding. Ein Stück Natur. Ein Elefant. Ein magisches Auge, die Hexe aus Kindertagen. Eine Zauberfalle in der Hand gegen die Asen. Wo am Meer hatte Rosa den Stein gefunden? Die Steilküste, an der es diese größeren Steine gab, lag weit weg. Mit wem war sie dort gewesen? Einem Freund? Hinter dem elterlichen Rücken. Rosa hatte keinen Führerschein. Mit Nicole war sie nie in Greiffensee gewesen. Seit wann lag dieser unscheinbare reine schöne rätselhafte Stein auf diesem Nachttisch? Wussten Pauline und Cäcilie und Anna von ihm? Auf jeden Fall war er in Rosas Leben wichtiger gewesen als der Löwe oder die Maus. Unter dem dicken Nachttischlampenfuß fand Stefanie einen Zettel, darauf in Rosas unterschlaufiger, nach rechts gerichteter Schrift: *Ha ha ha, hee hee hee, I'm a laughing gnome and you can't catch me.* Der Schlüssel zum Stein. Oder zu seiner Verschlüsselung.

Tu was. Der Satz bohrte wie Kopfschmerz in den Schläfen. Wenn das Gefühl völliger Nutzlosigkeit den ganzen Menschen überwältigt, was willst du dann tun?, fragte Charlotte. Arbeiten, Ingrid, da ich es nicht muss, genauso wenig wie du, sagte Stefanie. Den Boden finden. Bloß wo? Bloß wie?

Sie hatte die Haushaltsschule besucht, ihre Schwesternausbildung begonnen, danach Kriegseinsatz. Frauen wie Ingrid, die studiert hatten, beneidete sie. Doch mit der Heirat hatte auch Ingrid ihre Ausbildung abgebrochen. Der Impuls, sich fortzubilden, der Stefanie an Konrads Seite noch beflügeln konnte, passte nicht mehr in das Leben. Und wenn sie sich, sagte Charlotte, das Bild vom nicht begangenen Weg entwarf, kam sie das Lachen an. Sie sah sich als ausgewachsene Person unter jungen Leuten, eine Frau, noch zu jung, um ihre Mutter zu sein, doch schon mit schütter werdendem rotem Haar im Seminarraum, wie die Grünschnäbel die Anatomie des menschlichen Körpers lernend. Ein Bild zum Lachen. Vielmehr noch: um Scham zu empfinden. Beides erschreckte sie.

Die Ehejahre, Gutsherrinnenjahre, hatten den Konrad-Traum aus ihrem Leben gedrängt, er war eine Gaukelei aus der Vergangenheit geworden, freundlich, angenehm, hoch oben in den Zirruswolken der Gegenwart verblasst, und hatte Stefanie am Boden zurückgelassen, im täglichen Einerlei. Ein Bild. Viele Bilder. Und es fielen ihr auch viele dafür ein. Ein Schmetterling auf der Seite, in Schräglage, die Flügel zugeklappt. Oder wie sie im Gang des Zuges am Fenster steht und auf die vorübergleitende Landschaft hinausblickt.

Auf Annalisas eindringliche Mahnung hin drängte sie Cäcilie und Anna zum Studium. Anna sagte ganz spontan, gleichwohl in Gedanken an die väterlichen Spuren, sie wolle Jura studieren. Cäcilie entschied sich für Medizin, als würde sie, was die Mutter nicht wahrmachte, mit Karriere und Leben füllen wollen.

Ruhe trat wieder ein.

Pauline studierte Land-, Forst- und Betriebswirtschaft. In Bonn konnte sie – damit nach der Einsamkeit des Klosterinternats *das Kind* nicht allein in der Welt herumhinge – auf das Netzwerk aus Frieders Verwandtenkreis zurückgreifen, wenigstens, willigte Stefanie ein, in einer Notsituation. Falls es dazu kommen sollte. Falls Pauline es wollte.

Lass sie ihren Weg suchen. Lass sie ins Wasser springen.

Stefanies Blick fiel auf das Foto auf Rosas Nachttisch. Rosa im Profil, wie sie über ein Hindernis springt. Stefanie erinnerte sich genau an die Szene. Das Pferd gestreckt über den vier übereinandergestapelten Stangen, ohne sie mit den hinteren Hufen zu berühren, Rosas Körper leicht im Sattel angehoben, um dem Tier den Sprung mit dem nach vorn verlagerten Gewicht zu erleichtern. Das ist meine Tochter. Ich hab's ihr beigebracht, dachte sie.

Rosa, schlank wie Cäcilie und nicht pummelig wie Pauline, hatte schon Verehrer gehabt, deren Zuneigung sie jedoch nicht erwiderte, genauer, nicht erwidern konnte. Frieder behielt die Jungs aus der Nachbarschaft im Auge. So wie Hugo in Ahlefeld die Freunde von Charlotte und Alexa. Er hatte an den beiden Jungs mehr auszusetzen, als es Rosa hätte einfallen können. Gute Partien, wie man sagt, wären sie schon, aber menschlich, fand Frieder, waren sie Schnösel. Kategorie: AA, aalige adlige Schnösel vom Land, Rosenkranz und Güldenstern. Komiker, gänzlich unfreiwillig, ohne Blick auf sich. Das zog Rosa an. Rosen und Gülden brachten sie zum Lachen. *Ha ha ha, hee hee hee, I'm a laughing gnome.* In ihrem Lachen lag wärmste und befreiendste Berührung. In ihm drückte sich Rosas unerklärlicher Zauber aus, ihre Neigung und Zuneigung. Das spürten sogar die Schnösel. Und Frieder spürte es auch. Rosa streichelte, küsste die Freunde mit ihren Augen. Und so warteten sie darauf, dass der argwöhnische Vater abgelenkt, ans Telefon gerufen wurde, ins Gutskontor, aufs Feld, zu einem Haus, einer brennenden Scheune.

Vielleicht war es letzten Endes bedeutungslos, was eine Mädchenseele erregte. Viel Liebe ist ihr eben nicht entgegengebracht worden, grübelte Stefanie. Sie hat nie mit einem Mann im Bett gelegen.

Du bist um elf Uhr zurück, bläute Frieder seiner Tochter ein, wenn sie in den Ferien mit Rosen und Gülden tanzen ging. Seit Neuestem gab es zwei Discos in der Kleinstadt. Rosa, Rosenkranz und Güldenstern frequentierten sie im Wechsel. Hörst du? Spätestens um elf. Unversehens wurde Frieder den Töchtern gegenüber laut und breitbeinig. Rosa sah ihn bei seinem ersten Ausfall mit groß geweiteten Augen an. Sie verstummte. Woher der Jähzorn auf einmal? Da war er für Argumente taub. Nur die Disziplin, sich über die Sessellehne zu beugen und auf den nackten Hieb zu warten. Bildlich natürlich. Widerspruch zur Klärung der Wahrheit sinnlos. Schwere Bürde für Rosa.

Die Cousinen tauschten sich über die Väter nicht aus, weder im Guten noch in ihrer Enttäuschung über sie, die sich Schicht auf Schicht stetig höher türmte. Kinder, vor allem Töchter, waren Gänse, die zu stopfen waren und zu gehorchen hatten.

Erinnerst du dich an Fanny?, fragte Alma. Zu ihr hatte Rosa den engsten Kontakt. Zumindest erzählte es meine Mutter. Fanny, die Anlaufstation. Die hagere, struppige Glucke von Greiffensee, der man alles erzählen konnte, die nicht mit Urteilen um sich warf, Luft Luft sein ließ, aber auch zupacken konnte. So wie Ama in Ahlefeld.

Hugo war nicht viel anders als Frieder, sagte Charlotte. Er züchtigte zwar nicht, neigte aber zum Jähzorn, flippte aus, war idiotisch, manchmal aber auch ganz lieb. Zu einem Gartenfest in Ahlefeld durften wir, Ludwig, Alexa und ich, ein, zwei Freunde einladen. Wir saßen auf der Terrasse, lauschten der Musik, sahen den Tanzenden zu, sahen, wie sich Paare im Schutz der Bäume küssten. Ich wollte einem Jungen, den ich eingeladen hatte, ein Buch geben, er war nicht mein Freund, mein Freund, in den ich verliebt war, mied solche Feste, ohnehin war er gerade in Japan, wo er Abend für Abend in einer anderen Stadt auftrat und nach dem Konzert an mich dachte und mir Briefe schrieb. Ich war vom Buch begeistert und wollte es dem Freund ausleihen, es ihm oben im Zimmer geben, nicht unten im allgemeinen Trubel. Dann kam es zum Eklat. In deinem Zimmer! In meinem Haus!, schrie Hugo, er war außer sich. Du wolltest mit ihm ins Bett! Gib es zu, gib es sofort zu! Ein wichtiges Buch! Pah! Ich wehrte mich, aber er ließ nicht locker, sah komisch aus mit seinem verzerrten Gesicht, ich hätte lachen können, was ich nicht durfte, letztlich auch nicht konnte, weil sein Unverstand mich zugleich erschreckte, während er mich zurück in den Garten zerrte. Die Geschichte einer Demütigung.

Frieder bei Rosa. Hugo bei mir. Männer unserer Zeit, nicht lange her.

Später bat ich ihn, seine Worte zurückzunehmen, vergeblich. Er hat sich nicht entschuldigt. Er brachte die vier knappen Einsilber, *es tut mir leid*, nicht über die Lippen. Sich und seiner eigenen Tochter einen Fehler einzugestehen, war offenbar ein außerirdisches Ding. Er verrenkte sich, gab sich keine Blöße, trug lieber seine Mannspotenz zur Schau, die ganze Zeit. Oder er zog sich zurück, wich ins Schweigen aus, ins große, ungeklärte, folglich noch bedrückendere Schweigen. Irgendwann ging es weiter, begann von vorn, als sei nichts vorgefallen.

Jetzt gehe ich schwimmen, sagte Charlotte. In der vergangenen Nacht hatte sie geträumt, sie habe John einen Zettel geschrieben: *Ich bin am Strand und schwimme*. Der Sand in der Nacht wurde in eine Richtung verweht, jetzt lag er mit kleinen, festen Erhebungen da wie Wellen, safrangelb, ebenmäßig bis in den Horizont, als sei er von einem scharfen, lange fegenden Wind geformt worden. Nach dem Bad war sie in Johns Arme gefallen. Dann war das Bild eingefroren.

4

Ich weiß nicht, was mit mir ist.

Frieder will Stefanie umarmen. Vielleicht hat sie Lust. Oder sie bekommt sie. Nein. Stefanie löst sich aus der Umarmung.

Du weißt, wovon ich spreche.

Bei den regelmäßigen Aufwallungen, den Schwankungen deiner Stimmung? Wie soll ich sie jemals deuten? Wie soll ich dich jemals deuten? Schlaf lieber mit mir. Er ergriff ihre Hand, zog sie zu sich. Komm. Lach mich an. Komm ins Bett. Er spürte den Widerstand, ihren lauernden Blick. Stefanie liebte Champagner. Frieder stand auf und ging ins Haus. Eine Flasche lag für Momente des Trübsalblasens stets bereit.

Beide hatten sich friedlich auf der alten Gartenbank vorm Haus unterhalten. Ein bisschen wie die Greise, kein Liebespaar, das seine Lust mit Champagner feiert, bis Stefanie endlich ein *Ich weiß nicht* entfuhr.

Die Bank musste neu gestrichen werden. Durch den vielen Regen in letzter Zeit blätterte die weiße Farbe ab, die Feuchtigkeit griff das ungeschützte Kastanienholz an. Es sollte nicht aufquellen und sich verziehen. Zumindest sahen die dunklen Flächen nicht schön aus, sie wirkten schäbig. Auch darüber sprachen sie jetzt.

Sie stießen an. Tranken. Schwiegen. Frieder schenkte Stefanie nach und wartete, dass ihre Stimmung umsprang. Wie der Frosch, der von der untersten Sprosse der Leiter nach oben kroch, um sich die Welt zu besehen, nun ihr Herr, tollpatschig und hässlich.

Stefanie sprang auf. Aber es ist nicht nur Rosa und immer wieder Rosa, sagte sie und trank aus. Der Verwalter hat mir gestern gesteckt: Die Bank zögert mit einem neuen Kredit ... Er muss nicht nur die Löhne auszahlen, vielmehr auch alte, gestundete Rechnungen begleichen. Sie setzte sich Frieder auf den Schoß. Und weil ich es nicht glaubte, hat er die Bücher aufgeschlagen und mir alles vorgerechnet, Posten für Posten, mehrere Jahre zurück. Was habt ihr hinter meinem Rücken gekungelt? Warum hast du mich nicht eingeweiht?

Da Frieder nicht antwortete, ihre Aufwallung nicht erwiderte, setzte sie sich wieder neben ihn.

Entschuldige, aber etwas muss geschehen.

Das weiß ich längst.

Und was, denkst du? Hast du eine Idee, wie wir da herauskommen?

Immerhin ein *wir*, dachte Frieder, schwieg aber, weil nicht er es sein wollte, der jetzt mit einem Vorschlag herausrückte. Nicht dass er gekniffen hätte, nur wollte er nicht als Erster bieten und damit Bedingungen setzen.

Stefanie sah ihn an. Du bist dabei, das Gut zu verschleudern, dachte sie. Er spürte es in ihrem Blick. Sie kannten sich mittlerweile gut genug, waren sich nah genug. Sie sprang wieder auf und machte ein paar Schritte entlang der Fensterfront, sah zu den Scheunen hinüber. War das das Ende? Es wollte ihr nicht in den Kopf. Ein Drehpunkt war erreicht, von dem sie angenommen hatte, naiv, gottvertrauend, dass er nur andere träfe, Nachbarn, mochten sie auch weit weg wohnen, und dass ihr, dem gottbeschützten Kind, der Schlag erspart bliebe.

Frieder schwieg immer noch.

Stefanies Blick wanderte zum kopfsteingepflasterten Wirtschaftshof hinüber, und wie in einem Film stürzte auf sie ein, was sie nur im Bildausschnitt erlebt hatte. Sie als kleines Kind an der Hand der rheumakranken Mutter, die Brüder in Uniform, der Vater, gestützt auf sie und seinen Stock, ein Hochzeitsfoto, allesamt auf der Schlosstreppe aufgereiht, sie im Hochzeitskleid ihrer Mutter, das die Näherin in der Stadt auf ihre Maße hin geändert hatte, Gloria, vom Kutscher herangeführt, die Beerdigung der Mutter, der Sarg des Vaters. Nach dieser längeren Pause ging sie zum Angriff auf ihr Erbe über. Drehpunkt.

Wir können Land verkaufen, sagte sie. Das ist auch Gutbrodts Vorschlag. Das kleinste aller Übel, falls es ausreicht. Ich habe keinen Überblick, hörte sie sich mit fremder Stimme sagen. Und zur Ausbalancierung des kühnen Schrittes dachte sie, mein Gott, seit wann habe ich nicht mehr gesungen. Meine Stimme nicht mehr jubeln hören. *Jauchzet, frohlocket.*

Und warum nicht gleich alles?, führte Frieder ihren Vorschlag zum radikalen Ende, und wir machen den Schnitt, zahlen die Töchter aus, alle gleich hoch für die Ausbildung, damit müssen sie auskommen, und wir ziehen nach Marbella. Diese Güter zu bewirtschaften und zu unterhalten – das ist nicht mehr zeitgemäß. Das weißt du so gut wie ich. Ich habe die Töchter gefragt, versteht sich, ohne Gründe anzugeben, um sie nicht zu ängstigen, ich wollte herausbekommen, wohin ihre Wünsche gehen. Im Grunde will keine von ihnen hier hängen bleiben. Sie wollen in die Stadt. Sie wollen in die Welt. Sie wollen leben und nicht in einem grünen Winkel versauern, sosehr sie ihn auch lieben.

Wie wollen sie das schon entscheiden, ich bitte dich, sagte Stefanie, ohne den Blick vom Hofplatz abzuwenden. Sie sind unerfahren. Annalisa hat es mir vorgehalten.

Sie durften nicht fernsehen, fuhr Frieder nüchtern fort.

Zeitungen würden sie nicht lesen, wurde behauptet. Jedenfalls hielt sie niemand dazu an. Sie wurden angemault, wenn sie in die Disco wollten. Sie wurden unentwegt kontrolliert. Es würde in Drogen enden oder in Langeweile, was ungefähr dasselbe ist, wenn sie über sich selbst verfügen würden, doch zu dumm für anderes seien, hieß es. Wir haben die Begabungen, die die Kinder entwickelten und vielleicht wieder verloren haben, sei doch ehrlich, nicht wahrgenommen. Wir haben ihren Weg nicht verfolgt. Offen gesagt, haben wir sie, nachdem sie drei Jahre alt wurden, nicht mehr genau angeguckt. Wir haben geguckt, das schon, aber keineswegs aufmerksam. Cäcilie zum Beispiel ist der Ansicht, dass wir sie vor den anderen zurücksetzen und am wenigsten lieben.

Stefanie griff nach Frieders Hand. Ich will mich betrinken, sagte sie halb abwesend. Du machst mich fertig.

Vor ihr lag der weite Hof. Niemand bewegte sich dort. Nicht einmal eine Krähe hüpfte über das Kopfsteinpflaster.

Das ist kein wesentlicher Beitrag zum Problem, sagte Frieder kalt. Deine Familie, du, ihr seid Weltmeister im Ausweichen und Weggucken.

Das war jetzt auch kein wesentlicher Beitrag, sagte Stefanie ebenso kalt. Zum ersten Mal hasste sie Frieder, obgleich er bloß deutlich geworden war. Wie viel er zu der verfahrenen Situation durch Fehlinvestitionen, falsche Entscheidungen und Verschweigen beigetragen hatte, weil er auf Besserung hoffte, konnte sie nicht sagen. Sie müsste den Verwalter danach fragen. Würde er sie über den wahren Stand der Dinge aufklären? Er hing mit drin, wie tief mit ungehörten Warnungen seinerseits, konnte sie nicht beurteilen. Hatte er Alibis? Ganz bestimmt, Verwalter haben immer Alibis. Haben praktisch nichts anderes. Trotzdem. Sie würde Gutbrodt zur Rede stellen.

Hugos Betrieb florierte. Allem Anschein nach. Ärgerlich.

5

Stefanie nörgelt an allem herum. Sie räumen ihre Zimmer nicht auf, überall fliegen Strümpfe und hängen BHs herum, ihre Haare, die sie sich permanent waschen, verstopfen die Abflüsse, Wanne und Becken, Zahnpastakleckse am Spiegel, im Waschbecken, Schmutzränder in der Wanne, wenn sie gebadet haben, aber sich zu fein sind, selbst den Schwamm in die Hand zu nehmen, die Schuhe voller Schlamm, die Schar Hausmädchen gibt es nicht mehr, auch keinen Schuhputzer, dem sie wie dem Nikolaus ihre dreckigen Treter vor die Tür auf den Flur stellen könnten, sodass wie durch ein Wunder am nächsten Morgen alles frisch in Reihe wieder glänzt. Ach, warum bloß bin ich Mutter geworden?

Lass sie sich doch einfach mal austoben. Sie sind hier zu Hause, sagt Frieder und legt seine Hand auf Stefanies, zur Beruhigung, aber es nervt sie nur. Oder willst du, dass sie wie ihre Cousine in Ahlefeld auf die Straße gehen, Ho-Ho-Ho-Chi-Minh brüllen und gegen Staat und Gesellschaft aufbegehren?

Ich will nichts. Wenn du es genau wissen willst.

Stefanie herrscht sogar Fanny Petersen an, die aus Einsparungsgründen zur Haushälterin aufgestiegen ist, die liebe, still duldende Seele des Hauses, die nun viele Dienste übernommen hat, als Nachfolgerin der entlassenen Kräfte. Nur kochen kann sie nicht außer Spiegelei, das sie Setzei nennt, und ein paar extrem einfache Gerichte. Sie war als Säuglingsschwester ausgebildet worden.

Stefanies Dünnhäutigkeit und Ungehaltenheit, das ständige Maulen vergraulen die Freunde und Freundinnen der Töchter. Sie vergraulen auch den Töchtern das Haus, die sich zu den Gleichaltrigen mit freizügigeren Eltern hingezogen fühlen. Rosa können sie der Mama nicht ersetzen.

Frieder ist seit dem ersten Schuldeneingeständnis geschwächt. Er braucht eine Frau an seiner Seite, die ihm zugetan ist, wie unberechenbar sie sich auch geben mag. Die seligen Zeiten sind vorbei. Getrennte Schlafzimmer. Sie reitet nicht mehr. Sie wandert, wie gesagt. Aber nach Ahlefeld nicht mehr. Sie würde gern neue Wege suchen. Sie informiert sich über die Angebote in den beiden Reisebüros in der Stadt. Sie locken mit Gruppenwanderungen. Mit allerlei Touren für einander fremde Reisewillige. Das Verreisen im Kopf bereitet ihr Spaß. Sie lässt sich Broschüren mitgeben und blättert die weite Welt zu Hause in ihrem Sessel durch. Reist bei hoher See nach Capri, reitet auf einem Kamel durch den Sandsturm, fotografiert Eisbären in der Arktis und steht am Zugfenster auf der Fahrt durch Sibirien. Laufen und sich verlaufen und dann doch auf den eigenen zwei Beinen nicht heimkehren, aber doch zurückfinden, irgendwie.

Fanny sitzt an Stefanies Bett. Sie hat ihr eine Bouillon gebracht und sich den Stuhl vom Toilettentisch herangezogen, sitzt unaufgefordert bei ihr. Sie spürt, dass etwas in Stefanie vor sich geht, das sie beobachten sollte, selbst wenn sie es nicht versteht. Der Herr hat es gegeben, sagt sie.

Hör auf mit dem Schwachsinn, Fanny, tu mir den Gefallen. Niemand in diesem Haus sagt, was er meint, auch ich nicht. Dich habe ich bislang davon ausgenommen. Lass mir den Glauben, dass ich es weiterhin kann.

Stefanie, ich wollte dich nur an diese schlichte Weisheit erinnern, erwidert Fanny.

Du hast nie ein Kind gehabt.

Fanny streichelt Stefanies Hand. Nein, und doch so viele. Worte. Ist dir klar, was Worte sind?

Das weiß ich sehr wohl. Fanny erhebt sich. Hier, sie reicht Stefanie einen Zettel, Rosa hat es aufgeschrieben. *Du trittst auf das Gras, und das Gras steht wieder auf.*

Und wenn das Gras nicht wieder aufsteht, was dann?, fragt Stefanie. Hast du auch darauf eine Antwort?

Fanny sucht in ihren Augen nach etwas, einer Ahnung, einem Hinweis, einer Ankündigung, nach etwas, das sie kommen sehen, voraussehen, überhaupt sehen könnte, der Blick sagte aber nichts, nichts jetzt und nichts für sie, sie stellt also den Stuhl an den Toilettentisch zurück.

Trink die Bouillon. Und schlaf dann. Schlaf gut.

Während sie zur Tür schreitet, sie öffnet und hinter sich schließt, spürt sie Stefanies Blick in ihrem Rücken, in allen Poren.

Stefanie blickt ihr nach. Heute ist es die Disco oder sind es die Drogen, die ein Kind aus dem Weg räumen. In meiner Kindheit waren es die Märchen, die mich bis in meine Träume verfolgten. Sie brannten sich in mein Gedächtnis ein – bis heute –, und vielleicht nehme ich sie gleich weiter mit, wohin immer ich dann komme, weil einer sich mir entgegenstellen wird und sagt: Du gehörst mir. Du hältst es aus. Du hast es doch längst erlebt. Ich fuhr beim Schlittschuhlaufen vor das Haus, das ich nicht bestimmen konnte, ich wusste nicht, ob ich es schon einmal betreten hatte, fuhr in ein von den Strohwischen nicht markiertes Loch, es war für die Fische geschlagen, damit sie unter der schweren Eisdecke Luft bekamen, Plötzen und Karpfen. Niemand, weder die Brüder noch die Freunde aus dem Dorf hatten bemerkt, dass ich fehlte, erst in der Dunkelheit, als sie die Schuhe einpackten, auf denen sie so leicht über das Wasser geglitten waren. Sie gingen nach Hause. Ich hatte keine Angst. Ich empfand auch die Kälte nicht, in der ich schwamm. Ich spürte mein Herz nicht. Aber es schlug wohl weiter. Ich fuhr unter dem Eis offenen Auges durch den See und sah alles. Die aufgeklappten, lechzenden Muscheln an seinem Grund, die kleinäugigen Algen, Plötzen und Schleien. Ich schwamm auf dem Rücken, ohne einen Schlag, ruhig, ohne mich zu bewegen, und ich hatte nachtschwarzes, hüftlanges Haar. Auch das wunderte mich nicht. Ich sah den Himmel durch das Eis. Und so wird es sein, dachte sie.

Das Zauberzeug war damals schon Veronal. Stefanie erneuert ihren Vorrat im Toilettentisch, sobald das Datum für die Wirksamkeit des Pulvers abgelaufen ist. Mit dem Apotheker in der Stadt ist sie all die Jahre befreundet, aus der *ungeliebten*, nur im Innersten heimlich geliebten Vergangenheit her vom Fach. Sie beide können simpeln, sind aus der gleichen Gegend, atmen die gleiche Luft, sind im gleichen Alter.

Hugo, das weiß sie aus ihrer vertrauten Zeit, jener vor Ingrid, hält in der obersten Schublade der Barockkommode im Wohnzimmer einen Revolver versteckt, samt genügend Schusskapazität aus der Kriegszeit. Er hat ihn und die Kugeln herübergerettet. Ob Ingrid es auch weiß, ist Stefanie nicht bekannt, aber sie weiß, wozu Hugo die Waffe bereithält, benutzen will. Die Zeiten, in denen es hieß, die Russen kommen, sind zwar längst vorbei. Trotzdem.

Als sie frühmorgens durch die Räume geht und Ordnung machen, im Schlafzimmer das Fenster öffnen und das Bett aufschlagen will, findet Fanny Stefanie. Sie erblickt sie in den Kissen, sieht die Reste vom Veronalpulver auf dem Nachttisch. Stefanie ist bewusstlos, sie lebt aber noch. Fanny alarmiert den Hausarzt, der die Nachricht weitergibt. *Die Gräfin!*, lautet die Nachricht. Die Ambulanz fährt in Ahlefeld vor. Ingrid steht in der Eingangstür, der Spaniel war herausgelaufen. Die beiden jungen Männer ergreifen sie und zerren sie auf die Trage.

Was fällt Ihnen ein! Was wollen Sie von mir? Ingrid wehrt sich gegen die zupackenden Hände. Sie trampelt, tritt zu.

Wir wurden benachrichtigt, gnädige Frau. Wir holen Sie.
Mich? Mit aller Kraft versucht sie sich freizuwinden.
Ja, die Gräfin.
Sie lacht auf, ein boshaftes Lachen. Ich glaube, Sie sollten besser zu meiner Schwägerin nach Greiffensee fahren.

Oh, 'tschuldigung! Die beiden werfen die Wagentüren zu und stürmen weiter. Zehn Kilometer Luftlinie.

Frieder sitzt an Stefanies Krankenbett, will ihre Hand. Stefanie gibt sie ihm. Schlaff und leblos liegt sie in der seinen. Ihre Seele ist ihm verschlossen. Sie war das nicht immer. Oder vielleicht doch? Stefanie spricht nicht, lässt ihm nur die Hand, bis sie wieder wegdämmert. Wie einsam Liebe machen kann, denkt er. Ihm ist bewusst, wie blöd es klingt. Ohne Geduld, ohne die Fantasie, dass er nach zwei, drei Stunden, sollte sie dann, sediert wie sie war, erwachen, noch immer bei ihr am Krankenbett sitzen könnte, will er aufstehen. Da öffnet sie die Augen. Sie ist überrascht, und sie ist froh. Du hier bei mir! Und nach der kleinen Pause stummen Zusichkommens noch einmal: Du immer noch, hier bei mir! Wie schön, Frieder! Dann schläft sie unvermittelt wieder ein. Er legt ihre leblose kühle Hand auf die Bettdecke zurück und geht hinaus.

Sie ist geistesverwirrt, sagte Ingrid, wie sie so neben Frieder und dem diensthabenden Arzt stand. Sollte man sie, sollte es wiederholt auftreten, ich meine, wäre es nicht besser ... Ingrid beendete ihr Gestammel nicht.

Der Arzt hielt einen Selbstmordversuch oder ganz allgemein Selbstmord nicht für Geistesverwirrung, sondern, entgegnete er scharf, für einen im höchsten Grad infantilen Akt, für die Meuterei der niederen Kräfte über die höheren, den vollständigen, endgültigen negativen Sieg, und damit ließ er Ingrid und Frieder auf dem Korridor vor Stefanies Zimmer stehen und brauste davon.

Wäre ich dabei gewesen, sagte Charlotte, hätte noch ein ganz anderes Argument in die Debatte fließen müssen: Selbstmord als der höchste Akt der Freiheit eines Menschen, so altmodisch und banal es auch klingt.

Sie ist erschöpft, aber nicht geistesverwirrt, sagte Frieder, als der Arzt hinter der Milchglasscheibe der Schwingtür verschwunden war. Außerdem sehr unglücklich. Und Ingrid sei, sagte er noch, sicherlich nicht die Person, die ihr helfen könne.

Frieder hatte jetzt, Ende August, offenbar Wärme nötig und saß am Kamin. Betrachtete das Flackern. Und grübelte über den Satz des diensthabenden Arztes, den Sinn des angeblich hochgradig infantilen Aktes, genauso wie ich es tue, sagte Charlotte. Ihm fiel dazu die Frage ein, die ich so nicht stellen würde, ob der Versuch, das von Gott bestimmte Ende des Lebens aus eigener Hand zu vollziehen, nicht ein Verstoß gegen alle Gebote des von Gott gesetzten Lebens sei. Oder nicht. Er sah in das helle Lodern. Ein Buch, vor langer Zeit gelesen, kam ihm in den Sinn, etwas über Selbstmord a propos der Kommunion. Er ging in die Bibliothek und suchte unter seinen Büchern den Band heraus, klappte ihn hier und da auf, pustete den Staub ab und kehrte mit *Totem und*

Tabu zum Feuer zurück. Und fand rasch die Stelle über Freuds Auffassung der Kreuzigung, die ihm durch die Zeit in Erinnerung geblieben war: Weil Christus sich freiwillig habe kreuzigen lassen, sei sie im Grunde genommen Selbstmord. Um die sündige Menschheit zu erlösen, habe er sich neben oder über den Vater gestellt und sei selbst zum Gott geworden. *Die Sohnesreligion löst die Vaterreligion ab. Zum Zeichen dieser Ersetzung wird die alte Totemmahlzeit als Kommunion wiederbelebt, in welcher ... die Brüderschar vom Fleisch und Blut des Sohnes, nicht mehr des Vaters, genießt ... Die christliche Kommunion ist ... im Grunde eine neuerliche Beseitigung des Vaters, eine Wiederholung der zu sühnenden Tat.*

War das Gebot, Du sollst nicht töten, identisch mit einem Du sollst *dich* nicht töten?

Der Theologie ist schlichtweg nicht beizukommen.

Er liebte Jazz, damals, vor allem Blues, Blue Note Blues. Stefanie hatte so gar keine Antenne für diese improvisierte Liedgattung der Schwarzen Nordamerikas, ihrer Emphase durch die dreistufig labil intonierten Töne folgte sie nicht. Sie konnte sich auch der Soulmusik nicht hingeben. Da hatte er aufgehört, sich die alten Platten vorzuspielen, und sie in den Keller getragen. Jetzt, allein in dem alten, großen Haus, kramte er sie neben der Apfelablage heraus und spielte die alte Musik auf seinem alten Grammofon. Er sollte mit Cäcilie einmal in einen Jazzkeller gehen, in Hamburg, und ihr zeigen, welche Musik er in ihrem Alter geliebt hatte, Gin Fizz trinken, sie würden zuhören und sich ohne Worte nah sein. Bei seinem Blues bedachte er nicht, dass Cäcilie mit Rock, den Beatles und Stones, den Songs von Bob Dylan groß geworden war. Sie hätte den Begriff *Blue Note* sonst sicherlich nie gehört, eine absolute Bereicherung durch den komplizierten Papa, fiel Charlotte auf.

Fanny nimmt Stefanie in Empfang, als die Ambulanz vor das Haus fährt. Es sind dieselben jungen Männer, die sie ein paar Tage zuvor abgeholt haben. Stefanie erinnerte sich nicht an sie. Die treue Haushälterin hat überall Blumen in die Vasen gestellt, jetzt im Sommer ist das leicht. All die Farben bereiten Stefanie Freude. Neuerdings verbindet sie Leben mit Farben. Die beiden Sanitäter tragen sie bis in ihr Bett. Strecken sie, dass sie bequem liegt, decken sie mit der leichten Daunendecke zu, die Fanny auf dem Toilettenstuhl bereitgelegt hat. Stefanie sieht sich um. Rittersporn! Die Mama. Und schon schießt ihr der Gedanke in den Kopf: Leben ohne Wurzel, farbenprächtiges, üppiges Blühen aus dem Garten. Abgeschnittenes, das nicht weiterkann. Schnittblumen. Fanny will mich mit euch erfreuen, und das geht, sie sagt es dem Rittersporn, nur entwurzelt. Versteht ihr? Andererseits hätte sie mein Bett genauso gut zu euch in den Garten stellen können.

Frieder ist nicht da. Fanny ist da. Er hat in der Landwirtschaftskammer eine Sitzung, in der das Deputat über Raps und Rüben für die kommende Saison verteilt wird. Er erstreitet dort so viel Anbaufläche wie möglich für seine Felder. Der Ahlefelder Schwager ist auch dort. Er tut dasselbe, ficht für seine Felder. Sie begrüßen sich. Gute Argumente, wünscht Hugo sich und ihm.

Zurück aus der Landeshauptstadt, traut sich Frieder nicht, Stefanie in den Arm zu nehmen, höchstens zu berühren, ganz zaghaft. Sie liegt so blass im Bett. Er stellt keine Fragen. Er steht um Worte verlegen am Fußende. Das alte Fahrwasser. Wie ist es möglich?

Stefanie, warum?, fragt Fanny am nächsten Morgen, als sie ihr den Tee bringt.

Liebe Fanny. Du weißt doch, was ein Kurzschluss ist.

Hatten wir ihn nicht schon unzählige Male im Haus? Danke für den Tee. Er schmeckt köstlich.

Sie sei überflüssig geworden, bildete sie sich ein. Wer webt an den bösen Sätzen, die sie hörte? Ihre Blicke lauerten, die schroffen Fragen nahmen zu. Was wollen Sie hier, was machen Sie da, gucken Sie mich gefälligst an! Wer war der Stein, der die Wellen schlug? Ihr war zu Ohren gekommen, Fanny hatte es ihr hinterbracht unter dem Siegel der Verschwiegenheit, ohne Namen und Quelle anzugeben, dass es unter gewissen Personen in der Familie Überlegungen gäbe, sollte sich Stefanies seelisches Gleichgewicht auf Dauer nicht stabilisieren und Frieder sein dilettantisches Gebaren als Landwirt allzu lange noch beibehalten, sie eventuell zu entmündigen, sofern das Recht es gestatte. Den Besitz fähigeren Händen zu überantworten, denen ihres Onkels Willo auf Buchholz beispielsweise, dachte Stefanie, ihres geliebten Patenonkels, oder denen ihres Neffen Ludwig in Ahlefeld. So verbliebe der Besitz weiterhin bei der Familie, und falls eine ihrer Töchter einen von Willos Söhnen heiratete, würde auch ihr Mädchenname weitergetragen werden. Spekulationen beim Tee an Teetischen.

Ingrid, dachte Stefanie sofort. Nicht gewisse Personen, sondern Ingrid steckt hinter der Intrige. Sie ist es, die gerne Steckbriefe verfasst. Außer der Schwägerin hatte es keiner in der Familie auf sie abgesehen.

Seit sie aus der Klinik zurück war, traute sie kaum noch jemandem. Sie traute Fanny und Frieder und den Tieren. Sie ging zu den Weiden ihres Nachbarn, des Großbauern Peters, um seinen Kühen in die Augen zu sehen. Und hielt ihnen den Daumen hin, dass sie daran lutschten. Ihre Zunge war warm und beruhigend. Amüsant und rauh. Amüsant, *weil* rauh.

III

III.

1

Wo anfangen?

Ich weiß im Grunde wenig über dich, sagte Alma. Du warst die Überläuferin, Charlotte, kehrtest dem, was man dir mühsam beigebracht hatte, den Rücken.

Sie ging raus, Alma, auf die Straße. *In piazza*, Alma, sagte Carlo.

Anziehend für deine Cousinen in Greiffensee, wie mir meine Mutter erzählte. Doch gabst du ihnen einen Weg, zumindest die Möglichkeit dazu vor? Einen Lichtblick, aus der Wiederholung hinaus?

An sie dachte ich nun gar nicht, ich dachte an mich.

Und was stach dich?, fragte Carlo.

Wo anfangen?

Ich: weiblich, fing es damit an, undefiniert, abgesehen vom Geschlecht, eine freie Radikale – von heute aus gesehen, fing es so an? Nein, ganz sicherlich nicht. Ich wollte bei Adam und Eva anfangen – und ganz sicherlich nicht. Für meine Zukunft war außer der Konvention des Heiratens und dem Dazugehörigen in Ahlefeld ja nichts im Blick, also existierte ich mit meinen Träumen außerhalb des Hauptinteresses. Ich war schon früh mit dem Das oder So nicht für mich zugange. Suche nach kurzen Sätzen, klaren Punkten? Gern. Ich finde sie bloß nicht. Ich, das Intermezzo in aller Bescheidenheit? Heute lache ich darüber. Ich sah mich nicht so. Ich war damals froh, das Haus verlassen zu können, das mir anerzogene Korsett zu brechen. Und brach es – paradoxerweise –, indem ich nun meine Gegen-Mauern hochzog. Wie euch das in kurzen Worten sagen, Carlo? Mit der Zeit. So nicht, war das Einzige, was ich anfangs wusste. Keine Details im Gedächtnis im Sinne einer aufarbeitbaren Chronologie. Nur lückenhafte Umrisse für nächste Schritte, ein Kaleidoskop. Die großen Bögen, die inneren Teile, die wie bei einem gusseisernen Bahnhof des Industriezeitalters mit ihren Verstrebungen und am Boden dem Geflecht der Geleise zu einem Großen und Ganzen zusammenstimmen, kompakt, solide, auf dem Reißbrett konzipiert, die Statik, Bewegung und Verkehr bestimmen, all das erschloss sich erst allmählich. Deutlich höre ich die Sätze des Hauslehrers: Du willst doch nicht heiraten, um gleich abgesichert zu sein. Guck in deiner Neugier auf die Welt noch woandershin. Geh, kappe die Taue, schwimm hinaus! Schwer einzulösende Zauberworte, kappe die Taue, schwimme ins Offene. Vielleicht fing alles damit an. Kopf und Beine – von heute aus gesehen – passten noch lange nicht zusammen. Doch immer waren es Worte, Sätze, die mich weiter zu mir brachten.

Die Welt war ein großer Haufen Puzzleteile, und keines dieser Stückchen passte zum anderen. Panik und Chaos, Sturheit und Trotz. Daraus bestand ich. Da wird man schnell verdächtig, und zu fragen, was richtig sei, oder um Hilfe zu bitten war tabu. Das *Richtige* war einem vorgekaut worden, und man musste gehorchen. Nach Hilfe oder Aufklärung zu fragen hätte geheißen, dass ich, zutiefst verunsichert, zugäbe, von mir aus die nächsten Schritte nicht zu wissen… dass man sich eine Blöße gäbe. Nein, die Scham – zumal die einer Frau – gehörte verdeckt zu bleiben, falls nicht sogar bestraft, wie ich es als kleines Kind schon erfahren hatte. So verirrte ich mich in meiner Verschlossenheit – in eurem Alter, Alma!, Carlo, *figuratevi*! – an die unmöglichsten Stellen.

Wieso sollte die Einschreibungsstelle für die *études propédeutiques* für Ausländer an der Sorbonne auf dem Polizeirevier neben der Sainte-Chapelle liegen? Weil ich es mir fraglos – förmlich zu meiner Verteidigung bis in eine Duellsituation hinein – so einbildete. Herzhaft stieg ich bis in den obersten Stock hinauf und sah mich um. Nix da. Kafkaeske Szene. Nur ein Dachboden. Kein Schalter, kein Hinweis auf eine studentische Abfertigung. Noch ein Beispiel: Wieso lag der Proberaum meines Klavier spielenden Freundes an der Rückwand eines Museums der Naturgeschichte? Weil ich mir dessen so sicher war. Zielstrebig durchschritt ich die Räume, die er mir beschrieben hatte, wie ich glaubte, und sah mir die alten Skelette an, bis es keine Wand mit einer Tür mehr gab, und sei es nur die Tür auf einen Flur hinaus. In meinem Ideensystem konnten wir dort, auf der anderen Seite des Flurs, sehr wohl verabredet sein. Nur, wie kam ich jetzt – durch die Wand, die Mauer – dorthin? Wie heraus aus dem Vexierbild meiner Fantasie?

Ich sagte nicht, was ich zunächst wollte. Keine Frau in der Familie hatte bisher studiert, was ich aber nach der Schule wollte – unbedingt. Unterstützung, Befeuerung etwa von Ingrids Seite, der Seite der Großmama oder anderer weiblicher Familienmitglieder? Nein. Stefanie war auch dagegen, wie ich hörte, strikt. Ich nahm es in Kauf: der Preis für meine Neins oder *My way*.

Es wurde eine Studienberaterin vom Ministerium ins Internat abgesandt, um sich die Wünsche der Abiturientinnen anzuhören. Man würde, hieß es, die Namen derer, die keine eigenen Vorstellungen hatten, wegen weitergreifender Beratung umgehend sowohl auf dem Campus als auch auf dem Screen des Arbeitsmarktes bekannt geben, außer jenen, die nach ihrem Abgang vom Internat gleich heiraten, eine Familie gründen wollten. Die Beauftragte sollte die Mädchen auf interessante Bahnen und Werdegänge lenken, zu einem Universitätsstudium anregen. Das war ja löblich. Sie sah aus wie eine Hausfrau, füllig, in grauer Strickjacke, eine gutwillige, Schwäbisch sprechende Mutter, die es bis in die Administration geschafft hatte, eine gutwillige Beamtin ohne Extrawürste, die ihrer Lebenslogik entsprechend jeder Schulabgängerin nahelegte, Soziologie zu studieren. Philosophie, sagte ich. Die Frau sah mich bestürzt an und konterte mit Soziologie. Wir stritten. Soziologie war das Modefach. Ich wollte nicht ins Modefach. Die Beraterin gab sich geschlagen und hörte auf, mich zu etwas bewegen zu wollen, wozu ich nicht zu bewegen war.

Nichts war mir wichtiger, als herauszufinden, wie groß die Welt war, wie groß die Welt des Geistes und was sie ausmachte, was sie *zusammenhält*, Goethe, als Gegenentwurf zu Ahlefeld, seinen Feldern, Tieren, Ernten und allem, das mich dort ausschloss. Ich wollte zur großen Reise in meinem Kopf aufbrechen. Die Peinlichkeit von Küche, Kirche, Kind zu Hause für immer hinter mir lassen. Die Peinlichkeit, bei jedem unterdrückten Gedanken rot zu werden, zu stottern, ausgelacht zu werden. Sich zu verschenken. Sich für die sorgsam gepflegte Unkenntnis zu schämen, in Paris, in Berlin. Lieber nackt dastehen und unbeschwert sagen: Ich weiß nichts. Das ist alles.

Westberlin. Freie Universität. Mauer, die den unmissverständlichen Rahmen markierte für den bevorstehenden Lebensentwurf. Das sage ich ohne jede Ironie. Abgeschirmt hinter Schießanlagen, auf der einen Seite des Grenzverlaufs, untertunnelt von Kommilitonen, die Bekannten und Genossen in den Westen halfen. Sie, die es in den Westteil schafften, auf der Flucht für ihr Leben, ich auf der Flucht vor der Familie auf dem Weg in die Vereinzelung. Kaum an der Universität eingeschrieben, hatte ich meine Abschlussarbeit über den Weltbegriff bei Kant bereits im Kopf. Der Gebrauch der Vernunft für ihn basierte auf vier Fragen: Was kann ich wissen? Was soll ich tun? Was darf ich hoffen? Was ist der Mensch?

Ich fing mit der Beantwortung der letzten Frage an, definierte mich: ich, eine Einzelne, ein Individuum mit fünf Sinnen, die zwar jeder hat, doch nicht so komponiert wie bei mir. Ohne weitere Einbindung oder soziale Zugehörigkeit, ganz abstrakt: nicht adlig-bürgerlich-bäurisch-proletarisch, eine gruppenlose/-freie Entität: ICH sehe, ICH höre, ICH taste, ICH rieche, ICH schmecke, ICH erfinde mich. Was die Mutter nicht vollbracht hat – sie hat mich in die Welt gesetzt, nun gebäre ich mich weiter. Nun nehme ich mich in die Hand. Oder an die Hand? Auf der Suche nach mir, meinen Grenzen. Ein Experiment.

Auch das *Nun* in seiner zeitlichen Komponente war Übertreibung. Außerdem: Was gab es da zu nehmen? Es gab ein Bild, das die Sprache tuschte. Und einen Drang, der sich wie die Arme des Kraken in diese oder jene Richtung, Höhle oder Fragezeichen hineingab. Den Drang, nach der eigenen Identität zu forschen, der schier unmöglich erscheinenden Übereinstimmung mit sich (das Ich, sagte Kierkegaard, sei eine Identität im Werden, vollendet vielleicht erst im Tod oder nicht einmal da, weil dann nur abrupt und ohne Erkenntniszusammenhang abgebrochen).

Ich verspürte den Drang, Menschen zu finden, die zu mir passten, denen gegenüber ich Freude, Spannung, also Unsicherheit, Angst, also Einbildungskraft und Neugier empfand, denen ich mich wahlverwandt fühlte. Dem Kopf war wiederum der Körper lästig. Dem Kopf mit seiner phänomenalen Speicherfähigkeit, den ich, wenn ich in Bildern redete, einsetzte wie ein Objekt, bildlich einen Schwamm, der sich gierig vollsaugte mit Eindrücken, Ansichten, Kenntnissen, Wissen, um auf meinen Wunsch hin all das wieder preiszugeben: auszudrücken aus seinen vielfältigen Eingängen und Höhlen. Der Körper war da. Er war auch mein Ich. Er wog und nahm zu oder ab, und ich sah zu, dass er abnahm, er speicherte nichts dem Anschein nach. Im Gegenteil, er schied aus. Da er das Aufgenommene wieder ausschied, wollte ich ihn oft ganz und gar weghaben und verhungern lassen, nicht einverstanden mit seinem Am-Leben-Sein. Ich behandelte ihn wie meinen Sklaven, barbarisch, nannte ihn Woyzeck, hielt ihn auf der Kippe zum Hunger. Denn Hunger in diesem Stadium der Selbsterkundung und -kasteiung hielt den Kopf wach, geschärft oder auf dem Sprung, in der Angst. Das verband den Kopf mit dem Körper. Es versöhnte mich mit ihm. Obgleich der Körper grundsätzlich zur Ausbeutung da war. Ich erprobte an mir das kapitalistische System, in dem ich lebte. Bis der Körper mit Magengeschwüren reagierte, rebellierte, gegen den Kopf und seinen Terror *auf die Straße ging.*

Puh, machte Carlo, radikal. Und so humorlos?
So humorlos.
Come Lutero: Hier stehe ich...?
Ja, wie Lutero.
Aber nicht wie die *brigate rosse*? Die RAF?
Nein. Ich wollte nicht töten, selbst mich nicht. Nur Grenzen erkunden. Es blieb immer ein Rest.

Ich notierte mir Fragen, Sätze, Erfahrungen. In vielen Bereichen. Zum Beispiel: *Wie ist es ohne das Netz meiner Freunde? Wie, tagelang kein Wort zu sprechen? Wie, sich todmüde zu laufen? Und wie es ist, sich in den Rauchschwaden im Keller des* Big Eden *in Trance zu tanzen... Ausgiebiger Haschischgenuss vereinzelt. Ausgiebiger Haschischgenuss macht über die Maßen hellhörig und traurig, musiksüchtig, auflösungssüchtig, seherisch, stumm –* MICH.

Während andere anfangen zu knutschen und wild zu vögeln (erstaunliches Ergebnis der Vereinzelung). Das Ich war ein so unbekannter Planet. *Die Brücke bewegte sich, als ich ins Wasser sah...* Ich ging nachts im roten Nachthemd, das ich tagsüber als Flanellkleid trug, mitten auf der Fahrbahn unter den weit schirmenden Dächern der Platanen die Straße hinunter. Scheinwerfer kamen mir entgegen, riesige außerirdisch strahlende Teller, mit denen ich außer dem grellen, blendenden Schein nichts verband, Licht, das mir im Näherrasen auswich, als sei ich aussätzig, doch warum? Und ich ging und ging, motorisch, getrieben, erging mir die eingesperrte Stadt mit Augen und Füßen in meiner Koffer- und Apfelsinenkistenexistenz für die wachsende Anzahl der Bücher im Studentenzimmer in Charlottenburg, Friedenau, Schmargendorf und wieder in Charlottenburg. Vereinsamte mich selbst für Tage, in denen ich entlang der Spree durch Schrebergärten irrte, bis ich auf eine von außen gesetzte Grenze stieß. *Hier verlassen Sie...* Wo es nicht weiterging, die betret-, begeh- oder durchgehbare Welt in Brombeergestrüpp und Drahtverhau endete und der Schuss- oder Lebensgefahrenbereich begann und der Wechsel für Freiwild. War ich bewacht? Stand irgendwo da ein Turm, den ich nicht sah, aus dessen Höhe man mich aber auf einer Plattform mit dem Feldstecher oder Zielfernrohr beobachtete? Bei jedem meiner Schritte mitschwenkte? Ich drehte mich um und musterte die Umgebung. Sah hinauf. Sicherte wie ein Tier, die Angst zu bekämpfen. Das Tier wusste es nicht, aber ich wusste, dass ich erschossen werden könnte, falls ich mich in die verbotene Richtung weiter vorwärtswagte.

Und dann plötzlich auf dem Spandauer Damm der rasende Mann im elektrischen Rollstuhl, der hinter mir schrie: Hilfe! Sie da! Aus dem Weg! Und der, als ich zur Seite gesprungen war, im eingestellten Tempo in Richtung Stadt weiterraste. Aus dem Weg! Hilfe! Aus dem Weg! Gedächtniskirche. Ku'damm. Karl-Marx-Allee. Du liebe Güte!

Und wenn ich keinen Stift und kein Stück Papier bei mir hatte, ging ich ins nächste Postamt, griff mir eins der ausliegenden Formulare für Nachsendung oder Reklamation und notierte mir mit dem Stift an der Strippe daneben meine Gedanken, riss den Zettel ab, steckte ihn mir zu, meine Beute, Ausbeute.

Ich las Bakunin und stellte die Eigentumsfrage. Testete mich anhand seiner Ideen über die Gesellschaft und das solidarische Zusammenleben in der großen Gruppe. Wie komme ich unbeschwert mit dem Mindesten aus? Wollte lange Zeit nicht einmal einen Fernsehapparat, geschweige denn ein Auto besitzen. Sagte zu meinem Schutz: Ich brauche das nicht. Ich will erst einmal anderes herausfinden in diesem meinem großen – leeren unbegangenen unbewanderten – Ich, in dem ich überall wie auf den alten, krachledernen Karten querbeet wie durch die Wüste hingeschrieben *hic sunt leones* finde. Die Hand, die das mit einem Strich verfügt hatte, hätte auch meine Hand sein können. Noch lebe ich unter den Löwen, dachte ich. Aber so ist es nicht gewesen. Ich lebte nicht unter *den* Löwen und auf den alten Weltkarten auch nicht mehr.

Alma schüttelte den Kopf. Von so weit her?

Ja, sagte Charlotte. Und noch viel weiter. Ihr etwa nicht?

Ich probierte mich aus. Bis wohin wie bei einem Oktopus erstreckten sich meine Arme mit den nährenden Saugnäpfen am Ende, und, das Bild herumgedreht, bis wohin reichten oder krochen diese Arme zurück? In Adornos *Minima Moralia* fand ich den Satz: *Wer keine Heimat mehr hat, dem wird wohl gar das Schreiben zum Wohnen.* Ich dachte über die drei prekären Substantive lange nach. Was wollte Adorno, wie vorsichtig auch immer formuliert, sich damit versprechen?

Mir schien, Schreiben könne nur so lange Wohnung sein, als der Vorgang des Schreibens andauerte. Aber meinte er das Ephemere, nur den Prozess der Feder? Ihm so bewusst geworden durch das vielfache, hier oder dort Wohnen des Emigranten? Sei der Schreibende an das Ende des Textes gelangt, falle er aus der Wohnung (seines Kopfes) heraus wie ein Vogel aus dem Nest, da er einen Körper habe? Und ein Körper brauchte ein Haus (wie immer es aussähe), zumindest ein Dach über dem Kopf des Körpers (wie immer es darunter aussähe), wenn er nicht auf der Straße liegen wollte, und wer wollte das, oder am Straßenrand in einem Pappkarton hausen, was Millionen taten, obwohl sie es nicht wollten. Und so jedes Mal – eine Häutung nach der anderen. Also, schloss ich, sagte Charlotte, könne man so nicht bleibend Wohnung nehmen, und Heimat werde es auch nicht, wechselnde Heimat gebe es nicht, auch Heimat nicht im Plural. Gehörte das Wort also gestrichen?

Heimat war mir ein Rätsel. Das Wort eine – mit meinen Kräften – unknackbare Nuss. Und unter den Unknackbaren gab es damals viele Wörter.

Die Grunderfahrung, dass ich ein Mädchen war, hatte mich seit der Geburt zu einer Person im Zustand des Gerundivums gemacht, einer grammatikalisch seltsam passivischen Konstruktion, einer *zu Gehenden* beispielsweise, und Ludwig mit der Vollstreckung des väterlichen Testaments betraut, wann auch immer – so war ich eine aus dem Elternhaus auf die Straße zu Setzende, eine Mieterin, Wanderin, eine Frau in Bewegung, frei zu gehen. Eine Frau mit dem Koffer in der Hand. Auch in künftig erschriebenen oder eroberten Wohnungen meines Lebens. Eine zu Werdende immerhin!

Ich genoss es, Wissen in mich zu fressen. Ich genoss meinen Hunger nach Welt. Der war mir wichtiger als die Füllung meines Magens, den ich quälte, weil ich nicht wusste, was Liebe war. Dieses so kostbare Gefühl hatte meinen Weg noch nicht gekreuzt. Es ließ in seiner Tiefe auf sich warten. Der Mensch war noch nicht in Sicht, der mir den Weg vertrat und sagte: Stopp! Jetzt nur mit mir weiter!

Auch darin waren ihr Alma und Carlo um Längen voraus. Selbst Fini, Almas jüngere Schwester, die Schauspielerin. Fini probierte die unterschiedlichsten Varianten des Gefühls auch auf der Bühne aus. Da war sie in ihren jungen Jahren schon ein wenig weise und über Charlottes Erfahrung in dem Alter weit hinaus.

Weshalb waren es die Frauen, die dir die Steine in den Weg legten, Charlotte?, fragte Carlo. Ich kann es mir so gar nicht vorstellen, wenn ich an meine Mutter denke. Sie hätte alles für Lavinia getan, hätte sie nur gekonnt, hätte sie nur das Geld gehabt.

Stefanie sah sich für Cäcilie und Anna den Weg auch nicht gehen. Wozu studieren? Ingrid unterstützte mich finanziell, immerhin war ich ihre Tochter, doch folgte sie ihrem Weg nicht aus Überzeugung und dem Gefühl einer inneren Verbundenheit heraus, wie etwa Alexa es mit Laura tat.

Habe ich dich missverstanden, Charlotte? Carlo deutete sich das Auseinandergehen, Auseinanderdriften, wie er es sich dachte. Nicht das Wertesystem war zusammengebrochen, sagte er, in dem sie, Ingrid und Stefanie, auch eine Rolle gespielt hatten – genauer, in dem sie ihre Rolle zu spielen begonnen hatten. Die Rolle war heute nur überflüssig und überholt, weil sie in der neuen Welt der Töchter keine Rolle mehr spielte, und doch verteidigten sie sie. Ist das nicht verständlich? Doch Ingrid, deine Mutter, Charlotte, denke ich, sagte er, schere auch irgendwann auf deinen Weg ein, sprach die Welt um sie herum schon eine andere Sprache, hatte sie nicht die Kraft, auf ihrer zu beharren. Täusche ich mich? Schließlich war sie sehr stolz auf dich.

Es vergingen darüber Jahre, Carlo, ein halbes Leben, mehr Jahre, als du alt bist. Doch brauchte auch ich, um meine Welt zu sichern, eine lange Zeit.

Erzähle, bat Carlo.

Darf ich mit einem sehr wichtigen Schlussstein beim Bau meiner Welt beginnen? Mit meiner kulinarischen Erleuchtung? Erst als ich schon Geld verdiente, ruhiger geworden, sicherer war, brachte ich den Genuss mit meiner Liebe für die Wörter zusammen.

Vai, sagte Carlo. Vai.

Ich lebte in einer WG nahe der S-Bahn und der Fernzüge. Sie fuhren vor meinen Fenstern in die eingemauerte Stadt hinein und wieder hinaus. Auch der Transsibirien-Express. Ich liebte ihr Geräusch, das mich mit der geteilten Welt verband. Ohne hinzuschauen, wusste ich nach kurzer Zeit, dass oder wann es der Fernzug Paris–Moskau war, der im Sommer verdeckt vom dichten Laub der Linden in westlicher Richtung Fahrt aufnahm und in östlicher bremste, weil er im Bahnhof Zoo hielt, oder ob es die S-Bahn-Züge waren, die in Wannsee wieder zurückzufahren hatten, da die Glienicker Brücke nach Potsdam für sie gesperrt war. Wir waren zu dritt. Zwei befreundete Männer, der Altersunterschied wie zwischen Vater und Sohn, der Ältere in Uruguay nicht geboren, aber aufgewachsen, der Junge ein mit seinen Eltern nach Deutschland vertriebener Ukrainer. Ich konnte nicht kochen. Der Junge auch nicht. So kochte Stefan, und er tat es gern, erfand die kuriosesten Zusammenstellungen und mixte, was sich gerade in der Küche fand und einem Sternekoch wahrscheinlich bei der Vorstellung schon den Magen umgedreht hätte. Doch es schmeckte uns hervorragend. Stefan arbeitete an einem Filmprojekt aus der Zeit der Emigration. So flog an vielen Wochenenden aus Westdeutschland Ulrich, ein Redakteur des Fernsehens, ein. Er wohnte bei uns. Er war ein Freund. Gegen den südamerikanischen Freestyle-Mix, der auch ihm auf den Magen ging, wollte er seine Kunst setzen, vorzeigen. Aber es war mehr. Ulrich zauberte etwas.

Es gab damals wenige indische Restaurants in der Stadt. Poona, Yoga, Ayurveda und Buddhismus waren noch nicht Mode und Ulrich ein Pionier auf dem Gebiet. Ein Einkauf im Supermarkt an der Ecke kam nicht infrage. Er nahm die Schlepperei in Kauf. Er machte einen Spaziergang zum Wochenmarkt und erkundete in großer Ruhe die Stände und Buden um die geduckte wilhelminische Kirche in ihrer Mitte. Für ihn waren der Gang dorthin durch ein Geflecht von Querstraßen und der Kauf dessen, wonach er suchte, wie ein Ausflug in eine fremde Welt, deren Exotik ihn anzog, zugleich war es die Initiation in ein meditatives oder spirituelles Spiel, von dem die junge Charlotte keine Kenntnis hatte. Ulrich schloss sie auch mit einer Bestimmtheit, die er sonst kaum bewies, aus diesem Spiel aus. Er wehrte ihre Begleitung, wie neugierig sie sich auch zeigte, sanft, doch wie selten entschieden ab. Nein, ich gehe allein. Der Spaß dabei in seinen Augen deutlich. Jeder Widerspruch unerwünscht. Frohlockend hier und abgewiesen da.

Nach langem Abwägen der Angebote in den Auslagen der Buden kaufte er ein Huhn. Er kaufte nicht irgendeines im üblichen Preisvergleichsgefälle, nein, er entschied sich für dieses eine, allein dieses Exemplar, und für den Wert, den er dem Vorleben seines Huhns in der Fantasie beimaß, anders gesagt, um seine Kostbarkeit herum, auch die seiner Wohlgestalt, die er verwandeln würde. Er kaufte an anderen Ständen, was er an Beigaben brauchte, um das auserwählte Huhn, das unter den vielen seinesgleichen mit rotem Schopf, gelbem Schnabel und weißem Federkleid im Wendland oder einer anderen Gegend Niedersachsens aufgewachsen war und dessen Stimme in Panikattacken wie die all seiner Schwestern beim Schlachten in schrille Höhe gestiegen war – um also das auserwählte Huhn unter seinen Händen in ein Tandoori-Wunder zu verwandeln. Und er kam wie von einer langen Reise, die ihn ohne große Worte in seiner Fantasie bis tief ins Indische und dessen Kultur hineingeführt hatte, mit viel Gemüse und Tütchen voller Charlotte unbekannten Gewürzen zurück. Sie hatte – da sie die Cordon-bleu-Ausbildung ausschlug – außer für die Zubereitung eines Spiegeleis, das sie in die Pfanne gab, oder von ein paar Würstchen, die sie sich im Topf oder in der Spiegeleipfanne heiß machte, einen Herd noch nie benutzt. Stefan kochte scharfe, mit Früchten untermischte, südamerikanische Gerichte, die er als Kind in der Pension seiner Mutter der Köchin abgeschaut hatte, Kreationen, worin er frei nach Wahl und was gerade vorrätig war, schwarze Bohnen und Rosinen und Mais und Erbsen und Ananasstücke unter den Reis mischte. Hatte er etwas in den alten Ofen geschoben, schloss er die Tür mit einem heftigen Fußtritt. Und die Tür blieb zu. Ulrich war ein sanfter, sensibler, eher abwartender Mensch, der wie die Hebamme bei der Geburt von etwas anderem diente. Doch hier nun, als hätten die thessalischen Hexen den friedlichen, verschwiegenen Mond in ihm zu sich niedergezwungen, um mit ihm auf dem harten Gras zu tanzen, wuchs er zu Unbekanntem auf und wurde vor Begeisterung wild. Er sperrte die Freunde aus der Küche aus. Er verwandelte das wendländische Huhn. Und verwandelte dabei sich. Seine Augen leuchteten von tief innen heraus.

Und da verliebte Charlotte sich in ihn. Es war ein aufregendes Spiel, Wörter zu finden für das, was die Sinne ihr an Neuem auftischten, und sich dabei weiter ins Leben der Sprache vorzutasten, einzuprobieren, vorzubeißen, einzuschmecken. Charlotte kam mit den Wörtern zur Beschreibung dessen, was in ihr vorging, kaum hinterher.

Es wurde für alle vier in der WG das Wochenende des Huhns und ging in die Annalen ihrer Erinnerung ein als der Samstag und der Sonntag der Metamorphose eines ordinären Kratzvogels aus westdeutscher Freilandhaltung in ein indisches Fabeltier oder die Transsubstantiation eines norddeutschen Zweibeiners auf gelben, federlosen Läufen in einen exotischen Vogel, in fremde Gerüche, Düfte und Geschmäcker. Und es war Charlottes Wochenende, weil es sie bei allem, was sie sah und roch, in Neues schickte und ihr eine vage, schwindlig machende Ahnung von dem verschaffte, was sie für sich, falls sie sich auf ihr ICH/ihre ICHs verließe, in ihrem Leben alles entdecken könnte.

Der Freund breitete die Tütchen mit grünen und schwarzen Kardamomkapseln, mit Gewürznelken, Kreuzkümmel, schwarzen Pfefferkörnern, Zimtstangen, gemahlenem Ingwer, Chili und Koriander auf dem Küchentisch aus, dazu die Zitronen, die Zwiebeln, die Knoblauchknolle. Und er begann, die Marinade zuzubereiten, indem er die Kapseln des grünen Kardamoms aufbrach, die Saat mit seinen langen Fingern herauslöste und mit den übrigen Gewürzen in einer Pfanne röstete, bis sie aromatisch dufteten. Der Duft zog unter der Küchentür auf den Flur hinaus und verbreitete sich in der ganzen Wohnung. Charlottes Zimmer lag am Ende des langen Flurs. Und so vermischte sich in ihrem Kopf Wittgensteins Logik mit der Neugier auf Indien.

Ulrich ließ das Gemisch abkühlen und begann, es in einem Mörser sehr fein zu zerstoßen. Vielleicht noch ein wenig Safran oder eher nicht? Das Huhn parkte im Kühlschrank, solange die Zutaten hergerichtet wurden. Dann lag es rücklings auf dem Küchentisch wie jedes Huhn, das in den Topf oder Backofen soll, von Frauen im Akkord bereits der Federn entkleidet und des Flaums beraubt. Einen letzten Rest davon hatte die Spiritusflamme zu beseitigen versucht. Dennoch, hier und da – an Fesseln und Flügeln – waren Federstümpfe übrig geblieben, manche noch voll dunkel geronnenem Blut, Spuren, die auf die Federkiele wiesen, die in den Poren gesteckt und sich dort ernährt hatten. Sorgfältig, als übe er eine religiöse Handlung aus, nahm sich Ulrich dieser Stümpfe an, bis das Huhn rein – in seiner vollkommenen Nacktheit – vor ihm lag. Dann war er's zufrieden.

Charlotte ekelte das, wie sie das Rupfen überhaupt für einen gewalttätigen Akt hielt, selbst am toten Objekt, wie sie hier am Schreibtisch mit dem Blick auf die Bahntrassen konstatierte, fern der Küche, die in der Mitte des Flurs auf den Hof hinaus lag. Ein Grund, dass sie ungern mit einem Federkiel schrieb, weil sie als Kind zu oft dem Gans-und-Huhn-Rupfen der Frauen im Dorf oder der Köchin oder den Mädchen in der Küche ihrer Eltern zugeschaut hatte, dort Gans, Ente, Pute, Schnepfe, Fasan und Huhn. Der Federansatz war bei allen ähnlich. Charlotte schrieb mit dem Füllfederhalter. (Die Kugelschreiber, die ihr besonders Aufmerksame oder Wohlmeinende schenkten, reichte sie sofort weiter.) Sie vermochte die jahrhundertealte, so elegante, inspirierende Tradition nicht fortzusetzen, die sie bewunderte, auch weil sie so eigenwillig malerische oder exzentrisch temperamentvolle Schriftzüge hervorgerufen hatte, die hin und wieder in einem Feuerwerk von Klecksen untergegangen waren. Immer wieder kamen ihr die mechanischen Bewegungen der Ahlefelder Frauen in den Sinn, einer Lettin, einer Ukrainerin, einer Ostpreußin auf den Bänken vor ihren Häusern oder nebeneinander, zusammengerückt auf einer der Bretterbänke an der Straße, da ihre Hinterteile einigen Platz für sich beanspruchten, den leblosen Vogel auf den gespreizten Knien. Die eine Hand umschlang den Hals des

Tiers, die andere rupfte und putzte und rupfte und zupfte nach.

Pauline studierte Landwirtschaft, Spezialgebiet: Geflügelhaltung. Einmal hatte sie, die sich für Tierschutz einsetzte, bei den seltenen Gelegenheiten, zu denen sie sich trafen, Charlotte erzählt, dass es *im Osten*, womit Pauline die Länder hinter dem Eisernen Vorhang wie Ungarn und Polen meinte, Massenaufzuchten gebe. Die seien nicht nur zur Schlachtung als Martini- oder Weihnachtsgänse gedacht, sondern auch zur Gewinnung von Daunen, um das Geflocke der Devisen wegen teuer in den Westen zu verkaufen, wobei den Gänsen lebend die Federchen vom Leib gerissen würden, und die gottsjämmerlich brutalen Täter behaupteten, die Tiere spürten dabei nichts. Und wenn dir jemand die Kopfhaare ausreißt, verspürst du auch nichts, keinen Schmerz, keine Panik, Pauline?, hatte Charlotte gefragt und als Antwort: Genau das habe ich auch wissen wollen, von Pauline bekommen. Genau das, immer wieder.

Charlotte stürmte bei diesen Gedanken in die Küche. Sie wollte von Ulrich den Stand der Dinge erfahren, besichtigen dürfen. Ihr Blick fiel auf die vom geronnenen Blut verstopften Poren an Fesseln und Flügeln, die der Freund auf dem Küchentisch nachsäuberte, indem er mit Daumen und Zeigefinger schiebend die Stümpfe herauszog.

So eine Haut, sagte sie, heißt in der Redewendung Gänsehaut, wenn es dich fröstelt, weshalb aber nicht Hühnerhaut? Und es fröstelte sie. Wir essen viel mehr Hühner oder Hälften von ihnen, ich mag das Wort *Hühnerteile* nicht. Die große Wienerwald-Kette in der Stadt bietet dir fast am Grillband Hähnchen an, doch keine Gänse. War eine Gans eine Delikatesse für die höheren Stände, als die Wendung von der frierenden, erregten Haut entstand? Meine Großtante schrieb mir mit ihrer großen Bleistiftschrift *Gänsehaut!* auf einer Postkarte, wenn sie von einem Theaterstück oder einem Konzert restlos begeistert war...

Raus, sagte Ulrich nur. Keine Fragen, kein Kommentar. Ich werfe dich aus der Küche, Charlotte, du lenkst mich ab, sagte er, du bist nicht nur neugierig, du bist naseweis. Er machte eine Pause.

Was?, fragte Charlotte.

Naseweis.

So?

Raus.

Über dieses neue altmodische Wort war sie nun anhand der eigenen Person belehrt, doch jetzt hatte sie es in ihrem Sprachgebrauch. Charlotte liebte das *Naseweis* seiner Bildhaftigkeit wegen und verband es seither mit Ulrich, und über *naseweis* lachten sie sich gegenseitig in die Arme.

Raus aus der Küche, kommandierte Ulrich wieder, ich kann mich nicht konzentrieren. Was sollen meine Hände dir antworten? Geh an *deinen* Tisch. Ich häute den Vogel gleich, zerschneide ihn, ohne dass du zuguckst, löse die Brustpartie vom Knochen, breche die Schenkelgelenke an, ohne dass du zuguckst, und schneide die Fleischstücke ein, damit die Marsala-Marinade besser eindringen kann. Also raus mit dir.

Ich gehe ja gleich, sagte Charlotte, jaja, ich gehe. Lass mich nur noch ein wenig.

Nein!

Er wollte beim Kochen meditieren.

Sie kniff das rechte Auge ein wenig zu und sah ihn testend an, wie ernst es ihm wirklich sei.

Nein.

Da seine Zubereitung kompliziertere Wege gehen würde, über die er kein Wort äußern wollte, respektierte Charlotte schließlich das Küchenverbot und trollte sich an ihren Tisch zu Wittgenstein und ließ Ulrich bei seiner Zauberei allein, bis er es anders wollte. Und er – auch das ein Wunder –, ein Mann der diskutierfreudigsten Geselligkeit, der Provokation und Bilder, wie sie alle in der Wohnung, Mann der wilden Debatten über Kuba und Nicaragua, den Mord an Allende und den Putsch Pinochets, war in der Küche plötzlich versunken – in seine eigene Mitte geraten, in rituelles Schweigen, ein wortloses Hantieren, in Energieschöpfung oder die Regeneration seiner Kräfte, um kommende Arbeitsprobleme zu meistern. Ein Geheimnis, das er mit seinen wohlgeformten schmalen Händen mit den langen Fingern zubereitete, an deren Enden wohlgeformte Nägel mit wohlgeformten Halbmonden saßen. Indische Halbmonde diese Fingernägel, dachte Charlotte, die vom Flur durch das in die Tür geschnittene Fenster zur Küche hereinsah, ohne dass Ulrich sie bemerkte.

Er bereitete die Marinade vor, fügte Knoblauch, Salz, ein wenig gemahlenen Ingwer und Zitronensaft hinzu, legte die Hühnerteile vierundzwanzig Stunden darin ein und schob sie über Nacht in den Kühlschrank.

Ich begriff es nicht. Nicht gleich, sagte Charlotte. Was bewirkte die Marinade im Fleisch? Weshalb brauchten die beiden Substanzen so lang, um sich zu verbinden? Und wurde so immer neugieriger und wollte ein Wort. Schlich mich wieder in die Küche. Ein Wort der Erklärung. Ulrich schwieg. Drängte mich wieder hinaus. Du störst. Küchentür zu. *Restricted area*. Erst als er das Huhn am nächsten Tag in Wohlgerüche aufgelöst und in zartestes Fleisch verwandelt hatte, redete er. Drei Mal hatte er mich hinauskomplimentiert. Ich will keinen, der mir zuschaut, und schon gar nicht dich.

So war ich draußen. Und blieb ich schließlich draußen. Auch der Basmatireis hatte sein Kardamom- und Gewürznelken-Geheimnis. Was vier schwarze Kapseln in diesem Fall und vier Nelken, vor dem Servieren aus dem Topf wieder herausgefischt, auf der Zunge bewirken! Und wohin sie dich entführen! Triumphierend sah er mich an. Siehst du, sagte er, mehr nicht.

Auch nicht: mehr später, mehr in deinem Bett?, fragte Alma.

Ihr Geheimnis, Alma, sagte Carlo. Das muss sie uns nicht erzählen.

2

Stefanie und Frieder saßen allein am Tisch in Greiffensee und löffelten ihre Suppe. Sie streitsüchtig, schlecht gelaunt. Die Pferde waren verkauft. So lief sie denn vor dem Mittagessen mit gesenktem Kopf über die Feldwege. Im Dorf die Hausmauern entlang wie ein Büffel, der eine Herde angreift. Die Herde in ihr selbst. Hatte sie das erstbeste Tier umgerannt, wurde sie ruhiger. Ein Blitz trat in ihr Auge. Von niemandem wurde sie auf diesen Gängen angesprochen.

Fanny aß mittags mit ihnen. Das Besteck klapperte auf den Tellern. Waren Stefanie und Frieder zu zweit, stritten sie über zusätzliche Einsparmöglichkeiten im Haushalt, der Unterhalt allein des Hauses fresse, sagte Frieder, ein Vermögen. Die Erneuerung des Daches, seit Jahrzehnten aufgeschoben, stehe an, die Feuerschutzversicherung eines so großen alten Gebäudes koste, in dem, verglichen mit modernen Zeiten, hauptsächlich Holz verwendet worden war, des Weiteren die Ausbildung der Töchter, was für Frieder absolute Priorität hatte, trotz aller materiellen Schwachstellen. Pauline studierte in Bonn, Cäcilie hatte sich in jugendlicher Unentschlossenheit an der Hochschule der Künste in Berlin eingeschrieben, Anna machte Abitur.

Nur dadurch werden sie unabhängig.

Sie sollten heiraten, Frieder. Dann hängen sie nicht mehr von uns ab.

Überleg doch, was du sagst. Wie böse es ist, was du aus

schierer Unüberlegtheit äußerst. Drei Esser weniger, heißt das im Klartext. Du denkst nur an Greiffensee. Aber sie sind jung, grün, unerfahren, auch faul, Anna zumindest, die am liebsten einen Reitstall aufmachen würde. Kurzsichtig wie du, kurzsichtig geworden unter deinem Einfluss. Sie haben ihr Leben vor sich, und es wird hoffentlich friedlich und lang sein. Willst du sie unglücklich machen, indem du sie, statt sie selbständig werden zu lassen, bloß einem Mann an die Seite gibst? Bist du denn glücklich?

Wieso?

Außerdem – Cäcilie wird niemals heiraten.

Wieso?

Sie interessiert sich nicht für Männer.

Woher willst du das wissen? Ihre Flucht nach Marokko. Unsere Suche per Interpol. War das nichts?

Wenn du jung bist, erkundest du dies und das. Heute probierst du alles aus. Sagst du ja selbst.

Hat Cäcilie es dir gesagt? Heimlich ins Ohr, dass ich es nicht erfahre? Weshalb besprechen wir so etwas nie?

Buhlst du um die Gunst deiner Töchter?

Da war der stichelnde, scharfe Ton wieder, darauf aus, zu verletzen.

Alles falsch, alles falsch, sagte Frieder und legte, um ruhig zu bleiben, beide Hände flach neben dem leeren Dessertteller auf den Tisch. Er atmete tief ein und ließ die Luft aus seinen Lungen im doppelten Zeitmaß entströmen, eine Übung zum Einschlafen. Wir streiten uns über Phantome, Stefanie. Wir haben sie doch schon verloren.

Sie, sie, sie, immer redest du im Plural. Wen sollen wir verloren haben?

Pauline kifft mit ihren Freunden, hat mir Anna gestanden. Cäcilie entzieht sich jedem Gespräch. Sie schweigt wie eine junge Mumie, und wenn du sie ansprichst, schaut sie durch dich hindurch. In mich hat sie noch ein wenig Vertrauen, kommt mit ihren Problemen aber auch nicht zu mir. Ich hoffe nicht, dass sie snifft. Woher hätte sie auch das Geld dafür?

Ach, sagte Stefanie und spielte die Überlegene, da weiß ich Rat und Abhilfe. Ich will's nicht beschwören, weil ich hoffe, dass es sich nicht so verhält.

Wie sie es nämlich in den vom vielen Durchblättern schon abgegriffenen Zeitschriften bei der Friseurin gelesen hatte: Tochter aus gutem Hause auf Abwegen. Im Rotlichtmilieu aufgegriffen, neben anderen reich bebilderten Reportagen über Jubelhochzeiten des deutschen und europäischen Adels. Stefanies Fantasie über die zwielichtige Nachtwelt speiste sich aus den Illustrierten. Wenn sie sich alle drei Wochen eine neue Dauerwelle legen ließ, hatte sie genügend Zeit, mehrere dieser Blätter durchzuarbeiten. Und natürlich suchte sie lüstern und auf Ruch aus nach Sexstorys und anderem Anzüglichen aus der Welt der Liebe.

Cäcilie geht doch nicht etwa auf den Strich?, blitzte es ihr durch den Kopf.

Stefanie hielt jetzt ihren Fantasien nicht mehr stand. Das hast du nun von deiner Erziehung! Du! Damit warf sie die Serviette auf den Tisch und lief aus dem Esszimmer.

Du musst ihr alles nur zehn Mal verbieten, dann wird sie es tun!, rief ihr Frieder hinterher.

Nach zwei Minuten war Stefanie zurück. Er saß noch immer da, hatte sich ein Glas Wein eingeschenkt, was nach dem Essen gegen die Regel war, und sich eine Zigarette angezündet. Sie blieb hinter ihrem Stuhl stehen und umklammerte die Lehne mit beiden Händen.

Warum braucht Cäcilie solche Aufputschmittel, falls sie überhaupt snifft? Reicht ihr die eigene Fantasie nicht?

Ein Trip löst ganz andere Erregung in deinem Körper aus, entgegnete Frieder kühl.

Und woher weißt du das?

Sie hat es mir gesagt.

Und ich denke, sie spricht nicht mit dir. Wann?

Doch, zumindest eher als mit dir. Als ich sie zuletzt besuchte.

Und was für Erregung?

Frag sie.

Mit mir spricht sie nicht über sich. Sie ist sehr geschickt darin, meine Fragen abzubiegen. Sei nicht so neugierig, hat sie neulich gesagt. Du erfährst von mir nichts.

Bei einem anderen Streit, keine besonders rührende Szene, hatte Frieder das Possessivpronomen *deine* verwendet, eine geeignete Mischung aus dogmatisch und neutral, der Sache angemessen, dachte er. Warum wachsen deine Töchter zwischen Kuh-, Schaf- und Pferdebeinen als die reinen, unbedarften Landeier auf? Weshalb spielt keine von ihnen Klavier oder Geige? Ich habe mir immer gewünscht, entweder auf der Geige oder dem Klavier von ihnen begleitet zu sein. Die Intensität, es hätte auch eine Innigkeit zwischen uns erzeugt, die du nicht kennst. Die Cousinen in Ahlefeld spielen Klavier, Charlotte und Alexa spielen sogar vierhändig zusammen. Und nicht nur *Es ist ein Ros entsprungen* oder *O Tannenbaum*. Sie ...

Sie! Sie reiten, fiel Stefanie ihm ins Wort. Pauline, Cäcilie, und zwar beide sehr gern, Anna, und Anna am liebsten. Mein Erbe, nicht deins. Das habe *ich* an sie weitergegeben. *Du* hast dich nicht durchgesetzt.

Wo bleibt deine Logik, Liebes? Begrenzen etwa deine Landgrenzen deine Logik, kannst du nicht über die Zäune deiner Weiden hinausdenken und erkennen, dass die Welt nicht auf der Stelle tritt? Weshalb greifst du mich unentwegt an, wenn ich etwas mit dir zu besprechen, zu erörtern, zu klären versuche? Selbst wenn ich nur eine Feststellung treffe, und eine Feststellung ist doch kein Vorwurf, greifst du mich an. Eine Feststellung ist nur ein Ausgangspunkt, Liebste.

Frieder sah seine Frau an. Sei langmütig, bleibe langmütig, beschwichtigte er sich. Und wie du weißt, und darunter leidest du auch, es gibt keine Pferde mehr, sie sind verkauft. Also sollte es der Korrektheit halber im Perfekt heißen: Sie haben geritten.

Frieder zog es schon mal vor, nicht zur gewohnten Essenszeit zu Hause zu sein. Er meldete sich bei Fanny anfangs der Höflichkeit halber noch frühzeitig ab, sodass sie nicht zu viel von dem, was nicht ihr Fach war, in die Pfanne warf, später, als sich seine Abwesenheit in Fannys System niedergelassen hatte, rechnete sie gar nicht mehr mit ihm. Er blieb zur gewohnten Stunde im Kontor, um sich mit Wulf Gutbrodt zu beraten, mit ihm einfach zu schwatzen oder zu rauchen und dabei Neuigkeiten aus der Gegend zu erfahren. Ein benachbarter Großbauer hatte Wind von der heiklen Situation des Greiffensee'schen Betriebs bekommen. Wenn jemand auf die abschüssige Bahn gerät, ohne sich auffangen und wieder erholen zu können, womöglich in die Pleite steuert, ist das Gerücht schnell herum. Es macht Wellen, rasch riesige Monsterwellen, und da riskieren die Geier schon einmal einen Blick über den Zaun. Selbst wenn die Betroffenen den Mund wegen ihrer bedrängten Lage, für die sie sich genieren, noch gar nicht geöffnet haben, der Geruch liegt in der Luft. Uwe Theissen bot an, einen Teil der an sein Gebiet grenzenden Felder und Weiden des Greiffensee'schen Gutes zu pachten, erwog sogar, diesen Teil Frieder auch abzukaufen, zur Milderung der Zinsleistungen an die Bank. War das nicht nett?

Der Verwalter stieß nach. Er fragte, als sie sich im Kontor an Frieders Schreibtisch gegenübersaßen, ob er und Stefanie, wenn auch die letzte Tochter aus dem Haus sei, in dem großen Kasten wohnen bleiben wollten, der so viele Negativposten einfahre. Ich weiß, ich wiederhole mich, rief er zwischen zwei Zigarettenzügen. Allein die Versicherungs- und Heizungskosten, abgesehen von den dringend notwendigen Reparaturen des Daches und der Fenster an der der Stürmen direkt ausgesetzten Nordseite, da dort seit Jahren nichts erfolgt ist! Die müssten neu gestrichen werden. Bei unseren kalten Wintern können Sie die Räume, die Sie nicht oder nicht mehr nutzen, ja nicht einfach ohne schwache Temperierung lassen. Da platzen Ihnen die Rohre erst recht, doch ist das andererseits sinnlos herausgeworfenes Geld. Verkaufen Sie den alten Kasten, vermieten Sie ihn und ziehen Sie mit Ihrer Frau und der alten Fanny ins Torhaus. Sie sehen doch, nicht alle Räume werden hier genutzt. Und Wand an Wand werden wir es aushalten. Oder? Einschränken werden Sie sich sowieso müssen.

Und umstellen, sagte Frieder, die Gewohnheiten überall kappen. Ob das meine Frau ...

Um einen radikalen Kassensturz, scheint mir, kommen Sie nicht mehr herum, mein Lieber. Ob das die Gräfin ..., auch er vollendete den Satz nicht.

Wie die Gräfin das aufnimmt? Oder im Konjunktiv, als eine Form flexibler Realität: wie sie es aufnehmen würde?, beendete Frieder Gutbrodts Frage schließlich. Mit Nein natürlich.

Vielleicht lenkt sie doch ein. Und die teure Ausbildung der Töchter?

Die muss weiterlaufen, die muss sein, ich bestehe darauf, entgegnete Frieder und sah zum Fenster hinaus. Sein Blick verfing sich in der alten Linde. Ein Baum, dachte er, hat keine Kinder, und trotzdem wird er alt, und trotzdem stirbt er nicht aus. Da gibt es nichts zu kürzen, sagte er dann. Sie hatten keine Tochter. Die Ausbildung ist heute die einzig sichere Investition in die Zukunft der Mädchen.

Können Sie trotzdem das eine oder andere von ihnen nicht bald verheiraten oder wenigstens zusehen, dass sie bald ihr eigenes Geld verdienen?

Diese Überlegungen machen die Rechnung ohne den Wirt, mein Lieber, und ohne die Zeit, ohne den Markt, ohne den heutigen Feminismus, was immer man, *man* klein geschrieben und nur mit einem *n*, von ihm halten will. Es ist eine starke Frauenbewegung im Gang. Wenn wir vom Geldverdienen ausgehen, spekulieren wir bloß weiter, aus leeren Taschen in wieder leere Taschen. Meine Frau geht da nicht mit. Beim Verheiraten schon, als zöge es sie in die Tiefe der Zeit zurück, ihre Zeit, in die sie einmal hineinwuchs. Die Töchter wachsen aber in eine andere hinein. Ich verstehe sie auch nicht. Die Mädchen brauchen eine solide Ausbildung. Die eigenen Füße, auf denen sie stehen können, die sich nicht nach Schuhgrößen bemessen.

Wie Sie meinen, sagte Wulf Gutbrodt. Aber Fragen kostet nichts. Sie fragen mich ja auch. In der anderen Sache eruiere ich, mit Ihrem Einverständnis, was Theissen uns anbieten will. Ich fahre morgen Abend zu ihm rüber. Auge in Auge ist es besser als am Telefon. Er ist nicht sehr wortgewandt. Demetrius und Gloria werden übermorgen abgeholt. Ich habe Ihnen vorgerechnet, wie viel die beiden Pferde alljährlich kosten. Zucht mit denen ist nicht. Nicht aufgeben und die Hoffnung verlieren, sage ich Ihnen, sagte der Verwalter. Vielleicht gibt es in den kommenden Jahren bessere Ernten. Nicht jedes Jahr wird es so viel regnen, dass alles Korn am Halm verfault. Wir wollen nicht biblisch werden. Drei Jahre hintereinander reichen völlig aus, habe ich dem Wetter klipp und klar gesagt. Nicht auszuschließen, dass es auf mich hört, und dann können wir wiederaufbauen.

Hierhin zogen sie sich zurück, in die oft heilsame, oft spöttische Stille der Bibliothek, hier gedachte Frieder, Stefanie den aktuellen Stand der Dinge zu erörtern. Hier hing kein Ahnenbild, das ihre Bewegungen mit Argusaugen verfolgen konnte. Hier waren sie nur von alten Buchrücken mit Titeln und Namen in Goldschrift umgeben. Hier in der Bibliothek des Hauses voller bedeutender Bücher voller klarer Gedanken wollten sie selbst klare Gedanken fassen und die Lage klären. Lieber heute als morgen. Nein, lieber morgen als heute. Zu spät. Sie saßen einander gegenüber, sagte Charlotte, sie in der Sofaecke, er auf einem Stuhl mit geradem Rücken und legte dar, was er und Gutbrodt hinsichtlich des Gutes ausgebrütet hatten, vorsichtig wie eine Frau, die in kniffligen Fällen ihren Mann nicht sofort mit der ganzen Wahrheit konfrontiert, sondern erst nach und nach, betont ruhig und ruhig betonend, ein Test, scheibchenweise Wahrheit, den Nebengedanken wägend, ob Stefanie nicht sofort aufspringen und in ihrer ganzen Wucht auf der Ferse kehrtmachen und den Überbringer erschlagen würde. Die Urangst des Mannes in Notlage. Notlage ist offenbar immer, dachte Frieder jetzt.

Stefanie hörte zu und sah zum Fenster hinaus in den lauen Sommerabend mit der alten Kastanie im Park. Der Baum ihrer Kindheit, in dem sie viel herumgeklettert war, lange her. Später turnten Pauline, Rosa, Cäcilie und Anna in den Ästen herum. Ihr Leben in diesem Haus, dem *Kasten*, wie Frieder es neuerdings und erbarmungslos nach dem Gespräch ohne Tiefgang mit dem Verwalter sagte.

Der *Kasten* also. Die Ursache unsinniger Kosten. Dieser Kasten und diese Kosten. Durch die Wortwiederholung versuchte er, den gegenwärtigen Albtraum in einen künftigen Traum zu verwandeln, das Drama abzuschwächen, Kosten, die das Gut nicht mehr erwirtschafte. Fünfundzwanzig Zimmer zu zweit, Fanny eingerechnet, zu dritt. Ein Irrwitz. Die Köchin zum Beispiel könnten wir doch im Dorf unterbringen. Sie muss nicht hier mit ihnen im Kasten wohnen. Wir müssen vernünftig sein, Liebes. Reduktion ist das Stichwort. Was wir haben, zusammenstreichen. Das heißt, rationalisieren. Posten für Posten durchkalkulieren und abstoßen, immens einsparen, was einzusparen ist, und einzusparen ist vieles, Liebling, ich sage dir, bei den Lebenshaltungskosten zum Beispiel, und, *die* Rettung, einen Teil der Landwirtschaft an Theissen verpachten. Besser noch, verkaufen. Verkaufen ist kein schönes Wort, ich weiß, aber wenn man es sich lang genug auf der Zunge zergehen lässt, dann hat es wenigstens eine Melodie. Das musst du zugeben.

Stefanie schwieg.

Du willst, wie ich dich kenne, hier doch keine Fremden einquartieren, zwangseingewiesene Flüchtlinge wie nach dem Krieg samt Verwandten wie damals. Sozusagen. Wie du unter der Beengung gelitten hast. Wie unerwünscht sie alle waren und wie froh die Alteingesessenen, sie wieder loszuwerden. Na ja, trotzdem ist es irgendwie eine Option. Ich erklär's dir. Eine Alternative, eingedenk der drohenden Möglichkeit im Fall ihrer Umsetzung, dass sie unseren Untergang einläutet. Also. Heute könnte man für so ein Quartier auf dem Land eine hohe Miete verlangen, im Gegensatz zu damals, wo das ja gar nicht gegangen wäre. Aber weißt du, Liebes, was dann kommt? Heftige Vorkosten, man müsste das Haus in kleine Parzellen zerschlagen, sogenannte Nasszellen einbauen et cetera. Soll ich's dir weiter ausmalen? Die Reichweite der Zerstörung, der Einzug des Kleinbürgermiefs ... In jeder Wohneinheit würde gekocht werden, wahrscheinlich gleichzeitig und wahrscheinlich Kohl. Du würdest jeden Mittag denken, es gäbe gerade eine Gasexplosion. Du würdest fliehen wollen. Außerdem würde der Umbau gemäß den heutigen Auflagen enorme Summen verschlingen. Man müsste also einen neuen Bankkredit aufnehmen, was Gutbrodt und ich auf jeden Fall vermeiden wollen. Und in diesem herrlichen, aber für beschränkte Wohnzwecke absolut ungeeigneten, weil unzeitgemäßen Gemäuer Führungen veranstalten oder ein Café aufmachen ... Ja, das wäre die Option. Oder die Alternative, wie es dir beliebt.

Stefanie schwieg.

Das Torhaus, Liebes! Uns im Torhaus einrichten, ist die einzig intelligente Option, fuhr Frieder allmählich erschöpft fort. Noch keine Träne, aber ein Anflug von Verzweiflung floss ihm über das Gesicht. Wir haben die Räumlichkeiten inspiziert, ich und Gutbrodt. Nicht schlecht, alles machbar. Wir vermieten den Kasten ganz. Oder verkaufen ihn. Radikalschnitt. Und wenn der neue Besitzer des Hauses das alte Inventar mit übernehmen will, kriegt er es. Das heißt: zahlt er es. Was wir für uns davon retten wollen, bleibt uns in jedem Fall frei. Deine Töchter in der Stadt leben auch bloß in drei Räumen. Wir hätten immerhin noch fünf, zu zweit.

Stefanie schwieg.

Du schweigst. Würde ich übrigens auch gern. Wozu diese sinnlose Szene! Frieder warf sich gegen die Lehne des Fauteuils, in den er vorhin vom Stuhl rübergewechselt war, aber kein Resultat, Stefanie blieb unbeirrt reglos, womit sie die Unterredung ad absurdum führte. Genug, ich will nicht mehr, dachte Frieder und entspannte sich. Er hatte den Haarriss bemerkt. So fängt etwas also an. *Das.* Das Abrücken. Der andere Blick. Er könnte immer noch unterbrochen werden, rückgängig gemacht, er und was er gesagt hatte. Nichts. Wie komme ich hier heraus?, murmelte er, während er die stumme Frau beobachtete, die ihn nicht ansah, mit keinem Blick streifte, ihren Blick weiterhin dem Park draußen schenkte. Er fotografierte sie mit den Augen. Eine Fotografie, die er später einmal auf den Kaminsims stellen würde. Falls er sie später nicht doch lieber zerrisse, um die Erinnerung an diese Stunde auszulöschen.

In heiklen Situationen schweigst du und zwingst mich ins Reden, sagte er schließlich, zwingst mich, mich ständig zu wiederholen. Das ist lächerlich. Vor allem langweilig. Du willst teilhaben und schließt dich aus. Schließt mich aus. Wie du willst. Ein Perspektivwechsel wäre vonnöten.

Stefanie sah ihn jetzt an. Forschend, mit einem maliziösen Lächeln, das Frieder tatsächlich ausschloss. Sie war weit weg, als galoppiere sie auf Sleipnir über isländischem Nebel und sähe oben in weiter Ferne Walhall und dort nach dem Rechten. Sich dem Untergang in den Weg stellen. Sie erhob sich aus der Tiefe ihrer Sofaecke und ging wortlos hinaus. In dieser Nacht legte sie sich in Rosas Bett schlafen.

Frieder ging ihr nicht nach, er rüttelte sie nicht aus der Starre auf, trug sie nicht in den Armen ins Schlafzimmer auf der anderen Seite der Galerie. Früher hatte er es ohne Weiteres getan, sie, ohne zu fragen, gepackt, wenn Stefanie aus ihren stummen Verstrickungen nicht mehr selbst herausfand. Er hatte dazu nicht mehr den Mut, genauer nicht den Wunsch. Wie wollte er auch das Knäuel eines Gefühls entwirren, Worte finden, der genauen Worte nicht mehr Herr, nur eines einzigen Wortes, und er sagte sich: vorbei. Es ist vorbei. Doch auch ein Vorbei braucht mitunter konstruktiven Aufbau. Etwas begann an ihm zu fressen, das noch einige Zeit brauchen würde, ehe es den Grad tatsächlicher Zerstörung erreichte, ein Feuer, das sich an einer Überlandleitung über eine weite Strecke spielerisch hin und her züngelnd ergötzt und immer weiter frisst, seines Zieles absolut gewiss.

Die Misswirtschaft in den letzten Jahren liege nicht an den klimatischen Widrigkeiten, war sich Stefanie sicher. Sicher habe Frieder, fachfremd, wie er war, es an der nötigen Umsicht fehlen lassen und sich – hauptsächlich ihr – diesen Flop zugemutet. Der Verwalter war vom Fach, weshalb er sie geradewegs und jederzeit im Griff hatte, und das hieß, sie jederzeit hintergehen, betrügen konnte, sie verdächtigte ihn der Schlamperei. Wie leicht es war, sie zu bestehlen, da sie so viel besaß. Auch die Kinder im Dorf fingen doch schon damit an.

Theissen pachtete die Schaf- und Kuhweiden und die Felder. Ohne Umschweife, ohne um Erlaubnis zu fragen, riss er die Zäune ab, legte so die Weiden zusammen, eine Vergrößerung, durch die ihre Bewirtschaftung einfacher wurde. Als Stefanie davon erfuhr, empfand sie das als Übergriff auf fremdes Gelände, ihr Eigentum.

Sei froh, dass er rational denkt und unsere Schulden mit abträgt. Überleg doch, was uns dadurch erspart bleibt.

Schon möglich. Aber er hat es einfach getan. Er hat mich nicht gefragt.

Stefanie, ganz ruhig, bitte, sprach ihr Frieder zu. Wir atmen die Luft der zweiten Hälfte des zwanzigsten Jahrhunderts, und du spielst immer noch zu Füßen deiner Großmutter. Versteckst dich in den weiten Falten ihres Rocks. Ein Zaun lässt sich wieder aufstellen, das ist das Einfachste von der Welt. Du weißt, wo die Grenzen gesteckt sind. Theissen weiß es auch, ihr werdet euch doch wohl einigen können.

Ich werde sie nicht vergessen, trumpfte sie auf mit der Betonung auf *ich*. Wenn die Pacht abgelaufen ist und die Weiden zurückkommen, werde ich ihm sagen, hier verlief die unsichtbare Markierung, ist es Ihnen klar?

Und er wird dir antworten, selbstverständlich, gnädige Frau, Sie haben recht, so war es damals.

3

Weder in Ahlefeld noch in Greiffensee gab es politische Diskussionen, und dementsprechend wurde auch nicht über Geld gesprochen. Ich wusste lange nicht, was Teuerung, Lebenshaltungskosten, Produktionsmittel, Zins, Zinseszins, Coupon oder Rendite bedeuteten.

Von Geld verstehe ich zwar immer noch nichts, sagte Carlo, aber meine Eltern haben mir schon früh seinen Stellenwert erklärt. Ich müsse mir den Lebensunterhalt selbst verdienen, schon auch während des Studiums, hieß es, auch wenn sie mich nach Möglichkeit unterstützen würden, und wenn es nicht reiche, müsse ich eben jobben, das sei keine Schande, sondern eine lebenserweiternde Erfahrung. Kein Elfenbeinturm, vielmehr die kleine Via della Croce, wo wir damals lebten und wo ich, verkrochen im Zimmer im zerschlissenen Sessel mit den Sprungfedern, die mir den Hintern zerstachen, las und las und las. Ich als der Buchstabenkönig Welteneroberer, der in den Fumetti auf dem Rücken des Kometen durch das All reitet. Das Geld rieselt aus den Wolken auf uns alle herab, der Mama in der Küche direkt in den Schoß. Schön wär's! Ade, Pinocchio. Ein fettrotes Kreuz fährt auf dem Besen durch meinen Traum. Und öffnet mir die Augen: Ich sehe, als ich aus meinen Höhen hinuntergucke – gerade habe ich die Venus erobert –, Mama in ihrer vom Pomarolakochen bekleckerten Schürze am Küchentisch sitzen und Zahlen untereinanderschreiben. Einen Block aus der Trattoria nebenan vor sich, in der Hand einen Bleistiftstummel, mit dem man kaum schreiben kann, jeden Strich, jeden Buchstaben muss sie nachziehen und dabei den Stummel hin und her drehen. Wenn sie schläft, spitze ich ihn ihr, schwöre ich mir. So stumpf, so stumpf, und ich sehe sie stumm zählen. Nur ihre Lippen bewegen sich. Sie rechnet und rechnet. Ich weiß nicht, welche Kolonnen sie zusammenzählt. In meiner Fantasie waren es zuerst Soldaten, Sklaven für meine Schlacht im Weltall. Nur war ihre Schlacht bereits geschlagen und trugen sie alle, die ich im Sinn hatte, ihr kein Geld in die Schürze, und der Vater steuerte mit seinem Verdienst für die ehrgeizigen Pläne aller Kinder schlichtweg zu wenig bei. Das war der Moment, der mein Leben entschied: Ich muss etwas tun, muss ihnen helfen, ich bin der Älteste und möchte nicht, dass es mir in ihrem Alter auch so ergeht, dachte ich. Zu ihrem Programm gab es keine Alternative. Das war ihre Haltung. Und sie war hart, doch gut und klar, klärend, bestimmt, konsequent, kompromisslos. Meine Schwestern, die auch studieren wollten, betraf es genauso, ein Anschub anfangs, hinein ins Laufrad des Geldverdienens, und nach Abschluss des Studiums auf eigenen Füßen stehen und gehen, wenn auch zuerst humpelnd und hin und her springend, bis sich ein Weg abzeichnete. Übrigens haben beide das Studium abgebrochen und geheiratet.

In meiner Kindheit wurde nie gesagt, wie man Geld verdient, sagte Charlotte, oder wie viel man besitzt, das man auch verlieren könnte. Ich spielte mit den Groschen, die Ingrid mir hin und wieder gab, pflasterte mit den Kupferstücken einen Platz auf dem Teppich im Wohnzimmer oder baute zu ihren Füßen einen langen Zug, wie ich ihn hinter der Eisenbahnschranke im Dorf vorbeirasen sah, und fühlte mich sooo reich, ein spendabler Krösus, dass ich sonntags nach dem Kirchgang, wo der Pastor im Schlussgebet jeweils der armen Brüder und Schwestern im Osten gedachte, meinte, ich könne sie mit meinen Groschen alle freikaufen, damit sie auch im freien Land leben könnten so wie ich. Keiner lehrte mich den Wert des Geldes, den Umgang damit, dass ich ein Bankkonto brauchte, für mich allein, und dass zu allem eine Unterschrift gehörte. Dass ein Onkel oder Großonkel sein Geld im Casino verspielt hatte, war bloß ein *faux pas*. Hinter der Anekdote verbarg sich jedoch keine Realität, es gähnte nur ein Riesenhohlraum. Nur, dass in meinen Augen dieser Onkel oder Großonkel sofort an Leben gewann. Ich sprang ihm zur Seite, rein moralisch, weil ohne Mittel natürlich, besorgt um sein Leben, sein Auskommen, seine Würde, um die fortan für immer zerschlissenen Kleider. Doch auch so ein Eklat machte niemandem etwas aus, der Fauxpas wurde ignoriert, und alles ging weiter wie bisher, ging weiter ums Haben, Verfügen, Besitzen. Der einzige Existenzbezug in Ahlefeld. Und anschreiben lassen. Schulden, die ebenfalls nie Thema waren und die am Ende des Monats bezahlt wurden, wenn die Rechnung im Gutskontor eingetroffen war.

Eine von Geisterhand vollführte Jonglage.

Jungverheiratete aus dem Dorf seien in Bedrängnis geraten, hörte ich die Hausmädchen sagen, sie hatten einen Kredit bei der Volksbank aufgenommen, um sich einen Kühlschrank, ein Fernsehgerät anzuschaffen, konnten aber das Geld der Bank innerhalb der gesetzten Frist nicht zurückzahlen. Der Kühlschrank gehe wieder verloren, werde beschlagnahmt, der Fernseher ebenfalls. Was das junge Ehepaar nun machen solle? Und weit und breit kein Beistand in Aussicht. Man müsse was tun, aber was? Ein Auto zu besitzen gehörte damals ins Reich der Utopie, außer Hugo hatte keiner Geld dafür. Die schlechten Nachrichten nahmen kein Ende, für die Mädchen eine Dauererregung, nun sei ein Arbeiter mit großer Familie, sieben Kindern, gepfändet worden, er versöffe regelmäßig den Lohn, und der Melker, der für seinen Sohn gebürgt hatte, habe mit ansehen müssen, wie die neue Garnitur wieder abgeholt worden sei. Erst einräumen, dann ausräumen. Wohnungen füllten und leerten sich. Ich weiß nicht, wann ich den ersten Geldschein sah. Bei uns lag nie Geld herum. Dabei war die Welt offenbar voller Geld. Ein Phantom. Niemand erklärte mir, wie es zirkuliert und was dem zustieß, der keines verdiente, was die machten, die keins hatten. Betteln. Verhungern. Sich auf dem Dachboden erhängen. Auch das kam vor in unserer unmittelbaren Nachbarschaft. Geld war schmutzig, schmutzig wie die Politik, Geld war Politik, und Politik war Geld, und über beides wurde nicht geredet. Händewaschen war wichtig vor und nach jeder Mahlzeit. Zu Hause und später im Internat putzten wir um die Wette, so als seien nicht nur Geld und Politik schmutzig, sondern auch das ganze Leben.

Hugo, mein Vater, euer Onkel, sagte mir kurz vor seinem Tod, er wolle seinen immensen Besitz Ludwig übergeben – schuldenfrei. Hatte er Schulden und wollte sie bis zum Tag X zurückzahlen, oder war es rein theoretisch? – In meiner parzivalhaften Unterlassung fragte ich nicht nach.

In ihren Briefen sprach Ingrid von Besuchen beim Verschönerungsverein, Reisen mit Hugo, Jagden, Großwildexkursionen in Kanada und Afrika. In den viel spärlicheren, auf festem blauem Papier verfassten Schreiben des Vaters, mit Krone und Wappen zierlich verschnörkelt und siegelrot verschlossen, stand etwas von Zahlungsmitteln in Form von Papiergeld, Aktien, deren Coupons es einmal jährlich *zu schneiden* galt, oder Gold als einer sicheren Geldanlage, das man entweder im Banksafe verwahrte oder, wie die Großmutter, unter der Matratze, die Barren hübsch nebeneinander aufgereiht. Bestimmt schlief man überm Gold ruhiger und tiefer als mit Baldrian. Hugo schrieb seine Briefe in der dritten Person, ein Ich kam darin nicht vor. *Papi hat, Papi war, er ging, er traf, Du kannst stolz auf ihn sein. Er wirft sich gleich in Schale.*

Ich lernte den Umgang mit Geld erst spät, mehr schlecht als recht – peinlich genug, sich Anfang zwanzig nicht auszukennen – durch ältere Freunde, als ich mein erstes Geld verdiente, sagte Charlotte. Einer von ihnen hatte im Winter, in dem die Nazis an die Macht gelangten – er war damals jung, besaß keinen Pfennig und hungerte buchstäblich –, die Windfänge von Restaurants in Berlin abgesucht, wo die Alt- und Neureichen verkehrten, ob nicht ein paar Groschen unter den schweren Vorhängen lagen, die sie zu Boden hatten fallen lassen, während der Garderobier oder Portier ihnen, auf Trinkgeld aus, die Tür in die Nacht öffnete. Er war Seemann, ohne Aussicht auf die nächste Heuer. Als er nach Wochen auf einem Schiff der Hapag anmustern konnte, das Deutschland in Richtung Südamerika verließ, war die Windfangnot vorbei. Und fing eine andere an.

Wenn ich kein Geld für Bücher hatte, da ich das monatliche, mir von der Mutter zugeteilte Kontingent von 400 Mark für Konzertbesuche ausgegeben hatte, klaute ich sie in den großen Buchhandlungen rund um die Sorbonne, da studierte ich, und studierte die Bücher, studierte das Geld, das zum Auskommen nicht reichte. Bücher, die halfen, mir eine geheime Blickwelt und Zwiesprache mit den anderen zu konstruieren. Ich stieg ein in Sartres *L'Œil*, in *L'être et le néant*. Im Banne der Angst, beim Diebstahl erwischt und womöglich ausgewiesen zu werden, erfand oder begriff ich für mich, was er unter dem Blick des Anderen, dem existenziellen Misstrauen, der Bespitzelung im Polizeistaat verstand.

Als ich, Anfang zwanzig, den Amazonas auf einem britischen Frachter hinauffuhr – nicht auf den Spuren des

Onkels, sondern um eine Reportage über das Heute und Jetzt zu schreiben –, sah ich in Manaus Mütter und barfüßige Kinder im Wettlauf mit den Geiern auf den Müllhalden am Fluss nach Essbarem wühlen. Die schwarzen Vögel verteidigten sich gegen die Menschen. Sie flogen über ihrem provisorischen Terrain mit ausgebreiteten Schwingen kurz auf, im Sturzflug wieder hinunter und hackten nach den Kindern. Ich habe sie gesehen, wieder und wieder, vor der Haustür, den Bank- und Kaufhauseingängen, auf Mülldeponien mitten in der Landschaft, vor den Lokalen nachts und am Tag, in vielen Weltgegenden. Machtlos dagegen zu sein machte mich bitter, korrumpierte das eigene Wertesystem, wies es in die Schranken der Illusion und in ein tiefprotestantisches *Trotzdem* des Aufbegehrens gegen das manifest gewordene Trugbild, das jeder durchschauen konnte, aber nicht wollte.

Später in New York, im frostigen Februar, sah Charlotte einen Mann in ihrem Alter auf dem Tube-Gitter, aus dem ein wenig Wärme aufstieg. Er lag dort, übernachtete, träumte vielleicht auch. Sie war geschockt. Von diesem düsteren Anblick, von der viel gerühmten freien und schönen Neuen Welt, der besten aller Welten. Die höhere Tochter, unterwegs in ihrer *Éducation sentimentale abroad*, steckte dem Schlafenden zehn Dollar zu, schob den Schein in den rechten Ärmel, sodass er noch ein wenig hervorlugte und der Mann ihn beim Erwachen gleich entdecken konnte. Hoffte sie. Und fragte sich später, ob der Schein frühmorgens noch bei ihm gelegen, jemand ihn nicht höhnisch kichernd aus dem Ärmel gezogen hatte und triumphierend weitergegangen war. Eine kleine Geste der Anteilnahme, ganz impulsiv, gleich gefolgt von großen Zweifeln, dass die Hilfe keine Hilfe war. Und der, der es stahl, falls einer es stahl, bestahl letztlich sie nicht weniger als den auf dem Tube-Gitter schlafenden Mann. Nichts zu machen. Zehn Dollar, und man wird aus der Bahn geworfen. Und die Welt gerät aus den Fugen, das ist nicht übertrieben. Sie musste an die gestohlenen Bücher an der Sorbonne denken. Und an Sartre. Na schön, ich hatte Wissensdurst und kein Geld. Und der kleine Dieb hier in New York? Vielleicht hatte er auch nur Durst, Durst nach Whisky, was auch eine Art Wissen ist, Lebenswissen. Die schöne Neue Welt. Ich werde die Bücher zurückbringen, sie sind unversehrt, kein Wertverlust, dachte sie. Aber vorher lese ich sie, am besten gleich zweimal, ganz behutsam umblätternd. Charlotte setzte ihren Weg fort. Es war bitterkalt. An einem sonnigen Frühlingstag wollte Baudelaire, als er aus dem Haus trat, mit seinem Stock den Bettler neben der Haustür sofort erschlagen, hatte sie gelesen. Das hatte Baudelaire selbst geschrieben, aber dass er es tun wollte, konnte sie nicht glauben. Unmöglich. Es war bestimmt anders. Bestimmt nur eine Idee, die er festhielt, um eine allgemeine Befindlichkeit zu schildern. Aber selbst wenn. Ein Impuls, den er dann doch beherrscht hatte. Die Idee der Tragik war aufnotiert, und man kann nicht sagen, sagte sich Charlotte, für wen von beiden die Tragik größer erschien, für den Bettler, wäre er erschlagen worden, oder für Baudelaire, den Totschläger, wenn er einer geworden wäre. Was die falsche Frage ist – man kann Tragik gegen Tragik nicht aufwiegen. Tragik ist immer. Spätestens in der Schrift, in der Zeile, im Wort, im Buch im Rückblick auf das, was in der Wirklichkeit geschah. Was soll man tun?

Bevor Charlotte zu Alma und Carlo weitergefahren war, hatte sie einen Zwischenstopp in Rom eingelegt. Stefanies Elefant war hier, sie hatte ihn sehen wollen. Stattdessen aber hatte sie die Schar der Bettler an der hohen Vatikanmauer gesehen, das beschäftigte sie viel mehr. Alle zwanzig Meter ein Bettler, Revier für Revier abgezirkelt, so wie es auch die Huren unter sich ausmachten. Priester gab es nur hinter dieser Mauer zu sehen, nicht davor, das gemischte, hier an heiliger Stätte etablierte heillose Elend kümmerte sie nicht, es kam auch keiner vorbei, nicht einmal zufällig, und gab den auf der Straße sitzenden oder liegenden Armen etwas. Sie gehörten ins Bild wie die Touristen. Um ein Bild musst du dich nicht kümmern. Es lebt nicht.

In Berlin waren ihr die Bettelnden, Obdachlosen, auf Hartz IV gestuften Arbeitslosen nicht neu. Nur vor der Mauer des Vatikans, diesem viele Meter hohen Festungswall, dort traf sie, die Nichtkatholikin, ihr Anblick nackt. Ein nächster Schock. Der vatikanische Anblick hatte etwas Obszönes an sich, etwas, das mit der Selbstdarstellung des Ortes kollidierte, zwei aufeinanderprallende, aufeinander bezogene, voneinander nicht zu trennende Prostitutionen.

Fast jeden Tag mache ich einen Spaziergang, um meinen Kopf zu klären oder neue Sätze zu formulieren. Auf dem Weg in den Tiergarten komme ich an Bürgern ohne Obdach, wie es euphemistisch heißt, vorbei. Sie sitzen unter der Bahnbrücke auf der Hardenbergstraße, vor den Schwingtüren des Supermarkts mit oder ohne Hund, mit oder ohne den *Straßenfeger,* wie auch immer auf eine Geldspende aus oder etwas Essbares. Hin und wieder reiche ich dem fast unter seiner Kapuze Verschwindenden ein Brötchen, jedes Mal erschrocken, eine so junge, lebendige Stimme Danke sagen zu hören, für die kleine Gabe schlägt er die Kapuze zurück und sieht mich an. Er ist vom Alter her ein Junge, vom Gesicht her ein spitznasiger Greis. Die anderen stehen schon vor der Bahnhofsmission in der Jebensstraße an, Essensausgabe, so viele, dass ich mich scheue, an ihnen vorüberzugehen, so schlicht und unscheinbar ich auch angezogen bin. Ich will den Abstand nicht verkürzen, will ihre Blicke nicht auf mir, keine komischen Bemerkungen, biege also, bevor ich an ihnen vorbeigehen müsste, in den Durchgang des Bahnhofs ab. *Soziale Kontaktvermeidung.* Sie übernachten, solange es die Temperaturen zulassen, draussen zwischen Bahnhof Zoo und Tiergarten vor dem Schleusenkrug am Landwehrkanal. Menschen wie aus einer anderen Welt, aus unserer. Aus der uns leidlich bekannten.

Neulich sah ich den kleinen, fast haarlosen Mann in Pantoffeln in der Reihe an der Kasse vor mir stehen, wie aus dem Gully an die Oberwelt gestiegen, er hielt zwei Brötchen und als Beleg Aspik in den Händen, Sonderangebot. Die Kassiererin sagte: Oh, der wieder, und kassierte müde den nächsten Kunden ab. Unter den Polen und Russen rund um den Bahnhof sitzt ein ehemaliger russischer Preisboxer, auch um meinen Mut zu testen, setzte ich mich zu ihm. Gelbe Zotteln, gelbe Gesichtsfarbe, gelbe kalte dürre Finger, dann, nach einem Schluck aus der Flasche, rote Gesichtsfarbe, rote kalte dürre Finger. Weitere Flaschen billigen Fusels um sich herum in Tüten, eine im Arm, er hält sie zärtlich wie ein Baby. Je mehr er trinkt, desto röter sein Gesicht und desto weisser die Bartstoppeln. Er führt einen langen Dialog mit sich selbst. Ich fürchte, ihn zu erniedrigen, indem ich mit ihm so sitze. Er findet es ganz natürlich. Kommunizieren können wir nur wenig, mein Russisch besteht bloss aus ein paar Brocken, und er hat in seiner langen Karriere als bettelnder Mensch in Berlin, erst Ost, dann West, dann beides zusammen, nicht viel Deutsch gelernt. Ein freundlicher, krummbeiniger Alter, der hier und dort Essen zugesteckt bekommt. Er hat sein Einzugsgebiet, die jungen italienischen Kellner mögen ihn, und hin und wieder schneidet ihm ein junger Friseur die Zotteln, wenn der Chef nicht im Haus ist, dann sieht er aus wie ein Sträfling mit schrundiger Kopfhaut, rasiert ums Kinn herum. Er lebt auf der Straße, ein zeitgenössischer Gottesanbeter.

Ich kenne solche Szenen nicht, sagte Alma, ich habe nie in ihrer Nähe gelebt, auch jetzt nicht, mit Carlo in unserem Viertel. Ihre Mutter habe sich zwar oft Geld geliehen, weil sie nicht haushalten oder vorausdenken konnte, für künftige Durststrecken sich niemals Geld zurücklegte, doch falls Cäcilie konnte, habe sie das Geborgte zurückgezahlt – und wenn nicht, dann eben nicht. Diese lässige Haltung habe sie ihr weitergereicht. Doch auch die heutige Welt sei lässiger, so scheine es, sagt Alma, sie könne jederzeit jobben, sich notfalls auch als Putzfrau verdingen, wenngleich sie sich das weiß Gott nicht wünsche. Sie sei sich dafür nicht zu schade. Aber stellt euch das bei unserer Großmutter vor, rief sie, deiner von dir so geliebten Tante, Charlotte. Stefanie, ein Turban auf dem Kopf, mit Schrubber und Staubwedel.

4

Hugo ist gestorben. Ahlefeld trauert. Ingrid bereitet ihm ein wirkungsvolles letztes Ade, dem viele Trauergäste aus dem Umkreis oder der Ferne folgen, ein Geleit, bei dem sie wie Jackie Kennedy unter dem Schleier, der das ganze Gesicht bedeckt, hinter dem blumenbedeckten Sarg voranschreitet, an Ludwigs Arm, die asphaltierte Straße aus dem Kirchdorf hinaus zur Familiengruft.

Unter Tränen wie ein kleines Mädchen, das sich nicht selber ankleiden will, hatte sie wenige Stunden zuvor auf die geschickten Hände einer Freundin zählend im Schlafzimmer gestanden, vor dem Schminktisch neben dem Bett. Verwaist nun das ganze Bett, unberührt die blauen Kissen auch auf dessen rechter Seite, der Ingrid den Rücken zudrehte, während sie sich den Hut für den Schleier von den flinken Händen der Freundin aufsetzen ließ.

Wie im Modesalon, wo sie schneidern lässt, dachte ich, sagte Charlotte, wie bei der Hutmacherin. Die untadelige Kleidung ein Schutz, stimmig, perfekt, kein Makel, kein Stäubchen. Ich stand neben den beiden Frauen, stumm die Mutter, wortreich die andere, guckte in mich hinein, stand dort wie Luft. Keine Umarmung, keine Geste. Die nächste Phase der Zeremonie würde gleich beginnen. Ingrid drängte. Für mich dehnte sich die Zeit. Ich mochte sie nicht, und innige Berührungen hatte es zwischen uns beiden nie gegeben. Wir sind nie Arm an Arm gegangen, leicht plaudernd, wie es

Alexa mit ihrer Tochter Laura selbstverständlich tut. Ich habe Ingrid niemals bei der Hand gehalten, bin nie mit ihr über eine Wiese gerannt. Erst als sie wackelig wurde, gingen wir untergehakt spazieren, ich führte sie, half ihr über die Straße und in den Sessel.

Glaubte Ingrid, dass Wirkung sie schütze?

Frag sie, Alma, sie lebt noch, obschon ich bezweifle, dass sie die Frage begreifen wird.

Der Sarg, der in einem der Salons stand, ist hinausgetragen, in den schwarzen Mercedes verladen. Hugo fährt allein zur Kirche voraus. Charlotte erinnert sich an eines ihrer glimpflichen Gespräche mitten in der Nacht, bei dem er ihr vor dem Whiskyglas beschrieb, wie er sich die letzte, endgültige Zeremonie für sich vorstelle und wie er sie an einem Abend, ebenfalls bei einem Single Malt, handschriftlich festgelegt habe. Welche Bibelstellen er vorgelesen, in welcher Reihenfolge er welche Musikstücke wünschte, präzise aufnotierte, eine beinah hörbare Klangreihe, die von einem jungen Freund auf der Orgel gespielt werden solle. Nur für die Bach-Stücke, in denen sich Hugo nur unzureichend auskannte, überließ er dem jungen Mann die Entscheidung. Zum Abschluss wollte er Ravels *Boléro* hören. Diese Idee begeisterte mich, sagte Charlotte, ich musste lachen. Endlich ein Ausbruch, endlich ein gewagter Schritt, endlich eine zutiefst erotische, orgiastische Musik in dem hohen, ehrwürdigen Haus. Ich freute mich darauf. Es war wie ein letzter oder erster Fick mit Gott. Auf alle Fälle ein rauschhafter Abschied für den Vater.

Ingrid ignorierte Hugos Wunsch, von dem ich glaubte, dass er einer tiefen Sehnsucht entsprungen war, nicht bloß dem Spleen eines Glases zu viel in einer Nacht allein. Es gab nach der Aussegnung auch keine Trommel und kein Blech. Der Tote war nur Major der Reserve gewesen. Der Zug schritt stumm auf dem nackten Pflaster voran. Nur die Schuhsohlen klapperten.

Der Anwalt ist zur Testamentseröffnung erschienen. Durch Einheirat selber ein ambitionierter Landwirt, klärt er, da Hugo Ludwig zum Alleinerben eingesetzt hat, weder Charlotte noch Alexa über ihre Rechte als Schwestern auf. Ingrid schweigt. Der Anwalt liest das Testament vor, Ingrid, Ludwig und Charlotte lauschen.

Sollte einer meiner Erben dies Testament im Ganzen oder in Teilen nicht anerkennen oder anfechten, so soll der Betreffende nur sein Pflichtteil erhalten... Dieser Satz ist den Frauen gewidmet. In juristischen Dingen gänzlich unerfahren, fragt Charlotte nicht, wie denn das Verhältnis des Pflichtteils zu dem ihnen vom Vater offenbar zugesprochenen Geldbetrag sei, den der Anwalt nicht nennt. Sie ahnt nicht, dass die Formulierung eine Falle ist, eine Verdrehung des Verhältnisses, da der Pflichtteil bei dem immensen Besitz, den der Verstorbene an seinen Sohn vererbt, sich auf unendlich viel mehr belaufen würde, sie und Alexa, doch eigentlich auch Ingrid, also abgespeist werden. Der Notar macht von sich aus die Rechnung gar nicht erst auf. Auch Ludwig schweigt. Der Notar weist auf nichts hin, als ginge es ihm einzig und allein um den Erhalt des Besitzes – die ihm testamentarisch zugesicherten Prozente erhält er so oder so – und, da er der Familie lang verbunden ist, nicht die mindeste Störung dieses Verhältnisses, sondern seine Fortführung in ebendem Sinn. Auf Ludwig kann er setzen. Alexa kann dem Bruder, falls er übermorgen eines jähen Todes sterben sollte, ohne einen männlichen Erben gezeugt zu haben, als Nacherbin folgen. Charlotte ist expressis verbis davon ausgeschlossen.

Wer... anficht... wird... gesetzt... Ein bedrohlicher Satz.

Wer klagt und die Hand gegen den Vater erhebt, wird mit Herabstufung bestraft, wird sozusagen auf den Topf gesetzt. Das war mein Bild dafür, sagte Charlotte, wie ein Pop-up, die erste Erinnerung in meinem Leben. Ich sah zwei große Hände, die unter meine Achseln griffen und mich auf den Nachttopf setzten, von dem ich allein nicht wieder hochkam. Nur die großen Hände befreiten mich, wann immer ihnen danach war, und hoben mich im Hemdchen mit dem nackten Po und dem roten Pavian-Ring vom Rand des Topfes wieder auf die Beine.

Der Notar, seit Jahren für die Familie tätig, ergriff nur für Ludwig Partei. Auch Ingrid stand auf seiner Seite gemäß ihrer alten Parole des *Herrschet und mehret*. Das Muster lief über die Männer. Dabei hatte Hugo sie selber mit einer jährlichen Apanage von 15 000 DM, im Äquivalent 750 Scheffel Weizen, nicht gerade üppig bedacht. Zugesichert blieb ihr freies Wohnrecht auf Lebzeit. Heiratete sie wieder, entfiele alles. Bei der Bezeichnung ihres Anteils zuckte sie nur kurz zusammen, mehr wahr wohl nicht drin nach dreißig Jahren und all dem, was sie für den Betrieb und seinen Erhalt aus eigenen Mitteln beigesteuert hatte, stand für den Bruchteil einer Sekunde in ihrem Blick, ich sah es, sagte Charlotte, sie hatte sich aber sofort wieder in der Hand, so als habe sie nur eben eine Fliege von der rechten Wange weggewischt, die sie dort kitzelte.

Nach der Verlesung stand ich auf. Mochte nicht mehr sitzen, wo nun der Notar, Ingrid und Ludwig Tee tranken und Gurkensandwiches aßen. Alexa war gleich nach der Beerdigung ins Internat zurückgekehrt. Ich blieb im Salon, machte zwei, drei halbe Schritte nach links, nach rechts, auf das Fenster zu und zurück, stieß eine Stehlampe beinahe um, blieb dann stehen, der Situation nicht gewachsen, hörte, ein stumm lauerndes Augentier, dem Gespräch der drei am

Tisch mal deutlich, dann wieder wie durch Watte hindurch zu, stand am Fenster, presste den schweren Veloursvorhang gegen die Hautfalte zwischen Zeige- und Mittelfinger meiner rechten Hand und strich, wie die Haushälterin Ama es mit ihren knorrigen Händen tat, mit den Schwimmhäuten an den samtigen Stofffalten herab, wieder und wieder, um etwas von mir und meinem Körper zu spüren, eine Empfindung von etwas intensiv Feinnervigem und Zartem, die in der Unfasslichkeit der Situation von der Haut ausging, mir allein gehörte und nicht bloß Reaktion auf die anderen bei den *cucumber sandwiches* war. Ich sah hinaus auf die hohen Rhododendren, hinter denen wir uns vor den Greiffenseer Cousinen versteckt hatten. In die beiden alten Blutbuchen waren wir geklettert, Ludwig und ich. Um die Wette, wer von uns es schneller auf den weit ausladenden Ästen hinauf und wieder hinunter schaffte.

Ludwig entfuhr, als er hörte, er sei vom Vater zum Alleinerben erklärt, unwillkürlich in meine Richtung – wie ein Furz – ein Satz, den er später niemals mehr hätte denken, geschweige denn zugeben mögen: Ich habe das Gefühl, als hätte ich ihn bestohlen.

Es war anders. Der *Sachverhalt* war ein anderer, ganz konkret: Er hatte Hugo zwar überlebt, doch die Schwestern, sogar die Mutter bestohlen. Darüber wurde nie gesprochen.

Ist Gott nun zufrieden?, fragte ich mich, wieder eine *Seele* zu sich geholt zu haben, *heimgeholt,* wie es in Pastor Vreedes Worten salbungsvoll hieß, die meines Vaters, der ein so einseitiges, ungleiches – altes – Testament hinterlassen hatte. Konnte Gott überhaupt zufrieden sein? Und wie sah sein Heim aus mit den Seelen ohne Körper? Und war nun Hugo zufrieden und trank nicht mehr?

Fast sprengte mir der Ansturm der Gedanken den Kopf. Wie konnte es sein, dass Ludwig und ich, die mehrere Jahre das Kinderzimmer geteilt, den Wechsel von Kinderzimmer zu Kinderzimmer, den Wechsel von Land zu Land, auch in das andere Land jenseits des Meeres, gemeinsam erlebt hatten, bis die Internate, später die Studien in verschiedenen Städten, ich in Berlin, er in Freiburg, Schritt für Schritt uns in unseren Lebensentwürfen trennten – wobei er ja nur in die alten Fußstapfen zurückrutschte –, dass unsere frühere starke Verbundenheit durch den letzten väterlichen Willen zu derart unterschiedlichen Enden gestoßen wurde, die uns, wie ich tief in mir spürte, für immer voneinander abrissen, wenn Ludwig sich nicht dagegenstemmen, sondern zulassen und ausführen sollte, was das Testament sagte? Würde er es ausführen, wäre es die erschreckende Entdeckung, aus wie vielen fremden Teilen ein Mensch gebildet ist, der eigene Bruder, der die Dinge ausschließlich zu seinen Gunsten akzeptiert und an sich nimmt. Durch eine simple Unterschrift war ihm ein Riesenbesitz in den Schoß gefallen. Ludwig wurde Multimillionär. Wir anderen gingen leer aus.

Er verrückte die ihm im ersten Schock entfahrenen Worte auch sehr bald in ein anderes Fahrwasser, in den Triumph, der ihm den väterlichen Willen als Befreiungsschlag von den Schwestern und der Bevormundung der Mutter zu feiern gestattete. In Form von Rache des Vaters und des Sohnes an Mutter und Schwestern. Charlotte war ihm immer vorgehalten worden. Saß sie ihm doch vor der Nase als schnellere, intelligenter, geschickter, in vielerlei Hinsicht begabter. Ingrid hatte beide zum Leistungsansporn in Konkurrenz gesetzt, gegeneinander ausgespielt. Und sie hatten sich wie Steine oder Figuren eines Spiels, ohne zu wissen, was mit ihnen getrieben wurde, im Sinne der mütterlichen Einflussnahme bewegen und trotz Meuterei letztendlich gehorsam benutzen lassen.

How dothst thou love me? King Lears Frage hatte entschieden und war, wie nicht anders vorauszusehen, auch ihrer Selbsteinschätzung zuvorgekommen.

Ingrid saß mit grauer Miene am Tisch. Die Maske mühsam aufrechterhaltener Contenance verbarg kaum, was sie konsternierte und nicht begriff. Wieso war gerade sie bei der Verteilung des Erbes am schlechtesten weggekommen? Belohnung der Liebe? Vielmehr Befolgung der Konvention. Späte Rache keimte auf. Wie lange schwelte sie schon... Eine letzte kleine Strafhandlung, weil sie eines Nachts für immer aus dem gemeinsamen Schlafzimmer ausgezogen war...

Der Passus, der mich als Nacherbin ausschloss, setzte mir nur in seiner Endgültigkeit zu, durch den Tod. Das Dokument vor Augen, unterschrieben von der väterlichen Hand, amtlich besiegelt. Gut. Wir waren heillos zerstritten, dachte ich in meinem Selbstgespräch mit dem Vater am Fenster, ich will dich nicht wiedersehen, Hugo. Ich habe dich nicht wiedergesehen. Ich weiß nicht, was du gewollt hast. Mein *Tür zu* hast du mit deinem *Tür zu* beantwortet.

Eine Freundin sagte mir später, Hugo habe den Kontakt am Ende doch wieder gewollt. Offenbar nur nicht gewusst, wie. Jedenfalls hat mich keine Nachricht von ihm je erreicht.

In bestimmten Momenten drängen sich in einem unwillkürlich willkürliche Bilder auf. Als ich damals am Fenster in den sonnenbeschienenen, frühherbstlichen Park hinaussah, sah ich die väterliche Hand *d'outre-tombe* sich gegen mich erheben, immer noch sehe ich sie, eine gewaltige Hand aus einem auf mich niedersausenden, schwarzen, vernichtenden Kriegermahnmal. Diese Hand vereinigte sich nun mit der des Bruders, der sich, endlich mächtig genug, an mir zu rächen begann. Im Namen der Väter. Das war das Band, das wiederum Ingrid, bei aller Kritik am Sohn, mit ihm verband. Ludwigs Fehler, eher Mängel, die sie umzubacken versucht hatte, hatte der Ofen der *éducation sentimentale* nicht korrigiert. Zu dem formvollendeten, seiner selbst bewussten Gentleman, wie Ingrid ihn sich wünschte und er in Willos Sohn Otto, Ludwigs Freund, ihr auf zwei Beinen entgegenspazierte, ist er nicht geworden. Zu fest umschloss Ludwig die Gussform der Konvention. Jetzt platzte die Form auf. Bekam erste Risse.

Charlottes Auseinandersetzung mit dem Vater hatte zuletzt auf dem Hochseil stattgefunden, das schließlich gerissen war. Ihre Ansichten hielt Hugo von vorneweg für verblendet, ohne auch nur zu ahnen, wo ihr Standpunkt innerhalb der studentischen Fraktionen und ihrer Flügelkämpfe lag, verschwendete keinen Gedanken daran, ob er nicht vielleicht gänzlich außerhalb ihrer Strömungen angesiedelt sein könnte. Allein dass sie eigene Wege ging und sich als Linke bezeichnete, genügte, um sie abzukanzeln. Besitz zum Beispiel war keine diskutable Größe. Ebenso wenig das Privateigentum an Produktionsmitteln und die Vergesellschaftung der Schulden. Diskussion bedeutete nicht auch zugleich Umsturz oder Verhältnisse wie hinter Mauer und Eisernem Vorhang, allerdings aber die Frage nach einer anderen, gerechteren Gegenwart und Zukunft beispielsweise, nach einer anderen Lebensweise. Was war, ist gewesen und gehörte nicht infrage gestellt. In Hugos Denksystem herrschte die normative Kraft des Faktischen, als gäbe es keine Veränderung, wo das Leben doch allerorten und bis ins Kleinste aus Veränderung bestand. Selbst die Natur, in der er lebte, bewies es ihm Tag für Tag.

Bekanntlich gibt es keine absoluten Wahrheiten im Denken. Ich will aber meine Meinung sagen dürfen. Das ist alles.

Gesteh mir diese Freiheit zu, räume sie nicht beiseite. Ich bin deine Tochter. Denken macht Spaß. Warum verbietest du es dir? Mir wirst du es nicht verbieten, nicht verbieten können.

Er, der extrem empfänglich war für weiblichen Charme, fürs Leben gern flirtete, weil er fand, dass diese Form die einzige sei, mit Frauen umzugehen und seiner Ehe nicht die Treue zu brechen, sich zugleich aber auch wie ein Freier zu fühlen, vermisste den gewohnten töchterlichen Charme während dieser Dispute, in denen Charlotte ernst und scharf ihm widersprach, und da er nicht minder abhängig war von weiblicher und vor allem töchterlicher Anerkennung, setzte gewöhnlich ein Zornesausbruch ihren Wechselworten, ihren Wortwechseln ein Ende. Sie sei unweiblich, musste sich Charlotte sagen lassen, undankbar, seiner als Vater nicht würdig. Und sie dachte, zitternd unter diesen Ausbrüchen: Zorn und Neugier auf die Welt gehen nicht zusammen. Wer außer sich ist, formuliert nicht in logisch geordneten Sätzen.

In welche Kröte, fragte Hugo sich in den einsamen Nächten in der Ahlefelder Bibliothek, wenn er dort vor sich hin sinnierte, hatte seine Tochter, die so hinreißend so adrett so geglückt anzuschauen war, dass er am liebsten jeden Abend zur Verjüngung seiner selbst mit ihr getanzt hätte, sich im Laufe weniger Jahre verwandelt, dass aus ihrem schönen und zarten Mund nun Worte wie *Gesellschaft*, *Klasse*, *Klassengesellschaft*, *Veränderung*, *Habenichtse* und *Revolution* zu hören waren? Fleisch seines Fleisches. Der Teufel war in sie gefahren. Und der Teufel war nicht schwarz. Der Teufel war rot.

Mir fällt Groucho Marx ein, sagte Carlo, sein herrlicher Witz: Er ist wie immer in Eile, drängelt, tritt jemandem auf die Füße und so weiter, bis ihm einmal hinterhergerufen wird: He, Mann, können Sie sich nicht entschuldigen, haben

Sie keine Klasse? Nein, bedauere, ruft er zurück, ich habe sie im Klassenkampf verloren.

Ingrid hielt sich nur scheinbar heraus. Sie nahm nicht für die Tochter Partei, sie stand auf der Seite des Mannes. Sie ging früh schlafen. Wenn Ingrid längst träumte, lautete abschließend Hugos borstiger Satz: In meinem Haus dulde ich keine Opposition.
Wie ich sehr wohl bemerke, konterte Charlotte, trotzdem schließe ich mich deiner Meinung nicht an. Sie zog die Konsequenz. Konsequent zu sein, hatte Hugo sie früh genug gelehrt, hieß, sich aus seinem Haus zu entfernen. Ich will dich nicht wiedersehen, murmelte sie, als sie ihre Schlüpfer, Unterhemden und Socken in den Koffer stopfte. Hugo. Ich packe mein Leben hier ein. Vollziehe jetzt den Schritt, den ich seit dem ersten Schrei hier zu vollziehen vorhatte.

Sollte sie nun gegen ihn die Hand erheben, wie er sie gegen sie erhob in seinem Letzten Willen? Wo er sich nicht mehr wehren konnte? Schon im Ansatz dazu sank ihr der Arm herab. Sie hätte sich auf seine Ebene begeben. Hätte für die Aufrechterhaltung vergangener Werteordnungen gekämpft. Ihr Leben, ihre Vorstellung vom Leben hatten nichts damit zu tun. Ein Gefühl hoffnungsloser Traurigkeit befiel sie dennoch bei dieser Einsicht, die nicht nur die Vergeblichkeit, eine gemeinsame Sprache zu finden, umkreiste. Und den Abschied. Etwas war unwiederbringlich vorbei, was immer sie nun machte. Tür zu. Und hier, in ihrem Elternhaus, Tür zu. Doch standen ihr andere Türen offen, sogar mit weiten Flügeln. Sie würde nicht für Vergangenes kämpfen, nur für das, was sie als wertvoll akzeptierte.

Nur eine Klausel legte Ludwig eine Barriere in den Weg, falls er keinen legitimen Erben produzierte, könne das Reich auch in weibliche Hände übergehen. In Alexas weibliche Hände, wenn er nicht Mittel und Wege fände, die jüngste Schwester irgendwie doch auszuschließen. Vergiften konnte er sie nicht. Ein Sohn musste her. Doch dazu brauchte er erst einmal eine Frau. Er kannte noch keine, die er hätte heiraten wollen, war der Person noch nicht begegnet, die es mit Ingrid aufnähme und eine ständige Auseinandersetzung mit ihr riskierte.

Unter dem Schock des plötzlichen Todes war Ingrid zu keiner Herzensregung fähig. Sie umarmte nicht einmal ihre Kinder. Sie wollte umarmt sein. Ingrid tröstete nicht. Sie wollte getröstet werden. Freundinnen, die zur großen Trauerfeier angereist waren und einige Tage in Ahlefeld blieben, übernahmen das. Ingrid war sich selbst Mittelpunkt. Das war schon immer so gewesen, nur, dass es sich jetzt unter dem Brennglas der Ereignisse in vielfacher Vergrößerung zeigte. Sie fragte Ludwig nicht, wie er sich zu Hugos Verfügung ihr gegenüber stelle nach allem, was sie freizügig und ungefragt aus eigenem Vermögen zur Vermehrung des Ahlefelder Besitzes beigesteuert hatte, über viele Jahre hinweg. Und Ludwig verlor ebenfalls kein Wort darüber. Er ging in viel zu großen, ihm an die Füße geschmiedeten gläsernen Schuhen und schwieg.

Hugo hatte in Momenten äußerster Offenheit, nachts, wenn er monologisierte, als traute er sich erst in besäuselter Stimmung, über Ludwig zu reden, dessen Kompetenz infrage gestellt, er sei dem Ganzen nicht gewachsen, das er ihm hinterlassen würde, und auf diese Weise, mal heimlich, mal offen, mal leise, mal dröhnend, die eigene Führungsqualität herausgestrichen.

Das tun die meisten Väter, das ist Programm, rief Carlo dazwischen, was glaubst du, wie oft mein Vater über mich hergezogen ist, ganz offen, ich war sein einziger Sohn – bin es ja immer noch –, ein Nichtsnutz, Tunichtgut, Faulenzer, Versager und so weiter, er hatte eine ganze Palette für mich auf Lager. Väter machen Söhne fertig. Es war wahrscheinlich einfallslos von mir, dass ich Arzt werden wollte, Internist wie er, ich lieferte mich ihm mit der Breitseite aus, er traute mir nichts zu. Ich hätte mich besser auf Mathematik verlegen sollen. Väter!

Ein mörderischer Kampf um Erbschaften toter Seelen auf die feine, raffinierte, oft absolut glatte, nach außen hin unbekümmerte Weise.

Vielleicht wusste Ludwig im Stillen, dass er dem väterlichen Verdacht nur entkommen könnte, wenn er den Großteil des gewaltigen Erbes wie unter unerträglichem Druck einmal verschleudern würde. Es war zu verlockend, um den Reiz nicht tatsächlich auf die Probe zu stellen. Die Verführung, ja, ich kann alles. Diesem Kitzel müsse man nachgeben. Und vielleicht bedeutete es, wenn er es tun würde, das Ausscheren aus der Gussform des väterlichen Korsetts, die Befreiung. Obschon er kein Spieler war. Ein Spieler weiß um das Maß, selbst wenn er sich immer mal selbst überlisten will.

Wie auch immer. Es war, als läge in diesen wenigen Tagen im Oktober eine besondere Klarsicht über den Ahlefelder Dingen, wie bei Föhn, die sie für die Zukunft deutlich und in ihren Konturen schärfer zeichnete. Als würde etwas ohne Mühe sichtbar – die Lostrennung vom Bruder, dem Charlotte, wie sie es heute sieht, doch wohl niemals bleibend nahgestanden hatte, was sie in ihrem Leben bewog, sich immer wieder Wahlbrüder zu finden.

Sie fand erstaunlich, und damit, mit dem Blick, begann schon die erste Entfremdung, dass Ludwig sich nicht wehrte, wie er die feudale Gesellschaft mit ihren Spielregeln vorbehaltlos akzeptierte und übernahm, so als gäbe es in ihrer jüngsten Geschichte – Nazitum, Krieg, Nachkriegszeit – keinen Bruch, keine Verschiebung in den Gewichtungen, nicht einmal ein Fragezeichen. Er übernahm das Muster so vollständig und höhlte es Jahre später, als er mit dem Betrieb nicht klarkam, den Hugo zu einem landwirtschaftlichen Muster- und anerkannten Ausbildungsbetrieb im Austausch mit texanischen Farmern hochgestemmt hatte, bis zu seinem – letztendlich noch abgewendeten – Bankrott aus. Als wollte er endlich an Grenzen stoßen, um zu wissen, woran er sich rieb.

War das nicht seine Freiheit, die Freiheit seiner Wahl?, fragte später Laura, Alexas Tochter, die Jurastudentin. Was regst du dich darüber auf, Charlotte? Und reagierst sentimentaler und sogar adliger als er. Du hast den Besitz nicht geerbt, also hattest du auch nichts zu verschleudern. Ein jeder kann in unserer Gesellschaft, was ihm gehört, da es ihm gehört, verbrennen, und seien es Millionen DM, Franken oder Dollar. Selbst was einem nicht gehört, lässt sich milliardenfach verbrennen, sieh dir die Banken an, wie sie spekulieren nach dem Motto: *Never spend your own money.* Nie die Party selber schmeißen. Um das zu erkennen, muss man nicht Jura und Betriebswirtschaft studieren. Hugo hätte sein Erbe auch verscherbeln und sich mit dem Erlös nach Mauritius oder auf die Seychellen für ein beschauliches Leben oder Lebensende absetzen können. Aber nein, er hielt sich an die Tradition, da er ein Sohn ist und einen Sohn hatte.

Ludwig allerdings reduzierte seinen Reichtum, statt ihn zu mehren, hinunter auf die Ebene einer Selbstbedienungsanlage mithilfe seiner Frau. Das war sein gutes Recht. Und war nur die Kehrseite derselben Tradition, so wie zu einem Plus ein Minus gehört. Er gönnte sich alles, wonach ihn oder die Frau gelüstete. Und er brachte sein Erbe durch, zumindest einen großen Teil davon, dazu war es da. Wer oder was verpflichtete ihn, fragte Laura, das Ganze nicht aufzuzehren? Er reiste um die Welt, befuhr die Meere auf den großen Kreuzfahrtschiffen, ging auf Fotosafaris. Wieso sollte er sich einem Sohn verpflichtet fühlen? Das ist bloß Geschwätz der Politiker, *die nächste Generation* und so weiter, wir seien ihr verpflichtet, was nichts anderes nach sich zieht, als ihr gigantische Schulden aufzubürden. Weshalb Geld an Arme in Afrika verteilen? Wenn er den gesamten Besitz verkauft und in die Wüste zieht, würde ihn niemand daran hindern können. Mich hat er nie zu sich eingeladen, nicht einmal auf eine Tasse Tee, Charlotte, und das ist schon enorm, nicht die kleinste Geste – in das Haus, in dem du aufgewachsen bist und meine Mama ja auch. Sie leidet noch immer an der alten Kränkung. So ist Ludwig. Laura lachte und provozierte Charlotte: *Ich lieg und besitz: lasst mich schlafen.* Er verhält sich wie Fafner mit dem Nibelungengold.

Ludwig fühlte sich bedroht von seinen Schwestern. Ihr Wesen war ihm zu frei. Sie hatten, so wie er, die Spielregeln der Herkunft so gründlich gelernt, dass sie sie nie wieder vergaßen, und brachen aus ihnen aus. Ihm wurden sie zur zweiten Natur. Das war zu viel für ihn. Sie aber schafften den Schritt. Reifliches Nachdenken, Auflehnung und Revolte. Die Regeln nicht länger als unverrückbare Maßstäbe akzeptieren, sondern sie sich nützlich, dienstbar machen, über sie verfügen. Sie konnten sich ihnen anpassen oder auch nicht, sie nach Belieben anwenden oder ihnen entfliehen. Sie erstickten nicht daran. Ihre Fantasie, ihre Neugier auf ein Leben, das auf sie zukam und weder festgelegt noch festlegbar war, machten Ludwig Angst. Da hielt er die Schwestern lieber auf Abstand und aus allem, was ihn persönlich betraf, heraus, um wie in seiner Berghöhle der Drache den Schwanz alle paar Jahre zu wälzen, ansonsten im Vollbesitz des Goldes weiter gemütlich zu ruhen.

Ingrid hatte nach Hugos Tod Aufstiegspläne für Ludwig im Sinn, wie sie sie auch für Charlotte gehegt hatte, die gesellschaftliche Leiter hinauf durch Einheirat. Die Auserwählten für die Tochter waren aus dem Kreis ehemaliger Freunde.

Ich aber wollte nicht Ingrids Abfälle, sagte Charlotte. Ich wollte nicht ihren Geschmack. Ich wollte in keine Fußstapfen treten. Und auch Ludwig hatte anderes im Sinn.

Nach einer gewissen Phase der Ernüchterung beschloss er, von der mütterlichen Bahn abzuweichen und ins Ungewisse auszuscheren, das Korsett aufzuschnüren und auf der gesellschaftlichen Leiter abzusteigen, weil es in den Niederungen des Lebens einfacher zuging und schlichtweg lebendiger war. Bei seinem Reichtum, der so groß war, dass es praktisch keine Rolle spielte, ob man sich gerade mal nach unten oder nach oben bewegte, fand er leicht Diener für seine Wünsche. Eine Frau, eine ehemalige Stewardess der Linie, mit der Hugo so gern geflogen war, eine Holländerin, patent, praktisch, zupackend, nicht zart und scheu, nicht auf den Mund gefallen, die die Robustheit oder Vitalität besaß, an der es Ludwig mangelte, alles zu verdrängen, zu beseitigen und zu entfernen, was ihr nicht passte. Iris. Sie kam aus Leeuwarden im Norden der Niederlande. Sie hatten sich beim Après-Ski in den französischen Alpen kennengelernt. Eine waghalsige Skiläuferin, die vornehmlich Schuss fuhr.

Und die kühl zusah, wie Ingrid ihr den Weg frei machte und auszog. Wie die Schwestern hinausgeworfen wurden, zuerst aus ihren angestammten Zimmern, den Jungmädchenzimmern, danach ganz aus dem Haus. Und das Leben im Schloss hielt Iris auf kleiner Flamme warm. Nur der Vorgarten für die bunten Zwerge wurde zu einer kleinen Allee, wunderbar lebendig. Der Hintergarten fürs Petersilienbeet ein Park mit üppigen Rosenbeeten, Rhododendren und uralten Bäumen. Hugo war tot.

5

Wenn sie mehr über die Vögel wissen wolle, müsse sie nach Buchholz zum Großonkel und zur Tante hinüberfahren, hatte ihr die Großmutter vorgeschlagen. Sie tat es dann später oft, so oft, dass Stefanie eifersüchtig wurde. Hör mal, Alma, sagte Willo, der sonst viel aus den antiken Sagen erzählte, hör dir einmal den Reichtum im Vogelgesang in unserer Sprache an. Die Amsel flötet. Der Buchfink schlägt. Die Goldammer hämmert. Die Nachtigall schlägt und schluchzt. Der Rohrspatz schimpft. Die Lerche singt. Der Storch würde gern klappern, und er klappert. Lachst du nicht? Gut, ich auch nicht. Der Kranich trompetet. Die Wachtel schlägt und ruft. Wenn aber Adler schlagen, töten sie andere Adler, Falken, Habichte, alle möglichen Greifvögel sogar in der Luft, dass der Himmel voller Federn ist. Das Kuckucksweibchen lacht in glucksenden Tönen. Der Wiedehopf hupt, und wenn er dreisilbrig *u-pu-pup* balzt, ist er erregt. Krächzt gedehnt und rauh. Die Jungen betteln um Futter mit sehr hoher Stimme *sieh-zieh, sieh-zieh*.

Eines Tages wirst du die Reihe selber vervollständigen. Weißt du, wie das Perdix ruft? Es schnarrt *girrhäk* frühmorgens und abends, und wenn es mit anderen Hühnern Kontakt aufnehmen will, ruft es *grrriweck* und *kirrik*. Ich sollte mit der Rebhuhn-Jagd endlich ganz aufhören, der Bestand geht rasant zurück. Landwirte setzen zu viele Düngemittel ein, Herbizide und Insektizide, das vernichtet ihren

Nahrungsraum, außerdem sollte man die Stoppelfelder nicht sofort umpflügen. Sie picken dort gern nach Körnern in den liegen gebliebenen Ähren. Ich mache es ja mit den Düngemitteln nicht anders, dein Onkel ist ein schlimmer Mensch.

Als Alma siebzehn war und der Onkel *ihre lieblichen Reize*, wie er sagte, betrachtete, ob sie es zulasse oder nicht, es ihr peinlich sei oder nicht, er tue es nun einmal und lasse sich davon nicht abhalten, ihre vollendete Gesichtsform, ihre Haarfarbe, die rehbraunen Augen, ihre straffe, rosige, junge Haut und ihre schlanke Gestalt, sagte er und wechselte ohne jeglichen Übergang zu ihrem unterbrochenen Gespräch zurück. Und die Bekassine? Was macht sie?

Ich weiß nicht, sagte Alma. Ich habe nie eine gesehen, nie eine gehört.

Als sie so jung war wie Alma jetzt, hatte Stefanie viele gesehen. Ernst August schoss sie in Ahlefeld und Greiffensee und auf Jagden bei Freunden und verzehrte sie mit Vorliebe. Auch Almas Mutter Cäcilie hatte sie als Kind in Ahlefeld erlebt, wenn der Großvater sie auf die Jagd mitgenommen hatte. Später dann kaum noch, einige wenige Male nur in der Abenddämmerung an Frieders Seite auf den sumpfigen Wiesen, die inzwischen von Theissen bewirtschaftet wurden, ohne mehr auf den Bekassinenstrich gehen zu können, weil dort keine mehr einflogen.

Sie meckert, die Bekassine, sagte Willo. Deshalb heißt sie auch Himmelsziege, lebt in Wiesen und Mooren und verliert durch uns mehr und mehr ihr Zuhause wie das...

Perdix, sagte Alma jetzt wie aus der Pistole geschossen. Beide lachten.

Werde niemals eine Himmelsziege, mein Kind. Ziegen, auch die des Himmels, sind stößig, sind stur, und sie...

Ich werde mir Mühe geben, sagte sie.

Und du hast sie dir gegeben, sagte Carlo.

Wann soll das gewesen sein, in welcher Vergangenheit? Wir sind noch im Anfang, *tesoro*, mit uns, mit allem. Du kannst mich morgen verlassen. Ich kann dich morgen verlassen.

Und die Amsel?

Die Amsel zetert bei Erregung.

Und die Drossel?

Die schnackert, und sie singt oft im Flug.

Und was hat dir Willo noch hinterlassen?

Alma legte die Stirn in Falten, ihre Gesichtshaut färbte sich dunkler. Einen Wunsch. Eine Warnung, dass ich ihn als Landwirt wegen des Aussterbens vieler Vogelarten einmal hassen könnte. Ich wählte die Grünen, das wusste er, er wusste aber nicht, was das war, zu neu für ihn, zu unklar.

Eines Tages schlug er einen alten Folianten in seiner Bibliothek auf und reichte ihn mir. Geh vorsichtig um mit dem Buch, sagte er. Es ist eine Rarität.

Fuggers Zeitungen, S. 64, Die Fahrt der Indienflotte Abb. IX 'Abbildung etlicher Vögel und Fische/so den Schiffen unter Wegens in Indien auffstossen. Rikola Verlag, 1923 Wien Leipzig München

Den Schiffen, so in Indien reysen, pflegen mancherley seltsame Vögel auffzustossen/als nemlich die Vögel Garanyos, welche so groß seynd wie eine Hänne. Item die Vögel Rabos de Juncos, welche ein langen schmalen Schwantz haben un seynd gantz weiß in der Grösse einer Tauben. Item die Vögel Rabos Forcados, welche gemeiniglich gantz schwartz seynd unnd ein Schwantz haben einer Schneider Scheren gleich, den sie im fliegen auff unnd zuthun. Deßgleichen finden sich auch mancherley Fische als Albacores, Bonitos, und andere, insonderheit aber werden gesehen viel fliegende Fische, die sich auß dem Wasser erheben und davon fliegen, wann sie voon andern Fischen verfolgt werden, werden aber von obengemelten Vögeln in dem sie fliegen ergriffen und gefressen.

(Frankfurt, 1600)

6

Von einem Gartenfest in frühsommerlicher Wärme *im Schoß der Familie* ist ein Gruppenfoto übrig geblieben. *Schoß* als Hohn. Eng stehen sie zusammen, und der Fotograf hat sie, um den Bildausschnitt hinzubekommen, tribünenartig hinter-, neben- und voreinander auf die schmalen Treppenstufen gereiht, nein, gedrängt. Stefanie, Frieder, Pauline mit zwei Kindern und noch ohne Karim, mit dem sie heimlich zusammenlebt, Cäcilie mit Alma, Anna, Ingrid, Hugo, Ludwig neben Willo, Willo neben Brigit, Annalisa und Christian stehen extrem eng hinter-, neben- und voreinander, um von der Freitreppe links und rechts nicht abzustürzen. Nur Stefanie und Frieder, das Jubelpaar auf der untersten Stufe. Sie sind einander nicht nah, keine verbindende Geste zwischen ihnen, kein theatralischer Kuss, keine Umarmung. Stefanie bis auf die Knochen erschöpft, ernst, ja trüb, sie wirkt deutlich älter, als sie ist. Grimmig, barhäuptig, verloren steht sie da. Der Fotograf hat es nicht erkannt, hat abgedrückt, ohne ihr ein *Gräfin: Cheese, please!* zuzurufen. Ihre Haare sind schütterer geworden. Auch Pauline, Cäcilie und Anna haben kein Gebinde auf dem Kopf. Annalisa und Ingrid tragen ausladende Hüte ohne Farbe auf dem Foto in Schwarz-Weiß, aufgenommen um die Pfingstzeit. Sie müssen also samt ihren Schleifen pastellfarben, rosa, gelb, türkis oder hellblau sein, den Frühling feiernde Farben. Alte Hüte, die für dieses eine Mal von den hölzernen Knäufen aus dem

Schrank genommen und dann wieder für Jahre zurückgehängt wurden. Erst Laura, die Hüte liebt, würde sie wieder hervorholen anlässlich der Feier ihrer Promotion zur Doktorin der Rechte, ein Jux wie aus dem Kostümverleih, verspielt, lasziv und lächelnd. Neben Stefanie stehen Willo und Brigit mit genauso nichtssagendem Blick. Ein schlechter Fotograf. Fanny steht neben der Köchin und Herrn Gutbrodt, Hannes, der Willo und Brigit zum Fest gefahren hat, neben Fanny. Erst zu Hause würden sie sich über das missratene Bild mokieren. Alexa ist nicht auf dem Foto, zu dieser Zeit studierte sie in Amerika. Auch Charlotte fehlt, war gar nicht erst eingeladen.

Die Frage ist, wer das Foto haben will.

Allen Abgebildeten werden Abzüge zur Erinnerung an sich selbst und den Anlass der Zusammenkunft, Silberhochzeit, ganz eisern, zugeschickt. Silberhochzeit, eine gute Weile vor der goldenen, zu der es nicht kommen wird. Die einen stellen das Bild auf der Konsole auf, andere kleben es in ein Album ein, und wer nichts damit anzufangen weiß, legt es zwischen andere Papiere und vergisst es, lässt es vergilben, es wird nostalgiebraun, nostalgiegrau, blass wie ein Foto aus dem achtzehnten Jahrhundert. Das wusste Stefanie.

7

Einmal radelte Pauline, die künftige Erbin, zu Großbauer Theissen rüber, um ihn zu fragen, ob sie hin und wieder, wenn sie mal in Ahlefeld sei – was immer seltener der Fall war, weil es gar kein Zuhause mehr für sie war –, seinen Wallach besteigen und über seine Felder reiten dürfe. Sie dürfe, hieß es, und er nahm sie auch noch zur Seite: Wir kennen uns doch lange genug, Pauline. Ich will euch nicht reinreden, sagte Theissen, versteh mich, aber dein Vater ist kein guter Wirtschafter. Vielleicht ist er nur ungeschickt, euer Verwalter übrigens auch. Ich will ihnen nicht zu nahe treten. Aber ich weiß, du weißt es, dass demnächst die Autobahn gebaut wird. Der Staat ist mächtiger als auch der größte Landbesitzer, und er kann sie jederzeit enteignen. Dazu brauchen wir nicht die DDR, versteh mich, Pauline, das klappt auch hier bei uns per Federstrich. Im Handumdrehen, nach westlicher Machart. Wenn die Straßenführung festgelegt ist, kann man den Staat eine Zeit lang bekämpfen und ihm den Prozess machen, doch am Ende siegt er immer, das ist klar, weil es um übergeordnete Interessen geht und er von seinem Konzept nicht abrückt, wie beschissen es auch ist, versteh mich. Und du verlierst dein Land. Weil es der Staat haben möchte. Erinnere dich, als die Nazis ... er brach ab. Kannst dich ja nicht erinnern, wie die zu ihren Autobahnen kamen. Dich gab es damals ja noch gar nicht. Hier auf eurem Gelände befindet sich eine unausgeschöpfte Kiesgrube. Auf meinem Gelände auch. Wir grenzen sozusagen aneinander. Ich habe bereits einen Vertrag mit der Baufirma unter Dach und Fach. Verstehst du mich? Unter Dach und Fach! In anderthalb Jahren geht's mit den Erdumwälzungen auf meinem Gelände los.

Pauline verstand den Wink, doch noch führte sie das Gut nicht. Das Gut führte einstweilen noch ihre Mutter.

Per Federstrich, sagte sie. Mutter könnte ja das betroffene Gelände verkaufen, all die Felder und Wiesen, wo die Autobahn durchgehen soll, aber das will sie partout nicht.

Wenn sie mit dem Staat pokern würde, wär's ja in Ordnung, sagte Theissen, sie tut es aber nicht, sie hängt in irgendwelchen Sielen in ihrem Kopf fest.

Ich weiß.

Sie stellt sich quer, ein störrisches Fohlen. Hätte ich das Glück wie sie – aber mein Land liegt zu weit abseits, ich hätte die Chose längst hochgespielt. Und zwar mit Vergnügen, sagte Theissen, und ziemlichen Gewinn gemacht. Er grinste, mit dem allergrößten Vergnügen, und wiederholte es nochmals: mit dem allergrößten Vergnügen, ja, ja. Und fuhr sich durch den Dreitagebart und kratzte sich am Kinn.

Pauline erzählte Frieder von der Kiesgrube, der Autobahn und vom Staat. Frieder war aber nur noch mit der Scheidung beschäftigt. Es wird jetzt getrennt, und Papa ist weg, sagte er, sobald die Entscheidung der Rota durch ist. Was sollte ihn da noch die Rettung ihres Gutes interessieren, das niemals seines geworden, niemals seines gewesen war und auch vom Gefühl her niemals hätte seines werden können. Sie hatten Gütertrennung vereinbart, Stefanie hatte es so gewollt, und sie wollte die Scheidung. Sie nahm von ihm seit Längerem keinen Rat mehr an, keine Vorschläge, seine Direktiven waren nicht mehr gefragt. Er würde vom Bau der Autobahn nicht profitieren, und den Töchtern wünschte er andere Wege, ein anderes Leben.

Sein eigenes, vorherbestimmtes Gut hatte Frieder verloren, ehe er es hatte in Besitz nehmen können. Die Russen, *die Roten*, wie sie in Kriegszeiten hießen und heißen, hatten es ihm genommen, indem sie die polnische Grenze weiter nach Westen verschoben. *Fait accompli* seit den Ostverträgen. Jetzt lag es auf polnischem Grund. Warum also sollte Stefanie nicht auch ihren Grund und Boden verlieren? Was war an all den Transaktionen denn schon gerecht, und war nicht alles wandelbar? Sie hatte ihre Ländereien geerbt. War das gerecht? Waren die neuen Grenzziehungen, Auslöser für den Kalten Krieg, gerecht? Der eine behielt und der andere nicht. Dass Stefanie den Besitz an eine der Töchter vererbte und nicht an alle, war auch nicht gerecht. Der Vertriebene in ihm meldete sich zu Wort. Er war gekränkt, zornig, fühlte sich auf die Straße gesetzt. Nein, nicht ganz, bloß vor die Tür. Er hatte wohl vergessen, gar nicht daran gedacht, dass es, wenn es hart auf hart kam, auch bei einer Frau aus alter Familie nicht um liebende oder liebliche Gefühle ging. Und nicht einmal um das Gegenteil, nicht um Herzensverachtung, sondern um Tacheles, das Materielle. Nicht Frieder hat gekniffen.

Der Umzugswagen stand vor der Freitreppe. Stefanie war beim Friseur in der Stadt, danach wollte sie den teilweise bereits fertiggestellten neuen Autobahnabschnitt ausprobieren und zu Annalisa fahren. Frieder zeigte den Packern seine Habe. Tisch und Schreibsessel, die er mit in die Ehe gebracht hatte. Alles andere bleibt da, nur noch der Inhalt des Waffenschranks, die beiden Büchsen mit dem Grafenwappen auf dem Abzug. Ein halber Vormittag und der Umzugswagen fuhr wieder weg.

Dreißig Jahre hatte er hier gelebt, nach dreißig Jahren

zog er aus. Er könne doch froh sein, müsste ihm sein Verstand sagen, eine Ehe ohne sonderliche Risse, Verletzungen, ohne Seitensprünge oder Liebeleien hatte lange gehalten, nicht so lange, wie *in catholicis* vor dem Altar erwünscht, doch schon ziemlich lang. In heutiger Zeit eine Leistung. Nicht nur in heutiger. Prämienwürdig wie bei Zuchtbullen. Seine momentane Gereiztheit verdankte er der Hilflosigkeit, was, wenn Stefanie ihre Pläne änderte und nach dem Friseur nicht zu Annalisa fuhr, sondern ihren VW plötzlich vor das Torhaus lenkte, direkt dahin, wo der Lkw mit der offenen Ladeklappe stand? Er wollte in aller Ruhe abreisen. Kein weiterer Streit jetzt. Auch kein Wort, kein höhnischer Blick. Hier verlässt der Mann das Haus. Nicht die Frau, die ihm den Rücken zukehrt. Nicht Nora. Konnte ein Mensch jeden Augenblick des Lebens meistern? Dumme Frage. Nicht einmal Gott konnte, der Teufel hatte ihm Ärger bereitet, ihn auch mal in die Wüste geschickt, dachte Frieder, als er durch das Torhaus auf die Lindenallee hinausfuhr und Stefanies Besitz und ihre Pferdewelt hinter sich ließ. Ein Vierteljahrhundert seines Lebens. Er wusste wie ein Hund, wo der letzte ihrer Straßenbäume und der letzte ihrer Zaunpfähle standen und danach nachbarliches Gelände begann. Ein Hund, der sich zum Haus gehörig fühlt, kläfft an dieser Grenze wie wild, geht keinen Schritt weiter, akzeptiert die Grenze, macht kehrt und verbellt den Fremdling, der seinem Gebiet kurzzeitig nahe gekommen ist, nicht länger. Frieder atmete beim letzten Zaunpfahl erleichtert auf und fuhr weiter, über die Bahnlinie hinweg, am Friedhof mit dem Familiengrab von Stefanies Vorfahren vorbei in Richtung der Autobahn, die 15 Kilometer südlich anfing und bald in die andere Richtung bis ans Meer und zur Landesgrenze ausgebaut werden würde. All das, was *er* hier nicht mehr erlebte. Ein Glück.

Wie ein junges Pflänzlein wuchs das Gefühl in ihm heran,

das ihn zum Absprung aus dem alten Leben beglückwünschte und sich auf ein neues freute, ganz gleich, was kommen mochte. In jedem Fall würde es völlig anders werden, als es das gerade vergangene gewesen war.

Frieder war fort, noch bevor Stefanie zurückkehrte. Er war fort, bevor sie mit Fanny ins Torhaus umsiedelte. Das Geld, das sie für Glorias Verkauf eingenommen hatte, hatte sie zu großen Teilen für die Herrichtung der Räume über dem alten Tor verwendet, in dem die Turmuhr stündlich schlug und über dem sich der Wetterhahn seit urväterlichen Zeiten drehte.

Ihr fehlte Frieder nicht. Rosa hatte ihr gefehlt. In Rosas Abwesenheit war sie gestürzt, ohne jeden Halt. Frieder vermisste sie lange Zeit überhaupt nicht. Sie träumte auch nicht von ihm. Sie sah ihn zwar hin und wieder über den Hof laufen, dort unten im Gespräch mit dem Verwalter stehen, mit dem sie jetzt dort stand und diskutierte, sie sah ihn zur Mittagszeit auf das Haus zugehen, auf das sie nun auch nicht mehr zuging, in dem sie so lange gemeinsam gewohnt und sich zu den Essenszeiten gegenübergesessen hatten, aber der Schemen, den sie sah, kam sehr bald wie aus einem Film, aus dem sie herausgeschnitten war. Der Film lief weiter, er spulte sich vor ihren Augen ab, eine Realität, vielleicht, mehr und mehr jedenfalls eine Welt ganz ohne sie. Eine Welt, erfunden von einer Kamera. Das machte sie kopflos, prickelnd, glücklich, als hätte sie Champagner getrunken.

Auch Fanny, die sie bislang beschützt und, wie sie meinte, begriffen hatte, konnte sie dieses prickelnd leere Glücksgefühl nicht begreiflich machen. Eine alte Frau wird neugeboren, dachte sie und schmunzelte.

Der Auktionator war erschienen und wurde samt seinen Aktenordnern in einem Gästezimmer einquartiert. Er bekam einen Schlüssel, mit dem er nach getaner Arbeit sein Büro absperren und jederzeit ein und aus gehen durfte. Eskortiert von einer Assistentin, durchstreifte er die Räume, taxierte, was sie, Block und Stift in der Hand, seinen Angaben gemäß aufschrieb. Es wurden Preisschilder an alle Stühle und Tische, Kronleuchter, Lampen, Kommoden und Schränke und Teppiche geheftet. Stefanie umkreiste sie aus der Ferne, sie streifte, wie von ungefähr, durch die Räume in ihrer Spur, sie durfte sie nicht aus den Augen lassen. Ein lästiger Schatten, nicht abzuschütteln aus Höflichkeit.

Nur einen kleinen Teil der Möbel würde sie noch ins Torhaus mitnehmen, redete sie sich ein. Sie würde es morgen entscheiden, vielleicht aber erst Ende der Woche. Was sie mitnähme, war jedoch längst festgelegt, einen kleinen Sekretär mit ausklappbarer Schreibfläche, den dazugehörigen rot gepolsterten Stuhl. Keine Debatte mehr darüber vor der Versteigerung. Und doch schien im Schwebezustand, in dem Stefanie sich befand, das gesamte Inventar weiter ihr zu gehören. Sie wachte darüber, als könne, als dürfe nichts davon aus dem Haus und sei bereits ein Dieb, wer auch nur – zum Beispiel der Auktionator oder seine Assistentin – einen Kandelaber anrührte und in der Hand drehte, bei dessen festlichem Licht sie seit ihrer Kindheit gegessen hatte, an Weihnachten zur Gans aus eigener Haltung, zu Silvester zu Karpfen blau aus dem eigenen Teich, mit ausgestochenen Dillkartöffelchen, ausgelassener Buttersauce, in der fein geschnittene Eisstückchen schwammen, Zitronenscheiben und ziemlich scharfer Meerrettichsahnesauce. Ein Dieb, wer eine Figur der großen weißen Hirschjagd des Nymphenburger Porzellans aufnahm, um sie auf etwaige Schäden hin zu kontrollieren, als wisse der, der in einem Reihenhaus aufgewachsen war, mit derlei grazilen und fragilen Dingen nicht umzugehen wie ihrem Lieblingshund aus der von vierzehn Figuren gebildeten Gruppe. Sie sah der Assistentin zu, wie sie das springende Hündchen ins Fensterlicht hielt, und sah es ihrer Hand entgleiten und am Boden zerspringen.

Sie ging in die Pantry hinüber und durchwühlte dort Schürzen und Kleider in einem Schrank, ob der Auktionator dabeistand oder nicht. Und wenn sie sich am Auktionstag als ihre eigene Köchin verkleidete, sobald die ersten Interessenten kamen, oder als ihr letztes Dienstmädchen, unauffällig mit dem Besen in der Hand? Das rote Haar unter einem gelben Tuch versteckt. Der hohe Turban. So könnte sie sie beobachten, wie sie sie bestahlen. Ein Dienstmädchen beachtete man nicht.

Fanny bemerkte Stefanies Zustand. Sie nahm ihr den schweren Haustürschlüssel weg und verwahrte ihn im Büro des Verwalters. Sie rief Annalisa an. Sie sieht alt und verhärmt aus, sagte Fanny, ihr Blick ist irgendwie merkwürdig. Kommen Sie, bitte.

Doch Annalisa war jetzt nicht abkömmlich. Stattdessen rief sie Stefanie an. Die, ganz baff, erklärte, mit ihr sei nichts los. Was Fanny bloß habe? Sie solle nicht die Pferde scheu machen. Gloria sei bereits verkauft.

Sie saß wie zur Reise gekleidet in ihrem marineblauen Kostüm, die Tasche Margaret-Thatcher-like auf dem Schoß, auf einem Stuhl im Grünen Salon. Sie umklammerte die Tasche, als warte sie aufs Taxi, das sie zum Bahnhof brächte. Ein Mann im Trenchcoat schlenderte herein. Er musterte sie. Sie musterte ihn. Gott sei Dank ließ die Tasche sich öffnen. Hätte sie ein Zahlenschloss gehabt, Stefanie wäre verloren gewesen. Sie musterte den Mann im Trenchcoat weiter. Er sah sich um, schlenderte durch den Raum, stellte hier einen der Mahagoni-Esszimmerstühle auf ein Bein und drehte ihn hin und her, als kalkuliere er seinen tatsächlichen Wert im Gegensatz zum ausgeschilderten Preis, nahm dort einen silbernen Aschenbecher auf, stellte ihn wieder zurück und ging weiter. Zwei elegante, weißhaarige Damen betraten dezent den Salon. Eine blieb vor Stefanie stehen, die andere glitt in den nächsten Raum.

Sind Sie auch hier, um sich die Möbel anzusehen?, fragte die Zierliche und beugte sich zu Stefanie vor. Es ist sehr heiß, nicht wahr? Brauchen Sie vielleicht ein Glas Wasser? Soll ich Sie hinausführen?

Stefanie schüttelte den Kopf. Vielen Dank, ich schöpfe nur ein wenig Luft. Ich bin so weit gelaufen in der Hitze, vom Bahnhof bis hierher. Sie müssen niemanden rufen, meine Liebe.

Da doch niemand kommen würde, schob sie nach, als die Damen sich längst nicht mehr um sie kümmerten, sondern mit der Ausstattung einer Enkelin befasst waren, die *antik, echt antik* heiraten wolle.

Sie braucht einen kleinen, eleganten, ausziehbaren Schreibtisch in ihrem Boudoir, sagte die Zierliche mit dem Kirschmund zu ihrer Begleiterin, die eine ausladende Büste hatte. Aber hier ist alles noch zu teuer. Gewiss gehen die Preise noch runter. Verstehst du, alles muss raus, habe ich gelesen. Und das sehr bald. Die alte Familie gibt auf. Ikea will hier ein großes Lager einrichten.

Versteh ich, sagte die andere, sehr schlau. Der wachsende Bäderbetrieb, direkter Autobahnanschluss, enorm viel Platz auf dem Gelände. Respekt.

Findest du? Ich glaube, das kann nichts werden, sagte die Zierliche.

Als Stefanie sah, dass Ingrid mit einer ihr unbekannten jüngeren Person im Chanelkostüm hereinkam, mit der sie sich rege auf Englisch unterhielt, sprang sie von ihrem Stuhl auf und flüchtete durch die geheime Wandtür des Esszimmers auf den Flur zum Küchentrakt. Ich hoffe, sie hat mich nicht gesehen, sagte sie sich, hoffe, dass sie jetzt nicht hierherkommt, mir entgegen, sie kennt sich im Haus doch bestens aus, und dann so tut, als suche sie mich. Das Aschenbrödel, als das sie mich immer sah, weil ich rothaarig bin und nicht ährenblond wie sie. Wären die alten Gänge nicht zugeschüttet, könnte ich jetzt unter dem Wassergraben hindurch hinaus aufs Land flüchten und dort spazieren gehen. Das Land! Ein Frosch, der wieder an Land und im Licht heiter weiterhüpft, frei. Ja, frei.

Sie spähte aus dem vergitterten Küchenfenster auf den Vorplatz hinaus. Sah Ingrids offenen VW auf dem Wirtschaftshof. Sie rang mit ihrer Neugier. Doch wollte sie ihr und der anderen weiblichen Person nicht begegnen, um den Verdacht nicht zu erhärten, den sie schon lange gegen Ingrid hegte. In ihrer augenblicklichen Lage konnte sie nur weiter verlieren. Sie wollte der Schwägerin aber auch nicht den Rücken zeigen, sodass Ingrid, wäre das Fenster nicht mit Eisenstäben vergittert, zu der Englisch sprechenden Person hätte sagen können: Sehen Sie, da steht meine Schwägerin, die bisherige Bewohnerin und Eigentümerin dieses Hauses. Ich werde Sie Ihnen jetzt nicht vorstellen, meine Liebe. Sie ist beschäftigt, wie Sie sehen, und kann eh nichts ausrichten. Halten Sie sich an den Auktionator.

Fanny war mit Stefanie ins Torhaus umgezogen. Die Wendeltreppe mit den steilen Stufen in den ersten Stock hinauf bereitete ihr Schwierigkeiten. Im Schloss hatte sie ebenerdig gewohnt. Und sie war alt, immer älter geworden bei dieser Familie, Jahr für Jahr.

Stefanie, stell mir doch einen Stuhl auf den breiten Absatz bei der ersten Treppenkehre. So kann ich mich ausruhen und danach weitersteigen. Die Stufen sind flach, trotzdem sind sie zu viele für mich. Wenn ich genug Kraft habe, brauche ich den Stuhl nicht, habe ich aber keine, könnte ich mich hinsetzen und ein bisschen erholen.

Aber ja, Fanny, natürlich. Wie konnte ich das vergessen.

Du hast so vieles vergessen, was einmal wichtig war für dich. Wieso hast du dich an Frieder so, sooo sehr rächen wollen – oder müssen, obwohl es das nicht gibt. Es gibt kein Müssen. Habe ich dir das nicht beigebracht? Wieso hast du das vergessen? Kannst du es mir sagen? Frieder war nur ein Ersatz für deine Rache, gib zu, du lässt an ihm ab, was ein anderer verdient. Oder ist es Rache an dir selbst?

Ja, sagte Stefanie, es ist das Nein meines Bruders. Damit fing es an, schätze ich.

Ich wusste es. Die Asen in eurer Bibliothek. Wenigstens hier, in diesem Punkt bist du ehrlich, sagte Fanny. Ich verstehe aber immer noch nicht, weshalb du nicht die Courage hattest, gegen seinen Willen dein Leben in die Hand zu nehmen. Es war doch dein Leben, immer deins und nicht seins. Und Nein zu deiner Verheiratung zu sagen. Weshalb bist du nicht ledig geblieben – wie ich? Wärst du *sitzen geblieben* wie in der Schule, hätten alle anderen mit den Fingern auf dich gezeigt? Na schön, in der Schule kann man die Klasse wiederholen. Du hättest es mit deinem Bruder aufnehmen müssen.

Das führt zu nichts, das Gewesene oder Nichtgewesene abzurichten oder aufzurechnen, sagte Stefanie, es ist mir auch zu allgemein. Es geht mir gegen den Strich.

Ja. Ich will dich nicht wie ein kleines Kind behandeln, dich auf meinen Schoß setzen und ausschimpfen, bis du deinen Fehler begriffen hast. Ich bin auch zu müde. Wenn ich müde bin, falle ich in die alten Muster zurück.

Zur Dorfstraße hinaus zu wohnen und nicht zum Hinterhof eines Mietshauses aus der Gründerzeit in der Großstadt wie Charlotte und Alexa und Cäcilie und Anna und Alma und Laura, in dem du den Himmel nicht siehst, mag dort auch ein Baum stehen, der sich ja auch nur ans Licht müht und sich schlank halten muss wegen der vielen Stockwerke, dass er schnell hinaufwächst, ehe er seine Krone entfalten kann, ist schon etwas anderes.

Trotz des Niedergangs, trotz des stetigen Verlustes der alten Pracht in eine sonderbare, nie gekannte Beschränkung, ja nicht einmal Dürftigkeit, fühlte Stefanie sich in den neuen niedrigen Zimmern wohl. Als wüsste sie nun, wo was anfängt und endet. Die Gänge waren kürzer. Sie hatte die Dinge besser im Blick, auch die Menschen, die zu ihr kamen. Zu vieles war in der Weitläufigkeit des Schlosses hinter ihrem Rücken geschehen, dachte sie, und trotz ihrer Liebe zur Tierwelt und all den geheimnisvollen Augen, die es dort gab, hätte sie sich doch nicht in die Haut eines Chamäleons gewünscht, um zu seinen Blicken zu kommen. Alma in ihrer profunden Kenntnis der antiken Mythologie wäre nicht hilfreich gewesen. Großmama, hätte sie gesagt, das Chamäleon kommt am Mittelmeer nicht vor.

Konfessionell war Stefanie nun frei, auch sonst. Eine Wiederverheiratung schloss sie aus. Auch Ingrid hatte nicht wieder geheiratet. Stefanie fühlte sich dem Gelübde *bis dass der Tod euch scheidet,* dem Geistlichen damals nachgesprochen, nicht länger verpflichtet. Ingrid hätte im Falle einer neuen Ehe im Gegensatz zu Stefanie den Status verloren, der ihr ein ruhiges Leben bis ans Ende sicherte, obwohl weder der Sohn noch nach ihm der Neffe die testamentarisch festgelegte Summe für den Lebensunterhalt im Lauf der Jahre je erhöhten, der Inflationsrate schuldig und ihr angepasst. Nichts.

Das einmal Festgelegte ließen sie stillschweigend eingefroren und, sodass niemand je auf die Idee käme, nach der Rechtmäßigkeit zu fragen, unter den Tisch fallen. Und das war schändlich. Ein umsichtiger Anwalt hätte sofort Alarm geschlagen. Ingrid schaltete keinen Anwalt ein. Stefanie überlegte, wie sie ihr Leben nach der Scheidung strukturieren sollte. Zurück in den geregelten Berufsalltag? Krankenschwestern wurden immer gebraucht. Nein, so weit nach hinten griffe sie nicht, um an sich anzuknüpfen. Und doch sagte sie zu Fanny, als sie in der neuen Küche über zwei Spiegeleiern zusammensaßen: Ach, Fanny, wie sehr wünschte ich mir, in diese Zeit zurückzukehren.

Kindchen, rede nicht so ein Zeug, war die prompte Antwort. Fahr lieber in die Stadt und geh zum Friseur und lass dir die Mähne schneiden. Hör auf zu trauern.

Stefanie kam mit einem Bubikopf zurück.

Na endlich, um Jahre verjüngt, sagte Fanny und hinkte die Wendeltreppe hinauf. Ich wünschte, ich könnte auch so aussehen.

Stefanie aquarellierte und zeichnete mit Buntstiften Kühe und Schafe. Auch interessierte sie sich jetzt mehr für Vögel, Alma zuliebe. Sie zeichnete sie und schickte sie dem *Kind* in die Stadt. Alma bewahrte die Zeichnungen auf, für ihre Kinder, wenn Stefanie einmal nicht mehr war.

Sie wanderte, schloss sich Gruppen an, die zünftig ausgestattet mit robustem Schuhwerk, Ruck- und Schlafsack, Kompass und Karte große Touren machten quer durch Deutschland und außerhalb, Fußmärsche, die sich bis ins schottische Hochland und in die langen Täler der Pyrenäen erstreckten. Sie gewann Preise, Schleifen in allen Farben schmückten die Innenwand ihres Kleiderschranks. Wer sie so durch die Gegend ziehen sah, traute ihr die Strapazen nicht recht zu, denn sie wurde immer schmaler und lief auch ein bisschen komisch. Die Schulter lag schief, hing leicht herab, als hätte sie wenig Kraft in der rechten oder als fehlte ihr der Gleichgewichtssinn. Sprach man sie darauf an, sagte sie, um den Defekt runterzuspielen: Mein Leben ist eben nicht im Gleichgewicht. Ist es nie gewesen. Jetzt ist es das Alter. Wer ist mit dem Altern schon im Gleichgewicht? Sie etwa? Sie schnürlte, wenn sie schnell ging, als bahne sie sich den Weg mit der tieferen rechten Schulter wie mit einer Flosse.

Was sollte sie mit dem Haus machen?, grübelte sie. Da war nicht viel zu entscheiden, nicht einmal ihre Töchter konnten das, das Haus war in den Händen der Bank. Pauline, Cäcilie und Anna jammerten nur sentimental. Ihr Zuhause war zu ihren eigenen Lebzeiten dabei, abzusterben, schon morgen, spätestens übermorgen sozusagen. Türen zu und mit Brettern vernagelt. Einen Teil der Schulden tilgte Stefanie mithilfe der Mietzahlungen des schwedischen Möbelhauses. Das sei aber auf Dauer keine Lösung, teilte ihr die Bank mit. Weg mit dem Kasten. Verkaufen Sie, gnädige Frau, am besten gleich. Weder Pauline noch Cäcilie noch Anna wussten etwas von Stefanies Plänen. Der Makler spielte drei Interessenten gegeneinander aus, um den Preis hochzutreiben. Die Schweden sprangen als Erste ab. Man hatte eingesehen, dass Name und Lage des Schlosses zu Werbezwecken sich zwar günstig benutzen ließen, die Räumlichkeiten jedoch eigentlich ungeeignet waren. Was man brauchte, waren große Lagerhallen, in die Lkws und Gabelstapler hineinfahren konnten. Schließlich gab der Makler einer internationalen Hotelkette den Zuschlag, deren Topmanager in Deutschland ein irischstämmiger Amerikaner war. Mikes Familie, vor fünf Generationen noch in Dublin ansässig, war nach Boston ausgewandert.

Stefanie wollte ihre Töchter nicht mehr ständig um sich haben. Ein paar Tage reichten. Danach sollten sie abreisen. Sie ging lieber in den Stall und redete mit den Schweinen und pfiff ihnen *Hänschen klein*, Schweine sind sehr musikalisch, sie hören zu, oder sie lief zu Theissen hinüber und streichelte Gloria über das warme Nasenbein und ging dann zurück zum Apfelgarten, um zu kontrollieren, ob ihr dort eins der Dorfkinder die reifen Früchte aus den Bäumen klaute.

Pauline wollte unbedingt in Frieders Nähe leben. Er wohnte in einer Dreizimmerwohnung in Marburg zur Miete und arbeitete bei einer Firma, die landwirtschaftliche Maschinen und Geräte vertrieb, als Einkäufer, Fachberater und Mittelsmann zwischen Firma und Landwirten. Pauline wohnte als Untermieterin bei einem Ehepaar, dessen Tochter aus Protest gegen die Wiederbewaffnung der Bundeswehr nach Melbourne ausgewandert war. Das Ehepaar war froh, dass wieder jemand *Junges* bei ihnen im Haus lebte. Das Studium war für Pauline eine Qual. Wozu sich auf ein Leben auf dem Land vorbereiten, wenn jede Sehnsucht nach einer solchen Existenz sich in der Illusion erfüllte, genauso wie die Idee, dass sie Greiffensee je bewirtschaften würde? Eher in einer Reiseagentur arbeiten, bei American Express, und so die Welt bereisen. Jeden Morgen blickte sie in ihre dunklen Augen im Spiegel und fragte sie: Und was werdet ihr heute wieder alles nicht sehen? Heute war das Atlasgebirge dran. Der Überflug mit der Pan Am nach Dakar. *Meine Damen und Herren – zu Ihrer Rechten sehen Sie jetzt ... und zu Ihrer Linken ...* Sie rackerte sich für ihre Abschlussarbeit über *Die aufgekommene Massentierhaltung dank wachsenden Wohlstands im Westen Deutschlands* ab. Sie spezialisierte sich auf Hühnerzucht, die moderne Legefarm, ihre

Techniken und Probleme für Mensch und Tier. Ausblick 1: Hormonbehandlung bei der Hühner- und Putenmast. Ausblick 2: Artgerechte Haltung. Kritik.

Es war absurd, sich für ein Leben auf dem Land vorzubereiten, das der Vater gerade verlassen hatte. Eine Existenz im Grünen, aus der sich auch die Mutter mit einem Bein zurückzog. Pauline war sich sicher, dass bald auch das zweite folgen würde. Doch in die Stadt, groß oder klein, würde Stefanie niemals umziehen. Ein französischer Freund hatte einmal ihre Lebensart mit *elle est une paysanne* treffend umschrieben. Es bedurfte, um sie zu charakterisieren, keiner weiteren Worte. Pauline aber war keine *paysanne*. Und die Bank ließ mit sich nicht scherzen.

Es ist nicht so, vertraute in einem Brief Pauline Anna an, dass ich Karim nicht liebe, wie sie alle denken. Der Typ von der Ausländerbehörde fragte: Wo hatten Sie das erste Mal Geschlechtsverkehr?, und bohrte sogar weiter: Wie haben Sie verhütet? Ist das nicht unverschämt? Wie Du weißt, und Du willst ja Patentante werden, Anna, haben wir nicht verhütet. Karim sagte: In der Wohnung meiner Frau, und gab die Marburger Adresse an, und: Wir haben ein Kondom benutzt, stellen Sie sich das mal vor. Ohne die Heirat wäre er abgeschoben worden, sein Asylantrag war abgelehnt, nur sein Bruder war betroffen, denn Karim war in den Putsch gegen den König nachweislich nicht involviert gewesen. Er hatte deswegen nur einen befristeten Aufenthalt für die Zeit des Studiums, was ich auch nicht wusste, zumindest nicht so genau. Und trotzdem wohnen wir getrennt. Karim hat meine Zahnbürste immer im Bad und ich seine in meinem. Meine Unterwäsche, ein Nachthemd und Hausschuhe sind bei ihm und vice versa, sollte es zu einer Kontrolle kommen, doch hoffe ich, dass nun, da er meinen Namen trägt und es im Sinne der Beamten Geld genug in der Familie gibt, das nicht passieren wird. Geld ist Schutz. Ein alter Name ist es längst nicht mehr. Stefanie wird es nicht verstehen. Was meinst Du? Bald fahre ich zu ihr. Ich kann mich mit ihr ja nicht über den wirbelnden Schnee unterhalten, was ich viel lieber täte, wo man schon meinen Bauch sieht. Unsere Schlittenfahrten früher im Schnee und sie mit der Peitsche auf dem Bock. Erinnerst Du Dich? Jetzt, wenn ich an die Schneewehen in Greiffensee denke und an meine Wehen in vier Monaten, kriege ich die Bilder nicht aufeinander, und ich bin nicht betrunken, Anna.

Das Wort *Schlittenfahrten* löst in Annas Kopf ganz andere Bilder aus. Der vierschrötige Kutscher, der zuweilen auch den Diener machte, taucht auf – in einem Uniformmantel aus Ernst Augusts Zeiten, mausgrau. Mit tief reichendem Cape und weiten Ärmeln und Pelzkragen, schwer. Schwer wie aus dem Winterkrieg gegen die Finnen. Der Kutscher saß auf dem Bock, wenn es durch die hohen Schneewehen ging und die Landschaft bis auf die kahlen Bäume in Weiß dalag.

Wir haben dich auf die teure Klosterschule geschickt, anschließend an die Universität – und jetzt das. Ich bin fassungslos. Ein Affront, eine glatte Erpressung. Pauline. Womit habe ich das verdient? Es ist gegen alles, was ich wollte, was deine Schwestern wollten, die ganze Familie. Indem du deine Karte so spät ausspielst, desavouierst du uns. Wie konntest du es fertigbringen, uns, mir, ich meine mir, deine Verbindung so lange zu verheimlichen?

Ich hatte mich verliebt. Ganz einfach, Papa, ich hatte mich in seine Augen verliebt, in seine Hände, seinen sehnigen Körper. In seine Sprache, in das, was er mir sagte, über sich, über die Kultur, seine geheimnisvolle Herkunft. Über sein Land. Alles so ungewöhnlich, fremdartig, abenteuerlich aufregend, reizvoll ... und auch abstoßend und grauenhaft. Das Schicksal seines Vaters, seines Bruders in lebenslänglicher Haft unter erbärmlichen Bedingungen, so erzählte es mir Karim. Vielleicht brauchte ich nach eurer Scheidung, der Ungewissheit, was mit Greiffensee passiert, für mich einen Pfeil in eine andere Richtung. Keine Sorge, Papa, ich werde nicht Muslima, Papa, ich werde mich nicht verschleiern. Kein Kopftuch. Meine Kinder werden christlich großgezogen. Glaub mir. In unserem Glauben. Karim stammt aus einer alten Familie, der König verfolgt sie mit aller Macht, und der König ist das Regime in Marokko. Karims Bruder ist verschollen. Wahrscheinlich fristet er sein Leben mit anderen Oppositionellen in einem Lager in den Bergen im Süden des Landes. Durch unsere Heirat kam Karim zu einem deutschen Pass. Und ist in Sicherheit.

Dass sie schwanger war, verschwieg Pauline. Frieder sah es ihr nicht an. Einer Abtreibung hätte er, gerade er, sicherlich nicht zugestimmt.

Du beantwortest meine Fragen nicht, sagte Frieder. Kennst du die Familie? Weißt du, ob der Mann, den du zu lieben scheinst – kennst du überhaupt deine Gefühle? –, dich nicht bloß benutzt und nach kürzester Zeit wieder verlässt? Ob er dich nicht einfach ins Bett gezaubert oder gezerrt hat, dir möglicherweise ein Kind anhängen wird, warum bist du so unvorsichtig?, und dich mit dem Pass in der Hand übermorgen verlässt? Kennst du seine Eltern, seine Mutter? In welchen Verhältnissen leben sie? Sind sie vermögend? Hat er noch andere Geschwister? Warum hast du ihn mir nicht wenigstens vorgestellt?

Ich habe deine Fragen beantwortet. Sein Vater ist tot. Er wurde erschossen. Abgeknallt. Hingerichtet.

Bist Du, schrieb Frieder an Cäcilie, *in Kenntnis von der Ungeheuerlichkeit Deiner Schwester? Ich nehme an, ja. Mir verschlägt's die Sprache. Was ist in sie gefahren, der Teufel? Sie ist eigentlich mündig, verhält sich aber nicht so. Ich habe kein Sorgerecht für Euch, das wurde von Eurer Mutter verhindert. Sag mir, mein Mädchen, wie geht es Dir? Vermisst Du mich? Vermisst Du Greiffensee? Ich vermisse es sehr. Durch Euch wurde es mir zur Heimat für viele Jahre. Hier in Marburg mit der niedrigen Decke ist es ein wenig anders, doch immerhin kann man in der Kochnische das Wasser heiß machen. Wie ist es für Dich in Berlin? Hast Du Paulines Mann gesehen?*

Lieber Papa, schrieb Cäcilie zurück, *ich habe Karim getroffen, einmal bisher. Er war höflich und hat für Pauline einen herzlichen Blick, aber kein Tafelsilber in seiner Studentenbude. Versteh mich, ich weiß ja, dass Du, egal, wo Du bist, Tafelsilber verlangst, wieso also nicht auch bei Deinem Schwiegersohn. Vielleicht besitzen es seine Eltern, oder sie hatten es zumindest besessen. Warum fragst Du ihn nicht selbst, warum benutzt Du mich als Mittlerin? Triff Dich mit ihm, Du wohnst doch sozusagen um die Ecke! Ich muss durch die DDR fahren, durch die Zone, wie Du sagst. Er hat uns zum Essen eingeladen. Und immer hielt er Paulines Hand.* He was very touchy, *das war nett zu sehen, Pauline kannte das von unserer Familie nicht, ich übrigens auch nicht. Und bei den Ursulinerinnen erfror ich ganz. Du sehnst Dich nach Greiffensee zurück? Ich nicht. Jedenfalls noch nicht. Aber ich glaube, dass ich Dich verstehe. Burgholz wäre ja Dein Greiffensee gewesen, hätte es den Krieg überstanden, ein Traumort nach Deinen Erzählungen und den Fotos, die Du mir gezeigt hast, und Greiffensee gehört der Mutter. Wie lange noch, weiß kein Mensch. Mich be-*

kümmert die ganze Geschichte, Eure Trennung, Scheidung, die Doppelwelt, und dass ich Dir nicht helfen kann, da Du Dich so fest an die Orte klammerst, dass Dir etwas wie aus dem Körper weggerissen wird, wenn Du sie wieder verlassen musst, und Du verteidigst Deine Orte auch dann, wenn Du nur noch ihren Staub von Deinen Schuhen schütteln musst. Ich habe keine Orte zu verteidigen, ich wechsele sie leicht, bin nur kurz da oder dort. Ich weiß nicht, was Erbe ist. Mama hat nur Pauline eingesetzt. Ich kann Dir von dem Hundekot auf Rinnsteinen, Gehwegen und Vorplätzen erzählen in dieser Stadt, die ich nicht liebe. Sie ist eine Plattform, nichts weiter. Und dieser Hundekot verstellt mir den Weg zu meinem Gemüt oder wie soll ich sagen, die tierliebende miefige mittlere Schicht in dieser Stadt, mit ihren Dackeln. Keine Windspiele. Also kiffe ich, kokse nicht, und gehe in Discos, tobe mich aus und hänge herum. Arbeite in einem Reitstall unter falschem Namen – für Neureiche. Ich kann Pauline verstehen, dass sie jemanden lieben möchte, der für sie exotisch ist, ihre Schwangerschaft verstehe ich nicht so ganz. Aber sie ist meine Schwester, ich verdamme sie nicht. Du hast so etwas nie erlebt, Papa. Ihr musstet Kinder machen als Beweis eurer Verbundenheit mit der sogenannten Tradition. In Ahlefeld haben die Verwandten wenigstens einen Sohn zustande gekriegt. Du kannst nicht mitreden, Papa. Berlin ist nicht das Gelbe vom Ei. Trotzdem will ich erst einmal bleiben. Ich habe hier eine Freundin gefunden. Wir saßen in einem Film zufällig nebeneinander, den wir beide offenbar so langweilig fanden, dass wir während der Vorführung Seite an Seite einschliefen. Als wir wieder zu uns kamen und uns anguckten, sagten wir: Hallo. Das sagen wir uns immer noch. An jedem neuen Morgen: Hallo, Olga! Hallo, Cäcilie!
Und was würdest Du sagen, wenn diese Freundin Annas

Freundin wäre – nicht, dass ich sie ihr abgetreten hätte – und die Person, an deren Seite ich während des Films tatsächlich einschlief, Holger hieße, Holger Jens, der jetzt mein Freund wäre, mit dem ich jetzt ginge? Ein Gynäkologe im Klinikum Steglitz.

Cäcilie kellnerte in einer Kneipe in der Nähe der Hochschule der Künste. Hierfür änderte sie ihren Namen auf Celia. Ein hübscher Name; überhaupt gaben jetzt Eltern ihren Kindern Vornamen wie Corinna, Iris, Daphne, Benita oder Bettina und nicht mehr Mechtild, Gudrun und Sieglinde. Celia von Lerche zu Lerchenstein war Cäcilie jetzt, die Änderung begriffen die Kunststudenten auf Anhieb, ein konsequenter Schritt, und sie riefen sie Celia oder Lerche – Cäcilie im Prozess eines Identitätswandels nach Kindheit, Familie und Klosterschule. Außerdem hieß sie Gerda Müller, da sie sich nebenbei auch als Stallbursche in einem Reitstall *verdingte*, den neureiche Westberliner am Rande des Grunewalds frequentierten. So benutzte sie, ohne sich – im Gegensatz zu ihrer Cousine Charlotte – für Marxismus und Leninismus zu interessieren, ein Vokabular, dessen sich Gleichaltrige hinter dem Tresen und an niedrigen, von Kerzen in Chiantiflaschen beleuchteten Tischen bedienten. *Jobben* war noch nicht in Mode, sie pflegte die Pferde, doch bald ließen die Besitzer Gerda Müller auch reiten, um die Tiere im Training und bei Laune zu halten, das tat sie häufig unter der Woche, sodass sie an den Wochenenden der Hafer nicht stach, weil dann ihre Arbeitgeber in den Sätteln saßen.

Es waren Paulines letzte Semesterferien, vorerst. Stefanie hatte ihr das Turmzimmer mit der Uhr, die stündlich schlug, eingerichtet. Sie musste sich an diese herrische Unterbrechung erst gewöhnen. Nachts stopfte sie sich Wattebällchen in die

Ohren. Das dämpfte zumindest das Gerassel vor dem ersten Schlag, die Schläge selber nicht.

Du wirst dick, konstatierte Stefanie am zweiten Tag. Wer ist der Vater?

Pauline sah ihrer Mutter in die Augen. Sollte sie die Wahrheit sagen?

Ein marokkanischer Kommilitone. Wir haben ein Praktikum zusammen belegt.

Ein schönes Praktikum. In welchem Monat bist du? Du bist ja sehr schmal und schlank.

Am Ende des vierten.

Stefanie hätte am liebsten den irdenen Aschenbecher vom Tisch genommen und aus dem Fenster geworfen, wenn schon nicht der Tochter ins Gesicht. Sie zündete sich eine Zigarette an und warf die Schachtel auf den Tisch, was keinen besonderen Eindruck machte. Eine ohnmächtige Geste, nicht genug, um durchzuatmen. Die Schande. Und dass gerade sie. Mir. Ich, dachte Stefanie. Der Bruder mit seinem Nein. Konrad. Ein Bürgerlicher. Nein. Und jetzt? Habe ich ihr rebellisches Blut vererbt? Ein Teufelskind, das da zur Welt käme, nein, ich muss fest auf dem Boden der Tatsachen bleiben: kommt. Vier Monate sind vier Monate Menschenwachstum. In fünf Monaten. Ein Heide. Nein, ein anderer Mischling. Wie sagt man das? Was war zuerst, das Christliche oder das Muslimische? Auch hier hatte der Teufel von Anfang an seine Hand im Spiel. Abtreibung war Sünde unter dem Regime des katholischen Gottes, an den Pauline offenbar nicht mehr glaubte. Sünde, der keine Beichte abhelfen konnte. So eine Einlassung im Fleisch rollt wie eine Riesenwelle über das kleine durchlöcherte Sprachoval im Beichtstuhl und die Antwort des Predigers hinweg.

Und wo willst du niederkommen?

Hier, bei dir.

Stefanie holte tief Luft. Allen sichtbar, in meinem Haus! Hast du keine Scham? Hast du jeglichen Anstand verloren? Weiß es dein Vater?

Nein.

Wissen es deine Geschwister?

Nein. Doch. Anna weiß es. Cäcilie auch, ihr habe ich es sofort gesagt. Alle wissen es. Wir saßen im Seminar zwei Semester lang nebeneinander. Erforschten die Nutztiere der Moderne, die Hochleistungsathleten der Landwirtschaft, Rinder, Schweine, hauptsächlich Hühner. Ich habe dir nie davon erzählt. Es interessierte dich nicht, zumindest hast du nie nach dem gefragt, was ich da tue oder wie ich lebe, wer meine Freunde oder was meine Probleme sind. Lebensfragen. Karim verstand nicht, warum bei uns die männlichen Küken von Legehuhnrassen nach dem Schlüpfen sofort im Schredder landeten, nur, weil sie keine Eier legen und nicht genug Fleisch ansetzen, sodass in Europa an die 280 Millionen männlicher Küken pro Jahr vernichtet werden. Auch Bio-Betriebe müssen mit diesem Ausschuss und den damit herbeigeführten Problemen fertigwerden. Das Patriarchat wird sozusagen vernichtet. Wir haben den Salmonellen-Befall eines Eis im Labor diagnostiziert. Karim, so heißt er, aber das sagte ich schon, oder sagte ich es nicht?, setzte sich auch in der Mensa neben mich. Er war mein Schatten in seiner Lederjacke. Er trug sie ständig. Sie hat seinem toten Bruder gehört.

Jacke, Schatten! Dein Schatten? Flusen, Jungmädchenflusen! Hat er dich nicht bloß ausgenutzt? Deinen Namen gewollt, den deutschen Pass? Aber was soll's? Das Kind lässt sich nicht weghexen. Und du bist meine Tochter. Und du bleibst es auch, mein Kind. Kind hin oder her.

Ich will es ja bekommen, Mama. Es wird mein neues Zuhause sein.

Wie soll dein Kind dein Zuhause sein, ich bitte dich! Wann heiratet ihr?

Wir sind verheiratet.

Stefanies Blick wanderte zu Paulines Händen hinunter. Sie trug keinen Ring.

Seit wann?

Seit anderthalb Jahren. Du hast so schöne Augen. Es war sein erster Satz. Quer über den Campus latschte ich mit nackten Beinen, ungekämmt, ungeschminkt, den Kopf vor der Zwischenprüfung voll mit Hormonkombinationen und dem Problem der Salmonellen, die Tasche mit den Büchern unterm Arm. Pauline, ich könnte dich besingen, das war sein zweiter Satz.

Tu es doch, sagte ich. Jetzt.

Er blieb bei seinen Freunden im Studentenwohnheim, zog nicht in meine Mansarde mit ein. Der Vermieter hätte es wohl ohnehin nicht erlaubt.

Pauline heiratete Karim, bevor sie ein Kind von ihm erwartete. Sie schützte ihn. Sie und der deutsche Pass.

Wenn Pauline mit dem Gedanken gespielt hatte, in ihr Elternhaus zurückzukehren, oder, genauer, ins Fluidum dieses Hauses, seine Achsenverschiebung ins Greiffenseer Torhaus nur mit Mutter ohne Vater, konnte sie dem Kind in Wirklichkeit doch nur ihre eigene Kindheit vorführen. Wenn auch in veränderter Form. Ihm zeigen, was vom Alten noch da war. Es erklären. Wo ist da das Zuhause? Eindeutig in einer Veränderung, sagte Charlotte. Kein Mangel an Stillstand. Junge Blicke erleben Altes jung. Sie erleben sich an jedem neuen Tag neu, sie wachsen an wie die Seeanemonen, auch in den Wellblechhütten der Slums überall auf der Welt. Aber wo ist in dieser Welt das Kind das Zuhause für die Mutter? Sollte es nicht umgekehrt sein? Und die Welt des Vaters für das Kind? Karim, Tahars Vater, kam aus Fes.

Stefanie war niemals in Marokko gewesen. Stets zog es sie in die Nebel und Naturspektakel des Nordens. Eines Tages wird es die Arktis sein, die Eisberge. Vom Süden, was ganz vom Süden aus der Norden war, wusste sie nur, was ihr Bekannte von Reisen erzählt hatten, du fährst von Stadt zu Stadt, von Tanger nach Fes, Marrakesch und Casablanca und so weiter, und du durchfährst die Wüste, durchlebst in wenigen Stunden Fahrzeit Jahrtausende, Bibelanwandlungen. Maghreb ... Und aus so einem Land sollte der Vater ihres ersten Enkelkindes sein.

Ich bin dem nicht gewachsen, Pauline, sagte sie. Du lebst dein Leben. Ich wüsste gern, wessen Leben ich lebe. Entscheide du. Mach, was du willst.

Sie fand keine Worte. Keine Vergleiche. Aus dem Familienleben schon gar nicht. Keine Tochter hatte sich bisher, soweit sie wusste, so verhalten und wider die Sitte benommen, unbedacht, unreif. Auch keine der Nichten in Ahlefeld, soweit übersehbar. Ich enterbe sie! Dieser Satz hallte in Stefanie wie in einer Gefängniszelle widerborstig zwischen ihren Rippen wider. Ich enterbe Pauline! Sie rief Annalisa an. Stefanie!, sagte Annalisa, ich bitte dich. Beherrsche dich, hör damit auf! Ich werde noch grob. In ihrem sinnlich trägen Wiener Tonfall versuchte sie, Stefanie aus ihrer Blutdruckhöhe herunterzulocken und, da sie ihre Wirkung auf die Freundin kannte, sie mit diesem Tonfall, ein probates Mittel, zur Räson zu bringen, ein Tonfall, der in seinen vielen ironisch-selbstironischen Unterschleifen durchzusetzen vermochte, was diese jähzornige, stiere, sture Protestantin sich im Moment gar nicht vorstellen konnte. Jedenfalls mehr, als nur die Arme öffnen und das Bett bereiten.

Würde auch der Vater hier auftauchen? Würde sie ihn auch einmal zu Gesicht bekommen? Und ich auch, fragte Annalisa, ehe das Wurm geboren ist?

Ich weiß es nicht, sagte Stefanie. Ich habe keine Übersicht. Die Dinge entwickeln sich wie immer hinter meinem Rücken. Mehr als das, was kommt, freundlich zu ertragen, vermag ich nicht zu tun.

Das dürfte reichen, sagte Annalisa.

8

Pauline war die Einzige, die mit den Ahlefeldern in Konkurrenz trat, indem sie studierte. Ludwig absolvierte notgedrungen sein Betriebswirtschaftsstudium mit einer Angst vor allen Examen, er hätte genauso gut einen Schnellkurs für Selbstschrumpfung belegen können. Die Angst, zu versagen und die erwünschte Leistung nicht zu erbringen, war nur das Spiegelbild der Angst vor Ingrid. Er hätte lieber das Leben eines Dandys geführt, sich in der Welt herumtreiben, von Bar zu Bar ziehen und die *Bienen* aufgabeln mögen, als sich in irgendwas bewähren zu müssen.

Kommt mich besuchen, Töchter. Pauline, Cäcilie, Anna, kommt mich endlich einmal besuchen! Ingrid, Ludwig und deren Kinder forderte Frieder nicht zum Besuch auf, Ahlefeld war ihm gänzlich gleichgültig geworden.

Die vielen Greiffenseer Zimmer waren für ihn zu drei Marburger Zimmern plus Küche und Bad geworden. Den geschnitzten, dunkel gebeizten alten Tisch, den seine Eltern gerettet hatten, stellte Frieder ins sogenannte Gästezimmer, sein Arbeitszimmer. Er rückte seinen Schreibsessel dahinter, der wie ein Bock war, denn er glaubte, dass es für seinen lädierten Rücken zuträglicher sei, wenn er rittlings säße. Die Fotos, die die Etappen seines bisherigen Lebens begleiteten, verteilte er in Wohn- und Schlafzimmer. Wehmütig schaute er die Aufnahme seines Elternhauses an. In Greiffensee hatte sie auf dem Kaminsims im Grünen Salon gestanden und jedem, der den Raum betrat, als ein erster Blick- und Orientierungspunkt gedient. Stefanie hatte es auf 70 × 70 Zentimeter vergrößern lassen, einen schmalen Holzrahmen dazugefunden und Frieder im ersten Jahr ihrer Ehe zum Geburtstag geschenkt. Wohin damit hier in der Enge?

Frieder musste seine Habseligkeiten anders komponieren, sie ihre Wirkkraft nicht verlieren lassen oder das Selige in Kisten verpacken und hinunter in den Keller schaffen. Die zweite Option kam nicht infrage. Jetzt, wo es nach dem Ende von Greiffensee eine neue, erfrischende Aufwertung erhielt. Die Eltern. Seine Anfänge. Nein, nicht in den Keller, wo er innerlich doch selbst in einem Keller gelandet war. Vielmehr die Greiffenseer Reminiszenzen dort unten versenken.

Das Bild vom Haus war von der Gartenseite her aufgenommen, die Bäume rundum in voller Blüte. Rechts oben im zweiten Stock das zweite Fenster war das Fenster des Kinderzimmers gewesen, in dem Frieder noch als junger Mann in Wehrmachtsuniform gewohnt hatte. Wohin mit dem Foto, mit diesem Zeugen seiner früheren Existenz?

Beim Betrachten seines Geburtshauses fiel ihm ein, dass er, trotz der unzähligen Aufforderungen der schlesischen Landsmannschaft, deren Verein niemals hätte beitreten können. Er hatte es zwar bis zum Rittmeister gebracht, doch konnte ihm der militärische Aufstieg in der Wehrmacht nach dem Ende des Krieges den Blick nicht so weit verstellen, als dass er sich nicht hätte für die Ziele der SPD engagieren und Willy Brandts Kniefall und Abbitte am Ehrenmal für die Toten des Warschauer Ghettos und dessen Ostpolitik der Annäherung nicht hätte gutheißen können, die letztendlich als ihr Ziel die Oder-Neiße-Grenze zwischen Polen und Deutschland festschrieb. Im Wunschdenken liebäugelte er, zumal wenn er die frühen, mühselig geretteten Fotos auf dem Bücherregal ansah, hin und wieder doch mit der Idee, die auch den Verein beflügelte, der Restituierung des ehemaligen Familienbesitzes. Das Haus: schlicht, klassizistisch mit einem Walmdach, in der Schlichtheit seiner Proportionen nachgerade vollkommen, die im Rechteck einander gegenüber angeordneten Stallungen, die kleine Kapelle und der Teepavillon im Park – die gesamte Anlage hatte eine warme, harmonische Einheit. Dazu die vielen Hektar fruchtbares Ackerland und Wald, ein einzigartiger Blick über das weite Tal hinweg auf das Riesengebirge. Wie gern hatte er dort gejagt, Hasen, Fasane oder Rotwild. Hätte er den alten Familienbesitz im Hintergrund oder als sein Rückgrat besessen, er hätte Stefanie und ihrer Sippe gegenüber ganz anders auftreten können. Er kam zwar, weil vom Land, aus demselben Stall wie die Holsteiner und nicht wie Ingrid nur aus der Etage, doch was nützte ihm das, seit Schlesien wieder Polen war. Dennoch oder gerade des uneingelösten, möglicherweise uneinlösbaren Ressentiments wegen hatte Frieder es nicht über sich bringen können, an seinen Geburtsort in Oberschlesien zurückzukehren. Die Gegenüberstellung – schrecklich. Ist der Einzelne, ein Vater, der zugunsten des Sohnes die Tochter vom Erbe ausschließt, je im Recht? Ist ein Staat je im Recht, der auf einen faschistischen Mörderstaat folgt und die Enteignungen derer, die den Faschismus bekämpften und dabei unterlagen, dekretiert und gewaltsam vornimmt? Er war zwar ein scharfer Denker, vermochte letztendlich die Dinge aber nicht zu lösen. Wo hätte er auch ansetzen sollen? Welche Idee ausbrüten? Schließlich erwies sich auch der runde Tisch, eine der wichtigsten Gründungsideen der UNO, als utopisch, führte in den entscheidenden Fällen zu keinem Resultat, das Eigeninteresse der mächtigsten Länder besaß eben doch Vorrang und behielt ihn.

Frieder hätte nur ein Visum beantragen müssen für einen befristeten Aufenthalt im Nachbarland, *learning by doing*. Doch er scheute die Konfrontation von Vernunft und Gefühl und, in Anbetracht des Hauses, mit der undurchschaubaren Gegenwart. Was, wenn er im Buchholzer Park vor dem Haus stand – sollte es überhaupt noch nach einem Haus aussehen und nicht nach einer Ruine? Würde er, wenn ihn der Jammer oder die Besitzgier überkäme, sich nicht doch zu den ewig Gestrigen des schlesischen Heimatvereins zählen müssen? Lieber das Problem verdrängen als den Schritt dorthin zurück tun.

Nach Auschwitz, Warschau, Hirschberg und Burgholz würden erst seine Enkelinnen fahren, Elsa und Gabriele, Paulines Töchter. Um sich auf die Reise vorzubereiten, suchte Elsa nächtelang im Internet. Mit den Stichworten, die sie eingab, war es wie mit dem Kugelspiel aus ihrer Kindheit, wo eine Kugel die nächste angestoßen hatte, die den Impuls der folgenden genauso stark weiterzugeben schien, und so weiter bis ins Unendliche, nein, bis der mechanische Impuls irgendwann zum Erliegen kam. Jelenia Góra, Hirschberg jetzt auf Polnisch. Elsa lernte, dass Stalin die neu dort angesiedelte polnische Bevölkerung aus den viel weiter östlich gelegenen polnischen Gebieten vertrieben hatte, die von der UdSSR annektiert worden waren. Ostpolen, das war Süd- und Ostukraine gewesen, der alte Name für dieses weite Steppengebiet hatte *Wildes Feld* geheißen, lateinisch *Loca deserta*, polnisch *Dzikie Pola*. Was verband sie mit alldem noch? Sie wollte es herausfinden. Ihre Logik sagte ihr schon vor der Reise: nichts. Nicht mehr, als was sich in drei Sätzen sagen ließe.

Frieder hielt das Bild in der Hand. Seine Augen suchten die Wände ab. Wohin? Könnte er es nicht auch am Boden aufstellen? Er musste sich ja jetzt nicht festlegen. Noch nichts entscheiden. Er schaute aus dem Fenster. Auf dem gegenüberliegenden Bürgersteig schob eine Frau einen Kinderwagen vor sich her. Eine andere, viel ältere, überholte sie, als sie stehen geblieben war und mit dem Kindchen sprach und die Decke ordnete, wurde sie von einer Älteren überholt, in beiden Händen schäbige, prall mit Lebensmitteln gefüllte Taschen. Sie blieb nicht stehen, nickte ihr nur zu und zockelte in ihren flachen, ausgetretenen Schuhen weiter. Dicke Oberschenkel, größte Oberweite, Plattfüße. Hier bin ich unter die Spießer und Kleinbürger geraten, dachte Frieder, nicht nur dort unten auf der Straße, auch in meiner Wohnung mit den schrägen Wänden. Gut. So also oder also so. Oder als ob. Simulieren wir, dass das Leben eine Odyssee ist.

Er stellte das große, gerahmte Foto im Schlafzimmer zu Füßen seines Bettes ab. Dort konnte er es jederzeit angucken und sein Leben in fünf Sekunden bilanzieren. Er würde ja nicht ewig hier wohnen. Hoffentlich.

Anfangs reagierte er ungehalten, wenn er mit Landmaschinenvertretern verhandelte, die stur auf ihren Prozenten bei der Verteilung der Einnahmen beharrten und sich nicht auf eine beidseitig profitable Lösung einlassen wollten. Er fühlte sich der eigenen Firma gegenüber im Wort, deren Gewinn er mehren und nicht mindern sollte, die Firma ihrerseits setzte ihn auch wegen seines Namens ein, ein Graf aus alter Erfahrung, Erfahrung im Fach. Dass er in Greiffensee die Geschäfte nicht eben zugunsten der Eigentümerin geführt hatte, hatte er geflissentlich verschwiegen. Sein Zorn, wenn er denn aufstieg, galt Stefanie. Aber war sie es, die ihm sein jetziges Leben eingebrockt hatte? Wusste, ahnte sie überhaupt, was er tat? Sie standen nicht in Briefkontakt. Worüber sie sich allerdings hin und wieder verständigten, waren die Töchter. Sie waren Stefanie zugesprochen worden. Frieder fuhr auch nicht in den Norden, um Verwandte aus der Familie seiner geschiedenen Frau wie Ingrid und Ludwig oder Willo und Brigit oder Bekannte in deren Umfeld zu besuchen oder die zwei, drei Freunde, die er in der langen Zeit dort oben gewonnen hatte. Keine Anekdoten aufwärmen. Nicht einmal Christian und Annalisa sah er wieder. An sie dachte er oft.

Wäre er kaltschnäuzig gewesen, *cool*, wie Anna ihm schrieb, wäre er mit der jetzigen Situation besser klargekommen. Kaltschnäuzig war er als Soldat mit Mandat und Befehlsgewalt gewesen, unbeirrbar, *fesch*, seiner selbst aus schierer Jugendlichkeit sicher. Gott hatte außer aller Frage gestanden. So hatten ihn die Eltern erzogen. Am Ende des Krieges war er sich dessen nicht mehr so sicher. Seine Zweifel vertraute er diversen Beichtvätern an.

Er fühlte sich von Stefanie erniedrigt, dagegen begehrte er auf und gegen den Ausblick, dass es bis ans Ende seines Lebens seinen Stolz kränken würde. Die Arbeit, durch die er seine Existenz bestritt, rangierte, ganz gleich, aus welcher Perspektive er sie ansah, unter dem Aufgabenbereich seines ehemaligen Verwalters. Handelsvertreter. Einer, der von Haus zu Haus oder von Hof zu Hof über die Dörfer zog wie ehemals die Höker, wie die dreckigen Juden mit ihren Bauchläden oder klapprigen Karren, vor die ein mageres Pferd gespannt war. Er saß nicht mehr am Kopf der von Kerzenlicht erleuchteten Tafel, erhob sich nicht mehr, um mit der Gabel ans Glas zu klopfen, er hielt keine Reden mehr, wohlformuliert, über Tage hin ausgefeilt, lustvoll ichverliebt, was für ein erotischer Kitzel. Das Schwadronieren war vorbei. Jetzt wurde ihm gesagt. Er konnte argumentieren, und das konnte er gut, auch überzeugend, aber er war längst nicht mehr die erste Geige. Füg dich, sei demütig, sagte der Beichtiger, bete! Eine Art psychischer Osteoporose, die er in viel zu jungen Jahren durchmachte.

Nach und nach kamen seine Töchter ihn besuchen. Cäcilie war über seinen Zustand bestürzt.

Papa wirkt, als sei er um fünf Zentimeter geschrumpft. Er macht kleine Schritte und geht ein wenig vornübergebeugt. Wie ein Marabu. Er fragt nach den alten Zeiten. Ich halte nichts davon, es ist inzwischen genauso wenig sein Leben wie meines. Warum die sentimentale Sauce drüberkippen? Ich war nicht sehr nett zu ihm, fürchte ich, ich war ekelhaft, ich weiß es. Er gefror förmlich vor mir. Er wollte sprechen, er wollte hören, was wollte er eigentlich hören? Sicher etwas, das ihn erleichterte, entlastete, erfreute oder glücklich machte. Er wollte laut träumen, träumen ist doch immer schön. Nicht immer. I told him the facts. Das macht einen natürlich down. Es gab so viel zu erzählen, nur nicht an dem Tag, nur nicht jetzt, nur nicht bei ihm in der Wohnung, nur nicht in Marburg, wir erzählten uns nichts. Ich weiß nicht, was er dachte, was es war, womit ich ihn hätte aufmuntern können. Marabu.

Anna fand den Zustand ihres Vaters nicht so schlimm wie ihre Schwester.

Sein gutes Aussehen, seine gute Ausstrahlung, die Energie sind ihm irgendwie abhandengekommen, das schon. Wahrscheinlich ernährt er sich nicht gut. Oder macht ihn sein Job kaputt. Oder beides. In Greiffensee gab es gutes, gesundes Essen. In Marburg nicht. Ist das Pech im Leben? Ist das Leben ein Pech? Das Alleinleben ist nichts für ihn. Er schwieg viel, da liebte ich ihn. Nach so langer Zeit und nach so viel komplizierten Ereignissen will man sich viel erzählen, und man sitzt stumm da. Such dir eine neue Frau, eine junge. Mit der du keine Ringkämpfe hast. Die dich be-

wundert. Das machen Männer heute in deinem Alter. Vergiss Greiffensee, vergiss Stefanie. Und vergiss dich immer mal selbst, wenn es geht. Schade, dass du kein Künstler bist, du könntest dann wenigstens etwas zum Ausdruck bringen, etwas, das sich sonst nicht ausdrücken lässt. Du brauchst frische Luft. Und eine neue Frau. Und du musst viel Obst essen. Soll ich dir Obst holen? Was für armselige Vorschläge von mir! Armer Papa. Mir klingen seine Worte immer noch im Ohr, Berlin verdirbt euch. Dich noch mehr als Cäcilie. Ihr macht euch gemein. Ihr werdet vulgär.

Pauline und Karim kamen ebenfalls zu Besuch. Eine vollendete Tatsache: Sie waren verheiratet, ohne Kenntnis der Eltern. Das glich einem stillen Bruch. Ein erstes Kennenlernen, Gegenüberstellen, Abtasten. Frieder, zum ersten Mal einer solchen Situation ausgesetzt, hat, um der direkten Konfrontation vorzubeugen, ein befreundetes Ehepaar aus seinem neuen Vertreter-Dasein eingeladen. Der Mann arbeitete für eine Düngemittelfirma, deren Produkte er Landwirten andrehte, wofür er Provision kassierte und einen Firmenwagen gestellt bekam. Er fuhr durchs Land. Der Wagen mit dem artifiziellen Logo verlieh ihm in den Dörfern einen seriösen Anstrich. Seine Frau war Arzthelferin in einer Zahnarztpraxis in der Stadt. Sie waren kinderlos.

In dieser Runde wirkte Karim wie ein exotischer Prinz aus *Tausendundeiner Nacht*. Sie unterhielten sich auf Englisch, der Sprache der Überbrückung wie des Brückenbauens, der höflichen Distanz wie der Bindung an die alten Sitten. Karim sprach sie fließend, elegant, sinnlich wie die dunklen Fingerkuppen seiner prinzlichen Hände. Über seine Herkunft wusste Frieder nichts Konkretes, er hatte auch keine Recherche in Auftrag gegeben, was in Anbetracht der politischen Verhältnisse in Karims Heimatland ohnehin nahezu unmöglich gewesen wäre. Er musste sich mit dem persönlichen Eindruck begnügen, und der war zweifellos zufriedenstellend, Karim war freundlich, hatte perfekte Manieren, eben nur kein Tafelsilber und kein Geld. Von dieser Schwäche abgesehen, was hatten sie für Einwände gegen ihn, ohne ihn je getroffen zu haben?

Französisch sprach außer Karim niemand. Also jetzt auch Karim nicht. Frieders Freunde hatten einen vorzüglichen, gut abgelagerten Bordeaux Grand Cru aus der besten Weinhandlung der Stadt mitgebracht, die Stimmung wurde ausgelassener. Die Wangen der Arzthelferin röteten sich, bei ihrem Mann traten die Trinksäckchen unter den Augen deutlicher hervor. Karim, von undurchsichtiger Gelassenheit, brillierte über Erbgut und Masthähne. Masthähnchen, die per Dekret rasant schnell wachsen mussten, erklärte Pauline, brachen körperlich unter der Last zusammen. Karim berichtete von seinem Plan, sobald als möglich alles zu unternehmen, um zur besseren Ernährung der bettelarmen Bevölkerung in seinem Land beizutragen. Frieder sah ihm in die Augen. Seine eigenen Augen, wie Pauline meinte, nur wilder und eben jung? Er hob das Glas. Karims Fremdheit hatte etwas sehr Anziehendes. Seine Liebenswürdigkeit, sein Stolz hoben das Ansehen für sein gutes Herkunftsland. Über Politik wurde, ganz nach Greiffenseer Art, kein Wort verloren.

Als das Ehepaar gegangen war, machte Frieder Anstalten, den Tisch abzuräumen. Lass, Papa, sagte Pauline. Wir machen das. Geh schlafen. Frieder tat, wie ihm geheißen. Kaum war er aus dem Zimmer, zog Karim Pauline auf seinen Schoß. Er will sie nicht aufräumen, Geschirr herumtragen lassen. Er will sie küssen. Hier am Boden, auf dem schwiegerväterlichen Teppich. Er will mit ihr ins Bett. Sie geht mit ihm. In der Karre neben ihnen schläft Tahar.

9

Es war Nacht und das Meer schwarz, wegen des Lichts, das das Hotel umgab, konnte man es kaum sehen, aber hören und riechen. Man hörte das leise Schlagen der Uferwellen, und die Wasserfinsternis sandte eine angenehme Wärme aus. Charlotte, Alma und Fini, Almas jüngere Schwester, Schauspielerin, saßen auf der Terrasse ihres Zimmers. Von hier aus gelangte man durch Kakteen und Koniferen schnell an den Strand. Die Zikaden schliefen. Fledermäuse waren unterwegs, und drei Käuzchen, wie Alma feststellte. Weit draußen auf dem Meer blinkten ein paar Lichter grün und rot, und an einer Stelle, die die Hafeneinfahrt sein musste, flammte in der Schwärze, an der Spitze der Mole, im stetigen, selbstsicheren Rhythmus das helle Licht des Leuchtturms auf. Schon am Tag waren die Schwestern schwimmen gewesen, als wollten sie einen Vorrat tanken. Jetzt, in die Schwärze hinaus, war es noch einmal etwas anderes. Absaufen wie das Licht, komm, Alma, sagte Fini.

Charlotte blieb bei ihrem Weinglas sitzen und dachte in die Zeit zurück. Das Wort *Lampenfischer* beschäftigte sie angesichts der Lichtpunkte da draußen, ohne dass sie ausmachen konnte, was für Schiffe oder Fischerboote zu ihnen gehörten, ob es überhaupt Fischer waren. Lampenfischer ganz gewiss nicht, dachte sie, wie auf meiner Pappe, dem Bild eines naiven Malers, dessen Namen sie nicht wusste. Vielleicht liebe ich es darum umso mehr. So oft war sie in ihrem Leben umgezogen, immer hatte sie darauf achtgegeben, dass das Bild weder zurückblieb noch bei den Umzügen zu Schaden kam, denn es war ungeschützt, nackt, in demselben Zustand, in dem es ihr ein Freund vor langer Zeit einmal geschenkt hatte. Der Freund war längst tot, hatte die hell erleuchteten Boote aber noch gesehen, als er in den Fünfzigerjahren eine Weile zurückgezogen auf Ischia gelebt hatte. So wie auf dem Bild, das ich dir schenke, hatte er gesagt, genau so, Charlotte, fischten sie vor meinem Fenster, unter mir in der Bucht. Auf dem Bild sind zwei Boote, in Wirklichkeit handelt es sich aber um ein Boot; die Ausfahrt bei leerem Netz und was ein jeder an Bord tut, und die Rückkehr mit dem vollen, und die Handgriffe der Fischer jetzt, ihre Gleichzeitigkeit. Das macht das Geheimnis seiner Welt aus und die Poesie. Du musst die Pappe von unten her beleuchten, dann wird das Meer grün und die Insel darauf nachtflaschenfarben, und du siehst jeden im Boot.

Charlotte war ganz erfüllt. Die Erinnerung stimmte sie weich. Sie macht mich alt, dachte sie, ich fühle mich nur nicht alt, sie macht mich also reich. Je mehr dieser Erinnerungen mir in den Sinn kommen, desto reicher machen sie mich. Ich sollte die *Lampenfischer* wieder aufstellen. Diese ovale Pappe ohne Rahmen, ein fester Faserstoff bloß, stärker als gewöhnlicher Karton, biegbar, leicht zu beschädigen. Auf die Erinnerung, sagte sie laut in Richtung der Lichter über dem Wasser und hob ihr Glas.

Alma und Fini waren zurück. Das Hotel hatte die umlaufende Nachtbeleuchtung auf das Notwendigste heruntergefahren, sodass der Himmel mit seiner Vielzahl an Sternen näher rückte, düster und feierlich. Schweigend saßen die drei Frauen da, keine von ihnen wollte als Erste den magischen Moment durchbrechen.

Alma durchbrach ihn schließlich, indem sie sich räusperte. Carlo ist jetzt wieder in Rom, sagte sie. Er hat es dich schon mal gefragt, Charlotte, und ich frage dich jetzt auch, hast du nie Kinder haben wollen? Die Antwort bliebst du uns schuldig.

Sie hätten es gut bei dir gehabt, sagte Fini.

Ich hatte ein Junge werden sollen. Ich wollte ein Junge sein, war aber ein Mädchen, ein sehr dünnes, wie gesagt. In der Schule im Nebendorf – ich lief jeden Morgen dorthin, mittags wieder zurück, den Ranzen auf dem Rücken – gab es für alle aus bedürftigen, kinderreichen Haushalten und Flüchtlingsfamilien Schulspeisung. Oftmals so von Maden wimmelnd, dass sich beim bloßen Anblick schon der Magen drehte. Das Bild hat sich mir ins Gedächtnis eingebrannt. Ich war eine schlechte Esserin. Unterernährte Kinder wurden vom Schularzt zur Aufpäppelung für eine Weile in ein Landschulheim an die Nordsee verschickt. Auch mein Name stand auf der Liste. Als bekannt wurde, wer mein Vater war, sonderte man mich wieder aus. Ich war anorektisch, eine Pein ohnegleichen für alle Beteiligten, auch für mich. Mit der Zeit gelang es mir irgendwie, das zu ändern. Mit einundzwanzig hatte ich eine Blinddarmoperation im selben Krankenhaus, in dem ich geboren wurde, einer ehemaligen Heil- und Pflegeanstalt für geistig und körperlich Behinderte, die im Krieg ausgelagert oder *umgesiedelt* worden waren, ihr wisst ja, was das Wort bedeutete, sie mussten mit ihrem Tod der wachsenden Anzahl verwundeter Soldaten Platz machen, die nach der ersten Behandlung in einem Feldlazarett ins Krankenhaus eingeliefert wurden. Jedenfalls, als ich nach der Operation erwachte, erklärte mir der Chirurg, er stand lange neben mir am Bett, wenn ich so weitermachte, würde ich später keine Kinder bekommen können. Ich sah ihn an. Stellte ihm keine Fragen. Was meinte er? Was hatte er in meinem

Bauch gesehen? Ich blutete in großen Abständen. Mich freute es. Ich war Jungfrau. Tod an allen Fronten, Zerstörung, *Endlösung*. Was ich damals nicht wissen konnte und erst viel später herausfand, und das ist die Schande meiner Eltern, mich durch ihre Worte oder Erzählungen nicht vorbereitet zu haben auf das, was mich in dieser Welt erwartete. Hätten Liebe und Fantasie nicht darauf hinweisen sollen? Ich sei zu klein dafür gewesen, hat mir mein Hauslehrer Jahre später gesagt. Waren nicht andere Kinder zur selben Zeit und in meinem Alter längst im Gas verschwunden? Sein Argument war keines. Nicht direkt Blabla, aber fast. Allein Bobo erzählte mir aus ihren Kriegs- und Fluchterlebnissen. So bekam ich zumindest eine Vorstellung von dem Grauen, das sie überlebt hatte. Irgendwann, vor meinem Abitur, versuchte ich ein Gespräch mit Hugo. Er wich aus, schlug die Tür sozusagen zwischen uns zu. Genauer: Ich schlug sie zu. Radikal, unbarmherzig. Ich wollte aus seinem Mund hören, was es war, das er wusste, wissen musste, und er schwieg, ein Schweigen über Leichen. Mir war, als ginge ich über eine unlängst ausgehobene Grube, in welche die Erschossenen hineingefallen waren, bevor die Mörder Kalk und Sand daraufgeschüttet hatten und später Gras darüber gewachsen war. Man stolpert über die Stelle, weil der Boden uneben ist, und es ist zu sehen, dass er sich auch farblich vom Umfeld abhebt, unnatürlich. Er würde eines Tages aufbrechen. Das Schweigen explodierte. Und das führte zum Aufstand, zum Aufstand meiner Generation. Wir waren Studenten.

Wenn wir vom Internat an den Wochenenden Ausgang hatten, die Klostermauern für eine Weile hinter uns lassen durften, streifte ich durch die Stadt und fragte mich, wer von diesen älteren Männern, denen ich auf dem Bürgersteig der Hauptstraße oder auf den Bänken in der Parkanlage am Fluss begegnete, ein Vielfachmörder und bei der bundesrepublikanischen Justiz davongekommen war, weil auf beiden Seiten Gleichgesinnte saßen, Vernehmer und Vernommene, wer sich von ihnen als kleiner Fisch hatte davonschwänzeln können oder gar nicht erst von der Rasterfahndung erfasst worden war, weil er von vornherein zu gut heucheln, lügen, täuschen konnte. Und weil die amerikanischen, englischen und französischen Befrager bei all ihrer Kenntnis sich die Mordmaschinerie plastisch dennoch nicht ausmalen konnten, weil sie jedwede Vorstellungskraft übertraf. Und ich fragte mich, wer von diesen alten Frauen fröhlich den Arm gehoben und begeistert im Gleichschritt *Tritt an, deutsche Jugend, tritt an...* gesungen hatte. Oder KZ-Wärterin gewesen war. Der Slogan *Trau keinem über dreißig* wurde von uns mit Fug und Recht erfunden.

Die Lust, sich endlich nach Monaten bei einem kurzen Fronturlaub zu lieben – Verlobte, Eheleute, Paare, flüchtige Bekannte –, sich wieder lieben zu können. Nach langer, zehrender Sehnsucht. Zu allen Zeiten. An der Front, im Hinterland. In der fernen Heimat oder dort, wo einmal Heimat war. In den Zwischenzeiten, wenn das Gemetzel pausierte. Mitten im Grauen. Am nächsten Tag könnte man schon tot sein, die Frau im Bombenangriff, der Mann an der Front. Manch einer sehnte sich auch nach der Liebe zu Hause an die Front zurück.

Doch: sich lieben und ein Kind zeugen, als nichts Menschliches mehr an der Liebe war? Wie hatte man mich in diesem Krieg und unter diesem Regime zeugen können? Eine Absurdität. Wie der Krieg ausgehen würde, wusste niemand, und die Hoffnung, zur Hofferei verkommen, ist der schlimmste Ratgeber, selbst wenn sie am Leben hält. Lust will Ewigkeit, sagt Nietzsche. Aber nicht in einer Welt, in der es sich zu leben nicht lohnt, hätte er bestimmt auch gesagt, trotz all seiner Untergangsfantasie. Als ihr auf die Welt kamt, war aus dem Grab des Verschweigens, Verdrängens und Leugnens einiges ans Licht zurückgekehrt. Und je mehr ich, viel jünger als ihr jetzt, aber irgendwie furchtsam und fürchterlich erwachsen, über diese Zeit erfuhr durch Gespräche – was für ein Glück, dass ich die richtigen Leute traf! –, durch Bücher und Filme und Fotos, immer wieder Fotos von ausgemergelten Kindern, zu Gerippen abgemagerten, aber hochschwangeren nackten Frauen, während das Erschießungskommando neu lud, um sie im nächsten Moment zu liquidieren, ihnen ihre Kinder aus dem Bauch zu schießen, desto mehr riegelte ich mich ab. Wollte nichts wissen von meiner Proliferation. Nicht daran zu denken heißt natürlich auch, daran zu denken... Das weiß ich heute.

Die Ungeheuerlichkeit aus dieser Zeit füllte meinen Kopf vollständig aus. Ich fand vieles heraus, schrieb darüber. In welcher Fülle Wörter und Begriffe der Sprache, die wir sprechen, eine Sprache, die ich wie keine andere liebe, verunstaltet, verdreht, missbraucht, vergewaltigt worden waren. Stefanies *Vaterland* war so ein Wort. Ich deklinierte es herunter *with a chip on the shoulder.* Da war Deutschland schon Bundesrepublik. Ich war noch in einem anderen Deutschland geboren, hatte den ersten Schrei, der Hakenkreuzstempel auf der Geburtsurkunde belegt es, und erste Schritte in Nazideutschland getan. In den Jahren vor meiner Geburt war die Sprache verstummt und versteinert, sie weilte im Exil, geflohen in aller Herren Länder, und wer sie zu Hause benutzte und dabei nicht in die abstoßende Phrasendrescherei, das hohle, verlogene Pathos verfiel, wählte seine Worte mit Sorgfalt, sah sich vor, wie er sie setzte, so wie man, schwer verwundet, Schritte setzt, dass sie einem nicht den Kopf kosteten.

Verschlossene, abgemagerte, ausgemergelte Sprache. Manchmal denke ich, dass meine Magersucht in direkter Beziehung zu ihr stand. Dieser Sprache, und also mir, wollte ich auf den Grund gehen und, sollte ich es schaffen, ohne mich umzubringen, wie Sprungsteine in einem Fluss mehr und mehr Wörter, für mich neue, begehbare, tragende Spielsteine, in Umlauf bringen. Der Moment, in dem mir zum ersten Mal diese Umwandlung oder der Einstand gelang, war die Verwandlung eines normalen Kratzhuhns vom Wochenmarkt in ein Tandoori-Huhn. Bei Kierkegaard gibt es ein Bild, das mich fasziniert: der gegen seinen Urheber ohnmächtig sich aufbäumende Schreibfehler. Dieser Schreibfehler war ich.

Zärtlichkeit in meiner Kindheit gab es nicht, auch für Ludwig nicht. Und wenn du klein bist, passt du dich dem an, was du bekommst und was dich umgibt. Von Ingrid erfuhr ich sie nicht, vielleicht in allerersten Zeiten, die vor meiner Erinnerung liegen. Ich sehe mich auf einem Spaziergang nach ihrer Hand greifen, vierjährig oder so, als ich zu müde war und nicht mehr laufen konnte. An ein anderes Mal kann ich mich nicht erinnern. Es gab wohl kein anderes Mal. Ich weiß nicht, ob sie meine Hand nahm. Ich glaube, sie nahm sie. Ich glaube, die Berührung freute sie.

Ich habe meine Mutter niemals nackt gesehen.

Im Grunde ließe sich alles ändern. Ich meine, zum Besseren. Manches ändert sich auch, zum Beispiel Erziehungsmuster, zum Beispiel für Pauline. Sie gab Tahar, wenn er nicht in Greiffensee sein konnte, in den Kindergarten, damit er nicht nur unter Greisinnen aufwuchs. Das war die Zeit, bevor Tahar Geschwister bekam. Aber sie fühlte sich zerrissen zwischen der Vorstellung, nicht genügend Mutter zu sein, dem Stress als Alleinerziehende, und der Vorstellung, den Forschungsaufgaben im Institut nicht gerecht zu werden. Cäcilie guckte sich bei Pauline das Positive ab und handhabte es ähnlich wie sie, wurde aber trotzdem nicht *Meisterin der gleitenden Übergänge.* Alexa knüpft von früh an ein enges Band um sich und ihre beiden Kinder. Thomas, der Vater, kümmert sich rührend um sie und nimmt, wenn Alexa sich ausschlafen will, Laura in der Tragetasche morgens mit ins Büro. Stellt die Tasche mit der schlafenden Tochter unter den Schreibtisch der Sekretärin, während er im Nebenzimmer Straffällige berät. Die Sekretärin ist entzückt über die Kleine und nennt sie *meine Prinzessin.* Sie wärmt ihr die mitgebrachte Flasche in der Kaffeeküche. Nachtwache halten Alexa und Thomas abwechselnd, Bettwäsche und Windeln wechseln, mit Laura im Arm durch die dunklen Zimmer spazieren und sie wieder zum Schlafen bringen, wenn sie aufgewacht war. Dasselbe mit dem Sohn, Gustav. Alexa will keine Armada von Kindermädchen zwischen sich und Thomas und Laura und Gustav. Abends liest ihnen Thomas Märchen vor, er singt sie in den Schlaf. Es zehrt an der Kraft, wenn er manchmal halbe Nächte im Kinderzimmer verbringt. Er kann es sich nicht leisten, derart übermüdet zu sein, dass er neben sich steht und den Blick fürs auch taktisch komplizierte Ganze verliert, wenn er einen wichtigen Prozesstermin hat. Es steht beruflich viel auf dem Spiel. Er riskiert es.

Wenn ein Traum sie verstört und aus ihrem Zimmer vertreibt, schläft Laura bei den Eltern. Gustav ist eifersüchtig, also hat auch er Träume. Sie liegen dann nebeneinander auf dem großen Elternbett und sehen sich, an die gegenüberliegende Wand projiziert, Filme von Buster Keaton und Charlie Chaplin an, auch *Cinderella, Ferdinand, der Stier* und *Die Wüste lebt.* Dass Mutter und Tochter hin und wieder in heftigen Streit geraten, Laura unter Tränen davonrennt und die Tür knallt, gehört dazu, ein Test auf die Festigkeit und Selbstverständlichkeit ihres Verhältnisses.

An der körperlichen Nähe änderte sich auch nichts, als

Laura über das Alter hinaus war, das sie niemals erreichen würde, wie sie selbst einmal vermutet hatte. Wie eine Fata Morgana hatte sie die magische einundzwanzig durchschritten. An dem Tag schliefen Mutter und Tochter im Doppelbett.

Charlotte sah ihren Knuddeleien gern zu, während in ihrem Kopf ein anderer Film ablief: Bobo, das Ahlefelder Kinderfräulein, hatte Ludwig und sie hin und wieder sonntagmorgens ans andere Ende des langen Flurs und ins elterliche Schlafzimmer geschickt – erst anklopfen, auf das *Herein!* warten und hinein mit euch –, säuberlich gekämmt und sonntäglich angezogen, in Kniestrümpfen oder Söckchen und flachen Schuhen, eine Schnalle über dem Spann, Ludwig in Flanellhose, tadellos die Bügelfalte. Hugo und Ingrid lagen in ihren zerwühlten Kissen. Das Zimmer ungelüftet, das Fenster noch geschlossen. Und da standen sie nun an der Bettkante, eine kleine herausgeputzte Lady und ein kleiner herausgeputzter Gentleman vor dem Spaziergang.

Kommt unter die Decke, sagte Hugo. Er hob die Decke an, viel warme Luft entströmte dem genoppten Daunenplumeau. Das war unangenehm.

So unter die Decke?

Ja.

Sie stieg nicht zu. Ludwig auch nicht. Schon gar nicht neben Ingrid.

Was würde das Kinderfräulein sagen, wenn der Rock oder das Kleid und die auf Falte gebügelte Sonntagshose zerknittert wären? Irgendwann stellte Bobo ihren Schützlingen zuliebe diese erzwungenen morgendlichen Visiten ab. Sie waren auch ihr zu peinlich. Charlotte war der Geruch der elterlichen Ausdünstungen noch lange in der Nase geblieben. Sie hatte Ludwig nie gefragt, ob es auch ihm so gegangen war. Dass man daran beinahe erstickt wäre.

Jahre später – ich studierte in Paris, Ludwig hatte das Abitur bestanden – reiste Ingrid mit uns nach Spanien. Ein Land, das sie liebte und ganz gut kannte, da sie ihre Freundin in Huelva oft besuchte. Sie sprach Spanisch und war die beste Fremdenführerin für uns Kinder, ganz im Sinn Baedekers, was ihr von der eigenen gestrengen Mutter eingetrichtert worden war. Das Land war aufregend schön, und neben den vielen Kirchen und Museen gab es das südlich wuselnde Leben mit seinen Gitanos, Flamencotänzerinnen, Eseln, Pferden und Farben und die herrlichen Orangenplantagen. Und es gab das Meer, ein so andersfarbiges Wasser als im Norden. Es roch auch so anders als die Ostsee, über der oft ein leichter traniger Hautgout nach Tang und verwesenden Schalentieren lag. Und es war so viel wärmer. Am liebsten übernachtete Ingrid bei Freunden, weil es einfach häuslicher und familiärer war, doch diesmal hatte sie ein Hotelzimmer gebucht. Sonst hatte sie Hotels nachgerade phobisch gemieden, diese übliche Welt des Reisens. Bei Freunden zu Gast zu sein war obendrein viel billiger. Auch darauf hatte sie Wert gelegt. Spart, wo ihr könnt!

Wir waren in Málaga und übernachteten in einem Parador oberhalb der Stadt mit Blick auf die sandsteinfarbene Kathedrale mit einem Stummel als Turm und auf die weite Bucht dahinter. Ich schaute auf ein türkisblaues Meer, wie ich es nie zuvor gesehen hatte.

Ludwig wurde in einem Einzelzimmer untergebracht. Für uns beide hatte Ingrid ein Doppelzimmer gebucht. Es war schmal, aber hoch, hatte nur Platz für das altertümliche Bett mit den hohen Eisenteilen an Kopf- und Fußende und die Nachttische zu beiden Seiten. Als die Schlafenszeit kam, ging sie ins Bad, drehte den Schlüssel, im langen seidenen Nachthemd kam sie nach einiger Zeit wieder heraus, das Gesicht abgeschminkt, schwach glänzend von den Essenzen ihrer Cremes.

Auch das Bad war schmal und hoch. Es hatte, wie das Schlafzimmer, dicke Wände und ein vergittertes Fenster. An seiner Längsseite stand eine tiefe Badewanne, zu ihren Füßen oder dem Kopfende quer davorgesetzt das Klo. Ich wusch mir das Gesicht in beiden Handflächen, ohne die Seife zu benutzen, benetzte meine Haut, um sie zu kühlen, putzte mir die Zähne. Und lehnte die Tür nur an, als ich wieder aus dem Bad kam. Ich wusste nicht, was ich sagen sollte neben meiner Mutter im Bett, die nach einer Weile Gute Nacht sagte. Ich lag da, reglos auf dem Rücken neben der Schlafenden, und konnte selbst nicht einschlafen. Im Kopf der Schwarm lästiger Moskitos: Wie entfliehe ich dieser Situation? Die genoppte blaue Bettdecke, der mütterliche Dunst, die – ich weiß nicht, wie ich es anders formulieren soll – abgestandene Wärme, Stallwärme, Kuhwärme, die mit mir nichts zu tun hatte, all das war wieder da, und die Bilder schnürten mir die Luft ab. Eine unangenehme, ekelerregende Lage. Zu den beiden Fenstern kam ich nicht heraus. Auch im Bad war alles zu hoch, selbst wenn ich auf das hohe marmorne Klobecken steigen würde, bliebe ich gefangen. Das Fenster war vergittert. Um Ingrid nicht zu stören, nicht aufzuwecken und selbst nach Luft und ein wenig räumlicher Freiheit gierend, und sei sie auch nur zehn Schritt vom Schmerzpunkt entfernt, erhob ich mich, so lautlos ich konnte, und zog zentimeterweise mein Bettzeug von der gemeinsamen Schlafstatt, nahm es unter den Arm und schlich ins Bad, kontrollierte den Wannenboden, um zu sehen, ob der Hahn tropfte, er tropfte nicht, breitete das Bettzeug in der Wanne aus und legte mich hinein. Den Schlüssel zum Schlafzimmer habe ich nicht umgedreht.

IV

1

Hier, sieh, Charlotte hat sie mir geschickt. Heute ist ein Lesetag. Schöne Karte mit dem schönen Bild, findest du nicht auch? Wusste gar nicht, dass es auch solche Großformate gibt. Braque. Herrliche Farben! Wir sollten uns schon mal mit der Moderne befassen, bevor es zu spät ist. Und nur ein kurzer Gruß, sonst nichts. Seit Langem nichts. Ich nehme an, dir gegenüber ist deine Tochter etwas mitteilsamer, oder? Was weißt du von ihr? – Neuerdings scheint Stefanie der Weg zwischen ihr und Ingrid kürzer, zwischen Greiffensee und Ahlefeld, wohin sie nach einem ausgedehnten Spaziergang durch die Felder gekommen ist. Kürzer, unbeschwerter, seit Hugos Tod und Stefanies Scheidung hat die Rivalität der beiden Frauen allmählich abgenommen. Eine Rivalität, beinahe pathologisch, beinahe durch das ganze Leben hindurch, beim besten Willen kaum zu mildern. Diesen besten Willen versucht Stefanie nun bei sich zu entdecken und, falls vorhanden, zu beleben.

Nicht viel, sagt Ingrid. Sie studiert, arbeitet nebenbei, sie ist mich losgeworden, ist unabhängig, was auch immer das heißen mag. Ich habe, ehrlich gesagt, keine Ahnung. Ab und zu berichtet sie mir in groben Zügen von ihren Leistungen. Sie nimmt wohl an, das mache mir Eindruck.

Aber das tut es doch, gib es zu. Es wäre absurd, wenn es nicht so wäre. Deine Töchter überflügelten deinen Sohn von früh an.

Was weiß ich. Denke mir alles Mögliche zusammen. Berlin hat wohl eine Menge Schrecklichkeiten zu bieten, zugekiffte Typen, Maoisten, Trotzkisten, demonstrierende Knallköpfe. Sie schreibt Artikel, die ich besser nicht lese. Vielleicht ist sie ständig auf der Flucht vor Wasserwerfern. Sie konnte ja immer schon gut sprinten. Alles in allem teilt sie sich mir sehr dosiert mit, vorsichtig ausgedrückt. Ich weiß nicht, wie es ihr geht. Ich weiß nicht einmal, wie es mir geht. Es geht irgendwie. Ich war nie gut in Selbstkritik. Wozu auch. Es gibt genug anderes zu kritisieren. Und doch sind wir irgendwie zu allem auf Abstand. Früher war es mehr oder weniger noch absichtlich. Nur, dass aus dem Abstand inzwischen ein Abgrund geworden ist. So sehe ich das.

Das denke ich manchmal auch, sagte Stefanie. Ich will dir mal erzählen, wie es um meine Töchter bestellt ist. Hier, ein Brief von Anna, heute Morgen angekommen. Sie schreibt mir, weil sie mir die Dinge nicht ins Gesicht sagen kann. Das verstehe ich, ich sage auch ungern jemandem etwas direkt ins Gesicht. Aber impertinent ist sie trotzdem. Das macht mich müde. Mich macht Impertinenz müde. Dagegen ist deine Charlotte eine Heilige, die redet wenigstens nicht. Sag mir, wie du damit umgehen würdest. Hier, hör dir das an:

Seit der Trennung von Papa quälst Du Dich mit der Rückkehr in Deinen alten Glauben. Kannst Du nicht auf eigenen Füßen stehen? Du weißt doch, dass Priester Schufte sind. Das Weltall ist unendlich, es sitzt kein Gott auf der Wolke dort oben. Keine Engelein mit Flügelchen. Kein Erzengel Michael, und unten keine Vorhölle und keine Hölle. Die Seele ist eine unendliche psychische Kraft. Besser, Du weißt, ich bin aus der Kirche ausgetreten, gleich, als ich in Berlin auf der Filmakademie zu studieren begonnen habe. Ich bin aufs Charlottenburger Amtsgericht gegangen und bin aus-

getreten, dazu reichte eine simple Unterschrift. Meine Hand zitterte nicht. Einer meiner Dozenten, Oskar, hatte mich begleitet. Ich wollte einen Zeugen.
Der Typ beim Gericht stellte keine Fragen, nur der Priester, in dessen Gemeinde ich gemeldet war, später in einem Brief, als er von meinem Austritt von der Behörde erfuhr, wohl wegen der nun ausbleibenden Kirchensteuer.
Lachend verließen wir das Amtsgericht. Jetzt trinken wir auf deine neue Freiheit, Anna, befahl Oskar. Wir gingen in die nächstbeste Kneipe, tranken Wein, billigstes Zeug, mir wurde sofort schlecht, wenn ein Wein nicht trocken ist, bin ich sofort krank. Später dachte ich, vielleicht war es gar nicht der Wein, sondern die Kirche. Verstehst Du? Bei den Nonnen damals hatte ich nichts über Kirchengeschichte erfahren, weder die grausame vergangene noch die grausame nicht vergehende. Nur Schwester Xenia aus Spanien hatte ein paar Dinge dunkel angedeutet, was ich aber nicht so richtig verstand. Bis ich mich selbst mit dem Problem des Glaubens auseinanderzusetzen begann. Ich will ehrlich sein, und ich sehe, wie Du Dich in der Fremde, wie Du sagst, gequält hast. Jetzt allein. Ohne Frieder an Deiner Seite, der Dir eine Stütze war, Dich aber doch zum Übertritt gezwungen hat, weil er Dich sonst nicht hätte heiraten können. Ich kann mir nicht denken, dass Du den Schritt freiwillig getan hast, schon eher aus dem Kalkül einer Einheitlichkeit im Glauben, für den Zusammenhalt innerhalb der Familie, aber nicht für Dich selbst. Deine heimliche Liebe, die zu heiraten Dir Deine Familie verboten hat, hast Du uns gegenüber stets nur am Rande erwähnt, so als wären die wichtigsten, die lebensentscheidenden Dinge nicht wichtig. Wie konntest Du Dich so verbiegen lassen? Und dann auch Deine Kinder, wie konntest Du uns, mir, eine Religion zumuten, die für Dich selber furchtbar war? Ich weiß, wovon ich rede, ich habe

mich auch lange herumgequält, ehe ich mich zum Austritt entschloss. Wenn Dich das erleichtert, geh doch zurück in Deinen alten Glauben, falls Du Dich auch hier nicht wieder belügst und nur einer lang vermissten Gewohnheit hinterherjagst, einem Gefühl, das Dir vor vielen Jahren abhandengekommen beziehungsweise von Menschen, die Du für Autoritäten hieltest, genommen worden war. Jetzt willst Du es zurück, um Deinen Frieden mit Dir zu machen. Die Form verstehe ich, nur nicht den Inhalt. Verstehst Du den Inhalt? Gibt es einen Inhalt, Mama?

Das meine ich unter anderem mit Impertinenz, unterbrach Stefanie ihr Vorlesen. Und doch ist es so, wenn dich deine Kinder nach Inhalten fragen, kannst du einpacken. Kannst dich ins Bett legen und zur Wand drehen.

Beide schwiegen einen Moment lang, dann fuhr Stefanie fort mit der Lektüre:

Ich bringe es schon lange nicht mehr fertig, Mama, an jene metaphysische Welt zu glauben, in die ihr mich hineingeboren habt, mit Taufe und Kommunion als ein Ritual für Euch selbst, und in ihre katholische, Gehorsam fordernde Hierarchie. Das Geläut der Engel klingt wunderbar, ein herrliches Bild. Doch irgendwann enden ja die Weihnachtsengelspiele und beginnen die Fragen nach der Rolle der Kirche und der Kirchen im Dritten Reich. Wie gesagt, es gab nur eine Nonne, die mir etwas erzählte. Ich verehrte sie. Und dann natürlich jetzt in dem wilden, gottlosen Berlin. Ein unkontrollierbares Biotop. Jenseits der Mauer die schiere Religionslosigkeit, diesseits das Agnostikertum. Und es war, als ich zu fragen anfing, beschämend, was ich da erfuhr. Dieser Institution wollte ich nicht länger angehören, die ihre Mitschuld am Erstarken der Nazis leugnete, die die Katholiken der

Zentrumspartei offen dazu aufgefordert hatte, die Partei Hitlers zu wählen und für das Ermächtigungsgesetz zu stimmen, weil im nationalsozialistischen Staat an sich und durch das Reichskonkordat die Religion geschützt, der kirchliche Frieden gesichert, der Sonntag geheiligt und der Einfluss der Kirchen gewahrt würden. Dieser Institution, die kein Wort zur Schoah gefunden hat und die Deportationen im Grunde ohne Wenn und Aber geschehen ließ. Ist das vergangen? Es ist nicht vergangen. Ich will mit dem genuinen Antisemitismus der katholischen Kirche, übrigens auch des Luthertums, nichts zu tun haben! Wieso soll ich mich den Vorschriften dieser Kirche fügen? Ausgerechnet ich!, wo sie doch in einer von Männern bestimmten Welt wurzelt, mir persönlich tödliche Fallen stellt mit ihrer patriarchalischen Perfidie. Welche Rechte haben Frauen? Sie untersagt Abtreibung. Sie ist gegen gleichgeschlechtliche Partnerschaft, und ich liebe nun einmal keinen Mann. Und ich lebe trotzdem nicht in Sünde, sage ich lachend, mit dem Lachen, das damals meinen Dozenten und mich befiel, als wir die Stufen aus dem Amtsgericht ins Freie hinunterliefen. Ich hatte einen Ring in mir gesprengt, der nicht der meine war, mit dem Ihr mir die Luft abgepresst habt. Ich kann nicht anders, als meinen versammelten Unwillen, meine tausend Neins in Großbuchstaben auf Dich hinunterprasseln zu lassen, da Papa ja nicht mehr da ist. Weißt Du noch? In einem verzweifelten Moment, als Dir der Priester wieder meine Tochter *gesagt hatte, gestandst Du mir, dass Du nicht länger in einer Kinderwelt bleiben wolltest. Du seist dieser Welt entwachsen, sagtest Du. Ich gehe aufrecht. Wie sich zurückschrumpfen also? Wozu diese ewige Pubertät? Da half nur ein Schlag auf den Kopf oder ein Zauber. Das Zauberkraut fandest Du nicht, und den Schlag wehrtest Du ab.*

So. Da kannst du sehen, Ingrid, sagte Stefanie, meine Kinder setzen mir ganz schön zu. Anna, Pauline, jede auf ihre Weise.

Im Keller der Ahlefelder Schlossküche hatten nach dem Krieg die Flüchtlinge zu mehreren Parteien gleichzeitig oder nacheinander gekocht, dort, wo Ingrid nun allein am Herd stand und in den Töpfen rührte, das Gesicht gerötet trotz der sorgfältig aufgetragenen Schminke. Keine Hausmädchen mehr. Der Diener, zu alt, um noch zu arbeiten, lebte bei seiner Familie in der Stadt. Mit zusammengebissenen Zähnen stand Ingrid in ihrem klassisch geschnittenen langen blauen Abendkleid da. Sie ärgerte, dass sie vor dem großen Dinner nach der Hasenjagd, auf der die Jäger gute Arbeit bewiesen – vierzig Tiere wurden zur Strecke gebracht –, in den Keller hatte hinuntersteigen müssen, um die Essensvorbereitungen selbst in die Hand zu nehmen. Die Köchin war stark erkältet, nicht in der Lage, die Arbeit zu verrichten, und das letzte Küchenmädchen hatte gekündigt. In der Saisonarbeit gab es mehr zu verdienen als im Schloss. Die kommende Autobahn lockte.

Preußens Gloria ist nun endgültig vorbei, zischte Ingrid, als Annalisa, ebenfalls in dunkler Abendrobe, die Kellertreppe herunterkam.

Ich mache ein Foto von dir, rief sie belustigt. Wie schön, wie herrlich deine Wut! Preußens Gloria? *Come on*, ist längst vorbei.

Ingrid, die bei der Bemerkung auch ihren letzten Rest Humor verlor, murmelte nur: Ich finde es gar nicht witzig, Annalisa, und sie starrte weiter in den Topf mit der Tomatencremesuppe, in gehörigem Abstand, um das Seidenkleid nicht in Gefahr zu bringen.

Komm, meine Liebe, du weißt es doch auch längst.

Ingrid schwieg und rührte.

Mich haben meine Eltern zu einer Anarchistin erzogen, geistig frei, Gott sei Dank, auch vor Gott frei, ein Fundus. Annalisa ließ sich die gute Laune nicht austreiben. Binde dir wenigstens eine Schürze um. Du ruinierst dein wunderschönes Kleid. Das wäre schade. Wo habt ihr hier eine?
Weiß ich nicht.

Greta, die Köchin, die die Szene von der Spülecke her beobachtete, wollte im ersten Impuls sich ihre nicht mehr ganz saubere Schürze über den Kopf streifen, strich sie aber schnell wieder glatt, als hätte es die Bewegung gar nicht gegeben, und schleppte sich zum Wäscheschrank, in dem sie Küchenhandtücher und Schürzen verwahrte, reichte eine frisch gebügelte makellos weiße, und Annalisa band sie Ingrid um. Meine Liebe, offenbar tust du nun zum ersten Mal, was ich längst jeden Tag mache. Wir haben seit Langem keine Köchin mehr. Und du hast noch Greta. Sei dankbar, auch ihr gegenüber. Christian schmeckt meine Küche gut. Er sagt es jedenfalls. Und da hat er recht. Komm uns besuchen.

Du hast vielleicht keine Köchin mehr, aber du hast wenigstens Christian. Sei auch du dankbar und halt die Klappe!

Anna erzählte in ihrem Brief an Stefanie nicht, dass sie in die Drogenszene abgerutscht war, als sie wegen ihrer Freundin aus Hamburg nach Berlin übersiedelte, und dass sie in Kreuzberg wohnte, das unter Zynikern schlicht *Türkberg* hieß, unweit der Mauer in der Mariannenstraße im vierten Stock im Hinterhof, wo es im Hauseingang nach Urin und auf der Treppe nach Gewürzen und diversen brodelnden Morgen-, Mittag- und Abendessen roch, dass sie anfangs kaum Geld zum Leben gehabt hätten, da, was sie von der Mutter bekam, fürs Fixen verwendet werden musste. Als sie diese Phase hinter sich hatte und von Drogen und Alkohol mit eiserner Willenskraft wieder abgekommen war, hielt sie sich mit Jobs über Wasser, kellnerte, war eine Zeit lang als Bereiterin in einem Reitstall und abends in einer Seitenstraße des Kurfürstendamms in einem Varieté hinter der Bar und schließlich auch auf der Bühne tätig.

Bei mir müssen sich die Frauen, die für mich arbeiten, zuerst alle ausziehen wie beim Arzt, erklärte ihr beim Vorstellungsgespräch der Besitzer, Leo, der mehrere Etablissements der Art in der Stadt unterhielt. Damit ich weiß, woran ich bin. Und sie ziehen sich aus, umstandslos.

Umstandslos?

Eine Frau, die weiß, was sie wert ist, zieht sich aus.

Annas Augen schlitzten sich. Sie fixierte den Mann und schluckte. Das glauben Sie, Gott sei Dank sind wir Frauen.

Ihre Androgynie und ihre Schönheit und ihre Haut schützten sie. Anna hätte sich auch als Model verkaufen können. Ihre großflächigen Gesichtszüge, geeignet für jede Sorte Hut vom Wagenrad auf einer königlichen Hochzeit bis zum Käppi beim Radrennen, die vollen, blonden Haare, die bis zur Hüfte reichten und die sie oft hochgesteckt trug. Die langen, schlanken Beine passten auf den Catwalk.

La Primavera, sagte Leo und musterte sie schweigend und so lange von vorn, dass sie ihm am liebsten ins Gesicht geschlagen hätte. Aber sie rührte sich nicht. Wie ein Model im Atelier starrte sie einen fernen Punkt an, den sie sich vorgestellt hatte, dort ging sie Arm in Arm mit Olga am Landwehrkanal. Olga blieb plötzlich stehen und provozierte sie, ich wette, du traust dich nicht, mich zu küssen.

Leo war ein stattlicher Mann mittleren Alters, der sich jung und amerikanisch sportlich gab, weiße, rot und blau am Bund umrandete Tennissocken und weiße Sneakers zum weißen Anzug. Die Beine weit ausgestreckt, saß er lässig auf seinem Stuhl.

Dreh dich um. Geh auf und ab. Lass dich noch einmal von vorn ansehen. Bleib stehen. Ja, die Entfernung ist gut. Keine Angst, ich mache kein Foto. Ich fasse dich auch nicht an. Du bist schön. Du hast feste, kleine Brüste. Okay. Kannst dich wieder anziehen. Und wenn du angezogen bist, kommst du wieder her.

In ihren Kleidern trat Anna wieder vor ihn. Er musterte sie von seinem Platz hinter dem Schreibtisch, so wie er sie vorher nackt gemustert hatte.

Du bist engagiert, sagte er. Gefällt dir die Idee?

Anna warf die offenen Haare nach hinten. Sie hatte nicht Zeit gehabt, die Fülle kunstvoll zu flechten oder wieder hochzustecken. Ja, sagte sie leicht errötend und mit einem leisen, das A lang ziehenden Frageton in der Antwort. Ja, schon.

Du fängst morgen Abend hier an. Zunächst hinter der Bar. Einverstanden? Kleider, Schminke, Schuhe hast du? Sonst kauf ich sie dir. Ich bin da. Da Anna nichts einwendete, redete er weiter. Ich heiße Leo, doch das weißt du sicher längst. Nenn mich einfach so. Und ich nenne dich Anna. Aus purer Leidenschaft für Klarheiten.

Einen Fremden, ab morgen Abend ihr Boss, so hoppla und unter diesen so demütigenden Voraussetzungen, sie fast erpressenden, aber auch elektrisierenden Bedingungen beim Vornamen zu nennen, war sie nicht gewohnt. Sie sagte nichts, sie wartete.

Im Grunde wollen sie etwas anderes.

Wer?, fragte Anna. Wer *sie*? Obwohl sie genau wusste, was Leo dachte und dass er nur wieder Schärfe beweisen wollte.

Die Frauen.

Und was, glauben Sie?

Du! Leo sah Anna an und murmelte vor sich hin: Frauen

wie du, mein armes Herz. Sie haben alle ihren Ehrgeiz. Manche wollen das große Leben oder was fürs Herz. Und spucken auf das Geld. Weißt du's, was du willst?

Ja.

Umso besser. Ich will es gar nicht wissen.

Er legte die Hand auf den Vertrag. Er grinste. Ich gebe dir einen Kunstnamen. Deine Herkunft spielt hier weniger als keine Rolle. In meinen schummerigen Nächten ist jeder adlig. Du kannst singen, steht in deinem Lebenslauf. Ich werde dich singen lassen, wenn deine Stimme mir gefällt. Stimme und Haltung. Du wirst die Dietrich singen. Die gilt hier noch immer als Vaterlandsverräterin. Und das passt mir. Gerade in Berlin! In dieser Rolle kommst du mir gerade recht. Okay? Ich kleide dich als Vamp, Frack, Zylinder, Frontkämpferin bei den GIs, zu denen ich auch einmal gehörte. Und lasse dir die Haare machen wie sie. Spielst du mit?

Anna spielte mit. Leo wusste, wo es die feinsten Fummel der Stadt gab.

Wir probieren es aus in den nächsten Tagen. Kommst du am nächsten Wochenende mit auf meine Finca?, fragte er dann.

Anna war sich nicht sicher, welche Absichten er hinter dieser Frage hegte, ob sie sich den Job am Ende doch noch vermasselte, wenn sie das ablehnte. Sie zögerte einen Augenblick. Nein, sagte sie dann, da fahre ich zu meiner Freundin in der Nähe von Hof.

Eine Landpomeranze? Du? Nicht im Ernst! Bei deinen Augen, deiner Figur? Was sagen die Grenzer denn zu deinem Pass, wenn sie deinen Namen lesen? Diesen Bandwurm von Vor- und doppelten Nachnamen. Wir fertigen eine Dinosaurierin ab, Prost!? Sollten wir sie nicht im Käfig auf dem Marktplatz ausstellen und von allen Gaffern Eintritt nehmen, bei Anfassen das Doppelte?

Ach, sagte Anna und war Leo ein wenig dankbar für den Vergleich, den er gefunden hatte, sie starren mich an wie das Kalb im Mond.

Anna fand keine bessere Arbeit. Im Gegensatz zu Pauline und Rosa hatte sie schon kein Abitur machen wollen. Frieder hatte sie schließlich da durchgeprügelt, bildlich gesprochen. Was sie später anpackte, brach sie bald wieder ab. Ohne Ausbildung keine bessere Arbeit. Sie wusste, dass Pauline mit ihrem Universitätsabschluss deutlich besser dastand. Wusste, glaubte, nahm an, wähnte, dachte, bildete sich ein, sonderbarerweise, denn die Schwestern maßen sich niemals miteinander, sie waren sich keine Konkurrenz. Sie stichelten bloß immer mal, wo andere in ihren Leistungen wetteifern, machten sie sich nur in ihrer Laxheit und Lässigkeit Konkurrenz. Wer war die Coolste im ganzen Land? Hörte Pauline damit auf, die Cäcilie niedermachte, fing Anna an, hörte Anna damit auf, stichelte Cäcilie und dann wieder Pauline. Ein bisschen Spielerei auf dem Grund ihres unverbrüchlichen Zusammengehörigkeitsgefühls.

Wenn sie nicht bei Olga untergehakt durch die Berliner Straßen zog, öffentliches Küssen war noch verboten, oder neben ihrer Freundin im Bett lag, träumte sich Anna weg aus der Stadt. Dass gerade sie sich Berlin zum Leben ausgesucht hatte, die deutscheste Stadt, zudem ohne Hinterland, in das man zum Wochenende hinausfahren konnte, war absurd. Wenn man Land sehen wollte, musste man viele Stunden lang bis ins Wendland oder nach Bayern fahren. Auch Olga stammte vom Land. Sie kam aus der fränkischen Gegend um Hof, unweit der schwer bewachten Grenze zwischen beiden Deutschlands.

Könntest du dir vorstellen, eines Tages wieder auf dem Land zu leben?, fragte Anna.

Eines Tages?
Eines Tages.
Wie meinst du?
Ich frage dich.

Ja. Aber du hast einen großen Fehler, Anna. Nichts machst du gründlich genug.

Ich weiß. Es fing schon früh an, ich musste zum Beispiel nie aufessen, im Gegensatz zu meinen Cousinen Charlotte und Alexa. Stefanie hat mich zu nichts angehalten. Frieder versuchte es immerhin.

Das ist kindisch. Du glaubst doch nicht im Ernst, dass es vom Aufessen kommt. Du warst immer die kleine schmale Verwöhnte. Deine Augen waren immer still und grau wie das Wasser. Du warst das Dornröschen, das Schlossfräulein, auch als Rosa noch lebte. Das ändern wir jetzt – komm, halte mir den Huf. Sie lachten.

Olga war Tierärztin mit einer Praxis in Hof und ausgebildete Hufschmiedin. In ihrer Arbeitskluft, dem karierten Hemd und mit dem Bubikopf sah sie wie ein Junge aus. Sie trug einen goldenen Ohrring im linken Läppchen, ein Erbstück ihrer Mutter.

Wer wird euren Hof erben?, fragte sie.

Das Haus wurde verkauft, meine Mutter lebt jetzt im Torhaus, die Erbregelung ist unklar. Den Hof bekommt wahrscheinlich Pauline, schon allein wegen ihrer Eignung, sie studiert ja Landwirtschaft. Kann damit umgehen.

Und ihr anderen bekommt nichts?

Ich weiß es nicht.

Das würde ich mir nicht bieten lassen, fuhr Olga auf, weder von deiner Mutter noch von Pauline, die mit dem Hof möglicherweise nicht sonderlich glücklich wird. Wir leben heute nach dem Bürgerlichen Gesetzbuch, kapiert?

Olga wusste von Paulines *Fehltritt*, ihrem doppelten *faux pas*, mit einem Marokkaner zusammen zu sein und auch noch ein Kind von ihm zu erwarten.

Endlich hatte es wieder aufregenden, gehässigen Tratsch in der Familie gegeben. Als Tahar auf die Welt kam, war unübersehbar, dass er nicht das Persil-porentief-weiß-Gesicht hatte. Ingrid war entrüstet. Sie machte sich ihre Schwägerin zwar nicht gerade zur Verbündeten, war aber mit Stefanie im Einklang, dass Pauline nicht mutig sei, sondern abtrünnig, sie habe das Prinzip der reinrassigen, weißen, christlichen Ehre verraten.

Olga dachte für Anna und sich voraus. Was, wenn Pauline mit dem dunkelhäutigen Sohn nach Greiffensee zöge, falls Stefanie ihr vermachte, was vom Hof noch übrig war? Wäre es da nicht sinnvoll, dass sie mit Anna, die ihre Filme weiter drehen könnte, zu Paulines Unterstützung aus dem Fränkischen ins Holsteinische überwechselte, um zu verhindern, dass die von Ressentiment erfüllte Umgebung den kleinen Jungen zum Außenseiter, fürs Leben kaputt machte? Wie sollte das arme Kind damit allein fertig werden? Es fehlte noch, dass Tahar eines Tages damit anfing, sich regelmäßig das Gesicht zu schrubben.

Was so Schlimmes schuf das Paar, das liebend einte der Lenz, sang Charlotte leise, sprang vom Teetisch auf und schrie dann die beiden Mütter, Stefanie und Ingrid, an: Was ist schlimmer, die Blutschande mit einem Juden, ein Kind von ihm, oder das Kind von einem Moslem? Die Blutschande mit den Juden, ihr wisst sehr genau, wie es dazu kam und was danach kam, millionenfache Vergasung!, während die Araber, second race people, noch unterjocht waren von ihren Kolonialherren, von Europa zur Ausbeute erkoren, unter den Nazis durften sie ein besseres Schicksal fristen, dazu

Mussolini, Pétain, Stalin, Namen, *cover-ups* für das dumpfe Glück von Millionen. Habt ihr keine Fantasie? Keine Sicht? Stellt euch vor, die Millionen toten Juden würden zurückkehren, stellt euch vor, dass es mehr und mehr werden, millionenfach Menschen hierherkommen, aus dem Orient und von überall, in die Länder flüchten, die sie ausgebeutet haben und weiter ausbeuten, wegen ein bisschen besserer Lebenschancen, weil sie nicht abgeschlachtet werden wollen, so wie auch schon ihre Vorfahren abgeschlachtet wurden. Sind wir hier und heute besser erzogen, hat uns eure schöne christliche Kirche nicht seit Ewigkeiten Fremdenhass gelehrt? Den bösen Unterschied zwischen den Religionen? Was, wenn durch diesen Hass die dünnhäutige Vernunft ohnmächtig wird und kippt und alles beim Alten bleibt, die jüdische Nase oder das wadenlose Bein einer Afrikanerin?

2

Jetzt war die Kirche verschlossen, nicht wie damals zu ihren Zeiten. Damals, das lange Wort, noch länger das nicht. Stefanie klopfte beim Küster, um den Schlüssel zu erbitten. Der Küster war nicht mehr der alte, ein Pommer, mit Frau und drei halbwüchsigen Kindern – wie viele Jahre her?, Stefanie hätte rechnen müssen, Wilhelm Tippel sicherlich nicht, der hätte die Zahl auf Anhieb gewusst –, mit einem der letzten großen Trecks im Januar 45 nach Greiffensee gekommen, das Gesicht teigig, das Haar streifig und schütter. Jetzt stand sein Sohn vor ihr. Stefanie blinzelte den Sohn mit den Gesichtszügen des Vaters an. Er gab ihr den Schlüssel.

Sie betrat die Kirche, stand unter der Orgelempore und blickte zu den bunten Fenstern der Apsis und dem Altaraufbau, in dessen Mitte der Prediger Christus hing, vollbärtig, barfuß, ein junger Mann mit wohlgeformten Zehen auf dem Weg ins Leben, im blauen Umhang und roten Rock, die Rechte erhoben. Und dann begann sie, auf ihn zuzuschreiten wie so unzählige Male vor dem Tag des Konfessionswechsels, als Kind an Ernst Augusts Hand, als kleines Mädchen auf dem Weg zur Konfirmation. Verharrte nach wenigen Schritten und lehnte sich an den rechten Mittelpfeiler, umarmte den Stein mit der Linken und strich mit der Rechten langsam durch die Kehlung des Pfeilers, Tal, Höhe, Tal, Höhe, eine nach der anderen, und spürte und genoss die rauhe, schartige, unverputzte Oberfläche des alten Steins.

Einmal endlich kein Marmor und auch keine Imitation. Den Weihrauchgeruch vermisste sie. Diesen Duft hätte sie gern in die alte angestammte Kargheit herübergerettet. Er war ihr lieb geworden. Er duselte sie so schön ein und trug sie in eine mystische Weite. Eine andere als die Ferne, in die die Augen auf dem Altarbild blickten. Sie vermisste den Duft in dem hohen leeren Raum, wo es nur nach Kühle roch. Und muffig. Nicht nach Weihrauch, nicht nach Kerzen. Darin war die *Cattolica* allen protestantischen Neuerungen oder Gegenüberstellungen voraus. Stefanie setzte sich in eine Bank am Mittelgang und ließ den Raum mit seiner Stille auf sich wirken. Und ertappte sich dabei, dass sie an Sonne dachte und nicht an Gott. Ihr fröstelte. Noch einmal nach Rom.

Die Seelsorger im Kirchsprengel hatten seit ihrer kirchlichen Trauung zwei Mal gewechselt. Zum amtierenden, einem jungen, unverheirateten Mann, jünger als der Christus über dem Altar, hatte Stefanie noch keinen persönlichen Kontakt geknüpft. Sie nickten einander während des Gottesdienstes zu, als warte jeder auf den ersten Schritt des anderen. Stefanie genierte sich, nicht dass sie von schlechtem Gewissen getrieben war, im Gegenteil, das Wort von der gestrauchelten, gefallenen Tochter kam ihr in den Sinn, das Langzeitkatholische wirkte in ihr noch, verkörpert im Bild der büßenden Magdalena, so als müsse sie sich vor der Autorität des jungen Amtsinhabers und allen weiter infrage kommenden höheren Kirchenpersonen und den Bekannten unter den Kirchgängern, die mittlerweile alles ältere Leute waren, für die Jahre ihres Ausbleibens – nicht Irrwegs – rechtfertigen. Es fiel ihr nicht ein, einfach zu jubeln und laut in den großen hohen Raum hineinzusingen, in dem sie niemand hörte, es war ein Wochentag: Ich bin zurück! Im Glauben meiner Kindheit zurück! Zurück! Ich habe ihn wieder! Großer Gott, wir loben dich! Ich kann die alten Lieder singen und meine Bachkantaten hören! Ich habe wieder eine Heimat. Die jahrelange Sehnsucht hat ein Ende. Sie hat die Flügel eingeklappt und nach Hause gefunden und mit ihr ich. Jauchzet, frohlocket! So wie Anna es in dem Brief vorgeschlagen hatte.

Sie beruhigte sich. Die Stille wie die Einsamkeit ist die Freundin des Gedächtnisses. Bilder gaukelten durch den Raum. Hugos und Ingrids Hochzeit im Krieg. Ihr Einzug bis vor den Altar. Ludwigs Taufe in Hugos Abwesenheit im Krieg. Ihr Einzug bis vor Pastor Vreede. In der Stille traten Stimmen auf. Hier hatten sie damals gesessen. In dieser Bank. Nicht in der fünfzehnten Reihe am Mittelgang. Hugo neben ihr. Zwei einsame Gestalten in dem riesigen Schiff in der Patronatsbank, dem öffentlichen Familiensitz, mit Blick auf den segnenden Christus. Für das Gespräch hatte ihr Bruder sie um äußerste Geheimhaltung gebeten. Das zu garantieren und allein vor dem wachenden Auge Gottes zu geloben, was er Stefanie abverlangen wollte, hatte er die Schwester damals in die leere Kirche gebeten.

Er hat es dir verschwiegen ... Ich habe ihn überwachen lassen.

Ich glaub dir nicht. Du lügst.

Ich sag die Wahrheit. Doch wie auch immer: Du heiratest ihn nicht.

Ich habe ihm Treue geschworen.

Gib nach. Er hat es dir verschwiegen. Ich habe ihn überwachen lassen.

Ich habe mein Herz erweicht, Hugo, sagte sie plötzlich laut in die große Stille, um die alten Stimmen zu verscheuchen. Ich habe dir vertraut. Ich habe dir nachgegeben. Müßig, mir zu überlegen, wer ich heute wäre, hätte ich es nicht getan. Und selbst wenn er verheiratet gewesen wäre, was machte das schon heute aus, doch auch damals, sehe ich jetzt, wäre ich nur selbstsicherer gewesen. Es hätte auch damals nichts bedeuten dürfen.

Grübelnd verließ sie die Kirche, schloss sie ab und gab, wie versprochen, dem Küster den Schlüssel zurück.

Beim Ansturm der Erinnerungen drängte es Stefanie, in der Friedhofsgärtnerei einen großen Strauß Rittersporn zu pflücken und für die Mama auf den Stein zu legen. Die hohe, traubenförmige Lieblingsblume der Mutter, die nicht nur das tiefe Blau, sondern auch die komplizierte Struktur der gespornten und kelchartigen Blüte so bewundert und so oft aquarelliert, und während sie sie kopierte und aufs Blatt tuschte, Stefanie, die neben ihr stand und zusah, Unterricht in Botanik gegeben und dem kleinen Mädchen erklärt hatte, wie die fünf ungleichförmigen Blütenhüllen Lippen ähnlich den Griffel mit seiner deutlich erkennbaren, hellen Narbe schützten und warum das so sei. Der Ort der Zeugung muss behütet sein. Und die Samen haben schmale Flügel, so können sie zur Erde fliegen und dort anwachsen. So setzt sich der Rittersporn fort. Bienen, Hummeln, Narben, Samen. Stefanie hatte bei der Belehrung in botanischer Fortpflanzungskunde nichts von dem verstanden, was die Mama ihr andeuten wollte, sogar deutlich erklärte. Zu fragen hatte sie nicht gewagt. Nicht einmal durch die Blume war die Rede von Eierstock, Eileiter, Gebärmutter, Mutterkuchen gewesen, kein Wort. Stefanie, neugierig in allem, was die Natur betraf, lernte die Begriffe und Funktionen aus Büchern und in der Schwesternausbildung.

Aber sie konnte nicht einfach in die Gärtnerei eindringen, die einmal ihr gehört hatte. Der Betrieb war nun verpachtet. Sie hätte sich benommen wie die Dorflümmel im Apfelgarten. Der ihr auch nicht mehr gehörte, worin die Dorflümmel aber noch immer lümmelten. Sie ging den Feldweg hinter der Gärtnerei zum *Eichholz* genannten Wäldchen hinauf und pflückte an seinem Rain wilde Margeriten und Kornblumen. Ging ein paar Schritte wegen der Kornblumen mit der aus Kindertagen stammenden Scheu (kein Brot zertrampeln!) vorsichtig in das Gerstenfeld hinein, zertrat dabei doch ein paar Ähren, die nicht wieder aufstünden. Das blaue Büschel, das sich in ihrer Hand bildete, fand sie für die Mama trotzdem passend, es war wild gewachsen, Feldwuchs, am Weg gelegen und ohne Vorgeschichte, es war weiß und blau und nicht tangiert von Scham. Es war aus Greiffensee. Stefanie lehnte sich gegen das hohe Eisengatter der Gruft. Sie hatte bei dem Gang hierher unsichtbar sein wollen, als trüge sie eine Tarnkappe, und es hatte sie auch kein Mensch beobachtet. Der Küster spionierte ihr nicht nach. So blieb der Gang Gott sei Dank als nicht gegangen, ein Gang ganz ungeschehen, quasi gar kein Gang, einmal keinmal. Ein Loch in der Zeit und in der Zeit der Unentwegtheit für alle anderen, nur nicht für sie und nicht für ihre Mutter. Sie wollte nicht reden. Sie hatte ein Pflaster auf dem Mund. Sie brauchte den Mund ja nicht zu öffnen. Sie redete mit ihren Gedanken. Das zweite Mal würde sie fester auftreten.

Sie war zurück. Wieder die Person, als die sie einmal getauft worden war. Und so steckte sie die wild gewachsenen Blumen durch die Eisenstangen und legte den Feldstrauß zu Füßen der elterlichen Marmorplatte. Weiter reichte ihr Arm nicht. Sie starrte das bronzene, bauchige Kreuz an – der Mittelpunkt der Grabstätte. Unzählbare Spuren daran von Vogelkot, Erosion, Witterung und Verwitterung. Stefanie wusste nicht, aus welcher Zeit es stammte. Anderthalb Jahrhunderte alt? Die Grabstätte selbst war noch älter. Das außer seiner Bauchung kahle, schmucklose Kreuz und die eingefriedete, blumenlose, nur mit Efeu und Koniferen begrünte Anlage erschienen ihr wie eine traurige, öde, verlassene, von den Lebenden vernachlässigte Stätte. Sie roch nach Moder, Fäule, Feuchtigkeit, Nässe. Nach Verwesung. Darum kam sie ungern her. Die Last der Vergangenheit, die mit der Gegenwart kaum mehr zu tun hatte, stemmte sie nicht auf. Oder umgekehrt hatte die Gegenwart diese ins Militärische, Preußische zurückgehende Vergangenheit gewaltsam durch zwei Kriege abgeschüttelt. Eine lichtere, leichtere Gegenwart, in der es nichts mehr zu suchen hatte. Wo waren die Blumen mit ihren lebendigen Farben? Die schwere Platte hinunter in die Gruft öffnen ... Wilhelm Tippel hätte ihr sofort den Wunsch erfüllt. Sie wären dann wenigstens ins Gespräch gekommen, in ein langes, öffnendes. Sie würde aus sich ausbrechen wie Nina in der *Möwe* von Tschechow, ein Flüchtling, nirgendwo gelitten. Unten in der Gruft hätte sie sich an die Eltern wenden können, wie zu Kinderzeiten, nur durch die Wände der Särge von ihnen getrennt. So stand sie vor dem hohen Gitter, als gucke sie in seinem Geviert auf eine Parzelle aus fremder, abgestorbener Luft, und zugleich hatte sie die Stufen hinab in die Tiefe vor Augen, die sie schon mehrmals hinunter- und hinaufgegangen war. Zu einem Onkel, einer Tante, ihren Brüdern. Zu Hugo. Aber die Luft über Tage dominierte das gebauchte grüngräuliche Kreuz. Stefanie klammerte sich mit beiden Händen an den Stangen der Umfriedung fest, starrte auf die blau-weißen Blumen, die nun dort lagen auf der grau glänzenden Granitplatte mit all den Namen, sah nicht rechts und nicht links in den Efeu, um nicht weitere Namen zu lesen, und sie dachte, hier will ich niemals begraben sein. Hier will ich niemals bis in alle Ewigkeit oder zum Tag der Auferstehung liegen. Hier will ich nur raus.

Ich mache euch Schande, sprach sie zum Marmor. Ich habe Pauline vergeben, sie hat sich mit einem Muslim eingelassen und bekommt von ihm ein Kind, das in vier Monaten zur Welt kommen wird. Bei uns in Greiffensee. Ich bitte es euch ab, dass wir eurem Vorbild nicht folgen. Es wird kein Negerkind, das verspreche ich, ihr müsst euch da unten in euren Särgen nicht umdrehen. Es ist ein neues Leben, nicht mehr das eure.

Sie ging die anderthalb Kilometer nach Greiffensee auf einer Abkürzung querfeldein zurück und überlegte auf dem Pfad, wann sie überhaupt das erste Mal einen farbigen Menschen gesehen hatte. Es musste schon sehr früh gewesen sein, keine Person zum Anfassen, ob die Farbe dabei mit abginge, sondern respektvoll und königlich als eine Figur der Weihnachtskrippe unter dem hohen Tannenbaum. Der Mohr, von weit her gekommen mit den beiden anderen Figuren, um das Kind anzubeten, dieser Mohr war ihr erster Schwarzer, Caspar, einer der drei Weisen, einer der drei Könige aus dem Morgenland, genauer aus Chaldäa. Er hatte keine Wulstlippen und weiß hervorstechende Augen, auch war sein Haar nicht kraus, es war gewellt, eine hocharistokratische Figur. Die Krippe war in Hugos Besitz übergegangen. Jetzt besaß sie Ludwig, der sie einmal seinem Sohn vermachen würde. Danach liefen zu viele Bilder von Jazz spielenden schwarzen Musikern durch ihre Erinnerung, Louis Armstrong, Charlie Parker... Der Schokoladen-Sarotti-Mohr, dem sie gern den Kopf abbiss, die sogenannte entartete Musik, *Niggermusik*, wie es später hieß, die in ihrer Jugend verboten war, Frieder hatte sie ihr vergebens auf seinen Blue-Note-LPs vorgespielt, die fremde Musik, sie hatte ihn berauscht, doch war der Funke auf Stefanie nicht übergesprungen. Sie hatte Filme gesehen über Rassendiskriminierung, verstand aber das Wort *Diskriminierung* nicht. Was war nicht richtig oder nicht doch richtig daran? Und sie erinnerte sich an die Zeit der *Zone F* direkt nach dem Krieg, sie damals Ende zwanzig. Nur waren die Soldaten mit der anderen Hautfarbe, doch mit Augen wie auch Frieder sie hatte, dunkel, klar, warm, englische Staatsbürger, die damals die Straßen kontrollierten und die Kriegsgefangenen, Hunderttausende, aus den Notlagern in Scheunen, Wäldern oder dem freien Feld kontrollierten, entließen oder, so gut es ihnen möglich war, als verbrecherische Nazis weiter einbehielten, aus Indien und Pakistan oder Trinidad gebürtig und sprachen ein singendes Englisch. Ein koloniales, irgendwie warmes, anheimelndes Englisch. Nicht zu vergleichen mit Karim, dessen zweite Sprache Französisch und der aus einer anderen Welt gekommen war. Als Muslim und Marokkaner blieb er in Stefanies Augen ein Rassefremder. Sie dachte nicht in intellektuellen Begriffen, genauso wenig, wie Ingrid das tat, sodass sie etwa behauptete, ohne das Christentum als Hintergrund hätte das ganze moderne Geistesleben keinen Sinn und Andersgläubige seien Störenfriede. Sie dachte simpel, in Kategorien der Abgrenzung und der Schande. Wenn sie in den Spiegel schaute und sich ehrlich Antwort gab, hatte sich Pauline mit einem Mann minderer Qualität und minderer Kultur eingelassen. Muslime und Dunkelhäutige rochen anders. Davon war sie überzeugt. Ingrid sagte, sie hätten auch andere Beine, keine Waden. Mit Muskelabbau habe das nichts zu tun. Das sei so, Punkt. Keine schleichende Atrophie. Gene. Ihre dunklen Beine, und das sei das Rassemerkmal, seien halt wadenlos, Pflöcke, Pfähle ... die Hottentotten. Wenn sie schwitzten, glänzten sie anders, wie eine Speckschwarte, bei den Muslimen verliefe sich der Schweiß in den langen Haaren, dringe auch in ihre Bärte und die vielen übereinandergetragenen Kittel und Tücher, und sie röchen scharf nach dem, was sie zu sich nahmen, als könnten ihre Körper in den Verdauungstrakten mit den Speisen nicht umgehen, Knoblauch, talgiges Schafffleisch, Paprika, röchen muffig süßlich, irgendwie ungelüftet und zu wenig gewaschen, und sie seien stehen geblieben auf der Zivilisationsstufe vor der Entwicklung von Parfüm und Deodorant. Selbst für Stefanie war das schwer zu schlucken.

Mama, sieh dir Karim an, sagte Pauline. Du kennst ihn doch. Du redest wirres Zeug. Er könnte als männliches Mannequin bei Chanel oder Dior anheuern, würde er nur wollen, so schön ist er. In deinen Termini natürlich unsauber, ungewaschen und stinkig. Das ist Rassismus, Mama. Er lebt hier, engagiert sich für sein *gutes* Land, kämpft gegen die Diktatur, verstehst du das? Er kämpft für die Freiheit, du weißt doch, was das ist, oder?

Kampf, Einmischung, politisches Engagement – all das machte Stefanie Angst. Sie hatte keine Argumente, nicht einmal eine Warnung, diese Welt war ihr einfach zu fremd. Sie hatte immer vor dem Hoftor oder im Torhaus bleiben sollen. Der Charlotte-Bazillus ist also aus Ahlefeld auch auf uns übergesprungen und bei uns in Greiffensee eingezogen, dachte sie. Der Berlin-Bazillus, Revoluzzer-Bazillus, der den Schlenker über Fes oder Marrakesch – wo eigentlich leben Karims Eltern? – nach Göttingen gemacht hatte und weitergewandert war durch studentische Umtriebe Richtung Norden. Die Grenzen zwischen hüben und drüben stehen offen, und Bazillen nehmen sich diesen und jenen Körper zum Wirt, um weiterzuspringen wie Flöhe, sie können auch fliegen. Siebenmeilenstiefel aus der guten alten Zeit sind nichts dagegen. Ein weiterer Grund, mit Charlotte nicht mehr zu verkehren.

Dabei ging es längst nicht mehr um Charlotte, nicht um den Bazillus. Er war mutiert, hatte sich ausgebreitet und das Land längst verändert und veränderte es weiterhin in Schüben und Rückschlägen.

Du hast mich vor vollendete Tatsachen gestellt, Pauline. Im Falle, dass du diesen Menschen heiratest, enterbte ich dich, hätte ich dir gesagt, hättest du mich vorher in deine Pläne eingeweiht. Dieser Mann gibt sich doch nur aus Berechnung leidenschaftlich. Und hat dir auch noch ein Kind angehängt. Hast du das nicht abgeschätzt, bist du wirklich so beschränkt?

Immerhin ist dir ein Dunkelhäutiger erspart geblieben, sagte Pauline ironisch. Die Angst vorm schwarzen Mann, uns seit Kindertagen mit dem Kinderreim eingetrichtert, musst du nicht haben.

Wir werden sehen.

Ist es nicht mein Leben, um das es geht? Mein zweites Kind möchte ich vielleicht mit einem zweiten Mann, einem Perser oder Chinesen, sagte Pauline.

Ingrid fand ein Mittel, ihrer jüngsten Tochter die Flusen auszureden, sie samt dem Mann, dem sie galten, vergessen zu machen, und lud Alexa zu einer Weltreise ein, die vier Monate dauern sollte. Aber es erwies sich als doch kein so gutes Mittel, die liebevoll geplante Weltreise, *brainwashing*, hatte nicht die erhoffte Wirkung. Alexa heiratete den Mann, den sie heiraten wollte und den sie im Laufe der vier Monate an der Seite ihrer Mutter keineswegs vergessen hatte, im Gegenteil, ihre Sehnsucht nach ihm war nur stärker geworden, und sie scherte sich nicht um Ingrids Ansprüche und Einwände. Sie stieß die alten Regeln kurzerhand um. Es war ein Anwalt, nicht von Stand, der Stein des Anstoßes, doch honorig, aus München-Bogenhausen, einer der ersten Urheberrechtsanwälte im Land. Das wiederum war etwas, das sich herumzeigen ließ und Ingrid stolz machte. Ihre Tochter hatte es in ihrem Sinn und nicht in ihrem Sinn gemacht. Also gab sie nach und schien zufrieden. Alexa hat ihr Verlangen nach Rechtsschutz gegen die Willkür in der Familie erfüllt.

Stefanie gestattete sich zum ersten Mal, den alten Ansprüchen nicht standzuhalten – und sie freute sich. Ein Feldblumenstrauß in Blau und Weiß für die Mama. Und nicht der Rittersporn oder die dunkelroten Teerosen, kunstvoll von der Blumenverkäuferin gebunden, aus ihrem Lieblingsladen in der Stadt. Ein Sprung. Ein persönliches Zeichen. Ein ganz spontanes vom Feldrain in Greiffensee. Jetzt konnte sie der Mama auch Vierklee bringen und kleine Steine, die sie auf ihren Spazierwegen entdeckte. Sie gestattete sich auch, ihre Schuhe nach dem Gang durch das matschige Feld ins Torhaus zurück nicht gleich zu putzen. Das ging auch später, übermorgen, nach dem Regen, der eingesetzt hatte, so durchweicht, wie die Treter waren, würde sie sie ohnehin nicht so schnell wieder anziehen. Theresa, eine sterilisierte, in ihrer Jugend bildschöne schlanke, grau getigerte pummelige Katze, bewachte die Wohnung im Torhaus, schlief den Tag dort durch. Hunde sind vorbei, hatte Fanny auf der Katze bestanden. Der letzte Hund aus dem Tierheim hatte plötzlich und ohne jeden Anlass nach Stefanie geschnappt und sie an der Nase erwischt.

3

Charlotte setzte sich in der Nacht ans Meer. John, komm zurück, sagte sie vor den Wellen. Durch dich vergaß ich die Zeit. So oft. Und du vergaßt sie durch mich. Sie saß mit angezogenen Knien da und ließ ihre nackten Füße umspielen und wartete in der Dunkelheit auf eine wässrige Wiedergeburt, und falls nicht hier, dann im Hotelzimmer in einem Traum. Träume kannten kein Getrenntsein.

Ihre Freundinnen aus dem Dorf fielen, wenn sie drinnen spielen mussten, weil es regnete, in Charlottes Zimmer ein, rissen sich die paar Puppen aus der Hand, bauten in den Zimmerecken jede für sich sofort eine Wohnung: Schlafen, Küche, Elternzimmer, Klo, das Klo konnte auch ausgelagert sein, wie es bei ihnen zu Hause war, ein Haus mit Herzchen in der Tür hinten im kleinen Gemüsegarten neben den Boxen für die Kaninchen, denn Zuhause hieß damals oft auch eine Nissenhütte, wie sie die British Army beim wachsenden Zuzug der Flüchtlinge aus dem Osten zu errichten angeordnet hatte. Vier davon in einer Reihe im nächsten Dorf auf dem Weg zur Schule mit dem Ranzen auf dem Rücken. Auch Charlotte baute für ihre Familie eine Wohnung. Bett, Stuhl, Zimmer. Aber Lisa, Emma und Gudrun lebten förmlich auf in ihren Kulissen. Sie spielten mit der Puppe Vater, Mutter, Onkel, Tante, Bruder, redeten mit ihr, schlossen sie in den Arm, liebkosten sie singend und nahmen ihr so die Angst vor der Nacht oder dem fremden Mann auf der Straße, dem Lehrer mit seinem Lineal, das auf Handflächen schlug, und wenn sie wegzuckten, gleich noch einmal, bis die Striemen deutlich rot anschwollen, sie brausten auf und beschimpften die Puppe, wischten ihr auch mal eine wie zu Hause, doch dann war es wieder gut, und sie nahmen sie in den Arm, sagten Gute Nacht und sangen. Morgen ist Schule. Schlaf jetzt. Und die Puppe schlief ein in Lisas, Emmas und Gudruns Arm, bis Lisa, Emma und Gudrun sich sachte, den Schlaf der Kleinen nicht zu stören, aus der Umarmung befreiten und das Licht ausmachten.

Charlotte kannte dieses Leben nicht. Sie konnte keine Familie in sich finden, mit der sie hätte laut und lustig spielen, schimpfen, prügeln, singen wollen. Die Eltern lebten weit weg in ihrer eigenen Welt auf der anderen Seite des Flurs. Weder die Mutter noch das Kindermädchen nahmen sie einmal in den Arm. Liebevoll? Sie wusste nicht, was das war. Schützend? Ebenfalls nicht. Es war die Zeit der Abrichtung, des An-die-frische-Luft-Schickens und der Strafe. Und sie wollte ihrer Puppe nicht die Schläge versetzen, die sie selbst bekam. Wollte sie nicht in die Besenkammer sperren, in diese Pechschwärze, bis sie sich nicht mehr weigerte aufzuessen, was auf dem Teller lag, in Tränen mit dem Kopf auf dem Tisch. Da erkor sich Charlotte als ihre Spielzeugfamilie einen Hund und eine Eule in ihrer Wohnecke. Die langweilige Dummheit einer Puppe konnte ihr so nicht mehr auf die Nerven gehen, die reizende Ausdruckslosigkeit ihres Gesichts sie nicht ärgern. Mit beiden, Hund und Eule, musste sie nicht sprechen. Sie wollte märchenfrei spielen. Den Hund, den sie Fritz nannte, konnte sie kraulen und ins Backhaus schicken, dass er ihrem Pony einen Knust vom frischen Schwarzbrot holte. Die Eule flog davon und kam wieder, manchmal mit einer Maus als Geschenk für sie. Da sagte sie:

danke, liebe Eule Federweiß. Aber sind deine Kinder nicht hungriger?

Ihre Träume: Albträume in einer Familie unter einer Lampe stumm am Tisch. Immer Nachtbilder. Der Vater am Tisch las die Zeitung und sprach kein Wort, die restliche Familie nur darauf bedacht, seine Konzentration nicht zu stören. Also verstummten auch alle anderen in der Leere des Lichtkegels.

Warum wolltest du kein Kind? Finis Frage ging ihr durch den Kopf, eine Frage, die auch ihre eigene Mutter, Großmutter und Urgroßmutter hätten fragen können. Über Fini aber wunderte sie sich, die Schauspielerin, die demnächst Hedda Gabler spielte, Fräulein Julie, die Arkadina, deren Sohn sich erschießt, wieso also gerade sie? John war der Einzige, mit dem sie es sich zugetraut hätte, als er es wollte und schlicht sagte: Ich möchte ein Kind mit der Frau, die ich liebe, und ich liebe dich. Dass es gerade er war, der sie dazu bewegte. John, dessen Verwandtschaft die Schoah nicht überlebt hatte.

Wehe, du liebst unser Kind mehr als mich, sagte er auch.

Und die Logik?

Es gibt keine.

Irgendwann stellte sich heraus, dass der Körper sich nicht eignete. Das sagte ihr der Körper in seiner dramatischen, schwer verdaulichen Sprache.

Eine leichte Brise strich über das Meer und kräuselte das Wasser in wechselnden Bahnen. Die Schatten wurden länger. Der Stamm der Pinie streckte sich im Sand, als wollte er sich in den Hals einer Giraffe verwandeln, die Krone, die doch kugelig war, wuchs fladenartig in die Breite. Morgen wäre wieder ein wolkenloser Tag, das konnte man an der Sonne ablesen, die als roter Feuerball am Horizont in ein paar Minuten aufsetzen würde, um dann zusehends und ein wenig gestreckt in der wässrigen Tiefe zu versinken. Oder, wie es der Mythos weiß, als Gott des Lichts mit dem goldenen, von vier geflügelten Rossen gezogenen Wagen in Poseidons Reich einzufahren. Schwer waren die wilden, Feuer schnaubenden Renner zu lenken, denen am nächsten Morgen Aurora wieder die Tore zum Licht öffnete.

Carlo war übers Wochenende aus Rom zurück. Alma lag mit dem Kopf in seinem Schoß. Hör ihnen zu, sagte sie und zeigte hinauf zum Schirm der Pinie.
Was weißt du über sie?, fragte Carlo.
Nichts. Sie lauschte dem Gezirpe der Zikaden in dem Baum, ein schrilles Konzert, dann plötzlich vollkommene Stille, bis es irgendwo erneut mit einem Solo begann. Gegen sechs Uhr nachmittags verstummte alles wie auf Kommando, um sich kurz vor Sonnenuntergang dann nochmals zu erheben.
Hast du ihnen einmal in die schwarzen Augen gesehen?, fragte Carlo und küsste Alma auf die Lider.
Nein, habe ich nicht.
Deine Augen sind alles andere als schwarz, aber auch meine sind nicht so schwarz wie ihre. Kleine seltsame, glänzende schwarze Perlen, Knöpfe. Sie waren früher Menschen, sagte er und spielte mit Almas Haar. Bevor die Götter die Musen erfanden, die die Welt mit Musik und Gesang und den herrlichsten Tänzen erfüllten. Einige Menschen vergaßen da vor Entzücken und Lust an dem, was sie nun hörten und sahen, zu essen und zu trinken, und sie starben. Wegen solch unermesslicher Hingabe an die schönen Dinge verwandelten die Musen sie in Zikaden, die nur Tau trinken und sonst nichts brauchen. Seither singen sie ohne Unterlass. Die Zikaden berichten den Musen im Olymp, was die Menschen bei ihrem Streben nach vollkommener Lust und Schön-

heit zustande bringen. Sokrates erzählt den Mythos im *Phaidros* und ermahnt ihn, nicht zu schlafen wie ein Tier, wie du es jetzt, Liebste, gerade versuchst, sondern mit ihm, obschon es heiß ist in der Mittagszeit, die Rätsel des Daseins zu besprechen.

Charlotte hatte sich ein Bild vom Bruder gezimmert und lange Zeit nicht wahrhaben wollen, dass Ludwig dem längst nicht mehr entsprach. Sie hatte sich auf dem Bild als etwas Versicherndem ausgeruht. Wie war das möglich? Wie konnte sie so naiv sein? Sich auf jemandem ausruhen, was für eine groteske Vorstellung. Ich habe ihn beiseitegeschoben, habe ihm nicht geholfen, nur einmal ausgeholfen, keine große Tat, weiß Gott, als er mich um Geld gebeten hatte, das ich bereits verdiente, er würde es dringend benötigen, damit er das Studium abschließen konnte. Sie bekam das Geliehene nie zurück. Es war ihr nicht eingefallen, die Leihe auf dem Papier festzuhalten. Sie hätte es ihm großkotzig, stolz wegen ihres guten Kontostands einfach schenken sollen, hier, nimm, ich schenke es dir. Es wird dich vor Ingrids Wüten schützen.

Und eines Tages stand der Lkw vor ihrer Tür. Er sei gekommen, erklärte der Fahrer, um abzuladen und, so der Auftrag von Gräfin Iris, umgehend nach Ahlefeld zurückzukehren.

Was ist es, was Sie so dringend bringen?, fragte Charlotte.

Ihre Sachen, gnädige Frau. Das alte Zeug aus Ihrem Zimmer. Der Sohn wird jetzt nämlich dort einziehen, erklärte er. Er will einen größeren Raum mit schönerem Blick.

Gab es keine andere Idee, als sie sang- und klanglos vor die Tür zu setzen? Charlotte musterte den Fahrer. Dass es eines Tages so kommen würde, war ihr klar gewesen, doch so, auf diese erbärmliche, schamlose Weise? Da schaut der junge Graf demnächst also aus meinem Fenster, sagte sie.

Sieht so aus, antwortete der Mann, sichtlich nicht auf weitere Erörterung aus. Ich habe nur den Auftrag, die Sachen, die ich aufgeladen habe, bei Ihnen abzuladen. Hat man Ihnen das nicht angekündigt?

Nein, sagte Charlotte.

Der Mann walkte die Hände. Das ist aber komisch, sagte er vage. Dann habe ich also Glück, dass ich Sie antreffe.

Das können Sie laut sagen.

Charlotte stand da, beinahe heiter, und zählte die Möbelstücke, die der Mann vor der Tür des Mietshauses ablud. Als er fertig war, zündete er sich eine Zigarette an und rauchte versonnen. Beide schwiegen. Ein Glück, dass es nicht regnet, dachte sie. Der Mann trat den Stummel aus.

Dann fahre ich jetzt wohl zurück, sagte er. Auf Wiedersehen, gnädige Frau.

Da war ihr also ihr bisheriges, dinglich fassbares Leben wie mit einem Schaufelbagger in den Eingang gekippt worden, Kleider, Unterwäsche, Bücher, Schuhe, Kosmetik aus den Fächern des von Ingrid entworfenen und vom Ahlefelder Tischler gezimmerten Schminktischs, ihr Reich, ihre Habe, ausradiert aus ihrem Zimmer für den Stammhalter. Warum gerade meines, dachte sie, es gab so viele andere leere und möblierte, doch unbenutzte Zimmer im Haus, in die er hätte einziehen können. Selbst sein bisheriges Kinderzimmer, in dem er allein aufwuchs, nicht wie wir Schwestern damals zu zweit im Schlauch, viel größer. Nein, es musste meines sein, es ging um mich bei der Aktion, um Spurenlöschung, um die es in Iris' Kopf bereits im Zuge von Ingrids Beseitigung aus dem Haus gegangen war. Meine Entfernung. Welche wortlose Frechheit, dieser Rausschmiss, die Löschung meiner Person, meiner Spuren durch die Hintertür, wie verkniffen selbstherrlich und feige von beiden. Das ist mein Bruder? Weshalb haben sie meine Bücher nicht einfach aus dem Fenster geworfen? Das war doch die eigentliche Absicht. Weg mit dem Kram.

Einige Zeit später wurde Alexas Zimmer in ein weiteres Gästezimmer verwandelt, nun waren es fünf. Iris hatte also auch Alexas Spuren im Haus beseitigt, mitsamt deren Büchern. Tabula rasa. Kein Foto der vertriebenen Schwägerinnen, nicht auf dem Flügel, nicht auf den Kaminsimsen in der Flucht der Räume, nirgends. Fotos von sich, Ludwig und Michael und ihren Eltern und Großeltern wurden aufgestellt. An den Wänden hingen weiterhin die Ahnen, beharrlich, geduldig, Porträts von Ludwigs Vorfahren. Sie anzutasten traute sich Iris nicht.

Angesichts von Ludwigs Entscheidung für den neuen Besen, die resolute, die Dinge nach ihrer Willkür richtende Iris, wurde Charlotte immer deutlicher, dass der Bruder tatsächlich durchgestartet war – geflüchtet zu Iris mit demselben Gesicht, derselben Stimme, dem rapide dicker werdenden Bauch. Eigentlich nichts Neues, außer einem erschreckenden Verblühen der Gefühle und Gedanken. Keine Brücke zurück zu den gemeinsamen Wurzeln.

Nach dem Schwimmen ging Charlotte am langen Strand der Bucht entlang. Der Sand brannte jetzt nicht mehr unter den Sohlen, doch mit Espadrilles durch ihn zu stapfen war anstrengend. Sie schüttelte den Sand aus dem Flechtwerk der Sohlen und trug die roten Stoffschuhe schließlich mit der Hand über der Schulter. Das blaue Tuch hatte sie sich über die andere geworfen und den Strohhut aufgesetzt. Heute wollte Carlo wieder nach Rom, nach seinen Eltern schauen, sich den Assistenzplatz an der Sapienzia sichern, dies und das erledigen. Formulare unterschreiben. In vier, fünf Tagen würde er wieder zurück sein. Als sie die beiden erblickte, verlangsamte Charlotte die Schritte.

Hallo.

Wir warten auf dich, rief Alma. Carlo reist gleich ab, und wir haben Hunger, Fini und ich.

Sie aßen in einem Fischrestaurant an der Mole zu Abend. Alma saß, kaum war Carlo fort, wie ausgewechselt am Tisch und schrieb ihm wichtige Nachrichten mit dem Smartphone.

Carlo antwortete prompt. Was er an Späßen oder Zärtlichkeiten zurückschrieb, spiegelte sich auf Almas Gesicht bis in ihre Blicke hinein, die in Finis und Charlottes Richtung verlangten: Hört auf, mich zu beobachten! Da das nicht half, stand sie schließlich auf und stellte sich ans dunkle Wasser der Mole.

Charlotte lebte in der Welt ihrer Wahlverwandtschaften. Und Freunde ließen sich nicht nur unter den Lebenden rekrutieren. Sie konnten auch gestern gestorben oder bereits jahrhundertelang tot sein, sie redeten, sie sprudelten und diskutierten, sie lebten. Auch Charlotte schrieb anfangs Briefe – an John. Hatte mit ihm telefoniert. Nicht täglich. Nicht stündlich. Nicht in jeder Minute. Um Gottes willen, das wäre ihnen wie eine Kontrollplage oder Knast erschienen. Er beantwortete die Briefe nicht, erwähnte sie auch nie, weder am Telefon noch wenn sie sich gesehen hatten, aber er hatte sie nach dem Eingang eines Briefes jedes Mal sofort angerufen. Oder war zu ihr gefahren. Sein Mitteilungsbedürfnis war groß, er sprach viel von sich und den Dingen des Lebens, war auch sehr belesen, liebenswürdig und liebevoll, und doch konnte Charlotte die leise Enttäuschung nicht loswerden, dass ihre Briefe hinter all dem, was John war, versandeten. Also stellte sie das Briefschreiben ein. Wozu den leeren Postkasten anstarren? Wieso sich selber verletzen? Und dann wurde sie bleich, jedenfalls perplex, unbegreiflich glücklich und unbegreiflich perplex, als John eines Tages, Jahre später, von dem einen oder anderen Brief sprach, den er von ihr erhalten hatte, und er daraus ganze Sätze aus dem Gedächtnis zitierte.

Du bist so anders als Pauline, sagte Fini, die mit der Gabelspitze in ihrem Fisch herumstocherte.

Sag bloß.

Ich meine nur. Sie hat Kinder von drei Männern.

Und? Sie hat sich eben oft verliebt. Das stimmt. Nymphoman sei sie, sagten böse Zungen, fiebrige Augen, frühreif, enorme Brüste schon mit dreizehn. Keine fiebrigen Augen übrigens, die lasen Leute nur in sie hinein. Vielleicht ein Rollenstoff für dich?, sagte Charlotte.

Ach, ich glaube nicht, dass sie mir als Vorlage dienen könnte. Lieber würde ich die Blanche spielen, ich liebe sie. Als Rolle, meine ich. Oder die Ruth, in *Losing Time*, mit fiebrigen Augen und als Nymphomanin, klar.

Sie lachten befreit auf.

Auch ich habe mich in die Helden meiner Lektüren sofort verliebt, sagte Charlotte, schon in frühen Lesejahren, ganz gleich, ob männlich oder weiblich. Aus *Krieg und Frieden* war ich nicht wegzubringen. Tanzte auf den großen Bällen in St. Petersburg. War Anna Karenina. Ich war Kafkas Frieda, wie sie fror ich im Klassenzimmer der Dorfschule, meiner Dorfschule in Blankenfelde, und heizte, während die Schneelawinen vom Schuldach herunterkamen und die Eiszapfen wuchsen, träge und verschlafen den Ofen im Klassenzimmer jeden Morgen für die ebenso trägen und verschlafenen Schüler an, ehe Frieda sich wieder hinter den Ofen zurückzog, wo sie lebte, wie ich lebte. War Effi Briest in Kessin, faulenzte in diesen fiktiven Welten in den Ferien, glücklich, bei ihnen in Sicherheit zu sein, bis Ingrids Stimme laut und erbarmungslos zu mir drang: Charlotte, das Schälchen mit den

Butterkügelchen! Charlotte, das Milchkännchen! Charlotte, bring sie her! Das ging noch ganz lange so, während Pauline schon längst draußen in der Welt angekommen war. Was guckst du mich so an?

Ich guck dich einfach an. Das tu ich gern. Ich male mir deine Kindheit aus.

Als Pauline schon fiebrige Augen hatte, wie du sagst oder nicht sagst, hörte ich noch lange den Fröschen zu, sie quakten direkt neben meinem Ohr, wenn sie aus dem Wasser patschten. Ich lag auf ihrer Höhe im Gras. Ich sah ihnen in die Augen.

Und?

Du gerätst ins Träumen ...

Oder dich überfällt die schiere Panik.

Ja.

Vor dem Leben.

Ja.

Überblicken wir den Tag, sagte Fini. Ich bin geschwommen, habe mich auf dem Rücken ins Meer hinausgewagt, bin mit einer Qualle, einer glibberigen blauen Meduse, zusammengestoßen, Gott sei Dank nicht mit der roten mit den Brennfäden, aber eklig genug, im Meer so berührt zu werden. Man bleibt sofort reglos stehen im Wasser, rührt sich nicht, ekelt sich nur und verdrängt die Panik. Dann habe ich mich mit euch unterhalten, tu ich immer noch, und, abgelenkt, meine Rolle nicht weiter gelernt. In zehn Tagen beginnen die Proben zu *Antigone*. Unzufrieden mit mir selbst, unzufrieden mit aller Welt.

Klingt wie ein zu kurzer Kurzschluss, sagte Charlotte, unzufrieden mit aller Welt – das ist normal, so kurz vor Probenbeginn. Also vor dem doppelten Sein, du und die Rolle. Oder um das einfache Nichtsein. Das kann man sich nicht aussuchen. Aber wenn ich dir jetzt ein Musikstück vorspielte, wette ich, du wärest nicht unzufrieden mit aller Welt. Vielleicht danach wieder, aber nicht währenddessen, vielleicht würde sie dir bei deiner Rolle helfen. Obschon der armen Antigone nicht zu helfen war. Das ist das Große bei den griechischen Tragödien, dass da niemandem zu helfen ist, wenn es drauf ankommt. Eine tiefe Wahrheit. Nicht *die*, aber eine. Die Antwort darauf heute ist die Erfindung der therapeutischen Gesellschaft. Statt der tiefen Wahrheit der Tiefpunkt. Wie willst du Trauer, Sehnsucht, Widerstand besser ausgedrückt empfinden als durch Musik? Die Musik von Händel zum Beispiel. *Cara sposa, dove sei? Ritorna miei! Cara sposa...?*

Ich kenne sie nicht.

Willst du sie hören, *Orfeo*?

Ja, will ich. Aber unsere Aufführung wird damit garantiert nichts zu tun haben. Da wirst du Techno hören und ein bisschen *Non, je ne regrette rien*.

Carlo kehrte aus Rom mit einer weiteren Wiedehopf-Version zurück. Alma, ganz aus dem Häuschen, boxte ihn in die Seite: Erzähl, rief sie, ich will alles wissen. Er hatte in der Bibliothek des Vaters gestöbert und sein Schulexemplar von ihm in die Hand gedrückt bekommen. Die Nestbeschmutzergeschichte kannte der Vater nicht. Aber hier, sagte er, lies, was du vergessen hast, unsere Ahnen kannten ganz andere Geschichten. Erzähl ihr von Tereus. Erzähl ihr von Philomela. Es wird deine Ornithologin interessieren. Und dann soll sie zusehen, wie sie mit ihrer Arbeit klarkommt.

Tereus war ein wilder, reicher thrakischer König, für damalige Verhältnisse ein Barbar aus Barbarien, dem nicht griechischen oder römischen Teil der Welt, dem heutigen Balkan. Er heiratete die attische Königstochter Prokne. Tereus hatte Proknes Vater im Krieg beigestanden. Erläuterungen erübrigen sich oder? Prokne heiratete Tereus wider Willen. Weder Juno, die notorische Ehestifterin, noch Hymen, der Gott der Hochzeit, noch die Grazien sind beim Fest anwesend, nur die Eumeniden, die Unheilsgöttinnen. Sie hielten die Fackeln und machten das Bett, als ein unheiliger Uhu auf den Giebel des bräutlichen Hauses flog. Prokne bekam einen Sohn, Itys. Sie liebte ihre Schwester Philomela, die beim Vater in Athen zurückgeblieben war, und liebte Philomela mit wachsender Sehnsucht. Sodass Prokne eines Tages Tereus bat, zum Vater zu fahren, dass er ihn in ihrem Namen bäte, Philomela zu erlauben, sie zu besuchen. Man zog ein Schiff ins Meer, und Tereus segelte nach Piräus. Der alte Pandion willigte ein, da er, arglos, dem Schwiegersohn traute, der versprach, ihm Philomela bald zurückzubringen. Als Tereus die prächtig gekleidete und so schöne Jungfrau auf sich zukommen sah, leicht entflammt für die Liebe, wie die Männer seines Volkes sind, vergaß er in der Gier sein Versprechen. Er entführte Philomela über das Meer, sperrte sie im thrakischen Urwald in einen Stall und vergewaltigte die Schreiende. Als Philomela wieder zu sich kam, verfluchte sie den Mann, der sie zur Kebse ihrer Schwester gemacht hatte, und betete zu den Himmlischen, sie zu hören und zu rächen. Wut ergriff Tereus bei den Worten des Mädchens, er riss das Schwert heraus, fasste Philomela am Haar, band ihr, die immer wieder nach dem Vater rief, die Arme hinter dem Rücken zusammen, mit einer Zange fasste er Philomelas Zunge und schnitt sie an der hintersten Wurzel heraus. Und verging sich danach noch mehrmals an ihr wie an einer Leiche. Prokne erzählte er, die Schwester sei tot und begraben. Prokne glaubte es und trauerte über ein Jahr um sie. Die Wachen erlaubten Philomela nicht zu fliehen. Sprechen konnte sie nicht. Da fiel ihr ein, ein Tuch zu weben, worin sie Prokne ihre Geschichte erzählt. Eine Magd übergibt

Prokne das Tuch. Prokne begreift, wie Tereus sie täuschte. Und ist irr vor Schmerz und Wut. Das Dionysosfest naht, es ist da. Nachts, den Kopf rebenumwunden, ein Hirschfell an der linken Schulter, den Speer in der Hand, findet Prokne den Stall, in dem Philomela gefangen ist. Sie befreit die Schwester. Philomela schämt sich, fühlt sich schuldig, weint. Doch Prokne ruft: Hier braucht's keine Tränen. Hier braucht's eine Waffe! Itys läuft auf sie zu. Prokne schwankt bei seiner kindlichen Umarmung zwischen Mutterliebe und Rache an Tereus. Sie ermordet Itys, und Philomela sticht ihm in die Kehle. Sie zerlegen seine Glieder, kochen sie, setzen sie dem nichts ahnenden Tereus vor. Er isst und verlangt nach dem Sohn. Er habe ihn in sich, antwortet Prokne. Da springt, als Tereus nochmals nach Itys verlangt, Philomela vor ihn, ganz so, wie sie ist, von dem tollen Mord die Haare besudelt, schreibt Ovid, und schleudert dem Vater Itys' blutiges Haupt ins Gesicht. Tereus stößt den Tisch um, sucht, das verschlungene Fleisch auszuspeien. Dann verfolgt er mit gezücktem Schwert Pandions Töchter. Sie flüchten, so schnell sie können, sie scheinen mit Schwingen zu schweben. Die eine verwandelt sich in eine Nachtigall, die andere in eine Schwalbe. Und Tereus selber in einen Wiedehopf, dem steht ein Kamm auf dem Scheitel, riesig ragt ihm der Schnabel anstelle der langen Klinge, er gleicht einem Krieger in Waffen. Und der Kamm ragt über den Schnabel hinaus wie einer jener fürchterlichen Helme, mit denen die Krieger der Vorzeit den Schrecken des Feindes noch zu vermehren hofften.

4

Stefanie war über den Namen erbost. Wie kannst du die Tradition deiner Familie so mit Füßen treten? Willst du den Jungen in die fremde Kultur weggeben, ihr ausliefern, von der du kaum etwas weißt? Ich sollte dich vor die Tür setzen.

Und weshalb tust du es nicht?

Weil ich gutmütig bin.

Du demütigst mich. Ich habe kein Geld und bringe ein Kind auf die Welt. In dem und als Verbindung der beiden Sätze, liebe Mama, liegt für dich kein Sinn. Egal. Sie bezeichnen mein Leben.

Nach der Niederkunft kehrte Pauline zum Studium nach Göttingen zurück. Und zu Karim. Sie nahm den Kleinen mit in die Vorlesung und stillte ihn dort, wie es auch andere Kommilitoninnen machten. Pauline und ihre Schwestern waren von Stefanie nicht gestillt worden, es verunstalte die Brust, hatte es geheißen. Einige Professoren liefen Sturm gegen die öffentlich säugende Kinderstube im Seminarraum. Die Mutter-Kind-im-Arm-Szene vor Augen, sahen sie sich vor weibliche Bedingungen gestellt, die Leben und Studium nicht länger als voneinander getrennt akzeptieren wollten. Alles falsch, alles fehl am Platz. Ihr hohes Amt im Dienst des Geistes verlor an Wert und an Selbstwert. Ihr bis jetzt niemals infrage gestelltes Monopol geriet ins Wanken. Dabei ging es in Göttingen in den Jahren der Studentenbewegung und ihren Nachwehen vergleichsweise zahm zu. Kein Mitglied des Lehrkörpers wurde mit der Betrachtung mehrerer nackter junger wohlgeformter Busen brüskiert und mit etwaigen gestochen vorformulierten Sätzen vertrieben, die hier zu wiederholen absurd gewesen wäre angesichts einer jungen Mutter, die ihr Kind und dessen träumenden Geist in den Armen wiegte.

Zu dritt, sie, Karim und das Kind, konnten sie in den beengten Verhältnissen nicht leben, wurde Pauline bald bewusst. Das Familiäre kollidierte mit dem Studium. Sie, die immer eine Fanny an der Seite gehabt hatte, verwöhnt, wie sie gewesen war, hielt den Stress nicht durch. Sie bewunderte die Energie anderer, viele Eltern ihres Alters gingen bis an die Grenzen der Belastbarkeit und schafften es dennoch.
 In Greiffensee war Platz, war Zeit, da waren Land und Tiere, und da war Fanny. Beste Bedingungen, um Tahar dort aufwachsen zu lassen. Bis auf Stefanie, die ja keine der üblichen Großmütter war. Pauline fiel es schwer, sie zu fragen, ihr fiel es schwer, das Ganze zu durchdenken. Den Sohn bei ihrer Mutter lassen, bei einer gutmütigen Rassistin, ihr Eigenes dorthin zurückzugeben, nur weil sie außerstande war, sich zu organisieren, ihr Kind den alten toten Regeln überlassen, es ausliefern, preisgeben zu müssen – unmöglich. Sie würde Tahar verlieren. Weil sie es nicht anders kannte, würde Stefanie ihn obrigkeitstreu erziehen. Ein Albtraum. Gab es denn keine andere Wahl? Voller Bedenken lieferte Pauline den Kleinen in Greiffensee ab.

Anfangs war Tahar wie ein kleiner Hund für seine Großmutter. Stefanie leistete ihm Gesellschaft, gab ihm zu essen, kleine Häppchen. Und Milch. Endlich gab es ein lebendiges Wesen im Torhaus, und es war ein Sohn, endlich. Mit ihm zog wieder Sinn in ihr Leben ein. Um das alltäglich Nötige kümmerte sich Fanny. Stefanie spielte mit dem Kleinen, sein Alter entsprach ihrem Gemüt. Sie legte sich zu ihm auf den Teppich, Kopf an Kopf, knurrte vor ihm, setzte sich auf, bellte und muhte mit lang gestrecktem Hals und vorgeschobenem Unterkiefer und weit aufgerissenen Augen, dass der Junge lachte. Moma, noch mal, rief er und fuchtelte wild mit den Ärmchen. Sie flötete wie ein Vogel oder sang Tahar vor und schaute dabei in seine lebhaften, tiefen Nussaugen, um seine Reaktion zu verstehen und zu erkennen, was ihn erfreute und was ihn beängstigte. Sie war glücklich. All das hatte sie mit ihren Kindern nie gemacht. Nicht einmal Fanny hatte so ausgelassen mit den Töchtern gespielt. Die Regeln damals, wenn man sich von ihnen leiten ließ, sie aufrechterhielt, hatten es gar nicht erlaubt, und niemand hatte gegen die Konvention ihrer Autorität oder die Autorität ihrer Konvention verstoßen. Man beugte sich dem Druck, den die Regeln ausübten, und hielt sich eisern daran.

Tahar war ein verjüngendes Geschenk Gottes, und so schob sich auch alle Scham vor Gott, die Scham ob seiner Dunkelhäutigkeit und dass sein Vater nach dem christlichen Dogma ein Heide war, allmählich an den Rand allmählich vernünftiger werdender Erwägungen. Der Bub war so strahlend hübsch und so strahlend lebhaft. Stefanie schämte sich nicht, im Gegenteil war sie stolz, wenn aus der Umgebung Leute kamen, um ihn zu begutachten. Und die Leute blieben nicht aus. Unter den ersten Besichtigern waren Ludwig und Ingrid. Ingrid hatte noch keinen Enkel, obwohl sie längst Nachkommen in der dritten Generation hätte haben können. So war ihr Stefanie im lange gärenden stummen Wettstreit einmal voraus.

Tahar hatte schwarze Locken. Einen kleinen braunen Körper, fest und sportlich wie der seines Vaters. Seine nussbraunen Augen, in die die Besucher blickten und mit denen er die Blicke erwiderte, prüften unverhohlen, ob sein Gegenüber ihm freundlich gesinnt war. Überkam ihn ein ungutes Gefühl, rief er gleich nach seiner Moma. Stefanie ließ sich gern von dem jungen Tyrannen besitzen. Seine Kraft, seine Lebensgier, die sich in allen erdenklichen Formen an sie wandte, überwältigte sie. Endlich fühlte sie sich gebraucht. Tahars Energie forderte die ihre heraus. Und wenn er dann schrie, schritt Fanny ein, entführte ihn und sprach ein Machtwort, das ihn einschüchterte und verstummen ließ.

Stefanie malte ihm ein Buch, in dem der Rabe Eigenbrötler Ich sagte und wegen einer frühen Verletzung leicht hinkte. Sie machte es Tahar vor. Der Rabe Eigenbrötler war nämlich als kleiner Junge aus dem Nest gefallen, weshalb er lieber Flüge veranstaltete. Sie erzählte über sein Leben abseits des großen Pulks, mit dem er aber gefühlsmäßig noch verbunden war. Er hieß nach dem schrecklichen isländischen Vulkan Eyjafjallajökull, der den Flugverkehr der Welt mit seiner Asche außer Gefecht setzte. Sie konnten beide den Namen nicht aussprechen, rollten nur die Zungen und spuckten zwischen den Lippen Konsonanten aus, wenn im Buch der Name fiel, vor ihren Mündern bildeten sich Speichelblasen, und sie lachten sich gegenseitig an, lachten sich aus, spielten das Lachen, spielten.

Als Pauline wieder zu Besuch in Greiffensee war, wurde sie von Fanny zur Rede gestellt. Du hast doch das gesetzlich vorgeschriebene Sorgerecht, nicht wahr? Schon allein, weil du Deutsche bist, denke ich.

Pauline starrte sie an, die Frage der alten Frau überraschte sie. Sie hatte es nach der Geburt nicht in Erwägung gezogen, für sie war es nie eine Frage gewesen und für Karim auch nicht.

Ja, sagte sie, das Recht habe ich, selbstverständlich, und

Karim hat es mir auch anstandslos zugesichert, um einen Ausdruck meiner Mutter zu gebrauchen.

Und ihr habt Gütertrennung?

Pauline nickte. Wir besitzen doch nichts.

Dann bin ich erleichtert, sagte Fanny. Dann ist es gut.

Was meinst du?

Ach, weißt du, Ehen müssen nicht immer so lange halten wie die deiner Eltern, sagte Fanny. Heute überstehen sie oft nicht einmal zwei Jahre. Versteh mich, ich unterstelle nichts.

Aber doch willst du einen Verdacht aufkommen lassen, Fanny.

Ich will dich und Tahar abschirmen, abgesichert wissen, das ist alles.

Hältst du Karim für so vulgär, dass er mich mit der nächstbesten ... *Schlampe*, wie Papa sagen würde, hintergeht? Wobei ich keine Lust habe, ständig die Worte meiner Eltern im Mund zu führen.

Das mit der Schlampe habe ich nicht gesagt, erwiderte Fanny ruhig, es kann auch andere Gründe geben, die die Beziehung zwischen zwei Menschen ...

Sprich mit mir bitte nicht in Rätseln.

Das tue ich nicht, Linchen, nur, du kennst das Leben noch zu wenig.

Und du hast nie einen Mann gehabt.

Darum geht es nicht.

Sie schwiegen eine Weile.

Ich höre Radio.

Und? Was sagt die Werbung?

Ich hatte außer meinen Eltern niemand zu verlieren, darin hast du recht. Aber deine Eltern sind nicht dein Leben, und dein Leben ist nicht ihres. Wenn sie sterben, stirbt ihr Leben und nicht deins. Ich hatte nie eine Familie, ich meine, einen Sohn, eine Tochter. Ihr wart meine Ersatzfamilie, und ich bin durch mein Alter auf sonderbare Weise auch euer Gedächtnis, partiell wenigstens. Linchen, such deinen Mann. Brich deinen Besuch hier ab!

Wovon sprichst du?

Ich will mich nicht groß einmischen. Aber Cäcilie hat etwas angedeutet, das mich beunruhigt, sagte Fanny. So vor zwei Tagen. Am Telefon. Deine Mutter weiß nichts.

Pauline verstummte. Fanny ließ sie ruhig ihre Tränen vergießen. Sie wartete, bis Pauline sich ausgeweint hatte und wieder sprechen konnte. Hätte sie jetzt Linchen gesagt und ihr wieder und wieder übers Haar gestrichelt, wäre der Tröstungsversuch ins Dramatische gekippt.

Er hat das Studium abgebrochen, brachte Pauline schließlich heraus. Er ist nicht mehr in Göttingen. Ich habe unsere Freunde gefragt, aber keiner weiß, was los ist. Er hat die Spuren verwischt und ist zurück nach Marokko. Mit dem berühmten deutschen Pass. Ich weiß nichts. Ich wüsste nicht, wo ich ihn suchen sollte.

Was gedenkst du später deinem Sohn zu sagen? Er wird dich doch nach seinem Vater fragen. Und zwar ständig, davon kannst du ausgehen.

Ich weiß nicht, was du willst, Fanny. Soll ich Tahars wegen wieder heiraten, meinst du das? Jetzt auf der Stelle? Selbst dann würde er mich nach seinem Vater fragen. Und dann soll ich ihm erzählen, dass mich deine Befürchtungen dazu bewogen hätten, noch mal zu heiraten?

Na schön, Linchen. Es ist schlimmer, als du denkst. Ich war vorhin zu zaghaft. Karim war hier, hat von Trennung gesprochen. Es könne jederzeit so kommen, dass er verschwinden und dich mit Tahar zurücklassen müsse. Die Schwierigkeiten in seiner Familie sollten aber nicht verhindern, dass du weiter studieren kannst, sagte er, er würde

Tahar mir anvertrauen, sei du ihm die Amme, Fanny, die Mutter, die Geschichte...

Und jetzt ist, was er dir angedeutet hat, eingetreten... Pauline legte den Kopf wie früher in Fannys Schoß und weinte.

Die alte Frau fuhr mit der Hand über Paulines Haare, ein Automatismus, wie früher. Er ist weg, und er wird nicht wiederkommen. Jedenfalls nicht so bald.

Das weißt du?

Er setzt sein Leben aufs Spiel, er kämpfe für die Befreiung seines Bruders. Mehr hat er nicht gesagt. Aber wir wissen, was das bedeutet. Karim wusste, dass eines Tages der Ruf seiner Mutter, das Zeichen zur Heimkehr, kommen würde. Er hat es mir gegenüber einmal angedeutet.

Weshalb hast du mir nie etwas davon gesagt?

Warum hätte ich das tun sollen? Warum die Pferde scheu machen? Es hätte nichts genützt. Kümmere dich um Tahar. Erzähle ihm die Wahrheit, dass sein Großpapa, der gegen den König gekämpft hat, erschossen wurde. Fünf Kugeleinschüsse, kein Selbstmord, wie von den Offiziellen behauptet. Erzähl ihm von Karim und vom grausamen Schicksal seines Onkels Ali. Den dein Mann retten will.

Solange es ging, hielt sich Pauline gegenüber ihrem Umfeld zu Karims Verschwinden bedeckt, sie erfand Geschichten, verstellte sich, log. Bei gelegentlichen Fragen nach seinem Fortkommen an der Universität und ob er ein guter Vater sei, lauter Banalitäten, log sie. Irgendwann brach diese Scheinwelt jedoch zusammen, und alles kam heraus. Stefanie gab sich keine Blöße, hielt sich mit Kommentaren zurück, sie blieb still, wirkte in sich gekehrt. Ingrid hingegen machte sich über sie und Pauline her, sagte was von Fatalität der Situation, einer Situation, die gerade sie am wenigsten begreifen und beurteilen konnte. Man kennt es ja. Boulevardkomödie. Es war, als hätte sie nach Hugos Tod auch die Rolle des Familienvorstands – ohne Familie – übernommen, den Imperativ *It is not done!* ständig auf den Lippen über einem bisschen Lippenstift. Ungefragt sei der Mann in die Familie eingeschleppt worden, empörte sie sich, ein Marokkaner, der obendrein noch in den Untergrund gehe, wer weiß, wo, das wisse nur Gott beziehungsweise Allah.

Stefanie war bedient, solche Sätze waren Gift für sie. Selbst wenn sie hinter ihrem hilflosen Schweigen auch nicht weiterwusste. Die Ereignisse waren über sie hereingebrochen. Aber sie liebte Tahar. Was wusste sie schon? Sie kannte nur die belanglosen Marokko-Prospekte aus dem Reisebüro und die Magazine beim Friseur. Sie wusste nichts über die politische Situation dort. Nichts über Karims Bruder in der Haft. Und um nicht in völlige Passivität zu verfallen, widmete sie sich ihrem Enkel.

Fanny, ihr Beistand, saß während der Unterredung der Schwägerinnen im Torhaus wie der Chor einer griechischen Tragödie oder Komödie und sagte nichts. Die stumme Unterstützung für Stefanie. Um ihr Gedächtnis im Maß der Erinnerung in Bewegung zu halten, gebrauchte sie ihre Ohren.

Pauline hatte Fanny über Karims komplizierte Lage erzählt. Ihrer Mutter entzog sie das Vertrauen. Auch Cäcilie gegenüber war sie offen, und die war es Laura gegenüber und gab, was sie wusste, weiter. Sie umgingen Ingrids Mitteilungsdrang, begriffen, dass die Karten in der Welt neu gemischt wurden. *Ich löse mich für eine Weile auf*, war Karims letztes verschlüsseltes Lebenszeichen auf einem auf Paulines alter Schreibmaschine getippten Bogen Papier. Die Buchstaben saßen auf den Zeilen nicht auf gerader Linie auf. Sie tanzten und hüpften. Wie er selbst, dachte Pauline und hatte Angst. Sie war noch nie in Marokko gewesen. Sie hatten einmal gemeinsam dorthin reisen wollen, Karim hatte ihr sein Land zeigen wollen. Das war nun nicht mehr möglich. Vielleicht später einmal. In einer besseren Zeit.

Pauline kam sich vor wie eine Kriegswitwe aus der Generation ihrer Mutter. Wer wusste schon damals, ob der Mann, der aus der Sowjetunion oder Rumänien nicht wiederkam, verschollen oder tot war? Vielleicht hatte er auch nur woanders wieder geheiratet, ein neues Leben angefangen, weil er um nichts in der Welt zu seiner Frau hatte zurückkehren wollen.

Cäcilie fragte ihre Schwester nach einem Foto des Bruders Ali. Sie habe nur eins mit Karim zusammen, als beide noch Kinder waren, sagte Pauline. Stell dir Karim mit einer weniger hohen Stirn und einen halben Kopf kleiner vor. Das wäre dann Ali.

Dann könnte man sie verwechseln? Karim für Alis Doppelgänger halten? Und ihn jederzeit und nach Lust und Laune anzeigen?

Ich will es mir nicht ausmalen. Ich liebe ihn doch.

Cäcilie stellte sich Alis Existenz vor, dabei wusste sie, dass die Realität ihre Vorstellung mehrfach übertraf. Ali war nur einer von vielen, das wusste sie. Er war nicht allein. Es gab so viele Alis über die ganze Welt verstreut. Eines Nachts verschwindet ein Mensch. Bei einem Gartenfest, in einer Hotellounge, aus seinem Bett. Die Welt tut so, als sei nichts geschehen. Der Mensch steht nicht mehr auf, er schließt seine Wohnungstür nicht mehr ab, er erscheint nicht zum Appell. Ein Mensch geht nicht mehr seiner Arbeit nach. Plötzlich gibt es ihn nicht mehr, er hat sich in Luft aufgelöst. Sein Name verschwindet. Das ist alles. Und doch kreisen die Gedanken um Tag und Nacht, um Sonnenlicht und Finsternis, um Schutz und Ausgeliefertsein, um das nackte Überleben in einem eiskalten, nasskalten, nach eigenen Fäkalien stinkenden Loch, in dem der Mensch nicht aufrecht stehen und auch das Tageslicht nicht sehen kann. Ali. Kann ich ihn mir überhaupt vorstellen?, fragte sie sich. Nein. Könnte ich so über Wochen, Monate und Jahre dahinvegetieren? Ich würde zerbrechen. Ich wäre ohne Hoffnung, ohne Glauben. Unter der Folter zerbrochen. Lieber würde ich mir den Tod wünschen und, als seinen Vorbruder, den Wahnsinn. Ich halte körperlichen Schmerz nicht aus. Ich habe ihn nie erfahren müssen.

5

Cäcilie stieg die Treppe des Torhauses herauf. Ein Fernglas in der Hand, mit dem sie die Aktivitäten auf der Zufahrtsstraße verfolgt hatte, starrte Stefanie auf den wippend höhersteigenden Mopp, den lila gefärbten Bubikopf ihrer Tochter, ein leichter Schock.

Hallo, Mama, da bin ich. Cäcilie warf die Reisetasche in die Ecke. War das eine lange Reise von Berlin! Künstlich verlängert von den Vopos, die haben mir diesmal hinter einer Brombeerhecke vor Karstädt aufgelauert, eine Stunde Diskussion, Strafe, ich bin komplett erledigt und einen Haufen Geld losgeworden.

Wie siehst du aus!

Was?

Was hast du mit deinen Haaren gemacht!

Stadtindianer, hast du das Wort schon mal gehört?

Stadtindianer? Das klingt nicht gut.

Was? Hab doch mal ein bisschen Humor, Mama. Ich bin eine von Karl Mays Apachinnen, von der multiplen unscheinbaren Sorte. Der/die, seine/ihre Ablehnung der bestehenden Gesellschaftsform durch krasse Kleidung zum Ausdruck bringt. Und durch Gesichtsbemalung. Dir zu Ehren habe ich mein Gesicht mein Gesicht sein lassen. Keine Bemalung und auch kein Tattoo, nichts und nirgends.

Kein was?

Meine Arme und Beine, siehst du, keine Tätowierung. Und auch kein Nasenring.

Nasenring! Soll ich darunter etwa das verstehen, was wir jungen Bullen durch die Nase stechen, um sie besser führen zu können?

Ja, so ungefähr, liebste Mama.

Untersteh dich! Geh sofort zum Friseur und lass deine Haare wiederherstellen.

Mama. Das ist Mode! Piercings und Tattoos sind *en vogue*. In Kreuzberg gibt es massenhaft Läden mit den schärfsten Sachen, Breughel'sche Blumenornamente auf den Po, den wahnsinnigen van Gogh auf die Brust. Echte Kunst. Du musst es ja nicht machen.

Wie kann man sich nur derart verstümmeln lassen, Cäcilie?

Seit wann ist kolorierte Hervorhebung der persönlichen Qualität Verstümmelung? Funktioniert deine Dusche? Ich geh jetzt duschen.

Laura wurde neunzehn kurz nach dem Abitur, das sie glänzend bestanden hatte, lauter beste Noten. Ingrid war so stolz bei der Nachricht gewesen, erst die Töchter, nun auch die Enkelin. Und sie, Ingrid, hatte es in die Wege geleitet, gegen einen gleichgültigen Hugo, doch dann *la chute*, da stand dieses hochgradig begabte Mädchen in der Tür, *d'un pourcentage élève*, mit giftgrünen Haaren.

Ich habe genauso reagiert wie du, Stefanie, sagte Ingrid. Deine Cäcilie und meine Enkelin. Wunderschöne Mädchen. Wozu der Unsinn? Für Alexa ist das bloß lustig, sie lacht, Mama, das nächste Mal wird sie mit schwarz-weißen Strähnen hier anklopfen, na und? Einen Knopf am Nasenflügel, eine Sicherheitsnadel im Mundwinkel. Sie ist nicht dumm und gehört auch nicht zu diesem Mescalero. Entspann dich!

Solange sie sich nicht einen Zeh abhackt, um die Theorie zu beweisen, dass der Mensch auf vier Zehen stabiler auf dem Boden der Tatsachen stehe, und mich bittet, über diesen Eingriff, der den besten Weg in die Zukunft weise, einen großen, fundierten Artikel zu schreiben, ist alles in Ordnung. Das sind harmlose Spielereien mit der eigenen Identität, mit sich selbst, ganz unschuldig, sofern kein pathologischer Grund vorliegt. Und der liegt nicht vor, das weißt du auch. Ein Stadtindianer ist immer noch besser als ein Stadtverwalter. Siehst du fern? Weißt du überhaupt, auf welches Programm du zappen sollst?

Bei alldem verschwieg Ingrid, dass sie selbst ihr Haar färben ließ, und nicht erst seit Hugos Tod, wenn auch dezent, dem natürlichen Ton angeglichen, sodass niemand es bemerkte – und Hugo, glaubte sie, hatte sich nie Gedanken über ihr strohhelles Haar gemacht außer vor Urzeiten, als er sich in dieses Haar und seinen Duft beim Tanztee verliebt hatte. Jeder hielt sie für jünger, sogar für halbwegs altersresistent, und machte ihr Komplimente. Auf ihre jugendliche Erscheinung konnte sie sich durchaus etwas einbilden. Dass sie längst eine weißhaarige Frau wäre, vergaß sie allerdings.

Und Laura hat nicht nur das giftgrüne Haar, sie läuft auch im schwarzen Ledermini herum, sodass man bis zu ihrer ... Ingrid verhedderte sich, sie kannte nur das Wort *Mitte*, ein feineres Wort, das nichts von dem ausdrückte, was sie bezeichnen wollte, sie umschrieb also das Genaue, dass man alles sehen könne, bis hinauf, bis hinein ... Gott sei Dank trage Laura Höschen, aber der Kopf, ein giftgrün gegelter Igel. Ich bin fassungslos, habe ich zu ihr gesagt, und dass ich mich für sie schäme. Alexa sagte noch: Arme Mama, dir ist nicht zu helfen. Lass Laura machen, was sie will. Sie wirft ja keine Bomben, bastelt auch keine, und sie hat nicht vor, in einen Krieg zu ziehen. Meine Tochter ist absolut in Ordnung.

Stefanie betrachtete die Fotos ihrer Töchter in Silberrahmen unterschiedlichster Größe, ein Beet von ihr entgegenlachenden Gesichtern auf dem Flügel. Für Anna nahm sie sich viel Zeit, das hübsche Gesicht im Bilderrahmen, vielleicht ist es gut, Anna, dass du keine Kinder hast. Wer weiß, was noch kommt, noch ist ja Zeit. Aber was ist es, was dich davon abhält? Bin ich es? Sind wir es? Waren wir so desillusionierend, dein Vater und ich? Du bist sehr sanft, nicht radikal, wie es Charlotte damals war mit ihren Vorwürfen an Hugo und Ingrid. Ich bin in einer Lebensphase, in der ich an allem zweifle. Und verzweifle. Pauline hat Elsa auf ein extrem teures englisches Internat geschickt, das, nebenbei gesagt, ich finanziere. Elsa wollte weg von zu Hause, das arme Kind hat ja keins. Hattet ihr eins? Hattest du ein Zuhause?

6

Ich bin in die Falle gegangen, sagte Charlotte. In die eigene, die der eigenen Geschichte. Ich spreche von so vielen Leuten, sie sind so unbequem tief in mir drin, irgendwo sagte ich: Familienflutung, und es tritt wieder einmal klar zutage, dass das Festhaltbare, die Bilder, Porträts aus vergangener Zeit für sich größeren Raum und klarere Konturen beanspruchen als alles Gegenwärtige. Gern wüsste ich, was das zu bedeuten hat. Dass man nicht greifen kann, was jetzt geschieht, es einem durch die Finger rutscht, weil es das Fassungsvermögen des menschlichen Hirns sprengt? Der Blick bleibt unruhig, ein Oberflächenblick, weil, wie das Klischee sagt, es zu rasant geschehe, weshalb der Blick nur noch ein Blinzeln ist, Wimpernakrobatik in einer voranhetzenden Zeit, das Drama verschwindet, weil es sich ins Unendliche häuft, es gönnt sich, gönnt uns keine Atempause, sage ich, die Person wird ein Teil der Welt und verschwindet darin, scheint nicht haftbar zu machen; was sie verursacht und verbrochen hat, wird kleingeredet und kleingeschrieben, schließlich überblättert zum nächsten und übernächsten Verbrechen, den Anschlägen gegen dich, gegen mich, gegen allen Verstand, der machtbesessene Delinquent steigt auf, sein Aufstieg ist unaufhaltsam, scheint es, weil er ja demokratisch aufgestiegen ist und umjubelt wird von den künftigen Verbrechern, eine Zukunft, die ich nicht haben will, diese Aufstiege beleben die gerade noch erinnerten Verbrechen wieder neu, auf dass sie per Ansage ihre verblüffend durchsichtigen, gleichwohl eisernen, immer wieder neuen, altem verrotteten Muster entsprechenden verbrecherischen Methoden im Minutentakt virtuos anwenden, sie ständig neu organisieren, manifestieren, im Funk, Fernsehen, *open air* als unwiderleglich darstellen können, eine Darstellung für den Applaus, der alles übertönt und die Aufstiege noch höher treibt, und dort, ganz oben, schütteln die Parvenüs einem indolenten, nur dem Anschein nach hilflosen Gott die Hand, ihm wird es nicht zu viel wie dir und mir, weil der Blick auf das Jetzt mich sofort in Haft nimmt, mich knebelt, mir die Luft abzieht, dir auch, ob du es merkst oder nicht. Aber mein Familienlexikon ist noch nicht zu Ende – die höchst selten hervorbrechenden, leise zurückgehaltenen, dezent implodierenden Dramen dieser Menschen und meiner eigenen –, wie denn auch bei dem zahlenmäßig beachtlichen Nachwuchs, wie zum Beispiel bei Pauline, deren Zeugin ich bin, da sie zeugt, diesmal Elsa.

Karim kehrte nicht zurück. Es gab auch kein Zeichen von ihm. Paulines Sorge um ihn verlor schubweise an Intensität, sie stumpfte ab, viel Zeit war vergangen, Jahre, im Nachhinein sinnlose Zeit, dachte sie, sinnlos, in Marokko zugrunde zu gehen, sinnlos, hier zu warten und zu hoffen, vielleicht würde sie ihn gar nicht mehr wiedererkennen, vielleicht hat er einen langen Bart wie Moses, ein paar neue Gebote, oder ein paar neue Gebete, beides Quatsch, und sie dachte immer mehr über ein zweites Kind nach, wichtig, damit Tahar nicht als Einzelkind aufwuchs. Das stelle ich mir nicht einfach vor, sagte Charlotte, vielleicht erging es ihr aber wie Hühnern, Hühner picken und baden und kratzen im Sand auf der Suche nach Fressbarem, werfen den Sand hinter sich. Und Karims Spur verlief sich in so einer Staubwolke. Und wie es so kommt, verliebte Pauline sich in einen Iraner, einen studierten Maschinenbauingenieur ohne Job und ohne Einkommen. Baham. Die Revolutionskatastrophen hinter sich und vor Augen, konnte er nicht in sein Land zurückkehren. Ein Zusammenleben mit Baham schien aber Pauline nicht möglich, ihre Träumerei vom Orient voller verlockender Unbekanntheit kollidierte mit seiner archaischen Struktur und der ganzen düsteren Ideenwelt, die die Steinigung der Frau zuließ, und sie trennten sich. Sie siedelte für unbestimmte Zeit nach Bonn um und zog Sohn Tahar und Tochter Elsa mit Stefanies Hilfe auf. Mit Baham war sie nicht lange zusammen gewesen, hatte ihn aber mit einem Restsinn für Harmonie und auf Fannys Rat hin während der Schwangerschaft geheiratet, auch um dem Mädchen das Mobbing später im Kindergarten und der Schule zu ersparen, Hautfarbe, Gesichtszüge und so weiter, und Elsa brauchte Schutz, weil sich das Mobbing ja nicht darum kümmert, ob die Eltern verheiratet waren, doch immerhin konnten die Leute sie nicht als Bastard beschimpfen. Auch nach dem Umzug der Regierung nach Berlin blieb Pauline in Bonn und arbeitete weiter als Spezialistin für Massengeflügelhaltung wie in der Zeit mit Karim.

Hands off Reserved Area stand auf einem Pappschild, an die Tür zu Elsas Zimmer gepinnt, und Rahmenhandlung um das Pappschild herum waren eine handgemalte Pistole und ein assyrischer Bogenschütze im Schurz und mit nackter Brust von vor dreieinhalbtausend Jahren. Elsa war jetzt vierzehn, und das Verbot galt allen voran der Mutter. Pauline missfiel die Verrammelung, sie war traumatisiert, hatte sich doch Stefanie häufig in ihr Schlafzimmer eingesperrt, aber sie hielt sich an Elsas Vorschrift. Lass sie, Mama, sagte auch Tahar, er war fünf Jahre älter als seine Schwester und fühlte sich ihr gegenüber erwachsen. Der kleine Ort ihrer kleinen Freiheit ... *privacy*. Bis eines Tages Pauline die Klinke doch heruntergedrückt. Eines Abends, als sie von der Arbeit nach Hause kam, vermeinte sie in der Fensterscheibe von Elsas Zimmer einen Riss gesehen zu haben; das Haus lag im Vorort, Elsas Zimmer ebenerdig zur Strasse hin, es war ein Leichtes, eine Einladung geradezu, die Scheibe einzuschlagen, durchzusteigen, sich nach Lust und Laune in den Räumlichkeiten zu bedienen und alles zu rauben. In einer Mischung aus Sorge und Neugier drückte Pauline die Klinke herunter, machte Licht, und da flog ihr ein Völkchen entgegen. Rasch schloss sie die Tür hinter sich. Elsa war nicht da, sie war unterwegs als Babysitter, verdiente sich etwas Geld, und sie war begehrt, weil sie pünktlich war und bis zur Pingeligkeit ordentlich. Wenn die Eltern spät am Abend zurückkamen, waren die Spielsachen aufgeräumt, die Küche putzblank, alles in der Wohnung tipptopp, die Kinder schliefen friedlich und tief und fest. Aber hier? Wie hatte Elsa sie so hintergehen, täuschen und enttäuschen können. Ihr Stolz auf die Tochter nahm eine Schussfahrt in den Tümpel stummer Verzweiflung. Ekel stieg in Pauline auf. Röcke, Wolljacken, Pullis lagen zusammengeknüllt unter dem Bett, unter dem Tisch, vor dem Fenster, an dem Elsa die Schularbeiten machte, dreckige Klamotten und Gerümpel unbekannter Herkunft im grünen Drei-Generationen-Koffer, einem Erbstück von Stefanie auf Pauline und von Pauline auf Elsa. Schmutziges und Sauberes durcheinander, muffige schlechte Luft. Pauline nahm einen Pulli vom Boden auf – von Motten zerfressen. Sie konnte ihn nur schnell verbrennen. Ein Augiasstall der besonderen Art, dessen Bewohnerin täglich mehr abmagerte. Auf dem Fensterbrett lag das Hasenbrot in Papiertüten, die tägliche Pausenration für die Schule, Käse und Wurst in mehreren Tüten, ungeöffnet, unberührt, so wie Pauline sie in der Küche zubereitet und verschlossen hatte, grüne Butter, grünes Fleisch, grüner Schnittkäse, blühendes Brot. Findet mich Elsa fantasielos?, fragte sich Pauline. Straft sie mich deswegen? Sie dachte nach, wie sie so am geschlossenen Fenster stand. Vielleicht bloß Achtlosigkeit, korrigierte sie sich, sie hatte die Schulbrote genauso mechanisch als alltägliches Abhaken einer Pflichtübung hergestellt, als handle es sich bei der Fütterung von Tochter und Sohn um das ewige Einerlei der Körner, mit denen das Geflügel bei der Massentierhaltung abgefertigt wurde. Sie begriff es jetzt. Auf dem Fensterbrett aufgereiht lag die Quittung. Für die Lieblosigkeit, sagte sie in die stinkige Luft und wandte sich um.

Tahar erzählte ihr, dass er seine Pausenbrote gegen Croissants, Brezeln oder Amerikaner tauschte, die andere Jungs von zu Hause mitbrachten, weil er die mütterliche Einfallslosigkeit in Sachen Sandwiches nicht mehr herunterwürgen konnte. Elsa sagte nichts, sie blieb still und nahm ab. Elsa versteckte und schwieg. Elsa verweigerte. Pauline sah sich außerstande, die Situation zu meistern. Einen Psychologen wollte sie nicht einschalten, obwohl die beste Freundin dazu riet, und Elsas Vater wollte sie auch nicht einweihen. Der wünschte sich nämlich nichts sehnlicher als die Chance auf einen Zugriff oder plausiblen Grund, ihr endlich die Tochter wegzunehmen, nach der er sich sehnte, doch da er mittellos war, auch nicht einmal für einen Teil der Erziehung aufkam, blieb das ein frommer Traum, hatte Pauline ihn in der Hand. Und Elsa wollte auch nicht zu ihm. Da hatte Pauline Glück. Ein Glück auf wackligen Füßen. Elsa wollte in der Nähe ihres Bruders bleiben.

Pauline wandte sich an Stefanie, hilf mir, ich komme nicht klar, obschon sie wusste, dass ihre Mutter sie in der Wahl ihrer Männer nicht verstand, auch den zweiten Vater nicht guthieß – auch das Modell Alleinerziehung lehnte sie ab – und den Pfennig fünfmal umdrehte, ehe sie sich in Paulines Belange einmischte. Sie ließ es Pauline spüren. Die fragte sich manchmal, ob sie wohl auch für die Zerstörung Karthagos durch die Römer noch Abbitte leisten müsse. Doch brach sie jedes Mal, wenn sie sich gegenüberstanden, in schallendes Gelächter aus und schrie: Ja! Ja, Mama. Ja.

In den Ferien kamen Elsa und Tahar nach Greiffensee zur Großmutter und wurden von Stefanie verwöhnt – nichts geht über den Widerspruch.

Elsa soll auf ein Internat, sagte vorsichtig Pauline, in Irland oder England. Auf kein deutsches, denke ich. Was denkst du? Und was denkst du darüber, dass ich für die Kosten nicht aufkommen kann ...

Wenn schon Internat, dann unbedingt in Schottland. Stefanie fuhr also mit der Enkelin ins schottische Hochland und lieferte sie in der Schule ab. Danach machte sie eine mehrwöchige Wanderung über Schafweiden entlang der Küstenwege in den Highlands, wo sie Möwen, Nebelimpressionen und alte, windzerzauste Bäume fotografierte, um daraufhin auf dem Heimweg nach Greiffensee nochmals nach der Enkelin im Internat zu schauen.

Elsa war sehr zufrieden, sie absolvierte dort zwei Trimester, besuchte dann auch ein College, machte ein Sprachstudium in Glasgow, das sie jedoch abbrach, weil sie zurückwollte. *Nun ist das Mädchen zurück, will in Bonn weiterstudieren*, schrieb Stefanie ihrer jüngsten Tochter Anna, *aber – und das hat mir nicht Pauline erzählt, sondern meine Bonner Freunde haben es mir hinter vorgehaltener Hand gesteckt –, statt zu studieren, treibe sie sich, wie sie von ihrem Sohn gehört hätten, mit Ausländern herum, Albanern und Rumänen, die zum größten Teil illegal hier sind. Es ist ein Fluch, Anna. Hoffentlich heiratet sie keinen davon.*

Mama!, schrieb statt Anna Pauline an Stefanie zurück. *It runs in the family, dear mother. Did you forget? Wieso schreibst Du Anna und nicht mir? Sag mir doch, was Du mir zu sagen hast. Petz nicht hinter meinem Rücken. Das tun nur Dienstmädchen, wie Du sagen würdest. Ich rede mit Dir direkt und nicht über Umwege. Das erwarte ich von Dir auch.*

7

Stefanie besuchte Anna bei ihrer Freundin in Hof. Olga gefiel ihr wegen ihrer sehr direkten, mitfühlenden Art, mit unterschiedlichen Tieren umzugehen. Von Meerschweinchen bis zu Echsen fand sich in ihrer Praxis vielerlei an. Olga war langmütig, dabei bestimmt. Sie sagte: Über die erkrankten Tiere lerne ich ihre Halter und das Umfeld kennen. Es ist etwas anderes, wenn ein Singvogel in einem viel zu niedrigen Kasten ohne Rast von Hölzchen zu Hölzchen hupft, als wenn der Vogel einen hohen Käfig hat.

Anna fuhr zurück nach Berlin, und Stefanie schwärmte im Oberfränkischen – eine Gegend, die sie nicht kannte – noch ein wenig aus. Es erwartete sie außer Fanny und allenfalls der Katze Theresa niemand zu Hause, sie hatte so viel Zeit zur Verfügung, und sie wanderte nun einmal für ihr Leben gern. Olga riet ihr auch zu Bus und Bahn, die Gegend sei kein plattes Norddeutschland. Und so fuhr sie im Bus bis Bayreuth und stand vor dem von Efeu umwucherten Grabstein ihres früheren Geliebten. Sie ließ sich, von Hugin und Munin umschwirrt, auf dem achtbeinigen Sleipnir nach Walhall zu Odin entführen, von dem sie abzustammen wähnte. Auch den Enkeln hatte sie das Märchen erzählt. Sie verweilte lange an dem stillen Ort, da kaum ein anderer sich außerhalb der Festspielzeit dort aufhielt, und fuhr mit der Bahn nach Coburg, um auf der Veste den Kampf ihres Glaubensvaters mit dem Teufel nachzuempfinden und als Beweis den Tintenklecks zu sehen. Sie kam mit den kuriosesten Menschen ins Gespräch. Wie viele Ausländer waren hier unterwegs, und wie neugierig und mitteilungsfreudig sie alle waren. Sie tauschte Adressen aus.

Als Stefanie von der Reise zurückkehrte, waren die neuen Mieter im Marstall eingezogen. Endlich, teilte der neue Verwalter Stefanie mit. Wegen eines Krankheitsfalls habe sich der Umzug um einen knappen Monat verschoben, die Miete hätten die Leute aber gezahlt. Der Mann sei Vorstandsmitglied bei der BMW-Niederlassung in der Landeshauptstadt. Was die Neuen nun als ihre postalische Adresse im Dorf als *Marstall* ausgaben, war nichts anderes als der ehemalige Pferdestall, ein lang gestrecktes Gebäude aus roten Ziegeln, gekrönt von einem Walmdach. Sleipnirs, des Herrn der Saat, und Glorias ehemaliges Reich.

Kaum zurück und nach wie vor gesprächsfreudig, überfiel Stefanie die neuen Mieter.

Hier war früher unser Pferdestall, wo Sie jetzt wohnen, sagte sie zu der Frau, ohne sich weiter vorzustellen. Ich wollte nur einmal vorbeischauen, entschuldigen Sie. Darf ich? Guten Tag!

Das Vorstandsmitglied war nicht da, die Frau hantierte zwischen Kisten und Kästen. In der Heftigkeit der Erinnerung schob Stefanie die junge schlanke Person beiseite, die, über die ungewöhnliche Manier überrascht, in den Hauseingang zurückwich. Sie stand da und sagte nichts.

Kommen Sie, ich zeig's Ihnen, sagte Stefanie. Sie schaute sich um, alles war neu und umgebaut, sie musste sich erst mal orientieren, dann stürmte sie weiter und sagte zu der Frau, die ihr zögernd folgte: Wo *Herr der Saat* seine Box hatte – mein Hengst, Vollblut, sechs Jahre alt, ich habe ihn so gern geritten, als ich siebzehn war –, ist jetzt Ihr Schlafzimmer. Sie malte mit beiden Händen die Box des Hengstes in die Luft. Hier hat er mir entgegengewiehert, wenn ich kam, jeden Tag, jeden Morgen, ich habe ihn sehr geliebt. Entschuldigen Sie, dass ich Ihnen das erzähle, aber die Erinnerung ist so stark, sie überkommt mich wie ein Überfall. Und hier, in Ihrem Wohnzimmer, wie mir scheint, stand Felicitas, die mir einmal das linke Ohrläppchen samt der grauen Perle abbiss. Wir fanden den Ohrring im Stroh, die nervöse Stute hatte die Perle noch nicht zertrampelt, das Läppchen auch nicht, ich nahm Ring samt Läppchen in den Mund, und der Chirurg im Landeskrankenhaus entfernte den Ring und nähte mir das Läppchen wieder an. Sehen Sie? Sie schob ihr schütteres Haar zur Seite und zeigte der Frau ihr linkes Ohr. Es ist kürzer als das andere, nicht wahr? Aber er hat es gut gemacht. Wäre ich fünfzehn Minuten später bei ihm gewesen, wäre es nicht mehr gegangen, der Verwesungsprozess hätte das Seine schon geleistet.

Stumm, verdattert über die Person, über die sie zwar schon einiges gehört hatte, ohne dass sie sich von den Geschichten, die da erzählt wurden, eine rechte Vorstellung hatte machen können, weil sie ihr zu unwahrscheinlich oder ausgefallen vorkamen, nickte die junge Frau. Sie wollte ihren Namen vorbringen, wenigstens das, doch er kam ihr nicht über die Lippen.

Wir werden uns ja von nun an öfter sehen, sagte Stefanie und beendete den Besuch. Und entschuldigen Sie nochmals, dass ich so hereingeschneit bin. Nicht ganz meine Art, normalerweise. Sie winkte mit der Rechten hoch über ihrem Kopf, während sie sich wie schräg im Wind laufend entfernte. Erleichtert wandte die junge Frau sich wieder ihren Kisten zu.

Stefanie machte einen Schlenker durch den Park auf der anderen Seite des Herrenhauses, schlenderte über die alten

Wege und setzte sich auf die weiße Bank am Fuß der ältesten Kastanie. Wie sie da saß, blieb die Zeit stehen. Sie sah sich an der Hand ihrer Nanny, sie saß auf dem Esel, der wegen seines Ias Ernst August in der Familie den *nickname* E. A. gegeben hatte und den sie nicht vom Fleck kriegte – trotz aller Fersenhilfe, die schließlich in ein wildes, dumpfes Getrommel gegen seine hohlen Rippen ausartete, die zu ächzen anfingen. Das graue alte Tier stöhnte mehrmals, bäumte sich schließlich auf und warf sie ab. Der Vater, die kranke Mutter untergehakt, kam den Weg herauf. Die Brüder in Uniform. Hugo. Kai. Willo. Frieder, von dem sie kaum mehr hörte. Ihre Töchter bildeten die einzige, schmale Brücke zu ihm. Er habe da jemanden kennengelernt, hatte Pauline vor einiger Zeit berichtet. Eine Marburgerin, Dozentin an der Frankfurter Universität für Soziologie und Geschichte.

Die junge Frau aus dem Marstall erzählte ihrem Mann sofort nach dessen Heimkehr von der merkwürdigen Begegnung mit der Alten aus dem Torhaus. Offenbar segelten all die Gerüchte, die sie gehört hatten, hart an der Wahrheit.

Hans, wir werden vor unserer Haustür ein Schild mit einem deutlichen großen *PRIVAT* aufstellen müssen. Du bist die meiste Zeit im Büro oder sonst wie unterwegs. Und ich werde neue Schlösser anfertigen lassen und schließe das Haus jetzt immer ab. Ich will nicht, dass diese Person einfach so hereinschneit, als wäre es immer noch ihr Pferdestall.

Wie du meinst, sagte ihr Hans. Ganz wie du meinst, mein liebes Uschilein. Und die Tochter und ihre Kinder, wie sind die?

Die Tochter – vom Alter her könnte sie deine Mutter sein. Ich sah sie nur aus dem Torhaus kommen und in ihr Auto steigen. Ich möchte hier nicht Angst haben, wenn du nicht da bist, bedrängte die Frau noch einmal ihren Mann. Noch habe ich sie nicht, und ich will – allein – auf alles gefasst sein.

8

Der Norden, aus dem Otto und Ludwig stammten, die Sprache, deren trockener, unterkühlter Humor, das Platt, das beide gelegentlich belustigt sprachen, die weite, ans Meer grenzende Landschaft ihrer Heimat verbanden sie, solange sie das Internat am Bodensee besuchten. Sie waren fast gleichaltrig und waren fast Freunde, waren sich Onkel und Neffe, Neffe und Onkel, einerlei. Und Stefanie war Ottos Patentante. Durch die Freundschaft mit Ludwig zog Otto allerdings Ahlefeld trotz Stefanies Patenschaft Greiffensee vor. Er und Ingrids Erstgeborener spielten mit den Verwandtschaftsgraden Ball wie die Akrobaten im Varieté und vertauschten sie vor Dritten. Maske, Verstellung, Verkleidung und Theater waren Ottos stärkste Leidenschaft. Er hatte seines Vaters Charme, hatte viel von dessen Stil und war in einer Ungezwungenheit und Lässigkeit aufgewachsen, die Ludwig nie erfahren hatte. Der spielte das Spiel eher tollpatschig mit, machte Ottos Nonchalance nach oder, wie Otto es nannte, angeberisch, weil keiner sonst das Wort kannte: *disinvoltura*. Zusammen waren sie ein ansehnliches ungleiches Paar, den Ton gab Otto an.

Nach den Schuljahren trennten sich ihre Wege. Ludwig, klein gewachsen und rund, erbte, und Otto, groß, schlank, schlaksig und exzentrisch, ein Snob, eine Spielernatur wie sein Vater Willo, schlug die Managerlaufbahn ein, weil er nicht erbte. Er ging zuerst auf eine Londoner Business School und landete später in Rio de Janeiro, machte ein Praktikum bei der dortigen Niederlassung einer deutschen Bank, bereiste das Land – wie einst sein Vater –, dann tauchte er in New York ab und kam bei einer deutschen Autofirma unter, kassierte eine hohe Gage, weil es der Firma gefiel, mit seinem vornehmen Namen das eigene Renommee zu heben und zu stärken, hatte sie doch plötzlich einen deutschen Baron. Bei aller Umtriebigkeit besaß Otto jedoch nicht den *élan vital* des Vaters.

Er lebte unstet, in einer Art Camouflage, eine Weile ging das gut, seine tadellosen Manieren und tadellose Kleidung machten Eindruck bei den Chefs und Kunden, wegen seines Humors und schauspielerischen Talents ließen sie ihn gewähren, ihm seine Macken durchgehen – *the German baron*. Otto spielte geschickt, machte auch Brigit, seine Mutter, glauben, dass er nicht sei, der er sei, mit raffinierter Strategie verdeckte er sein wahres Ich, er werde demnächst heiraten, verkündete er, mit einer wohlhabenden New Yorkerin eine Familie gründen, und erfüllte so die Voraussetzung für die Vertragsverlängerung beziehungsweise Festanstellung im Management der Autofirma. Indes die Brautschau der Mutter ausblieb.

Zu einem Coming-out hatte Otto nicht den Mut, gestand seinen Eltern nicht, dass er teure Drogen konsumierte, die er bald nicht mehr bezahlen könnte. Die Kasse der Firma würde er noch nicht plündern, so weit ging der deutsche Baron nicht. Gestylt, mit Stecktuch und gewienerten Schuhen legte er nach Büroschluss das Hochglanzkorsett der Geschäftswelt ab, ging nach Hause zum Duschen oder gleich in die Sauna, entspannte unter anderen Männern und rasierte und parfümierte sich ausgiebig und umgab sich für den späteren Abend mit den Schmetterlingen. Er tauchte ins schwule Nachtleben ein, bis das anerzogene, aber auch das neu erworbene Gerüst zerbrach und darunter sein schmächtiger Körper. Alkohol, Kokain.

Auch Blut sei eine Droge. Das Leben sei, erklärte er in langen Nächten auf Partys, ohne Drogen nicht auszuhalten. Angefangen habe es mit der Blutsbrüderschaft als kleiner Junge, als *Boy Scout*, er habe das Blut von Jonathan und Donald und Henry und Edward getrunken, mit denen er in Wales unterwegs gewesen sei, sie hätten sich ausgesaugt wie die Teufel, abgeschleckt, aufeinander geritten... Ein andermal gab er mit seinen Ideen über allgemeine Liebesspiele an, man treibe sie, um zu verwunden, verwundet zu werden, Blut zu vergießen. Der biedere Bürger, der heirate und eine Jungfrau verlange, wolle diese Lust auskosten, dozierte er, der alte Anspruch des Mannes, die fixe Idee, ganz primitiv, die Frau unberührt vorzufinden, atavistisch, blöd, der ehrgeizige Irrwitz, der Erste zu sein. Den Berg zu erklimmen, Himalaja, um da oben den Pimmel als Fahne in den Schnee zu stecken. Und sich an seine europäischen Wurzeln und adlige Herkunft erinnernd und ihre exotische Welt unter den Nachtschwärmern, begann Otto, sich über seinen Vater und dessen Welt lustig zu machen. Die Freude am Unberührten und Wilden sei auch bloße Freude am Blutvergießen, Freude an der Jagd, Freude an der Grausamkeit. Dabei gebe es kein jungfräuliches Eckchen mehr auf der Welt, nicht einmal in den Wolken und im Meereshorizont. Auch das All, vollgeschissen mit all den Satelliten, sei längst entjungfert. Bald müsse der Mars daran glauben. Wen wolle man dort oben noch bis aufs Blut verwunden? Einen weiteren Gott? Um bei uns *pedestrians* zu verwunden, gehe man ins Gebirge, auf die Jagd, dringe in den Dschungel ein, nach Zentralafrika oder ins Amazonastiefland. Die Einsamkeit einer Landschaft mache Durst auf Zerstörung und Blut... Er selber habe niemals eine Pistole, Flinte, Büchse oder Granate in die

Hand genommen, nicht einmal eine Kamera. Er habe immer nur seine Augen gehabt und mit ihnen zerstört, was da gewesen sei, wie in Videospielen. Mit seinen Augen. Aus ihnen heraus. Aus den grünen Pupillen einer Katze, Schlange, aus den Hinterhöfen seines Hirns. Um sich selbst zu zerstören, rief er, bevor die Sonne aufging und er umkippte und sich irgendwo zusammenrollte.

Irgendwann war Otto nicht mehr im Büro erschienen und wurde gefeuert. Ein dekadenter deutscher Baron, der auf Partys Röcke trug, sich die Augenlider türkis, den Mund feuerrot schminkte und orientalische Tücher um den Kopf wickelte oder, Vermeers *Mädchen* zum Verwechseln ähnlich, sich mit dem Perlenohrgehänge schmückte.

Oft stand er nachts am Fenster seiner Wohnung und schaute auf das schwarze Loch hinaus, hinter dem die Lichttürme aufragten. Und wenn er dabei einmal an seine Laufbahn dachte, die ihn vom platten grünen Land in diese gläserne Höhe katapultiert hatte, befiel ihn eine merkwürdige Heiterkeit, verbunden mit einem erregenden Gefühl der Irrealität. Er verwandelte sich in einen Pfeil und schoss durch die Scheibe hinaus in die unermessliche Schwärze, in die warme Finsternis draußen. Würde er fliegen können? Oder in den hart gefrorenen Grund stürzen? Vögel stürzten auch, selig, wahrscheinlich um zum nächsten Flug anzusetzen. Bei einem seiner nächtlichen Drogenexzesse wurde ihm von einem Strichjungen, der ihn um Geld erpressen wollte, eine Schnittwunde über dem Auge zugefügt.

Auf einer Kostümparty in seinem Apartment soll er eine junge Frau zum Suizid bewogen haben. Die Polizei ermittelte. Otto konnte jedoch beweisen, dass er nichts mit der Entscheidung, dem Trip der Freundin, zu tun gehabt hatte, er sei bloß Gastgeber gewesen. Ihr Tod traf ihn schwer, er bekam Panikattacken. Rückgängig machen konnte er ihr Ableben nicht, wie sehr er es auch wünschte. Er war nicht Gott. Außerdem hatte selbst Gott niemals einen Tod rückgängig gemacht. Nicht einmal den eines Hundes, eines Sperlings, Gänseblümchens oder Grashalms.

Nur Sisyphos traute sich, sagte Otto. Ihm war es gelungen, Thanatos durch die Hilfe seiner Frau zu überlisten, indem er ihr verbot, ihn den Regeln gemäß zu bestatten, als er selber tot war, und durch Sonne und Licht und Regen kam er ins Leben zurück. Wie heute Ärzten Wiederbelebung gelingt. Doch wurde Sisyphos für seinen Frevel an der Weltordnung in alle Ewigkeit bestraft. Und hatte seither den Stein zu wälzen, diesen Felsbrocken, der ihm in die Seele und auf seinen Schatten gebürdet war, den imaginären Berg hinauf.

Charlotte hatte mit ihm zusammen ihre ersten Drogenerfahrungen gemacht. Er sei Sisyphos, hatte Otto schon damals gesagt, verschlagen genug, sein Leben zu entwerfen, bar jedes vermeintlich übergeordneten Plans, *fuck those guys*, und ehe ihn endgültig der Tod träfe, beseitige er sich, um ihm *or those guys* zu entkommen. Eine selbst inszenierte Überleitung ins fantasierte Nichts. Otto, der Schalk, das Schlitzohr – wen hatte er, fasziniert von Sisyphos, Thanatos gerade wieder entwendet und ins Leben zurückgeschickt?

Ja, er, sagte er, er, der Held, er hat den Tod gefesselt und so verhindert, dass Tausende im Schlund der Erde verschwanden. Stell dir vor, Charlotte, die Millionen aus den Kriegen, die die Menschen gegeneinander führten und führen, wären nicht gestorben – da niemand sie bestattete, niemand ihnen Totenopfer darbrachte.

Er hinterließ keinen Brief, nur eine Unzahl offener Rechnungen. Für den alten Vater und den Bruder, der ihm den Geldhahn hatte zudrehen wollen, falls er seinem Versprechen für einen Entzug nicht nachkäme. Otto war in eine Klinik gegangen, er hatte sich der Therapie geöffnet, doch keinen

Sinn in ihr erkannt. *Who really cares about me? And why should I care? And live? Bullshit. I'm smarter.*

Ein Freund fand ihn in der ausgeräumten Wohnung. Neben dem Kopf eine Silberfolie, eine heruntergebrannte Kerze und ein leeres Glas Sherry. Unter den vielen CDs Bob Dylans Songs und Tristans *Liebestod*.

Auf einem Zettel, der auf dem Nachttisch lag, stand: *In was für Mützen oder Münder und Münzen die Gesichter auch zerfallen... schwarze Unterwäsche, Pisse und Bettlaken, Samen und Blut.* Und ein Zitat aus König Jakobs Briefen an George Villiers, den der König von einem Gentleman of the Bedchamber zum Herzog von Buckingham befördert hatte: *I desire only to live in this world for your sake...*

Wem galt dieser Satz in Ottos Leben?, fragte sich Charlotte. Er gehörte zu denen, die es vorziehen zu lieben und denen, wenn sie in ihrer großen Sehnsucht abgewiesen werden, auf Erden nicht zu helfen ist.

Otto war auf dem Weg nach Deutschland gewesen, sagte sie. Die Möbel warteten auf ihre Verschiffung nach Hamburg. In vier Tagen hätte er selber zurückfliegen wollen. Das Lufthansa-Ticket steckte in seiner Rocktasche. Eine welke weiße Rose in der Brusttasche seines Blazers und ein zerknülltes weißes Taschentuch.

Herr Baron, dat is nech goat, wenn wi uns eigene Kinner überlebn, sagte Hannes, als er Willo das Abendessen servierte.

Ihm war nicht zu helfen, Hannes. Willo strich mit seinen gepflegten Händen das weiße Damasttischtuch glatt und richtete sich auf. Er tat es, sagte Charlotte, auf eine merkwürdige Weise in mehreren komplizierten Schritten, bis er aufrecht saß und gegen die Wand starrte. Ich glaube, aus diesen kubistischen Bewegungsschritten kommt das Bild *sich zusammennehmen*. Mir würde es jedenfalls sofort einleuchten.

Dat sech Sei. Wieso nich? Ich möcht mine Töchter nich überleben. Nie in min Lebn. Un en Foto – wat soll en Foto. Aber nu steht er ja auf Ihrem Schreibtisch, und ich wisch ihn jede Woche lange ab, fiel Hannes wieder ins Hochdeutsch, wisch ihm den Staub und den Kussmund von der Frau Baronin vom Gesicht, damit er wieder auf den See kucken kann. Uns Otto. Und schnak mit ihm. Du dummer Jung.

Servier mir endlich die Bouillon, Hannes. Ich versteh dich ja.

Wir waren nicht allzu eng befreundet, Otto und ich. Ich mochte ihn. Seine Zerrissenheit gemahnte mich an meine, das verbindet zwei Menschen. Ich war ihm wohl nicht exzentrisch genug und, trotz meiner androgynen Figur, eine Frau. Meinen Wunsch, sich einmal allein zu treffen, hatte er immer abgewehrt. Ich hätte ihn gern in den Kreis meiner Wahlverwandtschaft aufgenommen. Hätte! Wozu war jetzt der Irrealis gut? Er bezog sich auf das *I desire only to live in this world for your sake*. Das Zitat ging auf geheimnisvolle Weise weiter, und der Angeredete kam in Sicht: *Dear dad and husband / sweet child and wife* – das war Otto selber, *dad, husband, child, wife*. Er spielte Rollen, da die Gesellschaft, in der er verkehrte, lauter brave Bürger, ihn nicht anders akzeptierte. Er trug Masken, schminkte und verkleidete sich seit der Kindheit. Der ältere Bruder war immer der Mann, der Stammhalter, der Siegfried mit Helm und Speer gewesen und Otto das Burgfräulein, keusch mit dem Tüchlein im Ausschnitt, oder die fünfte Haremsdame, verschleiert bis auf den Augenschlitz. Und sträubte sich gegen eine Verheiratung. Ja, gern, wenn ich neunzig bin, sagte er laut auflachend einer Frau, die sich in ihn verliebte und ihn an sich binden wollte. Liebling, du bist dann die Erste! Die Frauen verliebten sich in ihn. Nicht nur, wenn er als außerirdischer

Maharadscha auftrat. Die angeklebte Locke unterm Ohr lockte sie alle. Er nahm sie mit auf seine Flüge, es war so wunderbar komisch. Hier der selbstlose Freund, dort in der Familie der fluchbeladene Liebhaber, noch zu Stefanies und Ingrids Zeit wäre er als Perverser, Päderast oder Sodomit mit rosa Winkel im KZ gelandet. Einer vom anderen Ufer. Das Bild vom anderen Ufer hatte mich, wie gesagt, schon als Kind fasziniert, sagte Charlotte. Wenn ich über die Ostsee blickte, sah ich es nicht, wusste nur, dass dort irgendwo dieses Ufer sein müsse, so hatte man mir den Erdball erklärt. War aber das Ufer flach wie das hiesige, oder wuchsen da Berge und spuckten Vulkane ihre glutrote Lava in die Luft? Wer hauste dort? Brüder und Schwestern. Seit der Hauslehrer mich mit Homer, dessen Metaphern und Mythen bekannt gemacht hatte, veränderte sich meine Vorstellung vom Bild, hin zum Fährmann Charon, dem Fluss, an dessen Ufer er jemanden abholte und hinüber zum anderen brachte, rüber zum immerwährenden Tod, Kinder wurden in dieser Liebe nicht geboren. Männer in dieser Liebe rührten keine Frau an, kein Hautkontakt, keine Befruchtung. Wie sollte man verstehen, dass alles mit den Frauen und Männern zusammenhing?

Otto lag in der Wohnung, die ich nie betreten hatte. Charlotte malte sich das Bild aus: ihr Onkel dort tot auf dem Boden, anders als in den gemeinsamen Jugendspielen in Ahlefeld oder in Buchholz, wo sie noch die Herren der Welt und der Zeit gewesen waren, damals, und nun kehrte er, anders als damals, nicht ins Leben zurück. Thanatos, nicht hinreichend gefesselt, hatte ihn mit einem Griff zu sich geholt. Fest. Endgültig. Keine weitere List, kein Handel mehr. Nur noch der harte Stein. Sisyphos war arbeitslos, der Stein blieb unbewegt in Buchholz liegen.

9

Anna und Olga waren, seitdem Olga ihre Tierarztpraxis in Hof aufgemacht hatte, *commuters* über die deutsch-deutsche Grenze hinweg nach Westberlin, bis sie fiel mit Schabowskis berühmt gewordenem Satz am 9. November 1989: *Die DDR-Grenze zur Bundesrepublik Deutschland und nach West-Berlin ist offen ...*

Anna fuhr im froschgrünen VW, ein Geschenk von Frieder zum fünfundzwanzigsten Geburtstag, auf der holprigen ostdeutschen Autobahn mit 110 Stundenkilometern brav und gemächlich oder gemächlich brav nach Hof. Ihr Rücken nahm ihr die lange Strecke übel, kaum Verkehr, nur ein paar Lkws mit den kostbaren Gütern nach Westberlin, und obwohl sie gegen die Vorschrift auf die Überholspur auswich, die etwas weniger holprig war, meldete sich der Rücken, stach immer mal blitzartig ab der Grenze Drewitz/Dreilinden, eine einzige Schikane namens Passkontrolle. DDR-Grenzpolizisten schüchterten einen routiniert ein, man konnte leider nicht reagieren, schon gar nicht ausfällig werden, hohe Geldstrafe drohte, zu entrichten natürlich in Westgeld, eventuell ein paar Tage Haft, es lohnte sich nicht, diese Ostgrenzer mit ihren finsteren Gesichtern und der finsteren Sprache, Willkür pur, schwer zu ertragende Barschheit. Anna ertrug sie, ließ sie über sich ergehen, ertrug auch die Kontrolle am anderen Ende der Strecke, gleich war sie in Franken, Westgebiet, aufatmen und auf das Gaspedal drücken, mehr musste man nicht tun, es gab keine Geschwindigkeitsbegrenzung mehr.

Die Prozedur an der Grenze holte sie auch im Schlaf ein, den Pass aus der Hand geben, Pass und Persönlichkeit den deutschen Brüdern und Schwestern im Arbeiter-und-Bauern-Staat aushändigen, wehrlos ausgeliefert zu sein, selbst bei der x-ten Wiederholung fühlte man sich vollständig ausgeliefert, während der Pass in einem viereckigen Konstrukt verschwand, einem langen, leicht zerbeulten Tunnel oder einer geschlossenen Röhre aus Aluminium auf Kniehöhe mit einem Laufband darin, das mit dem Pass zur Ablichtung und Datenkontrolle in den Kiosk der Volkspolizei rollte und ihn nach einem Jawohl zur Durchquerung der DDR auf der Transitstrecke wieder ausspuckte, wobei der Vorgang in der Sommerhitze wie in der Winterkälte durchaus auch mal ein bis zwei Stunden dauern konnte. Abfertigung der alten Schule. Manchmal war ein Pass von den auf diese Weise ihre wohlverdiente Strafe als Westler im Auto absitzenden Reisenden zwischen den einzelnen Aluteilen des Kastens kurz zu sehen, die teilweise verbeult, gerissen, schlecht verlötet waren. Der Pass reiste. Anna und die anderen standen, warteten auf die Beendigung der Tortur. In der DDR hielt man sich stur an das Tempolimit, wohl ahnend, in welchen Sassen an der Autobahn, hinter welchem Gebüsch oder in den Brombeerhecken kauernd die Vopos den Fahrenden auflauerten, um sie im Fall des Falles einen Kilometer später zu stoppen und sie nach einem kurzen unverständlichen Vortrag zum Fehlverhalten mit dem heiligen Westgeld zur Kasse zu bitten. Bei der Prüfung ihres Passes und der Fahrzeugpapiere musste sich Anna oft Grobheiten und Demütigungen der Kontrolleure wegen ihres Namens anhören: Aha, solche wie Sie gibt es also noch?! Nicht ausgestorben? Nicht aufgehängt?

Sie fuhr im Schnee nach Hof. Fuhr im sprossenden Frühling. Und fuhr jedes Wochenende, wenn das Laub sich verfärbte und die Zwetschgen und Äpfel reif wurden. Sie liebte das Frankenland ihrer Olga. Eine altmodische, kleinzügige Gegend, die sie mehr mochte als die eher flache Landschaft um Greiffensee, mit einer anderen Beziehung zu Himmel und Horizont. Das Meer und seine Weite vermisste sie nicht.

Der Rhythmus des unebenen, von Frostaufbrüchen befallenen und löchrigen DDR-Betons, der noch aus der Nazizeit stammte, drang in sie, strapazierte sie aufs Schlimmste. In der ersten Nacht bei Olga träumte Anna von dieser Autobahn, ihr Körper hatte die Holperei in sich aufgenommen und rüttelte sie, wissend, dass nach wenigen Metern auf glatter Bahn eine Delle oder ein Einschnitt kam, der sich im selben Abstand auf unendlich vielen Kilometern wiederholte. Das Geruckel setzte sich im Traum fort und vermischte sich mit dem Albtraum der Speer'schen Baukunst. Olga lag wach neben ihr. Zufrieden, dass Anna da war, zufrieden und erwartungsvoll.

V

1

Charlotte dachte an Cäcilie, die nach ihrer Scheidung in der Gegend von Celle zurückgezogen lebte zwischen flachen Feldern, Tannenwäldern, Heide und Erika, Blaubeeren und Steinpilzen. Ich muss mich zurückziehen, sagte sie – wovon nur?, frage ich mich –, vielleicht konnte sie sich so in ein fernes Dort hinausträumen, einer der berühmten solitären Frauenträume. Sie hatte unzählige Male den Verlust ihres Zuhauses durch Verpachtung und Verkauf beklagt, darauf gab es nichts zu erwidern. Die meiste Zeit des Lebens bleibt man ohne Antwort. Und kommt eine Antwort, ist sie meistens falsch. Träumen ist verlässlicher, irgendwann muss man wirklich damit anfangen, da hatte Cäcilie wahrscheinlich recht.

Ihre Tochter Fini war im Internat, und es gefiel ihr dort in der künstlichen, abstrakten Gesellschaft der Gleichaltrigen, die in einer Art retardierender Ortlosigkeit lebten, in einer Art Durchgangsstation. Alma, die andere Tochter, hatte sich gegen das Internat gewehrt, ihr Abitur auf dem Gymnasium in Celle gemacht und war danach in Rom gelandet. Am Anfang war sie sich dumm vorgekommen, hatte Alma erzählt, die kleinstädtischen Verhältnisse klebten an ihr wie der Schwanz an der Eidechse, die Stadt faszinierte und erdrückte sie wie auch die Sorge über das Durchkommen ohne Geld. Das Studium gab ihr etwas Rückhalt und auch der Job in einer Bar in Trastevere, wo sie mittags den Einheimischen ein schnelles Menü servierte und zu den anderen Tageszeiten Cappuccino den Touristen. Die frühchristliche Kirche am Platz zog die Fremden an, sie saßen unter den großen blauen Schirmen und schrieben ihre Postkarten. Ich habe kein Geld, aber ich habe mein eigenes Leben, sagte Alma dem jungen Italiener, der auch hier jobbte, um sein Studium mitzufinanzieren, und neben ihr am Tresen Cocktails mixte, die er dann auf einem Tablett auf die Piazza zu den Engländern balancierte. Er spielte vor ihnen den feurigen Südländer, den Schalk und Zampano, den Zirkus-Römer, dem die Sätze aus dem Mund sprudelten wie das Wasser aus den unzähligen Brunnen der Stadt.

Wegen ihres freimütigen Geständnisses dem fast unbekannten Kellner gegenüber hatte Anna das Kinn schamhaft vorgeschoben, den jungen Mann von unten her angelächelt und zur Ablenkung oder zur Vertuschung des Lächelns den Tresen sauber gewischt, der tiefe Einblick, den sie ihm in ihre leere Brieftasche gewährt hatte, genierte sie, und sie war rot geworden. Die Röte, die Anstrengung, sich zu verbergen, gebar das Lächeln, das der Angelächelte erwiderte. Es war Carlo.

Laura konnte sich zehnjährig nicht vorstellen, zwanzig zu sein. Zwanzigjährige waren Mammuts oder Dinosaurier mit ihrem Rinderblick auf die Zeit. Charlotte hatte dem Kind amüsiert zugehört und war ins Grübeln gekommen. Was war denn Zeit für eine aufgeweckt Heranwachsende, vor der noch so viel davon lag, dass sie darauf guckte wie auf eine unmerklich am Himmel ziehende große Wolke, deren stetige Bewegung Laura nur wahrnehmen würde, wenn sie nicht blinzelte. Metaphysische Zeit. Charlotte hatte das Spiel mitgespielt, und wenn sie es eine Weile durchhielten, schienen ihnen die Wolkenbänke nur zu ruhen, so als wären sie an den blauen Himmelsgrund gepinnt. Wenn eine Sternschnuppe fiel, war es für Laura ein Blitz oder ein Blinzeln der Zeit. Sie brachte Zahlen und Zeiten nicht zusammen. Tahar war Ende zwanzig, für sie ein Methusalem, ein Astralnebel. Mit einem Mal aber rief sie aus: Jetzt werde ich selber schon einundzwanzig, ich! Und sie starrte erschrocken in den Spiegel. Siebzig werde ich aber nie sein wie Ingrid, schwor sie, fünfzig vielleicht wie Charlotte, fertig. Mit siebzig war ich noch relativ jung, hatte Ingrid einmal konstatiert. Laura hatte ihre Großmutter verständnislos angeschaut und ungläubig zu Charlotte hinübergesehen, sich aber nicht zu sagen getraut: Ama, was sagst du da! Was hast du für einen eierigen oder gummiartigen Begriff von Jugend und Zeit? Schau dich mal auf den Fotos an. Falten, Falten!

Ingrid wollte mindestens hundert werden. Ich habe noch so viele Geburtstage vor mir, sagte sie. Meine Älteste könnte ich mühelos überleben. Ich könnte Charlotte flott überleben. Ist das ihr Name? Wie heißt sie noch gleich? Meine Mutter fragt, wie ich heiße, beklemmend amüsant, dachte Charlotte. Laura dagegen machten die Gedankensprünge und Absencen der alten Frau Angst. Die Panik von früh auf. Ingrid brachte Zahlen und Zeit nicht mehr zusammen. Doch welcher Bogen trennte das *noch* vom *nicht mehr*? Laura staunte über die Kraft des Logos, Ingrid bestaunte sie nicht mehr.

Und Charlotte dachte an Paulines Kinder, an die Zeit, als Tahar und Elsa klein gewesen waren und bei Stefanie gespielt hatten. Da hatte Laura zu Ingrids Füßen in Ahlefeld gespielt, hatte die Großmama in den Schul- und Universitätsferien besucht, liebte ihre Welt und stellte Fragen über Alltagsbanalitäten, sonst nichts, nichts Kompliziertes, und sie ließ Ingrid erzählen, wenn sie zu erzählen aufgelegt war. Keine Fragen über die Menschen und die Welt, keine über die jüngste vergehende oder nicht vergehen wollende Geschichte, bei all ihrem brennenden Interesse an Geschichte sagte sie nicht: Ama, erzähl mir aus deiner Schulzeit, erzähl mir vom Schwarzen Freitag, erzähl mir, wie du den ersten Kriegstag erlebt hast, erzähl mir über die Nazizeit, die Deportation der Juden am helllichten Tag. Es war nicht dunkel, die Augen der Umstehenden waren nicht verbunden. Wie war dein Alltag damals von einem Tag zum anderen Tag im Krieg auf dem Hof bis zur Katastrophe der *Cap Arcona* in der Bucht vor den Türen von Greiffensee und Ahlefeld, sozusagen vor deinen Augen, Ama? Du erinnerst dich doch. Du bist alt genug, um zurückzublicken.

Das alles fragte sie nicht. Laura erschien Alter, das Alter, eine Ewigkeit weit weg. Und Ewigkeit, hatte sie im Religionsunterricht gelernt, existierte außerhalb der Zeit. Welche logische Folge hatte das auf das Alter? Wenn sie sich im Spiegel anschaute, suchte sie nach Unregelmäßigkeiten in ihrem Gesicht, verstopften Poren durch Hauttalg, dann zupfte sie die zu langen Härchen zwischen den Brauen mit der Pinzette weg. Sie mochte sich die vielen kleinen langen Härchen nicht vorstellen, die an ihrem langen, knochigen Kinn sprießen würden, wie sie es bei manchen alten Frauen sah, auch bei Ingrid, oder dass sie eines Tages im Rollstuhl sitzen würde und eine Krähe, die jemand fütterte, ihr letzter Lebensgefährte wäre und sie dieses Vogels wegen am Leben hinge.

Ich hatte so viele Fragen an die Menschen und die Welt gehabt, so vieles von Ingrid und ihrem Leben vor meiner Zeit erfahren wollen, dachte Charlotte. Ich hatte sie nach ihren Erlebnissen am ersten Kriegstag befragt, nach dem Morden und den Gründen für die Morde, und hatte kaum Antwort bekommen, als ginge das niemanden an. Über sich und über das, was sie gewusst haben musste, sprach sie nicht. Ich hatte damals auch erfahren wollen, wie es gewesen war in der Nacht, als Hugo und sie mich zeugten – ich ging von *nachts* aus, bei den damaligen Gepflogenheiten, wie ich sie mir vorstellte, hoffentlich nicht gänzlich im Dunkeln –, und bekam keine Antwort. Wir waren am Ostseestrand spazieren gegangen, kein Mensch weit und breit, nur große Gesteinsbrocken, die der Steilküste vorgelagert waren. Ein etwas stürmischer Tag, nicht geeignet zum Schwimmen. Wir hatten uns für einen Moment auf den Steinen niedergelassen und schauten nebeneinander auf das graue Meer hinaus. Ein naher Moment, glaubte ich und riskierte, schnell nachsetzend, eine weitere Frage, war es schön, war es lustvoll, erzähle, ging es euch – Betonung auf euch – wenigstens gut dabei? Nach dem Orgasmus der Mutter traute ich mich nicht direkt zu fragen, obwohl es mir auf der Zunge brannte, oder ob sie nur wie die meisten Frauen gedient und das Ineinander als Aufgabe absolviert hatte. Da war sie aufgesprungen, ohne mich anzugucken, hatte sich den Sand aus den rosa Blumen ihres Kleids geklopft, die Haare zurechtgerückt und war allein weitergegangen.

Ich hatte nur gefragt, nicht frech, nicht anzüglich, nur nach dem Rohstoff des Lebens. Merkwürdig, Affront genug. Doch noch merkwürdiger: wie sehr zu fragen verboten war. Neugier war verpönt, überschritt die gesetzten Grenzen, war eben naseweis. Gebote waren geboten. Ich lief ihr nicht nach. Ich war für meine Begriffe in meiner Neugier nicht zu weit gegangen.

Ich sehe sie immer noch am Saum des Meeres in den Horizont gehen und kleiner werden. Sie drehte sich nicht um. Wir kamen auf diese Episode niemals zurück.

2

Als Tahar acht Jahre alt war, zog er sich gelegentlich ins Bad zurück und studierte im Spiegel sein Gesicht. Sein Kinn mit dem Grübchen und der Mund ähnelten dem von Pauline, die Hände auch. Doch Nase, Augen, Brauen, Stirn und Haaransatz überhaupt nicht, und auch nicht denen von Baham oder denen von Elsa, deren Züge Bahams Zügen ähnelten. Elsa ähnelte Baham, ihrem Vater. Der nicht Tahars Vater war, obwohl er der Mann seiner Mutter war. Weshalb bin ich so ein Kuckuck?, fragte sich Tahar. Er fing an, an den Nägeln zu kauen. Er hatte schwarze, eher fliehende Brauen, Baham dagegen schwarze buschige Bögen. Er hatte fliehende Lider, Baham eher Tore... Pauline legte eines Tages die Arme um ihn, und Baham setzte sich dazu. So erfuhr Tahar seine Geschichte. Und die seines Vaters Karim.

Karim würde kommen, hieß es. Da war Tahar ein junger Mann von fünfundzwanzig Jahren. Nun würde er seinen leiblichen Vater leibhaftig vor sich sehen. Er träumte von seinem richtigen Vater, dem Freiheitskämpfer, seit dem Tag, an dem er die Wahrheit erfahren hatte. All die Jahre hindurch hatte er ihn sich ausgedacht, anfangs als guten Geist, der ihn beschützen, fortnehmen und von allem Übel erlösen würde, auch von dem, den er *Vater* nannte, der ihm einmal beigebracht hatte, da war Tahar vielleicht zwölf gewesen, was er zwischen den Beinen hatte und warum es sich spontan regte, wenn er ein hübsches Mädchen sah mit schönen Beinen und Brüsten, und er brachte ihm auch bei, welche Aufgaben ein Mann im Leben bekomme, die er lösen müsse, aber nicht immer lösen könne, Verantwortung und so weiter, geradestehen für Dinge, für die das, was er zwischen den Beinen hatte, immer mal gerade stand. Das hatte Tahar gar nicht wissen wollen, er wollte etwas über die Schüsse wissen, die einem um die Ohren flogen oder mitten ins Herz, wenn man in Marokko lebte. Wäre doch dieser Mann, Baham, sein richtiger Vater, würde er mehr bei sich sein, dachte er, nicht so schläfrig und manchmal träge, er wäre authentischer, sich selber einfach näher. Dann würde er auch aufhören zu hinken, wenn Karim bei ihm wäre und ihm die wichtigen Dinge im Leben eines Mannes erklärte, so aber war eine Seite seines Körpers, waren Teile seines Gesichts nicht richtig ausgebildet, und es half auch nichts, dass beide Seiten seines Gesichts von dunkler Haut umspannt waren und sein Kopf vom schwarzen Haar, nicht in zwei Hälften gespalten wie seine Seele. Und so lebte er mit Karim im Sinn und befragte sein eigenes Spiegelbild. Auf die Frage, wann kommst du zurück oder wann kann ich dich besuchen?, hatte das Spiegelbild stets hartnäckig geschwiegen. Cäcilie, Tante Cäcilie, hatte ihm erzählt, sie habe sich in ihrer Schulzeit mit einem Freund auf den Weg nach Marokko gemacht. Wenn sie das konnte, kann ich es auch, dachte Tahar. Ich traue mich aber nicht, nach dir zu suchen, Pauline hat es mir verboten. Ich könne dich gefährden, hat sie gesagt, warte, du bist noch zu jung und du bist nicht Siegfried, später vielleicht, später. Eines Tages wird auch dieser Herrscher verschwinden, wie alle Herrscher in der Geschichte. Der Widerstand wird stärker gegen ihn, die Kräfte in seinem Land, die Recht und Rechte einfordern, schlafen nicht mehr, sind inzwischen hellwach. So ging die Zeit hin.

Nun aber hörte Tahar, Karim käme zurück. Ein erster

Besuch. In weißem Hemd und Krawatte, wie er ihn auf einem Foto gesehen hatte. Mit schwarzem Haar. Mit leuchtenden Augen. Er würde Englisch mit ihm sprechen.

Tahar stand am Frankfurter Flughafen und wartete auf die Landung der Maschine aus Marokko. Er war sehr ruhig. Stand vor dem mit schwarzen Gurten in Hüfthöhe markierten Korridor, dahinter die automatische Schiebetür. Noch hatte sie sich nicht bewegt. Wer da durchkommen wird, ist mein Vater, dachte er.

3

Was willst du werden?, fragte Annalisa Laura einmal in ihrer lila Phase, als sie in Ingrids Waldkate beim Tee saßen. Die blöde Frage, dachte Laura, die Standardfrage, man möchte den Fragenden am liebsten den Kopf wie einem Huhn umdrehen. Laura studierte Jura.

Bardame, antwortete sie und ließ ihre grünen Augen unter dem lila Igelhaar blitzen. Kassiererin im Supermarkt.

Sie verachtete die alten Damen, mit denen sich Ingrid umgab, obwohl sie lieber männliche Besucher empfangen würde, nur schickte es sich für eine Witwe in ihrem Alter nicht so recht, fand sie, und auch nicht an so einem abgelegenen Ort wie hier in der reetgedeckten Kate, in deren Umkreis kilometerweit kein weiteres Haus lag. Kam es aber doch einmal zu einem späten Flirt, blühte sie zu voller Leistung auf. Manche Dinge verlernte man nicht. Schwimmen, Autofahren, Flirten.

Annalisa war einfach nur neugierig auf die Berufswahl dieser jungen Frau, die ihre Tochter, mehr noch ihre Enkelin hätte sein können, und sie war ihr als etwas Exotisches erschienen, ohne jedes traditionelle Korsett.

Ich möchte wissen, was Menschen nachts treiben, log Laura, wie verkrampft oder eitel sie sind, wenn sie Kontakt knüpfen wollen, weshalb sie nachts unterwegs sind. Was sie trinken, um lockerer zu werden, wie sie jemanden einwickeln wollen, was ihre Lüste und Gelüste sind, ihre Sehnsüchte, wie sie in ihrer unterdrückten, pathologischen Gier aus dem Ruder laufen, die Kontrolle über sich verlieren. Woher das Ordinäre kommt. Ich will sehen, wie sie in der Ecke liegen und ihren Rausch ausschlafen. Oder wie kleinlich sie sich vom Tresen wegschleichen, um vögeln zu gehen.

So sehr ekeln dich die Menschen?

Sie ekeln mich nicht. Sie ekeln sich vor sich selbst.

Ist es so? Und du? Was willst du?

Ich will mich bis zur Besinnungslosigkeit betrinken. Kiffen.

Was versprichst du dir davon?

Grenzerfahrungen.

Grenzerfahrung?

Und Sinn.

Wonach?

Nach der Grenzerfahrung. Nach mir selbst. Ich möchte unterwegs sein, niemals nach Hause zurückkehren. Ich will mit Tahar nach Marokko.

Hast du ein Zuhause?

Ich habe keins. Außer dem Elternhaus.

Weil dein Onkel alles bekam und deine Mutter nichts?

Wieso sagt sie das? Horcht sie mich aus? Jetzt war Laura auf der Hut. Ahlefeld wäre niemals mein Zuhause gewesen. Auch nicht für Alexa, sie ist zwar dort aufgewachsen, genauso wie Ludwig, aber flügge geworden. Sie war nicht erwünscht, genauso wenig wie Charlotte. Onkel Hugo verfuhr so, und Ludwig machte es genauso. Das althergebrachte Muster. Mami hat ihren Namen behalten. Ludwig, ihr Bruder, wollte ihr das Recht gerichtlich streitig machen, den Namen nach der Heirat weiterzuführen, und das heute! Als habe nur er das Alleinvertretungsrecht als Mann, als Macho, als Erbe, als Versager, als Repräsentant einer Familie, die zerfallen ist. Warum sollte eine Frau plötzlich den Namen wechseln müssen? Auf wessen Geheiß? Wegen welcher vorsintflutlichen Anmaßung? Wir stammen doch nicht von Odin ab!

Auf diese Ladung Feuer aus Lauras schönem, großem Mund war Annalisa nicht gefasst. Sie sagte nichts.

Familie ist der Ort, an dem die Zerstörung beginnt, setzte Laura nach, und zitierte damit den chinesischen Dichter Gu Cheng, der auf seine Frau mit einer Axt eingeschlagen, bevor er sich selbst erhängt hatte. Sie war nach ihm an den Verletzungen im Krankenhaus gestorben.

Annalisa sah Laura an. Ich habe dir gern zugehört, sagte sie kühl. Vielleicht erzählst du mir bald wieder?

Warum brichst du so ab? Gern? Hab ich etwas Falsches gesagt? Hab ich dich ...

Nein. Mir geht nur gerade etwas anderes durch den Kopf.

Laura war überrascht. Der chinesische Dichter war Annalisa wohl zu viel gewesen. Sie strich sich über den lila Scheitel. Das war vielleicht zu dick aufgetragen. Ein hilfloser Sprengsatz, durchschaut?

Zurück in Berlin, schrieb sie reumütig eine E-Mail an Alexa:

Mama, ich habe beschlossen, mir die Haare wieder wachsen zu lassen. Weißt Du zufällig, was ich einnehmen könnte, damit es schneller geht? Morgen schreibe ich eine Klausur in Wirtschaftsrecht. Berlin macht mir so oft Angst, Mama. Wie soll ich diese Stadt verdauen? Ich bin auf der Kantstraße, unterwegs zu Fini, schrieb sie weiter. *Da spricht mich eine Frau an: groß, hager, Zottelhaare, nur zwei Vorderzähne, einer oben, einer unten, nichts anderes mehr im Mund, ich schaue weiter hinauf, sie ist wirklich sehr groß, und ich bin nun auch nicht klein, tiefe Augenringe, graue, alte Augen. Und sie ist nicht alt. Ganz und gar nicht. Die*

Augen brennen nur. Ich bin auf der Straße, sagt sie. Ich verstehe im ersten Moment nicht, denn ich bin ja gerade auch hier auf der Straße. Dürfte ich um Ihre Aufmerksamkeit bitten, dürfte ich Sie ... sprach sie so höflich weiter. Ich war stehen geblieben, begriff nicht, um was die Frau bat, der die Luft so zischend an den beiden verbliebenen Zähnen vorbeistrich. Sie war so gut erzogen, und ihr Blick strahlte Energie aus. Ich dachte, sie wollte eine Wegweisung, nein, sie wollte Geld. Ich gab ihr – schäbig! – den Euro, den ich für den Wagen im Supermarkt in der Jackentasche trage, und schämte mich. Für meine Welterfahrenheit und den Euro.
Laura

In einer weiteren Nachricht hieß es:

Altern, lerne ich vermehrt, ist kein unbedingt chronologischer Prozess. Die grauen, alten Augen der zahnlosen jungen Frau verfolgen mich.
Morgens im Fensterausschnitt, Altbau, zweiter Hinterhof, im Wedding, mein erster Blick zum Himmel, ein Dreieck hoch oben: Sonne? Regen? Fluss/Park oder Fitness-Studio vor dem Unibetrieb? Texte Fini: Laufen wir heute im Tiergarten oder im Grunewald? Wenn sie Probe hat, kommt jetzt busy *zurück. Dann weiß ich, was sie treibt, und laufe allein.*

Und dann ein drittes Mal:

Ich bin umgezogen. Meine Mail an Dich blieb liegen, Mama. Verzeih. Es ist herrlich, unter dem Dach zu leben. Fini hat mir die Wohnung besorgt, ich kann hier drei Monate bleiben und währenddessen weitersuchen. Schwer in Berlin, in jeder Hinsicht ... Aber ich werde schon was finden, wenn nicht, ziehe ich zu einer Freundin in Prenzlberg, wir studieren zusammen. Ich gucke aus meinem Schwalbennest direkt in den Himmel. In den Vollmond. Man kann ein Treppchen weiter hochsteigen und steht auf dem Dach. Die Wohnung gehört jemandem vom Theater, Fini steckt in den Proben. Das Dach ist mit Grassoden belegt, ein Äpfelbäumchen wächst dort, Flieder, ein Pflaumenbäumchen, sie züchten Tomaten und Erdbeeren. Mir fällt ein, dass man einen neuen Spazierweg erfinden müsste, über die Dächer von Berlin, man darf nur nicht zu intensiv in die Höhe gucken, um nicht hinunterzufallen. Ich glaube, der Große Kurfürst war es, der davon träumte, am Berliner Stadtschloss an den Fassaden Gehwege und Treppen anzulegen, um dort oben spazieren zu gehen. Deine Laura

Charlotte dachte an das Haus ihrer Kindheit, durch das sie hindurchging, die Augen eine Kamera, die Blicke lieferte, Bilder, die aus der Vogelperspektive aufgenommen schienen und zum Horizont reichten. Ihr war, als hätte es sie selber weder in den vielen Räumen noch der ganzen Umgebung gegeben, unbeteiligte Blicke, Bilder, eingefangen in einem anderen Lebensbuch, so als gehörten ihre Erinnerungen in ein anderes Haus und zu anderen Bildstrecken, als stellten sie sich durch einen mysteriösen Automatismus zu Schwarz-Weiß- oder Farbgebilden auf glanzlosem Material zusammen. Meine Kindheit. Meine Zeit.

Der Bruder und die Schwägerin. Ludwig und Iris, Distanz und Ferne, ein Leben, verschoben an den Horizont. Und wie sich Ingrid und Iris in ihren Reibereien doch auch ähnelten, nur in ihrem Geschmack nicht, was Möbel, Sprechweise und Lebensart anging. Beide besaßen den peinlichen Willen zur Macht. Was die eine hochhielt und womit sie sich trotz einiger Modernisierungen mit Stil umgab, suchte die andere zu verbilligen durch Bauhaus, Ikea. Butzenscheiben, Gartenzwergkultur. Beide den präsumtiven Herrschaftsbereich einkreisend, absteckend: Das bin ich, hierdurch definiere ich mich.

Charlotte dachte an die Schwägerin, die sicher nicht wusste, welches Buch wo in der Bibliothek stand, und bei einem Verlust die Lücke in der Reihe der mit Goldlettern bedruckten Lederrücken der Erstausgaben wohl mit einer Attrappe füllen würde. Ingrid hatte dagegen viel gelesen, für die Vervollständigung und Aufstockung der alten Bibliothek gesorgt. Sie liebte Bücher. Die Schwägerin liebte sich.

King Lear, *Der Kaufmann von Venedig*, *Othello*, *Hamlet*, die Königsdramen, *Der Sturm*, *Antonius und Cleopatra*. Die Komödien. Die Welt. Die Liebe. Die Liebe zu den Büchern teilte Charlotte mit dem Vater. Dass sie die Bücher liebte, hieß allerdings nicht, dass sie sie auch besitzen musste. Was aber Hugo liebte, musste er besitzen, und er schenkte der Tochter die Cotta'sche Shakespeare-Erstausgabe nicht. Verbot ihr sogar, den *Kaufmann von Venedig* oder den *Sturm* mit auf ihr Zimmer zu nehmen. Die Bibliothek war doch nicht öffentlich. Welch Angst vor Entwendung! Er dachte an die Erbfolge. Und da stand Charlotte ganz hinten, gar nicht sichtbar. Die Bände blieben im Regal und mit ihnen das Leben. Nur die Silberfischchen jubelten.

Eine Kette von Rissen, Schüben, Schritten, Abschieden und gründlichem, großem Scheitern.

Als Ingrid in die Waldkate zog, wollte sie Charlotte und Alexa schenken, was sie im Lauf der langen Ehe angeschafft hatte: diverse Teppiche, Schränke und vor allem, da sie die Zeit gern ticken hörte, Stand- und Stehuhren aus unterschiedlichen Epochen. Sie standen in den Räumen, sie standen auf den Fluren, im Treppenhaus. Ludwig gab sie nicht heraus, nichts von dem, was auf Ingrids Liste stand. Er verlangte das Kaufpapier. Aber hebt ein Mensch die Quittungen für Bücher auf, vor fünfzig Jahren erstanden, für eine Uhr, einen Teppich, der die Fläche eines Salons bedeckt, vor vierzig Jahren erworben? Wollte die Menschheit an/in ihrer eigenen, ins Irrwitzige gesteigerten Bürokratie, an ihrem Geiz oder ihrer Gier ersticken? Fafner!

Nicht schade?, fragte Alma.

Was willst du tun? Eigentum in unserer Gesellschaft, mag es auch verderben oder wie hier ungenutzt verkommen, gilt als heilig, ist unantastbar, die Kuh: tabu.

Zwischen Greiffensee und Ahlefeld auf halber Wegstrecke gibt es eine Schlucht. Cäcilie kennt sie gut, als Kind hat sie dort viel gerodelt. In der Gegend die einzige Strecke, die steil genug ist, um mit dem Schlitten Schuss zu fahren. Sie markiert die unsichtbare Grenze zwischen beiden Sphären, zwischen Stefanie und Hugo, zwischen dem Greiffenseer Land des jetzigen Pächters und Ludwigs Besitz. Die Straße gräbt sich tief in den von Tannen und Buchen bestandenen Boden. Die Buchen sind alt. Die Tannen – Nordmanntannen und Fichten – nicht, sie stehen halb- oder kniewüchsig und mannshoch, als würden sie immer zu Weihnachtszwecken geschlagen. In meinem Bild sehen die nackten Stämme wie verbrannt aus, sagte Charlotte. Ingrid, mit mir in der Kinderkarre von Greiffensee nach Ahlefeld unterwegs, schiebt sie die Schlucht hinunter. Ein Sandweg, heute ist er asphaltiert. Als ich aufschaue, sehe ich auf der tannenbestandenen Seite hoch oben den Flügel eines Flugzeugs in die Schlucht ragen.

Und?

Nichts weiter. Der Flügel eines britischen Bombers. Die Maschine, im Tiefflug in Richtung der Hafenanlagen und der Schiffe der Kriegsmarine, von der deutschen Flak abgeschossen.

Ja, aber was dann?

Das ist das Bild. Und es ist fest in meinem Kopf. Es heißt aber, ich sei zu klein gewesen, könne den Flügel unmöglich gesehen haben. Doch ist es meine erste Erinnerung. Die ersten Lebensjahre unter mehr als einer halben Million Kriegsgefangener, abgetakelte Landser, Spuk so vieler unsichtbarer internierter Soldaten, versteckt, unsichtbar, also eine Bedrohung, doch habe ich keine Erinnerung daran. Archäologie der Gegenwart. Hohe Offiziere der Waffen-SS, deutsche Soldaten in der nördlichsten Provinz Deutschlands unter britischer Militärhoheit, in Scheunen und Kuhställen und Buchenwäldern biwakierend, Tiere auf der Weide, die Ställe standen leer. Stroh gab es. Dach gab es über dem Kopf. Die Kinderkarre kam an den Männern nicht vorbei. Die Hand des Kinderfräuleins auch nicht, das vielleicht abends in der Scheune in den Armen eines Soldaten ohne Ehrenzeichen lag, in seiner Deutschheit als Vaterlandsverteidiger ungebrochen, und nun das erste Mal nach britischen Weisen tanzte. Hochdekorierte, mit allerhand Nadeln oder Marschallstäben und weiter nichttragbaren Plaketten ausgezeichnete Diener des beseitigten Regimes hatten bis zum Schluss das Quartier der Herren wie schon in friderizianischen Kriegszeiten üblich den Schlosseignern aufgezwungen, sie gingen dort aus und ein, nach einer Verheerung und vor einer nächsten eines Tages. Hauptquartier in Ahlefeld für Kriegsverbrecher ersten Grades, die die deutsche Justiz bald laufen ließ. Als das britische Militär den Kral für die Tausenden von Kriegsgefangenen einrichtete, lag Greiffensee in dem weiträumigen, für die Internierten abgetrennten Gebiet an seinem äußersten südlichen Zipfel. Ahlefeld auch. Um manche Verwandte besuchen zu können, wechselte Ingrid in die Zone G hinüber, in Richtung Nordsee und der dänischen Festlandsgrenze. Dazu brauchte sie den Permit der britischen Behörden. Geschossen wurde nicht mehr. Die Letzten, die mit dem Tod bezahlten, waren jüdische Häftlinge, die sich nach der Bombardierung der *Cap Arcona* hatten an Land retten können und, angezeigt wegen ihrer auffälligen Kleidung, wenige Stunden vor Kriegsende auf SSler gestoßen waren.

Auf den Schleichwegen hinaus aus dem Kral musste sich jeder vorsehen, der vom Schwarzmarkt Lebensmittel in die überwachte Zone zu schmuggeln versuchte. Streng kontrollierte Straßensperren, Patrouillen britischer Soldaten. Wilde, anarchische Verhältnisse bei Kriegsende. Es war Mai/Juni, das Vieh tags und nachts draußen. Das Vieh und der Mensch, russische, polnische, französische, lettische Arbeiter nach jahrelanger Zwangsarbeit in Scheunen, Ställen und Höfen, ausgemergelte Juden in gestreiften Lumpen, sie wurden nicht mehr schikaniert, sie waren frei, befreit, störendes Vieh, das auf der Straße herumirrte, du störst, wieder störst du, weil du Hunger hast und in deinem Leben nicht weiterweißt.

Lachsbek hieß der Wald mit dem Flügel über dem Hohlweg nach dem Bach, der zwischen den hohen Buchen floss. Kein Landser war mehr zu sehen, auch kein Lachs. Nur die Hinterlassenschaft der Männer, die ihre Initialen vor der Entlassung in die Stämme der Buchen gekerbt hatten: *J. K., P. W., A. D.* Man kann sie heute noch lesen. In Augenhöhe. Sie hatten dort kampiert, wo Charlotte zehn Jahre später im Forsthaus beim Kindergeburtstag nach den auf der Wäscheleine aufgereihten Würstchen sprang. Die Wiener-Paare hingen hoch über den Köpfen. Wer in der Wohnstube mit seinen Sprüngen die meisten von der Leine schnappte, hatte gewonnen. Ludwig, immer schon hungrig, trug den Sieg davon.

Du warst so schön, hatte Ingrid gesagt, du hattest diesen Gänsehals wie eine Ballerina. Warst die Zierde unserer

Abendtafeln. Die Männer am Tisch waren vernarrt in dich. Du hast sie bezirzt mit deinem scheuen Charme und deiner Intelligenz.

Mama, du verklärst die Dinge. Für mich jedenfalls war's eine Tortur. Ich habe mich fürchterlich gelangweilt bei dem Geschwätz, sah nur auf die Standuhr und verfluchte den Zeiger, weil er sich nicht schneller bewegen wollte, er kroch nur träge vor sich hin. Was schaust du so intensiv die Uhr an?, hatte dein Freund, der Botschafter aus London, gefragt. Oh, ich beschäftige mich in der Schule im Augenblick intensiv mit den Fragen der Zeit, Heidegger, verstehen Sie?

Charlotte dachte an die entsetzliche Langeweile bei den Dinnerpartys ihrer Eltern, daran, wie sie hoffte, irgendwie hinauf in ihr Zimmer flüchten zu können, zwei, drei Stufen auf einmal zu nehmen zum obersten Stock zu den Büchern. Mitten auf der Seite hatte sie unterbrechen und zum Essen hinunterkommen müssen. Sie dachte, nur dann, wenn ich gut war, könnte ich genau dort wieder ansetzen, ihn nicht verlieren, dachte sie, den Gedanken nicht verlieren, den Anschluss nicht verlieren, nicht verblättern, nichts verlieren außer Zeit.

4

Das Meer auf der Bühne war windstill. Nur Schatten bewegten sich. Zwei Schatten. Und ein schattiger Baum. Daran dachte Charlotte jetzt beim Schwimmen im Meer. Und sie hörte sich, als sie zu ihrem schattigen Baum zurückschwamm, zu ihrer Mutter am Ende eines langen Gesprächs, bei dem Ingrid hauptsächlich geschwiegen hatte, wenn es substanziell wurde, hat sie immer geschwiegen – wie lange ist das her? –, ich liebe dich nicht sagen, ich meide dich, ich fliehe dich, und sie dachte an die Aufführung, die sie mit John zusammen in Paris gesehen hatte. Wie ein Generalbass wurde die Dienerin als Schatten der Königin geführt. Wortlos folgte sie ihr, war immer da, immer hinter ihr, einen halben Schritt entfernt, eine zu zweit, beide gleich gekleidet.

Es ist noch nicht so lange her, dachte sie, dass sie bei Ingrid gewesen war, es war Winter, viel Schnee fiel, sie saßen auf dem Sofa, sie hielt ihre Hand, ein seltener Moment.

Mama, du hast unsere Flügel beschnitten, ein merkwürdiger Satz, aber nicht mehr zurückzunehmen, meine und Ludwigs, du hast Zwist zwischen uns gesät, sagte Charlotte, während Ingrids Blick zu den Fotos auf einem Regal gegenüber wanderte.

Ich wollte dir meine Flügel geben. Ludwig konnte ich sie nicht geben. Ich sah dich als Teil von mir, vergiss das nicht.

Dir das geben, was ich in meinem Leben nicht zustande brachte, weil ihr nun da wart.

Du wolltest mich doch nur mit deinen ehemaligen Verehrern verheiraten, wem immer, dem Londoner, dem österreichischen Botschafter. Was sollte ich mit einem so alten Mann, verzeih ... Sollte ich meinen Vater heiraten? Meintest du das? Um in deiner Nähe zu bleiben?

Auf meinen Fotos bist du immer allein.

Ich war ja kaum da.

Jetzt bist du da.

Charlotte legte Ingrids Hand behutsam auf das Sofakissen zurück, stand auf und sah sich die Fotos an. Du bist umgeben von Gesichtern aus deinem langen Leben, sagte sie in ihre Richtung. Auf den Simsen standen viele Fotos, in Silber- und Lederrahmen, Rahmen unterschiedlicher Größen, manche waren auch nur unter die Glasplatte eines größeren Bildes gesteckt. Gesichter, die ich kaum oder längst nicht mehr oder überhaupt nicht kannte.

Charlotte ging ins Schreibzimmer weiter, in dem nun niemand mehr schrieb. Nur der Name war übrig geblieben, als wäre er auch ein Bild an der Wand.

Die Personen, die ich noch kenne, sind meist tot, sagte sie, als sie bei Ingrid zurück war. Stefanie ließ sich mit Frieder und Pauline, Rosa – hier, auf dem frühen Foto, sieht man sie noch –, Cäcilie und Anna vor dem Haus in Greiffensee fotografieren. Sie ließ sich ohne Frieder und Rosa später mit Pauline, Karim, Tahar, Elsa und Gabriele, und Cäcilie und Anna fotografieren, auch vor dem Haus in Greiffensee. Das sind Familienfotos. Von uns gibt es keine solchen Aufnahmen. Kein Foto mit dir, keins mit Hugo und mir oder Ludwig und Alexa und euch. Warum?

Ich habe euch niemals als Gruppe gesehen.

Du meinst als Familie, deine Familie?

Das schon.

Aber?

Ihr habt es nicht mitgemacht! Habt euch gesperrt, seid ausgerissen. Habt euch versteckt. Ich kriegte euch nie zusammen aufs Bild. In den Ferien wolltet ihr nie posieren, weder in den Schul- noch in den Semesterferien, falls ihr da noch kamt, du kaum, du warst in andere Welten unterwegs, und ich war die Einzige, die...

Immer an derselben Stelle vor der Blumenrabatte am Teich? Versteh doch, Mama! Das war zu langweilig. Das war wie immer. Und wenn du so jung bist, willst du kein Wie-immer, keine Wiederholung. Da ist jeder Tag prall, neu. Und der Riss oder Stillstand dauerte auch zu lange, bis du uns hingestellt hattest, dass wir in den Bildausschnitt passten, und selbst in Pose standst, waren schon die Ferien vergangen. Nein, das ging nicht.

Hugo waren solche Fotos egal.

Recht hatte er. Er ist auch nie mit drauf. Gefühlsmäßigen Familienzusammenhalt – hat er so etwas verspürt? Vielleicht zu Weihnachten, wenn er vor dem zimmerhohen, leuchtenden Baum mit vor Rührung tremolierender Stimme die Weihnachtsgeschichte vorlas. *Es begab sich aber...* Doch sonst? John und ich, du weißt, wir lebten zusammen und hatten unsere Koffer immer griffbereit, sozusagen, er wollte gehen können, wenn es ihm passte, und ich wollte es auch. Ich wollte und will jederzeit den Koffer packen können.

Wo ist jetzt dein Koffer?

Ich schaue mal nach.

Charlotte stand auf und stellte sich ans Fenster. Der Schnee fiel und fiel zwischen die Bäume dort draußen. Die Zeit fließt durch diese Räume, dachte sie, und steht darin. Sie löst mich auf. Sie macht mich wehrlos. Ich kann sie nur fliehen. Mein Koffer ist bereit, sowieso nicht ausgepackt.

Es war schön, wie du meine Hand gehalten hast. Ich will dich was fragen, wer ist John?, sagte Ingrid, als Charlotte wieder neben ihr saß.

Schon gut, Mama.

Was?

Ingrids Blick wanderte zu einem Foto mit der Schar ihrer Patenkinder, aufgenommen an einem der letzten runden Geburtstage, und blieb schließlich an den weiß gewordenen Bäumen hinter den Fenstern hängen.

Schon früh, weißt du, nur, wieso sage ich dir das, habe ich begriffen, dass Sichweigern nicht weiterhilft, wenn du die Situation nicht gewinnen kannst. In solchen Momenten hat mich mein Vater auf den Schrank gesetzt und dort vergessen. Ich musste betteln, dass er sich an mich erinnerte und wieder herunterhob. *Les conseils ne donnent plaisir qu'à ceux qui les donnent.*

Ich erinnere mich, sagte Charlotte. Möglicherweise deshalb hast du deinen Sohn auch dort unterstützt, wo er dich hinterging. Wo er dich übel beschissen hat, es passte in dein Weltbild. Du stellst ihn über alles, während er uns beide tritt.

Wie?

Du hast es nie wahrnehmen oder wahrhaben wollen.

Ja ... was?

Ach, Mama! Aber du hast es immer gefühlt. Charlotte setzte wieder an: Weißt du, was du mich gelehrt hast, ohne dass es dir bewusst war, weil ich es in den Jahren damals nicht bekam, nicht von dir, nicht von Hugo, nicht von Bobo, von niemandem? Das wachsende Bewusstsein eines Mangels, eines gesteigerten Mangels, anders gesagt: Sehnsucht. Je deutlicher mir das war, desto mehr verlangte es mich danach – du hast mich die Sehnsucht nach Liebe gelehrt. Und für dieses Nichtbekommene kann ich dir heute danken, da ich es später mit John satt machend bekam.

Wie?

John.

Ach so, John. Ja, natürlich, John, so hieß er, dein Mann, und er ist tot, nicht wahr?

Ja.

Schon seit Längerem, nicht wahr?

Charlotte nickte wieder und legte Ingrids Hand beiseite.

Ja, sagte Ingrid, und er war jünger als ich. Vielleicht zehn oder fünfzehn Jahre? Rechne ich richtig?

Du rechnest immer richtig.

Aber jetzt, wo er tot ist, habe ich dich wieder.

Endlich, meinst du? Doch dem ist nicht so, Mama. Es ist Winter, wir haben uns lange nicht gesehen, und wir trinken Tee. Mandy wird gleich zurück sein und kümmert sich um dich. Und ich packe meinen Koffer.

Ja, mein Kind. Diese Schneeflocken! Vielleicht schneien wir jetzt ein.

Weiß blieben die Flocken liegen, so ursprünglich und herrlich anders als in Berlin, wo sie gleich in ein schmutziges, bräunlich-graues Schneemeer übergehen.

Sie hätte Lust, sich in den weißen Schnee und seine weiße Nacht zu legen.

Laura beobachtet, wie Ingrid Papiere ordnet, hier verweilt, dort verweilt, sich an etwas zu erinnern versucht, das sie nicht findet, in eine Lade Geschenkpapier faltet, um das Papier wiederzuverwenden, vor dem Korb stehen bleibt, in dem sie zum Teil jahrealte Briefe in ihren Couverts aufbewahrt – Spuren zurück in ihr Leben –, ein Insekt, denkt Laura, das Fuß vor Fuß setzend und absichernd sich an den Wänden entlangtastet oder auf den Handläufen der Treppenstufen abstützt, um nicht zu fallen, weil es allein nicht wieder auf die Beine käme wie Gregors Käfer und nicht enden oder in der vor Schmerzen schreienden Hilflosigkeit angetroffen werden will ... Ingrid kämpft und weiß dabei genau, dass ihre Kräfte weiter abnehmen und sie den Lauf der Dinge nicht wird aufhalten können.

Laura beobachtet sie aus der Tiefe des Sofas heraus, als wäre sie ein zweites Tier im Haus, eins mit großen Augen, dem keine Bewegung entgeht wie dem Chamäleon, keine Bewegung, kein Laut und kein Gegenstand, und sie denkt, so also wird es eines Tages kommen, auch für mich, punktuell vorgehen, konzentriertes Warten in der Stille der Räume, wie Ama, auf einen Sinn in der Sinnlosigkeit des Leerlaufs, auf den letzten Herztakt.

Den Gedanken der Sinnlosigkeit ließ Ingrid nicht zu. Sie wusste, eines Tages würde sie vor Gottes Angesicht stehen und gerichtet werden. Sie schrieb ihren Namen unter alles, das ihr erst vorgelesen und dann zur Unterschrift hingelegt wurde. Da zuletzt auch eine Lupe nicht mehr half, sie die Buchstaben, auch auf das Einundzwanzigfache vergrößert, nicht mehr entziffern konnte, stellte sie das Lesen ein. Weil sie nicht täglich auf ihre abnehmenden Kräfte hingewiesen werden wollte, konfrontiert mit ihnen wie ein junger Hund, der schon wieder auf den Teppich gepinkelt hat, strich sie die Tageszeitung, die sie so viele Jahre abonniert hatte.

Unterschriften unter amtliche Briefe sind nun mehr oder weniger ausgeschlossen, Grußkarten an Freunde und Familienmitglieder weiterhin möglich, immer nur *Ingrid*, das Papier ihr genau vor den Zeigefinger und den Daumen der Rechten mit dem Stift gelegt, sodass sie flüssig ihren Namen draufsetzen kann. Jede gemeisterte Situation, jede gelungene Leistung ein Triumph.

Laura möchte die Augen schließen und losheulen, so unerträglich ist es, was sich vor ihr abspielt. Das Alter als endloser Straßenzug, in seinem Dunkel geht mal das eine Fenster auf, dann wieder ein anderes, alle haben gänzlich verschiedene Ausblicke vor sich, und alles geschieht sprunghaft. Wie kann das sein? Ich müsste statt Jura Medizin studieren. Oder überhaupt nicht mehr studieren.

Charlotte dachte an Mandy, die junge Ceylonesin, die Ingrid betreut. Mandy mit dem einfühlsamen Herzen. Sie verehrt alte Menschen, ihre buddhistischen Wurzeln haben sie gelehrt, in der Wertschätzung der Greise eine Verlängerung des eigenen Lebens zu sehen. Sie spricht Deutsch, einigermaßen jedenfalls, und fehlt ein Wort, wechselt sie ins Englische. Die Gier ihres Onkels stößt sie ab, er insistiert, fordert sie auf, die Alte zu melken, die Familie sei stinkreich. Freies Logis und Verköstigung seien eine Sache, sie müsse jedoch viel mehr verlangen, einen hohen Lohn, zumal sie nicht nur ihr, sondern der gesamten Familie Dienste leiste. Ihre Forderung werde sicher erfüllt werden, dann müsse sie nachsetzen und immer mehr fordern und ihm, dem Onkel, das Plus aushändigen. Sie müsse die Ängste, das Chaos, die Unsicherheit der Betreuten weiter anfachen, das Feuer schüren. Zum Beispiel, dass es Leute gebe, die sie bestehlen, sie um ihr Geld, ihr Silber und ihren Schmuck bringen wollten. Eine simple Methode, die immer funktioniere.

Sie führt Ingrid nach dem täglichen Spaziergang an die Überlandstraße oder weiter in den Wald hinein bis zu dem kleinen Tümpel. Stellt zu Hause Musik an, dass es singende Stimmen sind, ist jetzt wichtig.

Ich bin müde. Niemand ist da, der ein Wort an mich richtet, mir erzählt, irgendwas, egal was. Im Selbstgespräch zieht Ingrid Bilanz: Früher warteten sie auf meine Worte, jetzt muss ich warten, bis ich irgendjemandem in den Sinn komme. Sie geben mir Rhythmus vor, wie einem Kind. Alles rückläufig. Ich rufe Hallo, mehrmals am Tag, und niemand hört mich. Alexa, Charlotte sind nicht da, Laura ist nicht da, Ludwig kommt nicht, seine Frau sowieso nicht, Mandy ist überall, nur nicht bei mir, sie hört nichts, sie hört Radio, ertrinkt in ihren eigenen Gedanken und hört meine nicht, wie es ihr gerade so passt. Wie ja mir auch, früher. Kein Lesen mehr, ich kann nicht alleine gehen, breche mir den Oberschenkel, das Schambein, *and I have had it*, wie gern habe ich gelesen!

Glasig irren ihre Blicke wie in Milch getaucht durch den Raum, um zu sehen, ob nicht doch jemand kommt und das grässliche Warten mit seiner Stimme unterbricht, Hallo ruft. Aber nein, niemand kommt, niemand ruft, sie wartet, dass nur irgendetwas, egal was, geschieht. Und es geschieht doch etwas, wenn auch über Umwege. Charlotte nimmt Umwege, wenn sie Ingrid so verloren sitzen sieht, geht durch diese oder jene unnötige Tür leise hinaus und kommt durch die sogenannte Bibliothek wieder herein – bei ihrem Auszug aus dem Herrenhaus hatte Ingrid nur einen Bruchteil ihrer Bücher herbringen können –, um sie von vorn anzusprechen, direkt, frontal, in ihrer Blickrichtung, falls Charlotte sie anspricht. Sie steht dann direkt vor ihr, ganz natürlich, spricht Ingrid nicht von der Seite an, nicht aus unnatürlicher Entfernung, weil sie das in ihrem glasigen Zustand nur mehr verwirren würde.

Und wer bist du?, fragt Ingrid sie trotzdem. Die Frage, ein allererster Abschied in der Kette derer, die noch folgen werden, ein Lüftchen der anderen Welt, unverbunden, ein erstes Stäubchen, ein Flaum, der durch den Raum schwebt.

Deine Tochter, Ingrid, Charlotte, sage ich. Ich bin die Tochter, du bist die Mutter.

Ein steifes, künstliches Lächeln, Unsicherheit in ihrem Gesicht. Ja, entfährt ihr nach einer Art Nachdenken, ein Ja, das nichts bestätigt, nichts bejaht, nichts garantiert. Und nach einer Weile stellt sich wieder Klarheit in ihrem Kopf her, ein kleines Wunder, und sie weiß, wer vor ihr steht oder inzwischen neben ihr sitzt und ihre Hand hält. Ihr Briefe vorliest, eine Passage aus einem Buch.

Charlotte! Erleichterung malt sich bei dem Wort auf ihr Gesicht. Charlotte! Das Wort. Der Name. Wieder ein kleiner Triumph.

Eine brave, altersschwache Stute, denkt Laura, denke ich, die ihr Tagespensum willfährig vollbringt und sich auf den Hafer und das Stroh unter den Hufen freut, so absolviert sie ihre Zeit, fühlt keine Bedrohung durch die späte Stunde oder durch die flackernden Kerzen, durch den zur Neige gehenden Wintertag, sie ist doch gerade erst, kaum eine Stunde her, mit Mandys Hilfe vom täglichen Nachmittagsschlaf aufgestanden, überraschend munter, sie geht munter zu Bett und steht munter wieder auf, sie kennt nur eine Bedrohung, nur eine Angst, die vor dem Fallen.

Mit dem Tod beschäftigt sie sich nicht oder nicht unentwegt, denkt Charlotte, ohne darüber zu sprechen, so wie sie über Kernpunkte ihres Lebens nie ein Wort verloren hat. Als hätte es nie einen Wendepunkt gegeben. Als ginge das nie jemanden an. Charlotte gegenüber jedenfalls gibt sie nichts davon preis.

Und wer bist du?

Mit ihren Gespenstern, Träumen, Fragen, die wie Bittsteller im Raum stehen, tastet sie sich vor – aus welchen inneren Tiefen taucht dieses Und auf? Ein Und, das ihr sogleich schon entfallen ist, und sie fährt fort: Weißt du, als mein Mann noch lebte... und horcht. War das eben ein Auto oder nur der Wind in der Linde?, weil sie hofft, dass Ludwig vor das Haus im Wald fahren möge. Und der Wind weht in der Linde, die Ludwig vor rund zehn Jahren hatte fällen lassen wegen Iris, weil die freie Sicht haben wollte bis hinunter auf den See und die Felder dahinter. Was ihr den Blick verstellte, ertrug Iris nicht, so als flöge sie noch immer zwischen Amsterdam und Cape Town, Frankfurt und New York, Kairo und London hin und her. Wenn sie über etwas bestimmen konnte, und das durfte sie über so vieles, ließ sie es früher oder später entfernen, weg damit!, um dann die kahl gewordene, wie von Räude befallene Stelle mit niedrigem Grün zu bepflanzen. Der Blick war frei. Es war der Wind in der Linde ...

Die Betreuerin setzt sich zu Ingrid und legt den Arm um sie. Unter den Bittstellern, die fortfliegen, sowie man sie anredet, erkennt Ingrid die junge dunkelhäutige Frau. Und starrt Laura an, gewohnt seltsam, Laura will *bewildered* sagen, weil sie mit Mandy Englisch spricht. Die blauen Augen schauen durch sie hindurch wie durch einen Nebel auf der Suche nach dem, was dahinter ist. Lauras Blick sucht Mandys Blick.

Sie träumt jetzt, sagt Mandy. Und ich helfe ihr, damit sie hundert wird. Sie macht mich immer wieder heiter, ein kleines Mädchen, als das sie einst in diese Welt rutschte.

Ingrid will mit allen Titeln begraben sein, hat sie Laura gegenüber klargestellt. Da wird viel Text auf dem Stein zu lesen sein. Der Tag ist weit weg. Sie will sich nicht trennen von sich.

Wie könnte man das nicht verstehen?

Und auch sonst will sie sich nicht trennen, von nichts, sie hat so viel schon verloren: Ich lebe im Exil, meine Töchter haben sich abgewandt und mich vergessen, stellt sie nicht zum ersten Mal fest, und diese Worte tun den Töchtern weh, sie haben sich abgewandt, mich vergessen. Ingrid gibt nur noch Aussagesätze von sich wie: Das Silber ist unzureichend geputzt. Der Hund kam nicht um sieben in der Früh vor die Tür. Um elf Uhr brauche ich den Wagen.

Ihr Ich ist stärker als sie selbst, vielleicht leidet sie, ohne es sich einzugestehen, unter ihrer Ichbezogenheit, die mit der Zeit nicht milder wurde, sondern zunahm, Anspruch, Urteil, Auftrittssicherheit bestimmen sie auch jetzt noch, konstatiert Laura, auch in dem nunmehr milchigen Umfeld. Der Rest ist Objekt. Auch ich.

Die Unkosten, die dabei entstehen! Schon allein die Bedienung, und die besteht ja nicht bloß aus Mandy! Ludwigs und Iris' Idee, Ingrid in ein Altenheim zu geben, bei besserer, professionellerer Betreuung, medizinisch einwandfrei, zudem deutlich billiger, wie sie behaupten, weisen Alexa und Charlotte brüsk zurück. Nein. Niemals. Die Mutter abschieben, sie in ihrer Bewegungsfreiheit einschränken, auf den Rollator, auf einen Rollstuhl im engen Zimmer reduzieren, den Launen desinteressierter Pfleger aussetzen, die Frau, die ihr ganzes Leben in Raumfluchten verbracht hat. Sie erkennt ihre Töchter nicht mehr, na und? Ins Altenheim gehören andere. Eine Frau, wohlhabend genug, sich hilfreiche Geister untertänig zu machen. Mandy ist gut zu ihr. Eine Frau abschieben zu wollen, die ohne Stock noch Treppen hochsteigt? In die Gerontokratie? Nein. Und billiger wäre das Leben dort sicher nicht. Nur zerstörerischer. Wenn du dich nur einmal zum guten Wirtschafter aufschwingen willst, Ludwig, dann schlag doch Profit aus deinen Ländereien und nicht aus den Knochen deiner Mutter.

Jede Menge Reisen könnten Ludwig und Iris stattdessen buchen. Nach Timbuktu. Nach Phuket und Aceh oder Khao Lak, nach Lanzarote und Gran Canaria. Am Strand liegen unter Palmen und Piña colada trinken. Nach Acapulco auf der *MS Elizabeth*. Iris, die ehemalige Langstreckenfliegerin in Uniform, wollte immer noch die Welt bereisen, wollte fliegen um des Fliegens willen. Eine unstillbare Gier, unstillbare Vergnügungslust auf Ludwigs Kosten und nun auch auf die der Greisin, in deren Küche sie saßen. Bei Ludwigs Schulden wäre Sparen längst vonnöten gewesen. Er war kein Zocker. Er war einfach ein schlechter Spieler. Und Otto, der ihn vielleicht hätte heraushauen können mit seiner Verve und seinem Witz, war tot.

Ludwig kam zwar für die testamentarisch festgelegten Lebenshaltungskosten der Mutter auf, er hatte jedoch seit Inkrafttreten des väterlichen Letzten Willens die Summe der wachsenden Inflationsrate nie angepasst. Ihre Apanage vom Sohn für den Haushalt entsprach mittlerweile derjenigen einer Hartz-IV-Empfängerin. Ingrid war bis zu ihrem Lebensende freies Wohnrecht in den Räumlichkeiten zugestanden. Mit der bei Hugos Tod im Äquivalent von soundso viel Scheffel Weizen festgelegten monatlichen Summe kam sie für ihre Lebenshaltungskosten selbst auf, um den schwelenden Streit wegen der lästigen Zahlungen zu unterbinden, den sie nicht gewonnen hätte, obgleich das Recht auf ihrer Seite stand. Es gab niemanden in der Nähe, der sie gegen die Ahlefelder Übergriffe schützen konnte.

Bei ihren Planungen für Fernreisen schielte Iris auf Ingrid, spekulierte auf den Fall, die Schwiegermutter werde bald sterben, sie zählte die Symptome auf, den transparenten Blick, die Orientierungsprobleme, sie säße immer auf demselben Platz auf demselben Sofa. Vielleicht lag es am schlechten Gewissen der Pflicht gegenüber, sich kümmern zu sollen und sich nicht kümmern zu wollen, die Alte *ad acta* legen zu wollen und nicht einfach *ad acta* legen zu können. Um der eigenen Unfähigkeit ein Ende zu setzen, setzte sie im Kopf Ingrids Leben ein Ende, rechnete unablässig mit dem Tag X, redete ihn herbei und fertigte, sicher ist sicher, eine Namensliste für die Totenfeier an.

Charlotte sah Iris mit einem ungläubigen, gleichwohl vernichtenden Blick an, es fehlte noch, dachte sie, dass die Schwägerin auch das Todesdatum festsetzte und es in ihren Kalender eintrug und es dann immer korrigierte, weil die Rechnung nicht aufging. Da saß diese Frau in der Küche ihrer Schwiegermutter, die auf dem Sofa nebenan im Salon eingenickt war, vielleicht tot, mochte Iris denken, und schwadronierte über diesen Tod und verlängerte beschwingt die Liste mit weiteren Namen und Adressen der zur Trauerfeier einzuladenden Personen. Ganze Seiten Papier füllte sie, auch der Sinnspruch für die Anzeige fehlte nicht, die Einladung zum Imbiss nach der Einsegnung, in einen Gasthof, Hausmannskost, herrliche Umgebung, Bäume und Rehe – da draußen wird es schön sein –, Landpartie, aber keinesfalls in diesem Haus.

Während Iris rechnete, stellte Ingrid die Gegenrechnung auf, sie machte beharrlich weiter. Es war weder das allmorgendlich anders zunehmende oder das abends anders abnehmende Licht noch der Schlag der Uhren, die die vorübergleitende Zeit mit ihrem erbarmungslos weitertickenden Körper hinunter auf ein unscheinbares Gleichmaß bändigten. Das Zeremoniell der Mahlzeiten bestimmte jetzt den Tag. Tischdecken und Tischabräumen morgens, mittags und abends. Die letzte Mahlzeit nahm Ingrid bei Kerzenschein ein. Allein mit Mandy. Die Freunde, mit denen sie noch Briefkontakt hatte, starben nach und nach, bedrückende Lücken hinterlassend. Und über alle triumphierte ihr Wille, der ihr Körperkraft verlieh, noch immer *a good sport*.

Ordnung in das Chaos des Lebens bringen. Spuren verschwinden lassen. Mandy räumte die Küche nach jeder Mahlzeit so sauber auf, als sei nie etwas je benutzt worden.

So als stünde alles zur Vermietung und der nächste Besichtigungstermin an, das, was Iris mit dem Freiwerden der Räume vorschwebte. Doch fand alles noch in Ingrids Regie statt. Küchenhandtücher verschwanden in einem Schränkchen neben dem Geschirrspüler, Gläser, Schüsseln und Teller im Wandschrank in Reih und Glied, alles tipptopp, der Fußboden glänzte wie nie betreten. Es war, als sollten die alltäglichen Handlungen des Haushaltens ungeschehen sein, wo sie doch so viel Zeit in Anspruch nahmen, und keine Zeichen hinterlassen, als sollte Zeit nicht sein, als solle sie bis in alle Ewigkeit stillstehen, als solle der Tod niemals Einlass hierher finden.

5

Charlotte dachte an John, an John dachte sie ständig, und jetzt dachte sie wieder an ihn, an ihn und an sich, das war nicht mehr auseinanderzuhalten, sie dachte, wie sie in einem Sommer in einer Vollmondnacht im offenen Wagen eine sechs Kilometer lange, doppelreihige Zypressenallee, die auf einen kleinen, burgähnlichen Ort zuführte, auf und ab gefahren waren. Die schwarzen Bäume standen steif und aufrecht links und rechts wie auf einem Gemälde. Noch einmal, John, bitte, noch einmal und ganz langsam, weil sie, mondsüchtig aus Kindertagen, vom Licht des Trabanten am klaren Himmel nicht ablassen konnte, und John fuhr sie in diesen Anblick hinein und wieder aus ihm hinaus, und irgendwann hatten sie genug. Sie waren ausgestiegen und hatten sich in dem fahlen hellen Licht auf einem Feld geliebt, in einer kosmischen, nie endenden Nacht, die sich ins All öffnete, es weitete, die mit ihnen ins All unterwegs war. Ich an Johns Herz, so lagen wir da. Bis sie etwas immer schmerzhafter biss. Ameisen krabbelten ihnen an den Beinen herauf. Immer mehr. Sie lagen direkt neben ihrem Haufen.

O, to be in your way, sagte John, sprang auf und zog Charlotte hoch. *Sorry, old folks, we didn't mean to at all. We didn't think of you.*

6

Endlich mal wieder raus aus dem nassen Holstein. Bevor es zu spät ist und wir nicht mehr laufen können. Südliche Wärme tut den morschen Knochen gut. Stefanie wollte nach Rom, Jahrzehnte war sie nicht dort gewesen. Sie verspürte ein wenig Angst vor der Stadt, vielleicht Erregung, wie sie es in einem anderen Leben vor langer Zeit empfunden hatte. Sie fuhr zusammen mit Annalisa.

Du redest wie Christian, sagte die Freundin. Zählen und Rechnen, immer Rechnen. Wie viel Zeit hat man noch, und so weiter.

Die morschen Knochen rosten ein.

Strahlend heller, warmer Herbst, das Wetter stabil. Stefanie saß im Bus und fuhr durch die große Stadt, ganz wahllos. Kein Wandern mehr in Sandalen, kurzen Hosen und Schirmmütze. Sie hatte noch nie in einem römischen Bus gesessen und genoss die Route kreuz und quer durch das Zentrum. Allein. Ohne etwas erklären zu müssen. Ohne zur Rechenschaft gezwungen zu sein. Ohne Nutzen. Für sich. Stumm, nur die Augen sprachen. Fahrend sehen. Währenddessen Annalisa eine Freundin besuchte, die an einem kleinen Platz in der Nähe des Pantheons im obersten Stock einer verwinkelten Eigentumswohnung voller Bücher lebte und Verlegerin gewesen war. Gott sei Dank habe sie die Räume gekauft, vor Urzeiten, günstig, wie man es heute gar nicht mehr kennt, wie sie sagte, und Gott sei Dank gebe es neuerdings einen Lift bis hinauf in ihre Höhe. Sonst hätte sie die Wohnung längst aufgeben müssen. Es sei ein langer, von Ausdauer geprägter, unerquicklicher Streit mit den übrigen Eigentümern im Haus gewesen mit dem Resultat nach ungefähr vier Jahren, dass in den beiden Etagen, deren Bewohner sich nicht an den Kosten hatten beteiligen wollen, der Lift nicht hielt. Basta! Justizia! No?

Annalisa schwärmte Stefanie vom Blick vom Dachgarten über die Dächer Roms und dem schönsten Blick auf die Kuppel des Petersdoms vor, zum Greifen nah, wie im Bilderbuch. Doch Stefanie suchte keine neue Bekanntschaft, vielmehr die eigenen Spuren, verwehte, halbwegs erinnerte, das bisschen, das von ihr in der Ewigen Stadt übrig geblieben war.

Sie saß am Fenster im Bus, Linie 62, Ende Oktober, irgendwie noch Sommer, saß im hinteren Teil des Wagens in Fahrtrichtung und blickte nicht hinaus, blickte auf die Römerin ihr gegenüber in einer Softshelljacke, die sie gerade auszog. Ja, es war heiß. Stefanie würde auch gern ihren kurzen Übergangsmantel ausziehen, irgendwie aus den Ärmeln herauskommen, nur wie ohne Hilfe, jemand müsste ihr behilflich sein, bloß wer? Der Busfahrer sicher nicht, die Frau gegenüber auch nicht. Kaum dass die saß, zückte sie ihr Handy und telefonierte ganz römisch. Mit dem Herauswinden anfangen wie ein Krake ging auch nicht, die rechte Schulter schmerzte zu sehr, schon seit Jahren hing sie schief, sie hatte das Rubriment Öl, das sie früher für Sleipnir und Glorias schmerzende Gelenke verwendet hatte, mittlerweile aber auch sich applizierte, auf dem Nachttisch im Greiffenseer Torhaus stehen lassen. Es ist eben heiß, und es bleibt heiß. Sie sah hinaus, um den Gedanken an den Mantel zu vergessen. Die Frau ihr gegenüber telefonierte zuerst mit der Tochter, dann mit dem Sohn, sie hatte sich getraut, ihn bei der Arbeit anzurufen – Mama!, konnte Stefanie den Aufschrei mithören. Nicht bei der Arbeit, ich bitte dich! Ich rufe dich zurück, sobald ich kann. Ist was passiert? – *No, amore. Niente, tutto bene.* Der Sohn legte auf. Nach dieser Lektion guckte auch die Römerin eine Weile zum Fenster hinaus.

Der Bus hielt, nahm neue Fahrgäste auf, spuckte andere aus, fuhr weiter. Alles liegt zu weit zurück. Was eigentlich? Tja, keine Orientierung, wo bin ich? Ein paar Straßennamen kamen ihr bekannt vor, Plätze wie die Piazza Barberini, da waren sie damals gewesen, schemenhaft ploppte die Erinnerung auf, und die Piazza Vittorio Emanuele mit dem riesigen Wedgwood-Denkmal in der Mitte, um das der Verkehr wie von einem unterirdischen Magnetfeld gesteuert kreiste. Ja, das ja. Irgendwo hier musste der Balkon des Duce sein. Sie erinnerte sich deutlich an die weiße Marmoreinrahmung. Frieder hatte mit dem Finger hinaufgezeigt. Dort war er erschienen, hatte zum Volk gesprochen. Der Duce, das Volk. Das Volk, was ist das? Ist das der Pöbel? Die Dumpfheit? Der Schmutz? Oder ist das Tragik? Hier möchte ich nicht sterben. Aber wo? Gar nicht am besten. Ja, wie viel Zeit ist noch? Und der Duce? Mit seiner komischen Mütze? Bei Chaplin ein Witzbold. Wenigstens wurde er gehängt. Immerhin von seinen eigenen Leuten. Von seinem Volk. Na ja, von zehn Leuten aus seinem Volk. Resistenza. Am Ende waren in Frankreich auch alle bei der Résistance. Selbst Marschall Pétain. So läuft das. Wo ist der Balkon geblieben? Vielleicht ist der Bus zu nah dran. Links oder rechts? Sie konnte doch ihren Kopf der geschwätzigen Gegenübersitzenden nicht eben mal auf den Schoß legen mit einem: Verzeihen Sie, ich will gucken, hinaufgucken, sehen, was ich früher schon einmal gesehen habe, den Duce, ich meine den Balkon, nur stand ich damals auf dem Platz, Signora, und jetzt sitze ich im Bus und sehe nichts. Wahrscheinlich stimmte die Brillenstärke plötzlich nicht mehr. Vor den Bäumen und Schafen oder Pferden, die sie in Irland fotografiert hatte, war es ihr nicht aufgefallen. Aber jetzt, wo sich das Auge jede Sekunde auf neue Schärfe einstellen musste. Merkwürdig. Ich muss zu Hause zum Augenarzt. Oder der Augenarzt zu mir. Und sie wollte später noch ins Hotel, in dem sie mit Frieder gewohnt hatte, nur einen kurzen Blick hineinwerfen, und zu dem Elefanten, ihn noch einmal streicheln, ganz sanft wie damals, sich von ihm verabschieden, ihm irgendetwas sagen, und vielleicht konnte der Elefant sprechen, er würde kurz trompeten und ihr antworten: Danke, mir geht es gut, ich bin ein Elefant, Madame!

Den Stadtplan, mit dem alle herumliefen, wollte sie nicht aus ihrer Tasche herausholen, obgleich sie niemand für eine Hiesige halten würde. Ich bin keine Hiesige, ich bin eine Dortige. Trotzdem, der Stadtplan ist albern. Jeder Plan ist albern. Auch der, nach Rom zu kommen. Dickbäuchige Touristen in unmöglichen Shorts, Rucksäcke auf den Rücken, die Flasche Wasser in der Hand, Turnschuhe, entsetzlich. So weit kommt's noch. Es gibt Grenzen. Schuhe, wie sie sie trägt, tragen aber nur Nonnen, auch ziemlich schlimm, derbe, flache Landtreter. Doch diesmal sieht sie kaum Nonnen so wie damals, als ihre Trachten das Stadtbild bestimmt hatten, aus allen denkbaren Kontinenten stammend, so war es in Florenz gewesen, im Dom und vor den Kerzen der Seitenkapellen und in San Lorenzo. Ich mag Rom. Mag die Römer, herzensgute Leute. Hier sind die Menschen wirklich zu Hause, scheint mir.

An der Endstation gegenüber der Engelsburg stieg sie aus. Und steuerte, ohne einen Blick auf den Fluss zu werfen, in einer Linkskehre auf den Petersdom zu. Damals, irgendwo hier in der Nähe, waren sie dem Taxi entstiegen, sie und Frieder, und bis zur Mitte des Platzes untergehakt gegangen.

Oder andächtig geschritten? Wie war das noch? Freie Bahn. Ich liebe dich, hatte Frieder gesagt und sie unterhalb des Ohres in die kleine Kuhle geküsst. Damals hatte sie Absätze getragen, Pumps, und sich geschminkt. Ihre Lippen leuchteten rot, passend zu ihren roten Haaren. Du bist schön, hatte Frieder gesagt und war wieder stehen geblieben. Stefanie, du bist so schön. Lieber Gott, seufzte Stefanie.

Vier Karmeliterinnen in schrill blauer Tracht, von weit her gekommen. Aus Brasilien, aus Indonesien. Und was tragen sie unter der Tracht? Wie sieht ihre Unterwäsche aus?, fragte sich Stefanie. Junge Frauen mit milchkuhweicher Haut. Rasieren sie sich die Beine? Im Laden des Karmeliterordens, wo sie jetzt stand, ohne zu wissen, warum, konnte sie es nicht sehen. Hatten sie Plattfüße? Hatte jemand achtgegeben bei all dieser Weggabe in die Religion, dass sie die Füße auswärts stellten und nicht zu einem O, was ihrem Orthopäden am Ende unlösbare Probleme aufbürdete? Lauter verbotene Gedanken wie damals, nur, dass sie jetzt nicht mehr beichten musste. Gott sei Dank. Frieder, diese Zeit ist vorbei.

Junge Carabinieri kontrollierten die Rucksäcke und Handtaschen vor den Absperrungen auf dem weiten Platz, ehe sie die Gläubigen oder Schaulustigen weiter vorließen. Nur rechts und links der zusammengestellten Barrieren war ein zwei Gittereinheiten breites Durchkommen. Stefanie hörte, als wären wie im Flugzeug vor der Landung plötzlich die Ohren wieder frei, die Stimme des Papstes, von Lautsprechern verstärkt. Das plärrende, sich aus der Mittellage niemals lösende, auch ein wenig undeutlich formulierende, nuschelnd Konsonanten verschleifende und die Vokale verschluckende und zahnlose, einen Nichtenthusiasten absolut nicht mitreißende Timbre dieser Stimme war durch unzählige Radio- und Fernsehübertragungen in aller Welt bekannt, diese zum

Dösen einladende Litanei. Diese Stimme gehört zu einem dürren Menschen, sie hat kein Körpervolumen, sie kommt nicht aus der Tiefe eines Mannes, der mit seinem Leib verbunden ist. Es geht ein Riss durch diese Person. Man hört es der Person an, man hört den Riss. Stefanie lullte diese Stimme ein. Sie wollte sich hinlegen und sie auf sich wirken lassen. Doch wo? Welch absurder Gedanke. Öffentlich schlafen. Eine alte Frau, eine Verrückte. Das Gesicht des Papstes sah sie immer noch nicht. Den Ursprung, die Quelle der Stimme, den Stecknadelkopf, den Menschen dazu. War das Absicht? Bedeutet das katholische Macht, eine Stimme, *la cattolica*? Sie sah zwar ein Gesicht an den Seiten des Platzes auf zwei Ebenen und vier riesigen Bildschirmen, ein Gesicht im Schatten, das Gesicht in natura jedoch nicht. Stattdessen eine weiß gekleidete Figur im Freien vor dem Eingang des Petersdoms unter einem Baldachin sitzen, groß wie ein Zinnsoldat, mit dem ihr Vater, ihr geliebter Ernst August als Kind gespielt hatte – die Schlacht bei Leuthen, die hatte er besonders gern nachgestellt, den Sturm auf ... Was für eine Abspeisung war das hier? Der Papst las ab. Er war gerade beim Spanisch und Portugiesisch sprechenden Kontingent der Gläubigen. Wie lange hatte er an der Sprache und Aussprache gefeilt? Wer aus der großen Schar der ihm Dienenden hatte ihn unterweisen dürfen, unterrichten war in dieser gefälligen Welt immer noch falsch am Platz.

Stefanie wusste auf einmal, sie käme nie wieder nach Rom zurück, nie wieder dem Petrus mit den Fingern über den kalten, glatten, vom vielen, Jahrhunderte hindurch willfährigen Drüberstreichen schmal und konturlos gewordenen Bronzespann fahren und in die hohe Kuppel hinaufschauen. Solange die Messe im Freien andauerte, durfte sie nicht in den Dom. *No, signora. Ora no.* Wann war die Messe aus, wann waren alle Schäfchen im Weltkreis gegrüßt? In zwei

Stunden. Dann würden die Barrieren weggenommen werden, die Tribünen der Geistlichen, der Baldachin und der Papst selber auch, man machte den Platz wieder frei, auf dem jetzt in langen Bankreihen die Gläubigen saßen, die für dieses Privileg unendlich lange angestanden hatten. So lange stehen. Stefanie hatte marmorschwere Beine. Der Schmerz arbeitete sich an der Außenseite ihres Ober- und Unterschenkels hinab und machte dabei einen kleinen Ausflug in die Gegend unterhalb der Kniescheibe. Sie wollte die Hüfte nicht operieren lassen, sie wollte nicht fallen. Frieder hatte damals eine Privataudienz erwirkt. Jetzt wurde sie vom Zugang abgedrängt. Bloß nicht berührt und geschubst werden, nur nicht stürzen bei den brüchigen Knochen. Der Oberschenkelhalsbruch. Das lauernde Schreckgespenst. Vielleicht war es gut so, dass der Papst das große Tor für so lange hat versperren lassen.

Als Stefanie fragte, wie sie zum Eingang der Vatikanischen Gärten komme, sie wolle dort ein wenig spazieren gehen – der eigentliche Grund war, auf einer Bank unter den Bäumen zu sitzen und auszuruhen –, erhielt sie von zwei jungen Ordnungshütern, die sie an der Sperre nicht durchließen, zur Antwort, dass, abgesehen davon, dass ein Besuch der Gärten wegen der andauernden Messe unter freiem Himmel nicht möglich sei, sie sich online, also im Internet anmelden müsse. Aber das habe sie nicht, erwiderte sie. War denn wirklich alles Personal abgezogen und hier auf dem Platz versammelt, sodass niemand sie in die Gärten lassen konnte? Keine Seele?

Internet – ein Wort gesendet vom Mars. Niemals in ihrem langen Leben hatte sie vor einem Computer gesessen oder sich ein Online-Ticket bestellt. Weder ein Flug- noch ein Zug- noch ein sonstiges Ticket. Sie blickte die beiden jungen Männer in ihren schicken schwarzen Anzügen an und bekam abermals eine Ahnung davon, was es hieß, aus der Zeit gefallen zu sein. Zuerst ein ungläubiges Rutschen nur im Kopf, das sich immer mehr beschleunigte und ihr schließlich die Beine weghaute. Freier Fall zurück in die Jahre, die sie schon hinter sich hatte. Er erschien ihr endlos, trotz seines rasenden Tempos, Jahrzehnte in Sekunden. Sollte sie den beiden Männern sagen, dass sie keine Ahnung von alldem hatte, rein gar keine Ahnung? Alma. Alma wäre jetzt eine große Hilfe. Sie würde sie kurzerhand in die Welt der beiden mit hineinziehen. Gerade hier in Rom. Aber gerade hier in Rom wollte sie Alma nicht treffen.

Erleichtert, irgendwie sogar glücklich darüber, mit den heutigen Bedingungen der Kommunikation und ihren irren Verkehrsformen nichts zu tun zu haben, fuhr Stefanie im Bus zurück zur Pension. Von wegen Internet, von wegen Online. Am Largo Torre Argentina schob sich ihr plötzlich ein anderes Bild in den Augenwinkel. Schob das lebendige Ruinenfeld beiseite. Sofort stieg sie aus. Und stand da, mitten im Bild. Sah wieder die Zahnlose mit dem geknoteten Kopftuch, in ihren viel zu großen Gummistiefeln in dem schäbigen Grün, den alten Mauerresten und alten Säulenstümpfen, in dem um mehrere Meter abgesenkten Gelände, das von Katzen wimmelte, keifend, fluchend, den langen Stock in der Hand, wie sie zu den Passanten, die sie von der Straße her anstarrten, hinauffuchtelte, die Augen fast gelb vor Hass oder Wahn – dabei bettelte sie bloß um Geld und Futter für die zweihundert Katzen, die mit ihr in dem Largo wohnten und für deren Leben sie sich verantwortlich fühlte. Ausgesetzte, wilde, wild sich vermehrende, vierbeinige Seelen. Sie streckte ihre knotige Hand vor. Stefanie hatte ihr damals viele Münzen hinuntergeworfen. Jetzt war dort alles abgesperrt, Fußgänger durften das tief liegende Gelände nicht betreten, das Areal war rundum abgestützt. War die Säulengruppe in der Mitte damals nicht braun gewesen? Eine brüchige Parkbank stand auf halber Höhe auf der gegenüberliegenden Seite. Hatte die Alte dort gesessen zwischen ihren hungrigen Tieren?

Und als sie an der wuchtigen Säule auf der Piazza Colonna vorbeilief, fiel ihr wieder ein, dass die Säule nur eine Nachahmung der Trajanssäule war. Frieder hatte es gesagt. Und sie sah sich neben ihm vor beiden Säulen stehen, den Baedeker in der Hand, bemüht, die detailreichen Szenen der unterschiedlichen Schlachten zu entziffern. Alles vergessen. Was sie damals gewusst hatte. Damals Pumps, heute flache Anti-Krampfadern-Treter. Damals das eng anliegende hellblaue Kostüm, das Hütchen, sorgfältig aufgetragenes Make-up, der kleine Schönheitsfleck am rechten Grübchen, heute der schlaffe, graue, weite Rock, unscheinbar, kein Hütchen mehr, kein Make-up. Damals üppiges, brünettrotes Haar, heute fast keines mehr dank des jahrelangen Dauerwellentraktierens. Wer war diese Stefanie? Wer war die damalige Frau gewesen, die alle neuen Eindrücke aufgesogen hatte wie ein trockener Schwamm?

Eine allzu lang während Ehe macht nicht nur keusch, sie macht auch hässlich, wenn der sexuelle Reiz sich dem Nullpunkt genähert hat, hatte ihr Annalisa erklärt. Stefanie war jetzt seit Jahren allein. Dass Frieder sich eine junge Frau gefunden hatte, neidete sie ihm, nahm es ihm übel – sie hatte nichts, niemanden gefunden, mit dem sie ihm eine derart rücksichtslose Kränkung vergelten konnte.

Vor der Pension auf dem Trottoir standen Stühle, Annalisa saß da, nippte an einem Glas, Stefanie setzte sich dazu, sagte nichts außer einem kaum hörbar hingeworfenen *buona sera* und wandte ihr Gesicht der Sonne zu. Sonne tanken, mehr wollte sie nicht. Den Winter in Greiffensee im Sinn.

Der Kellner von der Bar kam zu ihr.

Ein Glas stilles Wasser, bitte.

Sich den wärmenden Strahlen hingeben, sich von ihnen so spät im Jahr durchheizen lassen und an nichts weiter denken. Nur noch die beiläufige, stumme Mitteilung in Richtung Annalisa: *finis*.

Was soll sie denken, Stefanie, sagte Annalisa, glaubst du wirklich, Alma weiß nicht, dass du hier bist? Ich verstehe dich nicht. Warum musst du sie verletzen? Du weißt doch, dass sich deine Enkelinnen austauschen. Jeder weiß, dass du in Rom bist. Was ist los mit dir? Willst du dich versiegeln? Ist das deine Welterfahrung im Alter? Dann geh doch in den Wald und singe mit den Vögeln oder rede mit den Bäumen. Ich komme allerdings nicht mit.

Nein, du kommst nicht mit. Ich weiß.

Es stimmt, sagte Alma. Ich wusste sogar, wo sie war, Mama hatte es gemailt, sie wohnte in einer Absteige.

Du übertreibst jetzt, sagte Charlotte.

Ich war doch da, sie war mit ihrer Freundin in Rom, die ihr immer beigestanden hat. Sie wohnten in der gleichen Pension.

Im selben Zimmer. Aber sie war nicht da, du hast sie nicht angetroffen, Alma.

Egal, Fini. Ich wollte wissen, warum sie sich drückte, warum sie mich nicht treffen wollte.

Man muss auch mal allein sein in Rom. Den eigenen Spuren nachgehen.

Das widerspricht sich ja nicht.

Du meinst, ich habe sie gestört? Sie ist meine Großmutter und deine auch.

Eben. Sei großzügig. Sie ist nicht nur deine Ama oder Moma oder Omi. Sie ist auch ein eigenständiger Mensch. Lass ihr die Freiheit!

Natürlich ist sie eigenständig, aber ich bin es auch. Wie du weißt, sieht sie nicht mehr so gut und ist mittlerweile auch ziemlich schusselig.

Lass Charlotte weitererzählen.

Alma schüttelte ihre lange Mähne, nahm sie in die Hände, formte sie zu einem Zopf und steckte sie hoch.

Viel Spaß, ich gehe so lange spazieren. Ich kenne die Geschichte.

7

Annalisa saß mit Alma zusammen, und während sie warteten, weil Stefanie noch in der Stadt unterwegs war und Annalisa nicht wusste, was sie da so lange trieb, erzählte sie Alma von sich, vom Hassler, diesem ehemals herrlichen Hotel im Zentrum Roms, oben an der Spanischen Treppe, ein Hotel, in dem ihre Mutter häufig abgestiegen war, einmal sogar mit ihr zusammen, lange her, zwischendurch lobte sie Alma, weil sie so gut aussah, und erklärte, warum sie in dem Doppelzimmer mit Stefanie wohnte, warum es hier so ärmlich, nein, so schlicht aussah.

Im Übrigen mag ich Schlichtheit, sagte sie, guck, ein kahler, hoher Raum, Fliesen, zwei Einzelbetten, ein Nachtkasten zwischen ihnen, ein hohes Waschbecken, Marmor, neben dem linken Fenster der Spiegel, die Lampe darüber, die Sitzecke unter dem Fenster rechts, der Schrank wie ein Kasten, in dem unsere Klamotten hängen, und die Vedute des Petersdoms an der Wand, ja, schlicht, trotzdem ist alles da. Ich mag auch Luxus, auch wenn ich ihn mit den Kindern und Christian nicht habe, wir leben gut. Nicht wie meine Mutter, die aus Wien, Südbahnhof, jedes Mal direkt herfuhr, erster Klasse, nachts im Schlafwagen mit Daunendecke, jedenfalls war sie oben in der Via Sistina, die sie liebte und wo sie immer hinwollte, das Hotel musste für sie immer oben sein, nicht aus Stolz oder Snobismus, sondern aus einer Art Wildheit nach ihrem Ausbruch von zu Hause, wenn sie meinen

Vater und uns und den aufwendigen Haushalt nicht mehr aushielt. Die Rabenmutter, sagten die Leute, weil sie keine Ahnung hatten. Sie war verwöhnt und über die Maßen schön anzuschauen, ich kann dir einmal Fotos von ihr zeigen, ständig verstieß sie gegen den sogenannten Sittenkodex, sie war ein bisschen ehrlicher und ein bisschen verlogener, Wienerin halt, ungezügelt, herrisch, worunter wir alle litten, auch mein Vater. Er machte sich zu ihrem ergebenen Diener, lag ihr zu Füßen, da er sie liebte und weil er zu schwach war. Typisch, dass sie dort oben rechts neben der Treppe wohnen wollte, *in den Himmeln*, kabelte sie. In dieser Stadt muss man Himmel in der Pluralform fassen. Unter den Himmeln der Stadt. Unter den Himmeln ihrer Kirchen und Paläste, Kopf in den Wolken, Kopf in der Bläue und der luftigen Heiterkeit dieser Himmel. Bei den Engeln. Die Stadt durchfliegt unendlich viel Gefieder: Cherubinen, Erzengel, Putten und Adler, die hohen hellblauen Himmel über Rom sind voll mit diesen Wesen, nicht nur mit den Scharen von Tauben und Möwen und den lärmenden Staren in ihren Schlafbäumen, bevor sie sich zur Ruhe begeben. Unter all dem Flattern und Gekreisch wachsen mir Flügel, schrieb mir meine Mutter, die Postkarte hab ich noch. Mama war eine barocke genießerische einsame Natur. Innerlich natürlich.

Und während Annalisa das sagt, ließ Alma die Augen durch das Zimmer schweifen und dachte, so schäbig, so karg, so spartanisch habe ich noch nie gewohnt. Diese Betten. Dieses Waschbecken. Die Lampen, wie nach dem Krieg.

Ich wollte deine Großmutter auf diese Reise einladen, hörte sie Annalisa sagen. Aber sie schlug die Einladung aus. Entweder zu ihren Bedingungen oder gar nicht, und da habe ich mich breitschlagen lassen, weil ich auch nach Rom wollte und allein nicht mehr reise. Und jetzt sitzen wir hier. Meine Mutter reiste gern allein. Das verstehe ich heute nur allzu gut. Sie hätte in Rom jederzeit bei Verwandten unterkommen können. Freundlich, aber bestimmt, lehnte sie deren Angebote ab. Sie wollte gehen oder kommen, hauptsächlich aber gehen können, wann immer, auch um zwei Uhr in der Nacht, falls ihr danach war. Sie liebte die Fazilitäten der Hotels. Sie verpflichten zu nichts. Sie zahlte. Geld regelt den Umgang. Auf eine ihrer Romreisen nahm sie mich mit. Und damals, wenn sie sich nachmittags im Hassler ausruhte, lief ich immer die Treppe hinunter und durch die Straßen, trieb mich herum. Mamas größte Sorge war, dass ich dabei, frech, der Sprache nicht so mächtig wie sie und unvorsichtig, meine Unschuld verlieren könnte.

Pause.

Und hast du sie verloren?, fragte Alma.

Fast, nicht ganz, nein, nicht explizit. Er lief mir nach, hatte in der Via Babuino die Straßenseite gewechselt, war dann schnell vorausgelaufen und kam mir da plötzlich entgegen, pflanzte sich vor mir auf, hob die Hände und sagte: Stopp! Ich blieb stehen, verwirrt, eine absolut neue Situation in meinem Leben, schaute in seine Augen. Er schaute auf mein Kleid, tastete mit seinen Blicken meinen Körper darunter ab. Die Brüste. Leichte Beute, aus Bayern oder so ähnlich, Österreich, jedenfalls von jenseits der Alpen, eventuell Norwegen, hergeweht, mir direkt vor die Füße, muss er gedacht haben, denke ich. Und? Ja. *No.* Nichts, nur ein bisschen. Es ist ihm nicht gelungen, er war zu aufgeregt und landete auf meinem Bein. Danach sah ich ihn nicht wieder. Ich wollte nie wieder in seine rabenschwarzen Augen dabei schauen. Sie waren zu schön gewesen und, wie ich dachte, zu rein. Im Lauf des Lebens, Alma, bewusst oder unbewusst, wiederholt man manche Dinge. Das kann dir auch passieren. Und es soll dir passieren. Tu es manchmal, nicht zu oft, tu es einfach, auch ich flüchtete hin und wieder vor Christian und den Kindern, wie Mama, allein nach Rom. Und sonst wohin. Man muss sich immer mal mit etwas Neuem neu für den Familiensinn polstern. Für die Familie. Meine Güte, Annalisa lachte auf, guck mich nicht so an. Sag doch was! Du bist die ganze Zeit stumm.

Offen gestanden, erwiderte Alma, kann ich darüber nicht lachen.

Es soll auch nicht zum Lachen sein, sagte Annalisa. Es ist zum Leben, zum Weiterleben, und auch wenn es dir missfällt, deshalb eben doch zum Lachen. Und, da es so ist, bin ich viele Jahre später, vor acht Jahren, glaube ich, doch wieder ins Hassler gegangen, nur so, um mich umzusehen, und wurde am Eingang abgefangen. Aber nichts weiter, mein Gesicht war denen einfach nicht bekannt. Der Typ, kein typischer Türsteher, fragte mich, was ich wünsche. *Posso fare un giro?*, fragte ich zurück und beschrieb in der Luft einen Kreis für die Empfangsräume, Second-Empire-Luxus, die an ihrem Ende in den kleinen Garten führten. *Certo, Signora*, und der Riese von einem jungen Mann in der mittelgrauen Hoteluniform trat beiseite, ließ mich durch, und ich war drin und kam da schnell ins Schleudern. Die Dinge einfach nur gedanklich zu durchdringen und sich von ihnen nicht entsetzt oder tieftraurig abwenden zu müssen, verstehst du, scheint offenbar nicht möglich. Es wäre nur schön, wenn es ginge, sozusagen die Blätter in den Baumkronen angeln und zugleich den olympischen Blick einer Giraffe bewahren können. Andererseits sind die Dinge in den Niederungen jedoch ziemlich entsetzlich, das ist nicht zu übersehen. Jedenfalls hatten sich die Innenausstatter des Hassler in den dazwischenliegenden Jahren über das Hotel hergemacht, und ich musste blinzeln. Alles war gestylter, glatter, gelackter, grob wie die Anlehnungen heute sind, die Kanäle der angedeuteten ionischen Säulen in den Wänden des

Musiksaals funkelten kitschig, sie waren frisch vergoldet, der Flügel unter einer purpurfarbenen Decke versteckt, das Licht gedämpft wie in meiner Jugend und doch nicht, die Spartechnik hat halt Fortschritte gemacht und die Dinge grell verkünstlicht. Und im Garten, an dessen Ende eine grün bewachsene Felswand fast schroff aufsteigt, dort, wo die Mama gern gesessen hatte, um zu lesen und ihren Tee einzunehmen, wenn sie auf mich wartete, stand nun eine mächtige Bar, bestehend aus einer überdimensionierten blauen Marmorwelle, die alle Surfer so lieben, an der das Brunnenwasser herunterrann. So hässlich und unpassend ich dieses Getüm empfand – der Barkeeper Ton in Ton dazu, welcher Hornochs im Management lässt sich Derartiges einfallen? –, das war der Höhepunkt. Das Wort heißt Schock. Die Geschmacklosigkeit dieses Arrangements alla Berlusconi traf mich tief. Es war am frühen Nachmittag. Die Gäste – fast nur Frauen. Ähnlich gestylt wie die Surfanlage, nur nicht blau, sondern blond und blond gefärbt, nur die Sonnenbrillen hatten blaue Rahmen. Das weckte mich auf, sagte Annalisa, *Tempi passati, per sempre passati*, und ich suchte nicht mehr nach meiner Mama, den langen Röcken, ihrem Geruch und dem der eigenen Jugend. Neues Kapitel. Ich wandte mich um und trat wieder hinaus in die Sonne, die Wärme, auf die Straße, dann hatten der Touristenlärm, die Souvenirbuden und Straßenmaler mit ihren Veduten oder Porträts oberhalb der Treppe mich wieder, Roms heutiger Rummel, nur mehr der Faltplan, die Eineinhalbliter-Mineralwasserflasche, die Turnschuhe und das i-Phone. Der Zeitgeist. Die Zeit hat aber keinen Geist.

Alma hatte Annalisas Wortschwall nur halbwegs zugehört, sie schwieg.

Alma, was ist mit dir?, sagte Annalisa plötzlich, eine lange Einleitung zum kurzen Ende, zu einem abrupten Schluss jetzt. Sei mir nicht böse. Prima, dass du hergekommen bist, prima, mit dir endlich gesprochen zu haben, Liebes. Aber warte nicht länger. Stör Stefanie nicht. Sie kommt zurück. Sie ist auf anderen Spuren oder verfolgt einen Weg, auf den du kaum Einfluss haben kannst.

Was habe ich ihr getan?

Nichts.

Was habe ich falsch gemacht?

Nichts, an was du oder ich jetzt denken könnten.

Und wenn Tahar jetzt auftauchen würde? Wäre sie für ihn da?

Du meinst, er könnte ihren Gemütszustand aufhellen? Der Enkel? Sei mir nicht böse, Liebes. Ich kann dir darauf nicht antworten. Spräche ich für mich, wüsste ich Antwort.

Dann gehe ich jetzt und warte auch nicht, bis sie irgendwann zurück ist.

Stefanie erinnert sich an vieles. Aber rechne nach – wie lange lebt sie jetzt allein? Die Hausgäste, die ihr Gesellschaft leisten sollten, waren durch die Bank doch fürchterlich. Am schlimmsten der verrückte oberschlesische Graf, der aus dem Kellerfenster auf den Hof hinausschoss, als sie noch im großen Haus wohnte, weil er alles, was sich vor dem Fenster bewegte, für Enten hielt und seinen Beitrag zum Abendessen liefern wollte. Zwinge sie zu nichts! Sie weiß, was sie tut, und sie weiß, was sie nicht tun will. Wir sehen uns hier wieder und trinken einen Tee im Garten des Hassler, ich komme bestimmt wieder nach Rom. Und ich werde dich finden, versprochen.

Zugvögel kommen an ihren Ursprungsort zurück. Sie finden ihn instinktiv wieder, sofern der Mensch durch seinen Vernichtungswahn sie nicht daran hindern kann. Die Vögel brüten dort, wo sie aufgezogen wurden. Und sie finden nach

Tausenden von erschöpfenden Flugkilometern dorthin zurück. Diese kleinen, gefiederten, schönen Zweibeiner. Diese Leichtgewichte. Was für eine grandiose Leistung. Alma wird nach Niederösterreich, nach Kirchberg am Wagram gehen, schreibe ich optimistisch, ihre Bewerbung wird angenommen. In der Region gibt es mehr und mehr Bio-Winzer und einen Weinbauern, ein ehemaliger Tischlermeister, der seit Jahrzehnten Nistkästen in die Weinberge hängt. Am Wagram siedelt er den Wiedehopf wieder an, der bis auf zwei, drei Brutpaare ausgestorben war. Wie auf den Wink eines Wunders haben die Winzer aufgehört, ihre Weinhänge mit Herbiziden und Insektiziden zu traktieren, bis nichts mehr da war, was ein Schmetterling, ein Maikäfer und auch ein Wiedehopf zum Leben brauchten. Die Vögel mit der Federhaube sind zurückgekommen, sie wohnen wieder in der Gegend. Und sind nicht Schädlinge, die man abknallt, sondern zweibeinige fliegende Helfer, die täglich bis zu einem halben Kilo Maikäfer-Engerlinge vertilgen, die sonst die Wurzeln der jungen Reben fressen würden.

Und ich erzähle eine kuriose Geschichte über den Umgang mit den Vögeln, wie Alma sie mir erzählt hat, dass nämlich aufs Land gezogene Städter in ihren Gärten zum Schutz ihrer selbst angelegten, kostbaren Rosenbeete Selbstschussanlagen gegen das Rehwild aufstellen, das nachts hereinspazieren und die Knospen abknabbern würde. Dass mit modernster Technik gegen die Natur vorgegangen wird, weiß man seit Flaubert, doch wie so ein aufs niederösterreichische Land hinausgezogenes Wiener Rentnerehepaar sich mit einem vom Rechtsanwalt aufgesetzten Klagebrief in bemerkenswertem, halb verunglücktem Deutsch gegen seinen Nachbarn wendet, Herrn X, *diesen Idioten*, heißt es, und ihn auffordert, seine *kuckucksähnlichen Belästigungen* einzustellen, kommt nachgerade einer kulturellen Höchstleistung gleich. Die das Ehepaar verstörenden Töne im Nebengarten würden *nicht von einem akustischen Gerät stammen, seit Kalenderwoche 22 gehen nachweislich von Ihrer Liegenschaft ortsunübliche kuckucksähnliche Geräusche aus, welche eine massive Beeinträchtigung in der gesamten Umgebung bewirken*, so der Anwalt, der vorsorglich mithilfe einer Kinder-CD mit sämtlichen Tiergeräuschen dieser Welt schon einmal übt, um bei der Beweisführung später vor Gericht die kuckucksähnliche Belästigung glaubhaft darstellen zu können.

Irgendwann war Stefanie zurück aus Rom. Irgendwann war sie zurück bei sich. Sie hatte es sattgehabt, sich an Roms Zeitlosigkeit zu orientieren, immer zur falschen Stunde in der Pension zu sein, immer erst mitten in der Dämmerung, immer zu spät, weil sie die Zeit an den Uhren in den Straßen bei ihrem Herumstreifen nicht hatte ablesen können: alle Uhren standen, alle Uhren waren verwirrenderweise zu unterschiedlichen Stunden stehen geblieben, ewig, ewig reglos in der Ewigen Stadt. Als sei ewig Sonntag.

Wegen stehender Uhren und stehender Zeit kann man schon mal abreisen. Und man kann abreisen, wenn man enttäuscht ist und seinem Ärger nicht Luft machen kann. Stefanie hatte sich von Annalisa nicht verabschiedet, hatte sich davongestohlen, weil sie enttäuscht von ihr war und wegen einer Szene aus dem Kinderzimmer sauer auf sie, einer unbereinigten Sache, etwas, das sich Jahrzehnte zuvor zugetragen hatte und wobei Annalisa ihr über den Mund gefahren und in den Arm gefallen war, absolut unverzeihlich. Ich war gerade erst höchstens Anfang dreißig, jung und hübsch, sagte sich Stefanie, aber eben auch jähzornig, was ich längst nicht mehr bin, hatte meinen Töchtern gegenüber eine lockere Hand, schon wahr, Ohrfeigen flogen, bis sich mein Jähzorn legte. Die Kinder hätten geweint, hieß es, nicht schlafen wollen, als ich schon auf Sleipnir über die Felder und Wiesen ritt. Meine Steppe, ganz wunderbar, und ich ritt zurück. Sah nach dem Rechten und tat es mit der Hand. Angelockt von Cäcilies Schreien, die in Wimmern übergingen, und von der inständigen, unter Tränen herausgeschluchzten Bitte, aufzuhören, wo ich längst aufgehört hatte, war Annalisa ins Kinderzimmer gestürzt, hatte Cäcilie in den Arm genommen und sie getröstet.

Was sollst du getan haben, Cäcilie?, fragte sie.

In der Speisekammer vom Erdbeerkuchen genascht, sagt Mami. Aber ich habe es nicht getan. Wirklich nicht. Ich lüge nicht.

Stefanie, schrie Annalisa mich vor meiner Tochter an, hör auf, die Kinder zu schlagen! Die Zeiten sind vorbei, hast du's nicht mitbekommen? Das ist perfide und primitiv. Ich kündige dir die Freundschaft, wenn du das noch einmal tust.

Das war hart. An der Härte der Worte kann eine Freundschaft zerbrechen. Sie zerbrach nicht. Nicht damals. Sie ist jetzt zerbrochen. Jetzt, wo ich praktisch nichts mehr sehen kann. Abnehmende Lesefähigkeit, heißt es von meinem enorme Rechnungen stellenden Arzt. Bisher kannte ich nur den abnehmenden Mond und abnehmende Leidenschaften. Jetzt muss ich die grässlichen Radionachrichten hören.

Sie saß am geöffneten Fenster. Aus der rechten Armlehne des Sessels, dort, wo ihre Hand stets lag und nervös den Stoff aufkratzte, quoll Rosshaar hervor. Sie zupfte daran, nur um es wieder zurückzustopfen. Ein Nichts, ein Nebenspiel. Der rote Sessel war ihr Lieblingssessel. Sie gab ihn nicht zum Polsterer, der verhunzt ihn mir nur, schimpfte sie, er tauscht ihn mir unter der Hand aus, weil ich nichts sehe, und nicht *Halt!* sagen kann. Er knöpft mir nur Geld ab, so viel, wie er für seine Arbeit berechnet, kann sie gar nicht wert sein. Also kann der Sessel mir noch ein wenig dienen, und ich kann weiter am Rosshaar zupfen.

Dann nickte sie ein. Dann wachte sie jäh auf. Fängt es an, oder hört es auf?, fragte sie sich. Konrad! Ja! Die Liebe hieß Konrad. Jetzt hörte sie auch den frohen Weckruf der Hähne. Die Ankündigung des Lichts am neuen Tag und den Kampf um die Henne, unweit vom Lazarett. *Pflegt sie mit aufopfernder Liebe, betrachtet sie nicht als eine Last...*, der Satz des Pastors war ihr auch plötzlich im Ohr und noch ein anderer: *Schwester, ich werde umgebracht...*, verzweifelte Worte einer jungen Epileptikerin, wie mit dem Hahnschrei gekommen. Und sie sah jetzt auch den grauen Bus. Die Gruppe stieg in den Bus ein, auch die junge Frau. Sie wehrte sich. Zwei Uniformierte hielten sie im Griff. Und als sie weggekarrt und die Räume der Heilanstalt in ein Bettenhaus umgewandelt waren, wurden die Verwundeten gebracht.

Schwesterchen?, ruft Stefanie.

Lina kommt aus dem Nebenzimmer, wo sie über einem Kreuzworträtsel einer Illustrierten saß. Wildes Tier, das im Rudel lebt. Wolf. lat. Ausdruck für Flugfahrt, veraltet. Lina stellt sich in Stefanies Blickfeld. Stefanie ergreift ihre Hand.

Aviation?, sagt Stefanie.

Aviation, schreibt Lina in die horizontale Reihe. Stimmt. Und Wolf, lateinisch?

Lupus.

Stimmt auch, sagt Lina.

Hol mir bitte Konrads Foto vom Schreibtisch.

Lina holt es und reicht es ihr. Stefanie fährt mit der flachen Hand über die Glasplatte, als könne sie darunter die Gesichtszüge ertasten, die Falten auf der Stirn, das vorspringende Kinn.

Schwesterchen, wenn ich *den* Mann hätte heiraten können...

Meine Liebe, sagen Sie doch so etwas nicht. Das ist undankbar. Dann wären wir uns vielleicht nie begegnet. Um nur eines, sozusagen das Wichtigste für mich, zu sagen. Und Sie hätten nicht Ihre Kinder und Enkelkinderchen.

Ja, ja, das ist wahr. Hugo hat immer Schwesterchen zu mir gesagt. Nun sage ich Schwesterchen zu dir. So lebt ein Wort weiter.

Schönes Wort. Ich höre es gern aus Ihrem Mund. Es klingt zärtlich. Hätten Sie an die formende Kraft des Leidens geglaubt, wären Sie bei Ihrem Konrad geblieben, sagt Lina, aber da war wohl zu viel, ich sage jetzt mal, zu viel *Gräfliches* in Ihnen. Das Gesetz, zu beharren auf dem, was ist, war zu stark oder Ihr Hunger nicht groß genug. Was sagen Sie? Sie sagen ja gar nichts?

Stefanie war wieder kurz eingenickt, leicht vornübergekippt. Lina schob sie zurück in die aufrechte Sitzhaltung. Ich sollte sie festbinden, damit sie nicht aus dem Sessel stürzt und sich noch etwas bricht, wenn ich mal nicht im Zimmer bin, dachte sie. Ach, sie wollte Scarlatti hören, hab's völlig vergessen.

Lina wohnte jetzt in Fannys altem Zimmer. Sie hatte nur ihre Kleider mitgebracht und sie dort in den Schrank gehängt – Fannys Kleidungsstücke waren an eine Sammlungsstelle für Afghanistan gegangen – und drei gerahmte Fotos aufgestellt: ihre Eltern, ihre Großmutter und ihr Bruder.

Das ist rührend, Schwesterchen, sagte Stefanie, die von dem Zurechtschieben wieder erwachte. Aber fummele nicht ständig an mir herum. Fanny war streng, sei auch du streng. Zu dir selbst, meine ich. Gib mir zu essen, gib mir zu trinken, wasch mich, leg mich ins Bett. Mehr ist nicht zu tun. Dein Deutsch mit den geschmeidigen Nuancen ist gut für mein

Ohr. Leg mir Scarlatti auf! Steht im Schallplattenregal unten links, die vorletzte. Und rühre mir Wagner nicht an. Wie alt bist du jetzt, Schwesterchen?

Hier, Stefanie, trinken Sie jetzt, Sie müssen trinken, für den Kopf.

Ich trinke ja. Schön, die Hand zittert nicht. Siehst du, sie zittert nicht. Höre ich, was du sagst, oder träume ich es?

Haben Sie Ihre Pillen eingenommen?

Müßige Frage, Schwesterchen, ich weiß es nicht. Dein Gesicht ein verschwimmender Hof, bisschen zu hell, gleich löst es sich in Weiß auf. Weiß, das ist es dann. Ganz weiß. Du musst nicht sagen, wie alt du bist. Eine Frau von Format verschweigt ihr Alter bis in den Tod. Hast du Format, Schwesterchen? Ja, du hast Format. Sonst wärst du ja nicht hier.

Stefanies Augen suchen den Raum ab. Sie hat das Pferd an einem Ring in der Stallmauer festgemacht, den Sattel an den angestammten Platz im hinteren Teil der staubigen Sattelkammer getragen und ihn dort aufgebockt. Sie löst den Zügel aus dem Eisenring in der Backsteinmauer und besteigt Sleipnir. Sie tätschelt den warmen Hals, gibt Sleipnir die Sporen mit den nackten Fersen, und auf geht es, zum Torhaus hinaus in den Wald.

Ich möchte in ein Grab, Schwesterchen, in das noch keiner gelegt worden ist, Johannes-Passion, ich möchte nicht neben Hugo liegen, nicht neben meinem Vater und nicht neben meiner Mutter oder aus Platzmangel auf ihnen im Sarg wie im alten Ägypten, nicht neben der Mumie Ingrid, nicht neben Pauline, Cäcilie und meinen Neffen und Nichten, wie viele es auch sind und noch werden. Tahar will auch nicht in unsere Gruft. Ein intelligenter Junge. Er wird schon sein eigenes Grab finden. In der Wüste. Wüste ist Freiheit. Wüste ist Endlosigkeit, Fata Morgana, Tod. Soll er im Tod unter dem freien Himmel liegen, mein geliebter Enkel. Sag mir, Schwesterchen, aber nicht zu laut, ich bin nicht schwerhörig, sag, sag ganz leise, hörst du mich, Schwesterchen? Sorge für mich und für meinen Raben, du weißt, Munin. Verstehst du, Schwesterchen?

8

Die alten Linden, die aufs Torhaus zuführten, waren abgeholzt worden. Der Mond, gedächtnisträchtig, erinnerungsselig, sagte Fini, geht auf, sucht ihre Kronen und findet sie nicht. *O höchste Herrin der wahren Melancholie, den giftigen Tau der Nacht träufle auf mich, dass Leben, meinem Willen ein Rebell, nicht länger an mir hänge.* Ein schöner Grabspruch für Stefanie, sagte sie. Er passt zwar nicht ganz zu ihr, aber weil er schön ist, ist er allemal besser als das übliche *Gerufensein* und *Heimgehen*, so passte er doch.

Fini stand mit Alma und Carlo an der alten Brücke. Sie sahen über den Vorplatz auf das Haus, das jetzt einen ockerfarbenen Anstrich hatte. Ein hohes Tor versperrte die Zufahrt. Eine spitze eiserne Lanze an der anderen, zum Bogen geformt, in der Mitte das Wappen mit den Kugeln und dem Federbusch. Keine Initialen. Ein Fantasiewappen wie aus *Bouvard et Pécuchet*. Das Tor ließ sich nicht öffnen. *Privat. Betreten verboten.* Eine Festung mit Gegensprechanlage. Kein Licht brannte im Haus.

Es muss aber doch einen Eigentümer geben, einen Bewohner, jemanden, der die Räume kontrolliert. Burg Schreckenstein, sagte Alma.

Fini drehte sich zum Torhaus zurück. Vielleicht doch ein neues Gesicht hinter Stefanies Fenstern, wenn sie ein bisschen wartete? Leben? Ein bisschen neues Leben. Sie starrte, ohne zu blinzeln, hinüber, bis ihr in der kalten Luft die Tränen kamen.

Ich hing hier an nichts, nicht so wie du. Stefanie war für mich Greiffensee, Alma.

Doch wenn du an sie denkst, kriechen auch für dich aus jedem Winkel die Erinnerungen heraus wie Würmer. Sei ehrlich.

Nicht aus jedem, aber aus vielen, meinen, meinen eigenen Winkeln. Stefanies einwärts gedrehter rechter Fuß, wenn sie die Treppe im Torhaus herunterkam.

Auch auf dem Wirtschaftshof kein Mensch. Kahl, schartig, zerrissen, leer lag er vor ihnen. Die Linden in seiner Mitte gefällt, sicher, um mehr Raum und Bewegungsfreiheit für die Mähdrescher mit sechs Meter breiter Schneidefläche zu schaffen, für die Flotte der Luxuslimousinen, die diversen Campingwagen, die hier im Frühjahr ausgestellt wurden. Die alte, reetgedeckte Scheune und der Stall aus rotem Klinker fehlten im Geviert, wurden durch Luft ersetzt. Sie waren wunderliche Gehäuse zum Erfinden von Spielwelten und Verstecken in Paulines und Cäcilies Kindheit gewesen, voller Leitern, auf denen die Mädchen bis ins oberste Gebälk hinaufgestiegen waren, vor sich hin rostenden Pflügen, einem ausrangierten Leiterwagen, Schaufeln, Forken, Melkeimern, hölzernen Schemeln, behangen mit grauem, zottig verklumptem Spinnengewebe, pyramidenartig gestapelten Strohballen, deren Absätze als Sprungschanzen gedient hatten, und Stangen, auf denen braune Hühner saßen und ihren Klecks in die Tiefe fallen ließen.

Die Symmetrie des Hofgevierts war zerstört, der inneren Harmonie beraubt. Carlo erschien es wie die posthume Beleidigung einer ehemals ästhetisch und architektonisch genauestens komponierten Anlage. Eine große leere Allzweckfläche jetzt. Eine Tafel mit dem Firmennamen und dem dazugehörigen Logo bestätigten es. Unter riesigen Zelten und Planen fanden Floh- und Antiquitätenmärkte statt. Früher kopfsteingepflastert, nun betoniert, verwandelte sich die Fläche im Winter in einen Verkaufsplatz für Weihnachtsbäume bis zu vier Metern Höhe. Die Optimierung der Flächennutzung so weit und wie es nur ging, das ganze Jahr hindurch, oberstes Kriterium, möglicherweise nicht einmal aus Desinteresse an der Geschichte des Ortes, doch voller Geringschätzung für ihn, möglicherweise Verachtung, die auch eine Art Interesse war, ein nun amputierter Ort, seiner Proportionen verlustig, die innere Musik gelöscht. Vor allem war er billig und potthässlich. Die Gier nach schnellem Geld.

Alma ging wieder zum Haus zurück. Sie sah durch das Gitter. Auch hier war alles kahl. Bäume, Büsche, die das Haus einstmals umarmt hatten als einen fremden Körper in ihrer Natur, alles weggeschlagen. Das Haus ragte nun monströs in einen wolkigen Himmel.

Hier hat meine Mutter gespielt.

Du doch auch, du mit ihr, sagte Carlo, wenn ihr zu Besuch hier wart.

Ja. Ich würde dir gern den Baum zeigen, im Park, Carlo, eine Eibe. Stefanie hat sie mir gezeigt. Ein Rotkehlchen saß darin und guckte uns an. Stefanies Eibe, der Totenbaum in der Antike. Dort fing meine Liebe zu den Vögeln an.

Ich werde jetzt klingeln, einverstanden?, sagte er.

Alma gab keine Antwort, sie starrte weiter auf das Haus. Fini sagte auch nichts. Damals hatten die Tore und Türen immer offen gestanden. Jetzt schien es eine Festung, sie haben Angst um ihren Besitz, Angst vor Leben, vor Berührung. Es könnte ja jemand durch das offene Tor und die offene Haustür hereinspazieren und plötzlich mitten im Salon stehen, neugierig oder doch mit einer vorgehaltenen Knarre. Wenn du unentwegt mit deiner Sicherheit und der Optimierung beschäftigt bist, kommt vielleicht einmal tatsächlich einer mit der Knarre.

Ich weiß nicht, wer jetzt in dem Haus lebt, sagte Fini. Ein reicher Russe, ein Scheich. Ich male mir die Klischees aus.

Ein ganz schöner Packen, den euch eure Familie auf die Schultern geladen hat. Nichts als Projektionen inzwischen, sagte Carlo zu Alma, ich werde sie dir austreiben. Gib mir deine Hand und dreh dich um, eins, zwei, und Kuss, drei, und Kuss, und dann rennen wir. Das ist jetzt!

Sie küssten sich. Alma rannte los und spürte ein großes Lachen in sich aufsteigen. Schneller, sagte sie, komm, Fini, schneller, Carlo! Ich könnte fliegen. Schneller! Ich liebe dich.

Calmati. Aber nur heute.

Sie rannten über den weiten Hofplatz bis an die Hauptstraße zurück, wo das Auto stand, in dessen Fond ich saß. Nur Projektionen? Fini folgte ihnen gemächlich.

Nein, Carlo. Nein.

Ich war gar nicht erst ausgestiegen. Geht ihr, geht ihr! Saß die ganze Zeit dort bei offener Tür, wartete, schrieb zwei, drei Worte in mein Heft – schaute in die Landschaft, bis Carlo das Auto in Bewegung setzte.

In vier Tagen sind wir in Rom, schrieb ich.

»Ein bewegender Roman voller Leidenschaft, traurig und versöhnlich zugleich.«

Jan-Philipp Sendker

Agnes Krup
Mit der Flut
Roman

Piper Taschenbuch, 544 Seiten
€ 12,00 [D], € 12,40 [A]*
ISBN 978-3-492-31409-1

Paul ist jung und abenteuerlustig, als er der Enge des elterlichen Obsthofes entflieht und sich als blinder Passagier an Bord eines Ozeandampfers nach Amerika stiehlt. Dort will er sein Glück finden, nicht zuletzt mit Antonina, der Tochter sizilianischer Einwanderer. Doch um seinen größten Lebenstraum zu verwirklichen, muss er zurück zu seiner Familie nach Deutschland – am Vorabend des zweiten Weltkrieges…

Leseproben, E-Books und mehr unter www.piper.de

Pointiert, heiter und wunderbar hintersinnig

Maarten 't Hart

So viele Hähne, so nah beim Haus

Erzählungen

Aus dem Niederländischen
von Gregor Seferens
Piper Taschenbuch, 288 Seiten
€ 12,00 [D], € 12,40 [A]*
ISBN 978-3-492-31605-7

Maarten 't Hart fördert in seinem autobiografischen Erzählungsband eine Gesellschaft eigensinniger Figuren zutage: Ein Abiturient rettet beim Brotausfahren die hübsche Bäckerstochter Gezina vor den Übergriffen seines Freundes und bringt sich damit in Schwierigkeiten. Die mittellose Doktorandin Letitia verdreht den Männern in ihrem Ort den Kopf, um ihr Haus renovieren zu können. Und ein eingeschworener Plattenklub wird vor die unangenehme Aufgabe gestellt, sich eines angriffslustigen Hundes zu entledigen.

Leseproben, E-Books und mehr unter www.piper.de